谨以此书献给我们赖以生存的蓝色地球

冰海之旅

——从北极到南极

张飞舟 著

2022年·厦门

海峡出版发行集团 | 鹭江出版社

极地无处不销魂

——读张飞舟新书《冰海之旅——从北极到南极》有感

冯 霄

《冰海之旅——从北极到南极》是张飞舟继长篇游记选集《国外掠影》后的又一部新著。2021年初夏，收到飞舟传来新著的电子书稿，并让本人为其新书写序。有幸先睹为快令人欣喜，但受命写序令我诚惶诚恐。个人习惯写序必通读全书，但因眼疾，马拉松式的阅读效率，深感愧对朋友。迟至立秋，终于读完全书。掩卷沉思，歆羡不已，起笔写点读后感代之为序。

读书思人。张飞舟，福建平潭人，资深新闻工作者，退休前任厦门市广播电视局总编室主任、厦门广播电视学会秘书长。我们相识于1981年春，那是国务院批准在厦门湖里划出2.5平方公里土地作为经济特区先行试飞的火热年代，我奉命由京赴厦采访。就是在厦门诸多新闻采访过程中，我们成为同一条战壕里的战友。40年来，以文会友，友情如水，淡而长远。

极地旅游是当代个性化的高端旅游。地球南北两极独特的自然环境、罕见的动植物和瑰丽的极地风光，让人无限神往。随着人们消费水平的提升，旅游需求的个性化、品质化日趋明显，近年来极地旅游受到越来越多中外旅行者的青睐。资料显示，仅2016年登陆南极的全球游客就有26300人，其中中国游客3944人，约占15%。2017年我国赴南极旅游的人数增至5300人，成为超越澳大利亚、仅次于美国的南极旅游第二大客源国。张飞舟酷爱旅游，博客以游记为主。他说："极地游是我向往已久的一场属于梦想的旅行！"至今我都清晰地记得电话里传来飞舟激动的声音。

2017年8月22日，张飞舟一行离京起行。他在开篇《飞往北极》中写道："展现在我们每个人面前的，将是人生旅途中最艰难、最难忘的一段旅程……"在书末回眸串游南北极全部行程时，他自豪地说："我们一路走过来了！……没有什么不可能，但意志坚定很重要！'永不放弃，永不言败！'这是我此行人生体验的最大收获！"有志者事竟成，就这样，飞舟成功实现了自己极地游的梦想，并推出新作《冰海之旅——从北极到南极》，可喜可贺！

不知疲倦的"导游",全景式地展示极地风光。《冰海之旅——从北极到南极》全书38万字,涵盖80篇文章。阅读每一篇文章,都令人爱不释手,感觉飞舟就是一位不知疲倦的"导游",让读者仿佛也置身其中,心灵随其荡游极地。他告知读者斯瓦尔巴群岛是飞往北极的首个目的地。"该群岛是最靠近北极点的岛屿,总面积约6.2万平方公里。它的最大岛屿是斯匹次卑尔根岛,首府朗伊尔城就坐落在这个岛上。"透过舷窗俯视,"第一印象是:这里是一片亘古蛮荒、原始状态的冰原!"在"熊比人多"的朗伊尔城,他告诉读者"这是北极地区唯一被认定以北极熊为主人的城市。鼎盛时期这里有北极熊5000只,而人口只有3000人,目前常住人口仅1800人。"北极熊是濒危野生动物,也是北极地区的"形象大使"。朗伊尔城机场的地理位置图显示:这里是东经15度33分、北纬78度13分。从朗伊尔城经纬度数中就能看出,它距离中国有多远。中国首都北京中心位于东经约116度20分、北纬39度56分……我国最北的漠河北极村也只是在东经122度20分、北纬53度33分。按照每个纬度之间的距离大约110公里计算,就可以想象斯瓦尔巴群岛首府朗伊尔城与中国的距离是何等遥远了!

在北极斯瓦尔巴群岛,飞舟兴致勃勃地体验乘坐狗拉雪橇、观赏挺立于茫茫荒原石缝中的北极野花小草、参观"世界末日种子库"、走访新奥尔松北极国际科考村、感悟黄河站——中国人的北极情缘,从广阔的视野让我们明白北极是由斯瓦尔巴群岛或岬角等环抱北冰洋而成的冰之海。站在距北极点仅有1300公里地球最北的朗伊尔小城上,全球99.99999999%的人都在身后之南。在前进号抵达格陵兰岛时,飞舟告知读者,这个世界最大岛屿被称为"地球冰柜",岛上储有千万年的厚重冰盖。他揭示了世界最大国家公园——东北部格陵兰国家公园的景观。奇特的因纽特人小屋、研究极地气象与冰川的迷你气象站、水泽漫流而野花绽放的沼泽地、手脚并用攀爬才能通过的绝壁峭岩,还有罕见的北极兔、北极狐、麝牛和驯鹿……在这里,我们分享了他登临北极圈内最接近北极点之处一个山头的快乐。书中写道:伫立山顶峭壁,迎着呼呼拂面的极地寒风,远眺远方浮冰闪烁的浩瀚海面,俯视周围顽石峥嵘的亘古荒原……忽然间,我国唐朝陈子昂的名诗《登幽州台歌》涌上心头:"前不见古人,后不见来者。念天地之悠悠,独怆然而涕下。"

在这里他还和大家分享了在花朵海湾乘坐巡游艇观赏巨大浮冰与海豹、畅游如诗如画的艾拉岛的快乐体验,特别是在东北部格陵兰国家公园,乘坐冲锋艇在雪山环抱的阿尔普峡湾近距离察看褐色山峰底部裸露的密密实实的冰川与冰洞,经过亿万年层层挤压形成的独特纹理结构和层叠冰川发出的幽深蓝光,令人印象深刻。在《冰清玉洁世界》这篇文章里,作者记述道:冰山千姿百态,多彩多姿!这里的冰山是原始的记录,亘古未有!这里就是冰清玉洁的仙境世界!冰山洁白之中泛着幽幽蓝光，犹如晶莹的翡翠，冰山中的冰洞神秘幽深，那是亿万年地质变化的留痕。冲锋艇在浮冰中穿梭，小船底盘不停发出咯吱声，那是碰撞碎冰时发出的声响，它在发出警示：秀美的冰山下面藏有不可预知的险情，人眼所见的冰块只是冰山一角！读到这里，我们对浩瀚的冰封世界无限敬畏，同时，对百多年前在格陵兰岛西南方的北大西洋海面上、因触撞冰山而沉没的泰坦尼克号邮轮的悲剧也记忆犹新！"由此联想，我们看问题也不能只看它的表面，尤其要警惕看不清或者看不见的地方哟！"飞舟不仅带领读者赏景，更揭示出景象背后蕴含的哲理。

作者还带领我们观赏北极光、饱览"千里冰封"的银色世界、畅游地球最北端的贝伦活火山所在地——扬马延岛、进入梦幻的山妖之路……之后，前进号驶出北极圈再沿欧洲西海岸、北非地中海，到北大西洋中的孤岛佛得角群岛；又穿过赤道，进入亚马孙河核心地区，再沿南美洲东海岸抵达乌拉圭；再从南大西洋亚南极地区的马尔维纳斯群岛、南乔治亚群岛，抵达南极洲的南设得兰群岛、南极半岛。航程从地球的北纬79度，到南纬65度。

在南极，作者带领读者走近安德鲁企鹅世界，醉游"天外仙境半月岛"，亲近扬基港噘着红色小嘴的巴布亚企鹅，冒雪踏冰"登攀南极雪山岗"……一路风景一路歌，一路颠簸艰辛多！88个昼夜，我们跟随他的脚步进行了一次淋漓尽致的极地游。深深感叹：极地无处不销魂！也感叹《冰海之旅——从北极到南极》确是一部展示极地风采的佳作！

传递知识，敏锐思考，给予读者丰厚的文化滋养。作者的敏锐思考与是非表达，让人在赏景中清晰了解景象背景与相关知识，获得丰厚的文化滋养。在《喜见北极光》中，有这样充满激情的文字，"极光的唯美、神奇以及它赋予人的丰富想象力"令人向往。这个夜晚，忘却寒冷，"我陶醉在欣赏极光的无穷乐趣中……看！绵延的黛色山岭上空，有一道幽蓝魅深的天弧之光，它在天地之间瞬间划过，仿佛要在苍茫的北极亘古荒原上，播撒下无数奇异生命的因子！啊，美丽神奇的北极光！这一刻，我仿佛忘了自己的年龄……""在这样纯净的星空下，在冰雪覆盖的格陵兰峡湾里，在神秘北极光闪电式的摇曳中，我似乎听到自己心跳的声音……"

作者在忘我欣赏极光的同时，适时传递了极光形成的科学知识："原来，极光是太阳风暴吹过来的高能带电粒子，与地球高层大气中的原子和分子碰撞而产生的一种光学现象。"接着又做出更具体的解释："由于太阳的剧烈活动，会放射出无数的带电微粒。当带电微粒流射向地球时，受到地球磁场的影响，便沿着地球磁力线高速进入南北磁极附近的高层大气。带电微粒在这里与氧原子、氮分子等碰撞，从而产生了'电磁风暴'或'可见光'现象。这就是世人瞩目的'极光'。产生于北极的称为'北极光'，产生于南极的叫作'南极光'。"读到这里，不仅会产生共赏极光的快乐，也会有增长知识的愉悦。

在描述别开生面的过赤道仪式中传播知识。当前进号要从北半球进入南半球通过赤道时，船上的广播响了！探险队队长通过广播庄严地宣示："本航次的前进号上，有60名乘客、82名员工，请求海神准于安全通过赤道！"按航海传统习俗，远航轮船驶过赤道都要举行隆重的纪念仪式。

烈日当空，艳阳高照，朵朵白云，低垂可摘。过赤道仪式在前进号第五层主甲板上隆重举行。"身材高大的'海神'，一身戎装，手持魔杖，威风凛凛。其他虾兵蟹将依序而立，束腰待命。""参与祭祀的人，男士多为赤膊上阵，女士身上穿戴薄如羽蝉。他们两人一组，分别被按在一条长椅上。此时，扮演虾兵蟹将的水手，或舀起成瓢的冰水，从祭祀者的头顶，直灌脖项……过赤道的敬海神祭祀仪式，原来是这样的别开生面，令人终生难忘！""赤道是地球表面最长的圆周线。赤道的纬度为0度，它是划分地球纬度的基线，也是地球上最长的纬线。赤道把地球分为两个半球，其以北是北半球，以南是南半球。赤道又是离太阳最近的地带，因此很热。"作者在描述过赤道祭海神仪式的同时，也不忘适时传播关于赤道的知识。

前进号是个大课堂。它在驶向南极的航程中，及时举办了关于南极的一系列讲座，如"南乔治亚岛捕鲸史""南极号南极探险故事""参与和如何成为南极代言人""南半球的海鸟""南极的周期""海洋中的顶级猎食者""福克兰岛冲突来源""福克兰岛的鸟类""企鹅""极地对比"等讲座，乘客们还观看了纪录片《福克兰群岛》及《冰冻星球》。作者每天清晨还坚持到甲板上，聆听探险队队员关于海鸟、海豚、鲸鱼等海生动物的讲解。知识是珍贵宝石的结晶，文化是宝石闪烁的光彩。阅读《冰海之旅——从北极到南极》，随时会发现"珍贵宝石的结晶"及其闪烁的奇光异彩，不时获得丰富的文化滋养。

极地游程充满家国情怀。家国情怀是中华传统文化的优良质素和闪亮因子，也是华夏儿女最真挚的情感归宿和最浓烈的精神底色。阅读《冰海之旅——从北极到南极》不仅能够感受到丰厚的文化韵味，更能感受到浓浓的家国情怀。

在开篇《飞往北极》中作者写道："在我们的合影中最醒目的就是五星红旗了！……不管我们走到地球的哪个角落，总是将祖国母亲记挂在心头！"事实正是如此。当飞舟一行抵达北极后，他在《终极峡湾探险第一天》中记述：短短两周，我们已在船上包过两次水饺了。在极寒而又孤寂的北极地区，有这样包水饺吃水饺的美好氛围，不仅中国极友感受到温暖的家国情怀，也感染了船上的外国游客和工作人员。"前进号航行在北极地区已有半个多月了。船上有来自世界各国不同肤色的游客。凡有中国游客集中的地方，就少不了'中国结'。自从离开首都北京……每到一个新地方，大家就会时不时地亮出五星红旗，或独个儿留影，或大伙儿合影纪念。此外，中国游客还时常会露一手'中国特色'，包水饺就是其中之一。祖国的强大，让我们这些远在北极的中国极友感受到受尊重的自豪感。"

出行月余，国庆、中秋相继到来，作者在《远在北非过国庆》中写道："今天是我们亲爱的祖国的生日……清晨，我晨练后从甲板回到所住舱室……取出珍藏的两面小的国旗，把它们安放在舷窗边上。初升的阳光，掠过海面，透过舷窗，洒在鲜红的五星红旗上。五星红旗光彩夺目，显得十分好看！这么美好的时刻，我一定要与国旗合影！"作者自拍了一张大头照，有国旗相伴，内心无限愉悦！国旗在手中，祖国在心中。在远离祖国的时刻，记录下与国旗同框的特别瞬间，表达对祖国的真挚感情，作者以此庆祝祖国的生日！

过完国庆，作者又在《大西洋上过中秋》中写道："前进号餐厅特意为中国游客准备了丰富的中式午餐，下午中国极友又自己动手包了饺子……晚餐时，欧利船长率领船上各有关部门领导及探险队队员们，向我们中国极友表达最热烈的节日祝福和慰问！""在前进号上过中秋节更加拧紧了我们心底里生生不息的中国结！"

出门在外，家国情怀浓浓，祖国时刻在关怀着远方游子。9月28日，前进号行驶在亚速尔群岛附近的海面上，前方目标是葡萄牙的美丽海港城市波尔图。其时，"我收到了中国移动提示亚速尔群岛电信服务的信息。有国有家的感觉真好！这一路从北极走来，每到一个新的国家和地区，中国外交部服务中心都会发布相关提示信息。国家强大了，作为旅行于世界各地的中国公民来说，尤其感到自豪和温馨！"

家国情怀不仅是一种情感诉求和心灵皈依，更是一种生命自觉和文化承续。它是流淌在每个炎黄子孙血液里的情愫，是无论身处何地都不能忘却的情怀。正如20世纪著名诗人艾青所说："为什么我的眼里常含泪水？因为我对这土地爱得深沉……"是的，家国情怀就是对国家认同感、归属感、责任感和使命感的高度融会和集成，是中华民族深厚的文化基因。作者纵贯地球南北极88天的冰海之旅，旅途漫漫，历程曲折，航行逾三万公里，他把国旗带到冰天雪地的地球两极，用多元方式记录精彩瞬间，抒发对祖国的热爱，传递心怀家国的真切之情。

永远的中国记者，特有的职业敏感，旅途不忘采访，硕果累累。 飞舟酷爱新闻事业，此次冰海之旅——从北极到南极，为他提供了采访良机与创作源泉。他不仅写出了《极夜访巴伦支堡》《北极国际科考村》《中国人的北极情》《香农岛的故事》《奥斯陆有感》《孤鸟遇救记》《安德鲁企鹅世界》《天外仙境半月岛》《登攀南极雪山岗》等颇具价值的专题通讯和描绘极地风貌的旅游通讯，还写出了《探险指导"极之美"》《两岁幼女在北极》《巧遇"冰人"刘易斯》等形象鲜明的人物通讯。基于职业敏感和拼搏精神，飞舟在88天的旅程中不失时机地进行了很多访谈。比如，在被称为"世界上最孤独岛屿"的扬马延岛上，在同行极友魏晓源的协助翻译下，他面对面地采访了一位途中他关注已久的年轻德国母亲。还在一次聆听关于北极的讲座后，他随即访问了世界著名极地海洋考察专家鲍本·罗兰教授，书中写道："最让我感动的是，罗兰教授极力赞颂中国历史人物郑和对世界海洋考察的贡献。""我十分敬佩罗兰教授严谨的科学态度……我问：'您如何评价中国的极地考察？'罗兰教授回答说，中国现在在南极有多个科考站，科学数据都很完善严谨。譬如中国长城站……罗兰教授热情赞美设在斯瓦尔巴群岛的中国黄河站在北极科学考察中所做出的贡献。但他似乎对中国没有在北极浮冰上设站感到有点惋惜。"作者在撰写此书过程中获悉中国北极科考获得新成就后，便激动地写道："现在我可以高兴地告诉罗兰教授，2018年，中国在第9次北极科考中，已在近北极点的浮冰上，首次成功布放了我国自主研发的'无人冰站'。从此，中国的北冰洋考察就从夏季延续到了冬季，提升了我国对北极环境的观察和监测能力。"

还有，在一次攀岩探索神秘的"穿山洞"后，作者择机访问了托格哈特山洞演讲者之一的女探险队队员、地质学家弗里德里克·鲍尔。在88天冰海之旅即将结束之际，作者还抓紧时间访问了挪威籍女探险队队员莱恩·奥弗高，成就了《德雷克海峡访谈》的精彩篇章。

作者是个极为勤奋又善于思考的人，书中很多篇章都是他丰厚学识与思想融合的结晶。他善于夹叙夹议，行文到适当处便画龙点睛式地加以点评，突破平铺直叙，赋予文章立体感，使其更有深度和广度，增强了可读性。在《初见格陵兰》中，我们可以看到这样的文字：格陵兰的旷世荒原，就这样无所遮掩地呈现在我们眼前，这里有开满野花的湿地，有白雪皑皑的山头，还有种类繁多的野生动物。接着，他笔锋一转写道：在此人迹罕至之地，"我们知道该做什么，不该做什么。每位极友早已牢记：此行带走的只能是照片，留下的只能是脚印！"精准地点出前往极地的游客必须有自觉的环保意识。

在《奥斯陆有感》中，作者写道："奥斯陆到卑尔根的铁路线，被誉为世界上景色最美的铁路线之一……然而也要客观地说，这趟列车走得实在太慢了！习惯于国内高铁旅行的人，对于这样的慢速度实在难以适应。而且挪威列车或许过于强调和营造自由、自觉和环保，在主动为乘客服务方面考虑得较少。在约8个小时的长途（约496公里）运行中，车厢内并没有提供餐饮之类的服务。由于沿途停靠车站间隔太短，乘客也根本无法在沿途车站购物补给。"途中的不适与疲劳在一定程度上消减了观赏美景的兴奋与愉悦，未能两全其美，令人遗憾。

读后感有点长了，总觉言不及义，未能切中作品最本质的特点——丰厚的文化底蕴和广阔的文化视野。文化底蕴，是一种不易触摸而流淌在血液里、渗透在骨髓里的闪光文化。阅读《冰海之旅——从北极到南极》，无论从谋篇布局，还是言辞表述，都让人感受到一种独特的文化视角、文化气质和文化韵味，读到深处让人回味无穷。"腹有诗书气自华"，希望更多年轻作者，秉持道德、认真读书、提高自身素养，让出手的文字更富深刻的思想、文化的韵味和飞扬的文采。这是书写读后感的题外话，也是借此机会对年轻朋友的真切寄语！

2021年8月于北京耕耘室

（作者是人民日报社高级编辑，著有新闻书稿集锦《学步集》和游记文学《五洲游踪》等。）

穿越洪荒游两极　蘸得万水荡飞舟

枫　竹

喜获飞舟兄继游记文学《国外掠影》之后，又有新著《冰海之旅——从北极到南极》付梓，我甚为高兴。他嘱我为新书写序文，我实感诚惶诚恐，那就写点读后感吧。

作者张飞舟是一位擅长文字，喜欢摄影，热衷旅行的资深新闻工作者。他曾多次登临世界第三极青藏高原，走遍祖国的大江南北，去过世界50多个国家。我与作者相识于和讯博客。无论是博客还是美篇，我都是其作品的"铁杆粉丝"。

《冰海之旅——从北极到南极》共80篇文章，38万字。作者以纵贯地球南北极为主线，以时间为顺序，采用纪实文学手法，全景式地展现了沿途所见所闻。独特的极地风貌，惊险的旅行经历，震撼的现场画面，通过优美的文字，纪实的图片，深刻的感悟……生动地呈现给读者。每一篇都有摄人魂魄的景致，都会令人感叹："不看不知道，世界真奇妙！"

北极探秘。"南极和北极地区对我们人类来说，是一个非常新奇、陌生和遥远的地方。"2017年8月22日，作者一行怀着对极地探险的强烈好奇心，从北京出发，踏上纵贯地球南北极的征程。

北极斯瓦尔巴群岛，是此行的第一个目的地。跟随作者的文字和图片，登临靠近北极点的斯瓦尔巴群岛，见到了亘古蛮荒、原始状态的冰原。从"熊比人多"的朗伊尔城，到乱石缝中的野花小草；从眺望苏联小镇，到"极夜访巴伦支堡"；从走访"世界末日种子库"，到考察"百年捕鲸疯起处"……作者不仅向读者展现了罕见的北极风貌，也回顾了北极的曲折历史。作者还重点介绍了中国北极黄河站。"北极黄河站的建立，表明中国自此开始行使早在1925年就可享受的《斯瓦尔巴条约》缔约国权利。而最让其他国家科学家称道的是，中国北极黄河站拥有全球极地科考中规模最大的空间物理观测点。"作者还专门写了《中国人的北极情》，概述了中国人与北极的历史缘分，并在该篇末尾写道："可以预见，随着'冰上丝绸之路'的开通和拓展，北极必将洋溢更为浓厚的中国情！"

格陵兰是全世界最大的岛屿,是北极圈内北极熊、北极狐、北极兔、貂、狼、驯鹿等野生动物的天然保护地。随着作者的笔触深入荒原,仿佛来到另一个世界。不容忽视的北极野花小草,为荒凉的北极增添了一抹亮丽的色彩。格陵兰蕴藏着极为丰富的冰川,有"地球冰柜"之称。近年来,这里的冰川融化速度太快了!作者每天所见皆是浮冰和冰山。假如格陵兰岛的冰川全部融化,地球上的海平面将上升7米!作者为此感叹:"我们赖以生存的地球原本就是这样?亘古不变、寥无人迹的东部格陵兰,似乎在向我们诉说着什么……这一路走来,我们常在议论地球,议论全球气候变暖,议论环保与己有关、与子孙后代有关!"

极地旅行的最大魅力在于它的不可预见性。读《丹麦海峡风暴》,心情跟着作者的文字波澜起伏,紧张不安。敬佩作者在巨大的风暴面前,迎着风浪,一个人从船的第五层下到第四层,又从第四层上到第七层,去抓拍狂涛骇浪,留下极其珍贵的资料……真不愧是来自福建平潭岛的大海之子!

茫茫长海路。前进号驶出北极圈后,沿着欧洲西海岸,一路南行,途中在挪威首都奥斯陆、荷兰首都阿姆斯特丹和法国诺曼底等地参观访问。之后继续向南,进入英吉利海峡。作者游目骋怀,退思联想遥远东方的台湾海峡……台湾海峡何时才能通桥隧?祖国何时才能完全统一?

作者是一个感情丰富、富于联想的旅行家,旅途中看到高山就会想到大美西藏,看到河流就会想到长江黄河,看到大海就会想到家乡平潭岛、想到一水之隔的祖国宝岛台湾……无论走到哪里,都深深眷恋着自己的祖国。赤子之心,爱国情怀,跃然纸上,令人感动!

世界真美妙,作者白天还在欧洲大陆最南端的西班牙加的斯市参观游览,晚上就抵达非洲大陆最北端的摩洛哥,创下了一天跨越两大洲的奇遇。次日之晨,前进号即将靠上卡萨布兰卡码头时,全体中国极友一起涌上主甲板,围着一面鲜艳的五星红旗来张集体大合照。因为这天是我们伟大祖国的生日!作者在《远在北非过国庆》中写道:"这一时刻,我们所有人都像小孩子过节一样开心……虽然远在北非摩洛哥,但我们的心与祖国靠得很近很近。大家心里只有一句话:'亲爱的祖国,我们永远爱您!'"

紧接着,作者在远离祖国的大西洋上过中秋,思乡之情可想而知。在作者倡议下,前进号上的中国极友玩起了具有闽南风情的中秋"博饼",为极友们增添了一番乐趣,减少了一抹乡愁,让大家度过了一个别致而又难忘的中秋佳节。

佛得角是大西洋中的孤岛,曾是葡萄牙殖民地,历史上是黑奴买卖的中转地,也是海盗经常出没的地方。作者在其中的圣地亚哥岛及该国首都普拉亚旅行之后写道:"也许是孤悬大西洋之故,佛得角的海滩原始自然,毫无污染。这里的每一个景观,都是大自然的原始之作……佛得角是美丽的!虽然它与我国相距万里,但遥远不是天堑，我相信总有一天，会有更多的国人同胞来西非岛国佛得角实地欣赏美景。"

南美洲的亚马孙河，是世界上流量最大的河流。它孕育了世界上最大的热带雨林，供养着世界上三分之一的物种。但这条河流对于大多数国人来说，是遥远而又陌生的。作者深入浅出地介绍了"神奇的亚马孙河"后说："来过这里的人都知道，以后千万不要再说'亚马孙热带雨林与己无关'了！因为，这里是'地球之肺'！亚马孙热带雨林占地550万平方公里，是地球上生物多样性最丰富的地区之一。亚马孙热带雨林，为全世界人民提供了所需氧气的五分之一！如今，'地球村'已不再只是文学字眼。地球就是我们人类赖以生存的生命共同体呀！"

南极猎奇。跟随作者首先走进马尔维纳斯群岛。在该群岛西点岛的"魔鬼之鼻"岬角，作者第一次看到好多跳岩企鹅和黑眉信天翁。在巴布亚企鹅云集的布拉夫海湾，作者还见到罕见的王企鹅等，在阅读中仿佛听到了来自海边的"风声，海浪声，企鹅的吟唱声……"

南乔治亚岛是进入南极大陆的门户。这里雪山巍峨，山峰陡峭，冰川如镜。这里是王企鹅和海豹的领地。作者笔下的极友们小心地观赏着企鹅，企鹅也以优雅的姿态欢迎着这些来自远方的客人们。"沙克尔顿远足"，绝不是一般的登山远足，在前进号报名者中选出的身体健壮、勇于探险的"勇士"才能够参加。年已古稀的作者有幸成为被选中的一员。作者在《"沙克尔顿远足"》中讲述了英国探险家沙克尔顿在南极探险的故事，也讲述了自己亲历的这次挑战极限的"远足"活动。他就是在沙克尔顿"永不放弃，坚韧不拔"的精神鼓舞下坚持到底的。

在《安德鲁企鹅世界》中，作者把这个栖息着数十万企鹅的王国阐述得蔚为壮观，对企鹅的憨态可爱和极友们对企鹅的善待爱护都做了精心描述。徜徉在美丽的企鹅世界，与作者分享着南极梦一般的迷人景致，我也陶醉了！在《穿越历史的探秘》中，作者这样描述："洁净如洗的山壁，洁白如玉的雪峰，蓝光飘逸的冰川，漂浮若定的冰山，密密匝匝的浮冰……极地冲锋艇轻轻地犁开碎冰层，绕过小冰山，直抵蓝冰闪耀的冰川前。"南极冰雪大世界，如梦如幻，它在启迪鼓励人们去探索未知的世界。

作者笔下的《天外仙境半月岛》，圣洁、美丽与宁静。极友们在岛上的雪地中，穿着雪地靴艰难徒步，近距离观赏帽带企鹅的憨态、呆萌、优雅和可爱。《登攀南极雪山岗》，淋漓尽致地再现了作者登南极雪山岗的惊险和喜悦。敬佩作者在极端严寒的天气里，爬雪山，越冰凌，顶风冒雪登上了山岗之巅。这正是：鹅毛大雪漫山扬，登顶之路险又长。凛冽寒风何所惧，南极助就好文章。

横跨德雷克海峡，告别"世界尽头"乌斯怀亚小城，告别朝夕相伴的前进号，我理解作者依依不舍的心情。作者就是一叶周游世界的飞舟！从北极到南极，长海茫茫，任凭狂风暴雨，任凭巨浪滔天，意志如磐，信念永恒，勇往直前！

读后感怀。跟随作者的文图走过纵贯地球88天冰海征程，真是"飞越万水千山，游遍地球海陆"。漫漫海路中，不管怎样的狂风巨浪，都阻挡不了"88勇士联盟"。从北纬79度到南纬65度，穿越四大洲65个港口，总共航行19042海里（35266公里），海陆空总航程达7万公里以上！这是多么让人仰慕的超凡群体，其中的每一个人都是经过惊涛骇浪洗礼的名副其实的勇士。他们的内心足够强大，是因为心中有祖国，背后有亲友们支持。"永不放弃，永不言败"的精神，一直鼓舞着他们走向成功！

认真拜读这部倾注着作者心血的著作，心潮澎湃，感慨万千。有震撼，有敬佩，有感动，更有极大的收获。这部书的价值不仅仅是一部探险游记，以惊、奇、险吸引、震撼着读者，它也是一部包含文学、历史、战争、地理、人文、环保等各种知识的百科全书。拜读此书，深感受益，不虚此读！

认真拜读这部力作，更让我对作者怀有深深的敬意。作者在古稀之年又一次挑战自我，不怕路途遥远，不畏时间漫长，坚定地朝着自己的梦想出发，再一次彰显了其与众不同的气质和特立独行的个性。作者的第二个青春也在这次旅行中大放异彩。

敬佩作者以人生的大格局，大胸怀，大境界，有意识地把这次纵贯全球旅行作为一次环保题材的考察与思考。每到一处，每写一篇，作者都会关注环保，书写环保。在他的行动中，彰显着"无须提醒的自觉"；在他的身上，充分体现着习近平总书记倡导的"地球是我们共同的家园，守护好这颗蓝色星球，是全人类共同的责任"的理念。

敬佩这位有着强烈爱国情怀和职业操守的资深媒体人。他以"永不退休"的责任与担当，无论走到哪里，都会为正义发声，并以独特的眼光与视角去观察世界：发现美，歌颂美，弘扬美；宣传和平，不要战争；热爱自然，敬畏自然，为生态环境保护献策建言。

感谢作者在建党百年之际，为读者奉献了这本正能量满满的好书。衷心祝愿飞舟兄两极归来，仍有梦想，还会端上相机，再执妙笔，纵情于山水，逍遥于天地，快乐在路上，潇洒不止步！

目录

北极风情图辑 / 001

飞往北极 / 018

"熊比人多"的城 / 021

眺望苏联小镇 / 023

狗拉雪橇 / 025

北极小草 / 027

"世界末日种子库" / 030

极夜访巴伦支堡 / 033

北极国际科考村 / 036

中国人的北极情 / 040

百年捕鲸疯起处 / 043

见证北极冰泳 / 047

探险指导"极之美" / 050

初见格陵兰 / 054

猎人小屋遐想 / 057

香农岛的故事 / 060

"天狼星"巡逻队 / 063

麦格布塔追古 / 066

花朵海湾赏花 / 069

别了！格陵兰"无人公园" / 072

一进因纽特村 / 075

丹麦海峡风暴 / 078

"冰峡湾城"漫步 / 082

徜徉地热之国 / 086

"无烟"的最北首都 / 089

二进因纽特村 / 092

终极峡湾探险第一天 / 096

冰清玉洁的世界 / 099

喜见北极光 / 102

从熊岛到南角 / 105

饱览"千里冰封" / 108

斯图尔得角巡游 / 110

孤独的扬马延岛 / 112

两岁幼女在北极 / 114

茫茫海路绪万千 / 116

越洋夜游罗弗敦 / 119

纵贯南北图辑 / 123

攀岩探索"穿山洞" / 140

徒步健行弗尔岛 / 143

梦幻的"山妖之路" / 146

奥斯陆有感 / 149

荷兰首都急行军 / 152

孤鸟遇救记 / 155

"光头三兄弟" / 158

抚今追昔诺曼底 / 160

英吉利海峡遐思 / 164

欧洲的"天涯海角" / 167

河海相拥的波尔图 / 171

"大航海"的里斯本 / 175

一天横跨两大洲 / 178

远在北非过国庆 / 180

大西洋上过中秋 / 183

大西洋遗珠佛得角 / 187

漫漫海路大西洋 / 191

隆重仪式过赤道 / 194

神奇的亚马孙河 / 197

初见圣塔伦 / 199

雨林心脏玛瑙斯 / 202

狂欢名城帕林廷斯 / 205

又见圣塔伦 / 208

回望亚马孙河 / 210

南大西洋趣事 / 212

醉美小镇帕拉蒂 / 215

重游蒙得维的亚 / 218

南极风光图辑 / 221

马尔维纳斯西点岛 / 242

从布拉夫湾到斯坦利港 / 246

挺进南乔治亚岛 / 250

"沙克尔顿远足" / 254

穿越历史的探秘 / 258

安德鲁企鹅世界 / 261

告别南乔治亚岛 / 263

定位南极洲 / 265

巧遇"冰人"刘易斯 / 268

天外仙境半月岛 / 272

从扬基港到奇幻岛 / 275

登攀南极雪山岗 / 279

不说再见的告别 / 282

德雷克海峡访谈 / 284

回眸串游南北极 / 286

乌斯怀亚到了！ / 289

走马观花"布宜诺" / 292

纵贯地球结束回厦门 / 297

后记 / 299

北极风情图辑

北极冰海中的前进号

1 北极地衣
2 北极柳
3 北极棉
4 北极野花野草图

北极野生驯鹿

冰岛地热群

冰岛间歇泉

冰海"水墨画"

1 冰海接驳
2 冰岛首都雷克雅未克
3 畅游北冰洋

005

1	2	3
4	5	6

1 初登格陵兰岛无人区　　4 格陵兰冰山
2 登攀冰岛西峡湾　　　　5 格陵兰的夏夜
3 泛舟北冰洋　　　　　　6 格陵兰浮冰丛

007

格陵兰浮冰图

亘古蛮荒的地貌

狗拉雪橇

孤独的扬马延岛

极昼的斯瓦尔巴群岛

	1	2	3
4	5	6	

1 玛格达莱纳峡湾
2 哨岩上的北极兔
3 七十岁老人在北极
4 奇云下的依托库托米克
5 挪威罗弗敦群岛
6 随处可见的动物骸骨

011

天狼星犬与游客亲密互动

巡游考察地质地貌

亚裔脸孔的因纽特人

扬马延贝伦火山口

因纽特人居住的村镇

巡游考察苏联小镇

中国极友团从北京出发

最北机场的"北极熊"

中国北极黄河站（徐文祥提供）

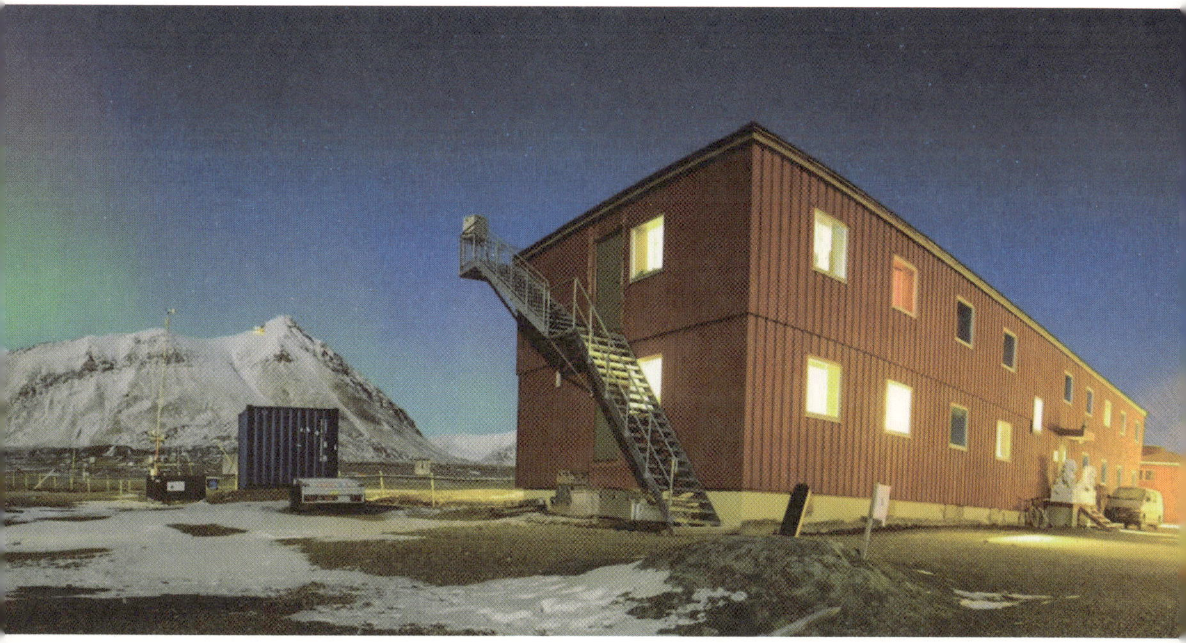

飞往北极

2017年8月23日。挪威首都奥斯陆国际机场。

昨晚，我们住在挪威首都奥斯陆机场宾馆。今晨，我的生物钟依旧催我早起。同居一室的忘年交旅友周恒，与我一样兴奋。大清早的，我们兴致勃勃地出门。步出酒店，就能见到机场上成排而列的飞机。我们迎着耀眼的霞光，朝着日出方向快步行走……

北欧的天空洁净如洗，旭日朝霞颇有特色。这是今晨北欧斯堪的纳维亚半岛上的第一缕日出霞光！我们本来就一夜激动兴奋，现在又看到这么美的日出盛景更是感到欢欣。我们为离开祖国后观赏到的第一个日出而高兴，它预示着我们的北极之旅有个好兆头！

北极，是个非常遥远的地方。我们此次能来北极太不容易了！

8月21日清晨，我急匆匆离开厦门的家，赶往厦门高崎国际机场。上午9点，我乘坐厦航MF8450航班飞往首都北京与极友们会合。

蓝天如洗，尽现祖国美好河山。飞机一路朝北，飞过了长江，越过了黄河……祖国的蓝天，祖国的山水，始终让我陶醉！我的内心似乎有一种出征前对故国家园的特别留恋之情……

中午12点左右，飞机降落在北京首都国际机场。已经七八年没有来北京了，颇有一番亲切之感。在北京机场短暂的中转停留过程中，我很高兴见到了堂侄女张小琴。张小琴虽是我的堂侄女，但至诚至亲大可去掉"堂"字。刚过不惑之年的侄女小琴可不简单，她现在从事国家南水北调工程机械技术方面的工作，年纪轻轻，已是教授级高级工程师了！侄女小琴常年风尘仆仆，奔走于祖国大江南北水利工程现场。今天，她刚刚从哈尔滨飞回北京，只比我早一个多小时抵达首都机场。她连自己的小家也顾不上回，就为了看一眼我这个堂叔。

我客住机场附近的一家商务酒店，与侄女在这里边吃饭边交谈。见面匆匆，言语不歇。侄女小琴知书识礼，感恩的心永系心头。话语中，她还记得我曾经去过她就读的中学、大学看望她的情景……连一个个小小细节都还系结心头。我想，或许正是由于她常怀感恩，谦卑谦逊，勤奋工作，才有今天这样的成就。

8月22日早上，北京首都国际机场T3国际航站楼。

按照事先约定，我们这群来自全国各地的特殊团队一行15人，陆续汇齐了！全团15人的年龄结构为73、72、70、69、68、63、60、57、56、55、44、43、39、37、8岁。虽然我们原本素不相识，但共同的兴趣和爱好，甚至可以说共同的命运和机缘，让我们走到一起来了！因为展现在我们每个人面前的，将是人生旅途中最艰难、最难忘的一段旅程……

在首都机场T3航站楼的大厅里，我们这一群人显得格外醒目。我们当中有人细心地准备了五星红旗，不仅有集体使用的大面国旗，还有每个人都能随身携带的两面小的五星红旗……在后来的旅程中，我们都欣慰地感受到五星红旗给予的鼓舞和力量！是的，不管我们走到地球的哪个角落，我们总是将祖国母亲记挂在心头！

在我们办理登机手续之际，经办我此次旅行业务的极之美旅行机构专员张雪艳姑娘，匆匆赶来送行了！原来，她与朋友正在内蒙古大草原旅行，为了给我们送行，她今天凌晨匆匆从大草原直接赶到首都机场。一路上的堵车，让她心急如焚，好在终于赶上见上一面了！在整个旅程中，张雪艳姑娘还通过微信等给我很多关心和指导呢！

我们一行在即将登机离开亲爱的祖国之际，在首都机场拍了第一张合影。当然，合影中最醒目的就是五星红旗了！

上午十点半，我们乘坐德国汉莎公司LH721航班飞离北京。

北极太遥远了！我们只能先飞到欧洲航空枢纽法兰克福中转，再换乘LH858航班，于当地的傍晚时分终于抵达挪威首都奥斯陆。

奥斯陆是北欧毗邻北极圈的地方。这里仍然是我们此行的中转站。我们此次旅行的首个目的地是北极斯瓦尔巴群岛，还需要飞行3个小时才能到达。

向北！我们还要继续北飞！

在奥斯陆机场酒店经过一夜休息，给处于兴奋状态的我们增添了精力和元气。23日上午9点左右，我们一行乘坐挪威DY396航班波音737-800型客机，直冲云天，一路朝北！

我的位置位于舷窗口，我的眼睛一直注视着窗外风景。从奥斯陆飞往北极斯瓦尔巴群岛首府朗伊尔城，大多数时间都是在茫茫的北冰洋上空飞行。只是飞机快到目的地朗伊尔城时，舷窗下方才时隐时现地露出大地。它就是地球北极的斯瓦尔巴群岛。

机翼下的北极

斯瓦尔巴群岛是最靠近北极点的岛屿，总面积约6.2万平方公里。它的最大岛屿是斯匹次卑尔根岛，首府朗伊尔城就坐落在这个岛上。由于云层太厚，飞机临近群岛上空时，大地只是若隐若现，若即若离。透过舷窗，我只是看到一座座白色雪山及绵延起伏的褐色山岭。通过在空中的观察，我对北极群岛的第一印象是：这里是一片亘古蛮荒、原始状态的冰原！

"熊比人多"的城

8月23日上午11点，我们乘坐的飞机就这样掠过海湾，轻轻滑行，顺利停泊在斯瓦尔巴机场的停机坪上。

斯瓦尔巴机场位于斯匹次卑尔根岛海湾旁的一片开阔地上。这里没有围墙，甚至没有明显的围栏设置。乘客各自提着手提行李，蹒跚地走下简陋的梯子。绝大多数乘客都是第一次来到此地，一边提着行李，一边好奇地拍照纪念。大家兴奋地径自走向那座深蓝色的低矮房子，等待领取托运的行李。

斯瓦尔巴机场是全球商业飞机航班可到达的地球最北机场。朗伊尔城是地球上最北的城市，也是北极地区唯一被认定以北极熊为主人的城市。鼎盛时期这里有北极熊5000只，而人口只有3000人，目前常住人口仅1800人。我们下了飞机提取行李时，就见到行李转盘上有一只北极熊。当然，它只是栩栩如生、活灵活现的北极熊标本。

这个机场很像公交车站，门口有个醒目的交通示意图。它明确标明这里是东经15度33分、北纬78度13分。示意图上除了标明这里与世界各主要城市之间的距离外，还特别醒目地提示人们：要注意避让真正的主人北极熊！在这样的标志牌前，是一定要留影纪念的！也就是在这个标志牌前，我为同团极友赵艳梅女士及其8岁儿子严思成（小名果果），拍下了第一张照片。当时，赵艳梅女士的丈夫尹钢正在机场屋内等候领取行李。他们一家三口全都来了！我们纵贯地球88天游15名团员中，尹家占了五分之一呢！

从朗伊尔城的经纬度数中就能看出，它距离中国有多远。中国首都北京中心位于东经约116度20分、北纬39度56分，我的居住地厦门位于东经118度8分、北纬24度48分，就连我国最北的漠河北极村也只是在东经122度20分、北纬53度33分。按照每个纬度之间的距离大约110公里计算，斯瓦尔巴群岛首府朗伊尔城与中国距离之遥远就可以想象了！

地球的北极与地球的南极不同。南极洲四周都是海洋，可以说它是被大海包围

着的陆地。而北极则是由斯瓦尔巴群岛等岛屿或岬角环抱着北冰洋而组成的。也可以说，北极是由众多岛屿包围着的冰之海。朗伊尔城距离北极点只有1300公里。有人说，站立在朗伊尔城这座地球最北小城上，全世界99.99999999％的人在身后的南边。身临其地，听到此话，浮想联翩……我似乎有点茫茫然晕乎乎的感觉。

朗伊尔城坐落在斯匹次卑尔根岛的一个山坳处。下榻酒店之后，我们不顾疲劳，开始逛街。朗伊尔城虽然常住人口不到2000人，但它"五脏俱全"。这里除了拥有飞机场和码头之外，还拥有酒店、商场、学校、邮局、医院、博物馆、图书馆、体育馆和教堂等相关服务设施。但这里的街道就只有那么短短的两条，不到10分钟就逛完了。街道的最显著位置屹立着一尊煤矿工人的塑像，它似乎在告诉人们，该城是从采煤起家的。

朗伊尔城商店橱窗里的北极熊、北极狐等标本异常逼真，初看时常会"吓一跳"！朗伊尔城的邮局尤有特色，这里是全世界最北端的城市邮局，集邮爱好者纷纷从这里寄出最为珍贵的明信片等邮件。

朗伊尔城背靠海拔近千米的希奥特弗杰山，面向弧状的伊斯峡湾。"斯匹次卑尔根"，意思是陡峭的山脉。1596年，荷兰探险家威廉·巴伦支抵达这片地区时，为其命名。或许是大山挡住凛冽寒风的缘故，朗伊尔城内显得风平浪静，漫步小城颇有一种宁静神秘之感。初到此地的人们，谈论最多的就是北极熊。这里的各个主要道路交叉口，都有提醒"北极熊出没"的显著标志牌。穿梭往来的各个旅行小分队中，都有背着来福枪的人。这里有太多关于北极熊的真实故事……前几年，有北极熊窜进朗伊尔城，无论人们采取怎样的恐吓手段都赶不走它。最后只好动用直升机才将这头北极熊驱离。

真乃"谈熊色变"！但这只是传说，现实中要遇到北极熊却很难。北极熊是濒危野生动物，也是北极地区的"形象大使"。每一个有机会来到斯瓦尔巴群岛的游人，谁不想邂逅北极熊呀！

我们在朗伊尔城的一家酒店住了两个晚上。在这极其宝贵的两天时间里，我们马不停蹄地开展一系列旅游考察活动。其间，连个北极熊的影子也没有见到。

眺望苏联小镇

8月23日下午，我们在朗伊尔城一家极地探险俱乐部里，笨手笨脚地穿上类似登月宇航员穿戴的极地探险服。极友们相互帮助穿戴，每个人都笨拙得像只大狗熊。但你可千万别讥笑这样的穿着，因为我们马上就要在冰冻的北冰洋上巡游！

我们一行分乘两艘摩托艇离开朗伊尔城码头。摩托艇像箭一样飞奔在伊斯峡湾。迎着凛冽寒风，脸上如同刀割。小艇掀起裂变的惊涛，漫天水沫飞溅身上。刚开始，我们都还为此状态感到十分豪迈。大家只是死命地抓住艇上的扶手，任凭小艇在冰冷的海面上狂奔飞翔……

但我们很快就感觉到彻骨的冰冷，戴着手套的双手已经僵硬。大家都庆幸穿上了这"熊样"的极地探险服。试想，在如此冰冷的海湾上穿梭，如果没有这样的穿着，那真的会被冻成冰棍。斯瓦尔巴群岛，其名称的真正含义是"寒冷的海岸"。当我们穿着笨重的极地探险服，乘着摩托艇在北冰洋上飞驶巡游时，才真正感受到什么叫作"寒冷"，才真正体会到斯瓦尔巴群岛名称的含义！

摩托艇绕过一处处绝壁山崖和岬角。我们仰望万丈高处的累累鸟巢，但见奇峰怪石，峥嵘嶙峋，仿佛来到亘古荒芜的另一世界……

我们乘坐的摩托艇就这样一路狂奔，直到抵近那座早已被世人遗忘的苏联小镇格鲁曼特，方才慢慢地停歇下来。两艘摩托艇傍依在一起，这样船体才稍显稳定。此时，一位名叫麦克的高个红胡子青年，从摩托艇后部的驾驶员位置，移坐到前方高翘的小船头上。麦克面向山崖上的废弃建筑物，手指点点，喃喃而语……他诉说着那座房是学校，那座屋是医院，那里是煤矿洞口，那里是货运码头……通过翻译，我们认真聆听这位青年极地专家讲解格鲁曼特小镇的悠久历史和过往故事。

原来，格鲁曼特是历史上苏联经营的有过一段辉煌经历的小镇。当年，从这里挖掘出来的优质煤等矿藏资源，被源源不断地运回苏联本土。从1961年开始，格鲁曼特小镇开始荒废。如今，这里的楼房还在，但已空无一人。我望着岸上鸟雀盘旋

着的破败楼房，满目残垣断壁，心中不禁为之感慨！

白驹过隙，岁月留痕。格鲁曼特虽已成为废城，但它承载的历史记忆依然留存。其实，远在北极圈内的朗伊尔城，它的发展历史也很粗犷、野蛮甚至是血腥的。朗伊尔城的名字，就是源于1906年来此地开矿的美国人约翰·朗伊尔。现在，朗伊尔城的采煤业虽已因萧条而关闭，但在小城周围的半山腰上，仍然清晰可见早期采矿留下的木质栈桥、狭窄铁轨等废弃设施。

我们的目光掠过浩瀚的海面，眺望山坡上的废城格鲁曼特，心情不免有些沉重。忽然间，我把目光停留在废弃小镇附近的野山坡上，那里呈现着难得一见的整片的地衣苔藓类植物。它们所呈现的绿色，在周围寸草不生的赭色岩层的衬托下显得格外醒目。据说，山崖上的这片绿色苔藓的始作俑者是海鸟，它们在大海里吃了海藻和鱼儿，之后飞到这里，把粪便涂抹在旷野山崖上。久而久之，顽强的绿色苔原就这样长在山崖之上，形成这里独特的风景……在这么严寒的环境中，能够见到绿色生命景观，这让我心中为之兴奋！地衣苔藓是北极地区难得一见的植物之一。它是极地不朽生命的象征！

麦克介绍完废城格鲁曼特之后，又先后取出北极鲸鱼和北极鸟类等动物的图片与我们分享。他说，北冰洋上过去有许多种鲸鱼等珍稀动物，但由于人类的滥捕而灭绝了！当他介绍到北极地区的珍稀鸟类时，恰好有几只北极燕鸥从我们的头顶飞过。麦克兴奋地说，北极燕鸥是一种追着太阳飞奔的鸟儿，现在我们头上飞翔的北极燕鸥就是从南极飞过来的；而当北极的夏季结束、极夜就要来临之际，北极燕鸥又要飞回南极度夏了。我听了为之一怔：从地球的北极飞向地球的南极，这可是神鸟呀！

从废城格鲁曼特返回朗伊尔城途中，我们的摩托艇又在另一处废弃小镇作短暂停留。这里是挪威的一个废弃小镇，旷野上躺卧着几艘散了架的破损的木帆船，附近还有锈迹斑驳的废旧机器。就在一艘废弃木船旁的沙砾地上，麦克从摩托艇上搬下几个暖水壶，为我们每个人冲泡了一杯浓浓的蓝莓热饮。在如此寒冷的北极海岸边，喝上这么一杯酸甜的热饮，除了觉得口感极好之外，更多的还是觉得感动！没有人有过这样的渴求，旅行合同中也没有这样的规定，但热情好客的麦克就是这样默默地为我们奉献了寒冷北极中的特别温暖！

后来，我才知道麦克不是挪威人，他是专门来为斯瓦尔巴群岛夏季游客服务的。但他不会在这里度过漫长的极夜，他总是追着太阳奔走……

忽然，我联想到北极燕鸥！这位高个红胡子青年麦克，不就是人间的"北极燕鸥"嘛！

狗拉雪橇

8月24日上午，我们在北极斯瓦尔巴群岛开展了一项别开生面的狗拉雪橇活动。

早餐之后，我们从朗伊尔城酒店分乘几辆吉普车，前往郊外的一处狗拉雪橇基地。朗伊尔城一共就那么两条街，就拥有上百座涂抹着各种鲜艳色彩的矮房子。所谓郊外，汽车绕过环绕城区的山脚，就是茫茫荡荡的荒原了！

8月下旬的这一天，属于北极的夏天，还是斯瓦尔巴群岛极昼的日子。极目远眺朗伊尔城郊外的广阔山谷，地面上的积雪基本融化了。间或可见水洼溪流的边上还残留着冰碴。旷野上成片的极地苔藓，绿色中衬托着棕红。山谷四周的山峰顶上还是白雪皑皑。漫山坡上，一撮撮刀疤状的残留雪堆，泛着耀眼的亮光。很显然，这个季节在这里开展狗拉雪橇活动，是不可能在雪地里进行的。

朗伊尔城的这家狗拉雪橇基地，拥有上百头西伯利亚雪橇犬。人们俗称西伯利亚雪橇犬为"哈士奇"。我虽然见过许多狗，但还是第一次来到众狗聚集的基地。这里的狗独自居住，都有各自的"家"，每个狗屋上都写着犬名。我们走近狗屋时，被铁链拴住的犬儿会发出"汪汪"的叫声，这种叫声不是令人害怕的那种嘶吼，而是呈现出即将接受任务时的兴奋激动的声调。见此情景，极友们与雪橇犬之间的友好气氛骤然升高。胆大的极友还与犬儿"握手"，甚至还有人与狗贴脸亲热……

我平时不养宠物狗，但对它们并不排斥。我知道，狗是最通人性的动物，儿时居住的海岛乡村，几乎各家各户都养狗。印象中，我们家与多户族亲共住一座老宅院子。每当夜深就会关起宅院大门。那时的宅院大门口旁边，都留有一个狭窄的狗洞。夜晚，看家狗卧在院子内的狗窝里，只要院子外有什么动静，看家狗就会从狗洞呼啸而出，发出尖厉的"汪汪"吼叫声……那时，农村养狗的主要目的就是看家护院。

狗拉雪橇则不同，它是千百年前北极地区先民发明的，后来成为因纽特人（原称爱斯基摩人）及早期极地探险家们赖以生存的重要工具。我最早是从书本上，后来又从电影电视等传媒上了解到许多因纽特人和极地探险家们驾乘狗拉雪橇的生动

故事。据说，生活在北极圈内的因纽特人，最初是从狼群中培养出这种被称为"哈士奇"的犬。他们在极其寒冷的险恶环境中，利用哈士奇拉动雪橇，保护自己，维系生存。这种犬忠诚度尤其高，它们紧随主人身边，参与各种捕猎活动。因纽特人就是利用它们保护村寨、守卫驯鹿等。

至于在征服南北两极的早期探险活动中，雪橇犬发挥的作用可大了！1909年4月6日，美国探险家皮尔里及其助手，就是乘坐由40只狗拉着的雪橇才抵达北纬90度的北极点。皮尔里因此摘得全世界第一个到达北极点的桂冠！而第一个到达南极点的挪威探险家阿蒙森，其取得最后冲刺南极点的成功靠的也是顽强拼搏的雪橇犬。1911年12月14日，阿蒙森率领他的团队，利用52只以哈士奇为主的雪橇犬队，最终完成了人类最先到达南极点的壮举！然而，当阿蒙森及其团队最后走出南极时，活下的雪橇犬只剩下11只……

正是由于对雪橇犬的由来及其历史发展有所了解，因此，我对今天的狗拉雪橇活动十分看重。这次活动虽然只是在沙土路上进行，但同样是一场身临其境的难得体验。

我们乘坐的狗拉雪橇经过改装，成为轮式。我与同室极友周恒及女极友李志文3人，共乘一部狗拉雪橇。这种雪橇很像加长的手扶拖拉机。我们每个人都要穿上由雪橇基地提供的特殊服装。这种服装类似极地探险服，不分男女，但有大小号码可选。其间，周恒站在雪橇后部担任驭手，重点控制由脚闸和手闸组成的刹车系统。李志文坐在最前面，负责照料雪橇犬，雪橇队伍停歇时，她还要负责提水喂狗。我这老者受照顾居中而坐。

行驶过程中，小周和小李忙个不停，只有我悠闲端坐，偶尔充当摄影师。这也让我有机会仔细观察狗团队的整体活动状况。这部狗拉雪橇由8只杂色的良犬牵拉，它们都很彪悍，闯劲十足。据说，这个基地的雪橇犬都是由哈士奇和冰岛犬杂交形成的优良品种。很显然，这8只良犬不是随意捆绑在一起的。它们布局合理，分工明确。最前头的是领头狗，中间有团队狗，最后是出大力气的别轮子狗……综观整个狗团队，它们都十分卖力，全程奔腾不歇，动作整齐协调。我发现有一只狗腿上磨出了血，照样不停地奔跑。整个狗团队最重要的自然是领头狗。尤其遇到转弯时，领头狗引领的奔走路线非常重要，弄不好，雪橇就容易翻车。由此可见，在极地复杂恶劣的自然环境中，犬群的团结协作是多么的重要！

参加这次狗拉雪橇活动，让我更直观地感受到：狗确实是最通人性的动物。尤其是雪橇犬，它们忠于职守、吃苦耐劳、团结协作、永不放弃的精神，是值得人类学习的！

北极小草

也许朋友们会觉得有点奇怪：北极小草不就是草嘛，有什么值得大惊小怪的？北极小草可不一般，我就是要为其极力讴歌！我就是要对恶劣环境中的顽强生命直抒礼赞！

北极陆地是广袤苍凉的茫茫荒原。当我从飞机上第一眼看到斯瓦尔巴群岛时，脑子里就烙下"亘古蛮荒之地"的印象。然而，大自然的万物都是有生命的，即使在地球极端地区也是如此。当我们走进地球最北端一隅时，荒原上的生命之草，正竭力向阳，抓紧成长，绽露微笑……虽然我们在斯瓦尔巴群岛见到的多是苔藓、地衣等小型植物，但在我的心里，它们品格高尚、形象高大！

北极圈内的陆地多是永久性冻土带。永久性冻土带是什么概念？我国首条进藏铁路，有相当长的路轨就是铺设在永久性冻土带上。由此可以想象，永久性冻土带有多硬了！北极每年只有短短的2个月夏天，永久性冻土带的表层只有在这短短的夏季里才能融化那么一点点。这一点点又是多少呢？大约也就30厘米吧。而北极的冬季长达半年，到了冬季，夏季融化了的那薄薄30厘米的地表层，又将渐渐地冻上。

这种现象，千万年来，周而复始。因此，可怜又可贵的北极植物，为了自己的生存必须争分夺秒地抓住夏天。它们必须在夏季的两个月里，完成长叶、开花和结果。适者生存，别无他径。我们所见到的北极植物，全都是这样顽强地活下来的！

地球最北端的朗伊尔城，三面环山，一面临海。朗伊尔城内的房子，大都涂上缤纷的色彩。究其原因，莫不是为了在漫长的漆黑极夜里显得有点生气？抑或这样做是为了弥补当地没有大型树木花卉的自然缺陷？不管怎么说，北极缺乏大自然中常见的绿色植物，确是不争的事实。

然而，缺乏并不等于没有。在朗伊尔城临近海湾的那片荒滩上，在一整排彩色房子前面，我就惊奇地发现一片绿色植物。走近细看，这片绿色植物郁郁葱葱，生命力似乎还很旺盛。最为醒目的，是绿色草丛中突兀耸立着绒毛状的白色花朵。这种绿色植物就是北极羊胡子，也就是俗称"北极棉"的多年生草本植物。

为什么在极其严寒的朗伊尔城荒滩上，北极棉能长出这么旺盛的葱绿茎叶？它又怎么能在这么短的时间里完成开花结果？原来，北极棉因地而生，适地而存。它充分利用北极的短暂夏季，在一个月内就完成从开花到结果的全过程。一个月，弹指一挥间。我们作为最高等级的生物人类中的一员，一个月内又能做成什么呢？

此时，我的脚边正躺着几片飘落的北极棉朵。它真的很像棉花，蓬松且有着纤纤絮丝。我望着这些随风飘荡的棉朵发呆……北极棉在一个月里完成开花结果，那是需要付出多大努力呀！而且，北极棉的朵朵棉絮，还会同蒲公英那样随风飘荡……它会把生命的种子，播撒到四面八方，在其他适宜之地继续生长。进而，它又再长成绿茎小草，继续蓄积能量，继续开花结果……等到进入极端严寒的漫长极夜后，北极棉又会像冬眠的棕熊一样耐心潜伏，等待来年夏季继续伸茎吐蕊、开花结果，再度获得辉煌！

望着眼前的北极棉，让我联想到南国厦门的木棉花……木棉花，人称"英雄花"。我想，北极棉不也是另类的"英雄花"嘛！你能想象北极荒原的自然环境条件有多恶劣吗？别的不说，仅仅不见天日、漫长漆黑的极夜，一年当中就有100天呀！

北极棉是我在斯瓦尔巴群岛最先认识的北极小草，但我对北极植物的认识并不仅限于此。8月24日下午，我们极友团一行跟随两位挪威极地探险专家，徒步攀越了斯匹次卑尔根岛上的一座小山头。这座小山头位丁朗伊尔城的正北方。我们下榻酒店的大门，就正对着这座小山头。小山头的高处，有一块透着淡淡蓝光的冰川。我每次进出酒店大门，都要习惯性地驻足朝它眺望几眼。所以，这天下午的徒步活动，从一开始我就十分兴奋。这是我进入斯瓦尔巴群岛以来的第一次荒原穿越，也是大范围见识北极原生态自然环境的一次机会。

徒步登山伊始，我们首先跨过一条泛着冰碴的小冰河。之后，大家分散开来，各自胼手胝足地攀越在险陡的荒山坡上。两位挪威极地探险专家首先指导我们辨认化石。大家随意拾起片石，用铁锤轻敲，就能惊奇地发现亿万年遗存下来的植物化石。其间，挪威专家一再提醒我们：别看这里是光秃秃的山岗，但时常会有北极熊等野兽出现。他俩都随身带着自卫的来福枪，总是警惕地眼观四方。还好，我们的徒步活动全程顺利，并未遇到北极熊之类的野兽，我们还见到了几头长着鹿角的野生驯鹿。它们似乎早已发现了我们这批不速之客，但并没有显出丝毫慌张，而是依然我行我素地在荒地上啃吃着什么……直到走近时，我才发现这些野生驯鹿原来是在吃草！

是的，吃草！我再仔细地观察周围，原来在这一大片光秃秃的荒原上，在乱石堆的间隙中，还稀稀疏疏地生长着奇异的北极野花野草。这里的野花野草多是单株成长，最多也只能算是一小撮，根本就见不到一大片。这里的野花野草都很矮小，几乎都是匍匐在地。但它们都有一个显著特点，那就是向阳趋向非常明显。抵近观察，原来这里的野花虽然茎株矮小，但花瓣层次都很分明，绽放的花朵都很艳丽，花朵的开口一律朝着太阳。很显然，北极的野花野草为了抵御寒风冷气，为了吸收阳光热量，锤炼出一整套谋生的高超技艺！

后来，我在内行朋友的指导下，才知道在这个光秃秃山头上拍摄到的几种野花野草的名字。原来，它们多是各种形态的肾叶蓼和虎耳草。虽然有些野花野草的名字相同，但各株的长相形态多为不同。这类北极野花野草在我随后去的北极格陵兰岛上长势尤为喜人。然而最使我感动的，还是那些长在石缝中的野花野草。它们几乎是在没有泥土的乱石砾滩中挺身而出的！那时，阵阵寒风拂过，我不禁打起寒战，而眼前石缝中挺立的野花野草，却还是依然"我自岿然不动"！

也许是见到石缝中挺立的野花太激动的缘故，我奔跑在乱石堆中拍照，竟然不小心摔倒了！这真是阴沟里翻船！其时其景都不险峻，我就是太急着要去拍摄从石缝里挺身而出的野花，不慎被地面上一块微微突起的顽石绊倒了。极友们见状立刻围上前来……还好，我的身体并无大碍，只是手上所持的一部照相机受损而已。

当天晚上，我躺在朗伊尔城酒店的床上，眼睛一直愣愣地看着窗帘上透进来的极昼亮光。时已午夜，我仍然无法入眠。白天所见的北极野花野草，总是浮现眼前……恰在这时，我从微信上获得女儿传来的信息：我的外孙女小米娜降生了！

兴奋之际，我更睡不着了！在一位从事极地探险旅游朋友的远程帮助下，我连夜赶着制作了一份特殊的文档礼物庆贺小米娜的降生。文档中，我简单描述了呈现的北极野花小草，发出了对极端环境中顽强生命的热情礼赞！我希望外孙女小米娜，也能像北极野花小草一样，顽强地成长！

我在微信朋友圈发的一组北极野花小草图片及感言，也得到了亲友们的热评。@长兰说："什么环境下都有美丽的顽强生命！"@新坦赞叹："这是怒放的生命！"@枫竹说："这野花野草真的好美！绚烂之美！顽强之美！生命之美！就如荒漠中降临的仙女一样美丽！"@达芬赞道："绝美！生命的礼赞！敬畏大自然！"

"世界末日种子库"

坐落在斯瓦尔巴群岛的"世界末日种子库",又称"末日粮仓""末日地窖"。初次听到"世界末日种子库",你会不会感到有点纳闷?甚至会感到有点恐怖?其实,它是一项很人性化的设施。

"世界末日种子库"建立于2008年2月。它素有"地球农作物诺亚方舟"的美称。简单地说,它就是世界农作物种子的"备份"所在。假如,我们赖以生存的地球,发生了什么不测或危机事件的话。比如,小行星撞击地球、地球变暖造成海平面上升、突发全球性的疫情,甚至是发生核战争等巨大灾难。那么,储存在"世界末日种子库"的备份种子,就是地球人的"救命稻草"!人类就能得以应急谋生,从而再获生机!

8月25日清晨,我们一行如约早早地起了床。好在这一天仍属极昼,全天都是亮堂堂的。但北极清晨的寒气,没有因为极昼而减弱。可我们的心是热的!大家满怀着热情,迎着嗖嗖冷风,冒着刺骨寒气,坐上了旅游大巴。朗伊尔城本来就不大,车子开动不久,就驶上一条简易但崭新的盘山公路。沿途山路弯弯,其景峻峭,但它的主基调还是冷清与荒凉。大约20分钟之后,我们到达目的地。

这里是一座浑圆状砂岩山的半山腰。我们原本以为"世界末日种子库"会是一座戒备森严、体态庞大的建筑物,可没有想到现场所见到的只是一堵盒子状的敦实水泥墙。尤其让我们吃惊的是,这里静悄悄的,现场竟然见不到有一人值守!其实,它的安全措施还是很严密的,尤其严格控制人员进库参观。联合国前任秘书长潘基文是第一个在"世界末日种子库"花名册上签名的人。他在签名簿中写道:这对全人类的和平及粮食安全都是鼓舞性的标志。

原来,我们所见到的只是"世界末日种子库"建筑物的大门。它的主体建筑则是一直往砂岩山体的深处倾斜延伸。据说,进入这个大门后,要经过100多米长的水泥长廊,才能进入藏有种子的几大独立冷藏室。这些种子常年保存在零下18摄氏度的永久冻土带。科学家认为,零下18摄氏度是种子可以保持活力的最佳温度。

"世界末日种子库"

而"世界末日种子库"平时的电力供应，则依靠朗伊尔城的燃煤发电厂，采用循环水冷的方式降温保持。即使燃煤发电厂停运，种子库内还有备用的柴油发电机。而最根本的是这里拥有全球最稳定的永久冻土带。"世界末日种子库"即使在完全断电的情况下，它的零度状态也能保持200年之久！目前，在"世界末日种子库"里，保存着71个国家提供的87万份、约1亿粒的农作物种子。而"世界末日种子库"的最大储存种子量，可达22.5亿粒。

我离开"世界末日种子库"那堵赭色的水泥建筑物后，便缓缓走到库前的小广场临海一角。我环顾四周，清冷的海风迎面吹来，俯瞰着山下峭丽的海湾，任凭思绪像北极小鸟一样自由飞翔……

斯瓦尔巴群岛是地球上最靠近北极点的地方之一，它的首府朗伊尔城则是地球上最靠北的城市。100多年前，人类在如此偏僻的蛮荒之地，也曾发生因捕杀鲸鱼、开采矿物等引起的厮杀纷争。为了解决纷争，1920年2月9日，18个国家在巴黎签订了《关于斯匹次卑尔根群岛行政状态条约》，也就是《斯瓦尔巴条约》。1925年，应法国政府的邀请，当时的中国北洋政府派人在该条约上签了字。自此，中国成为《斯瓦尔巴条约》的缔约国。该条约确认斯瓦尔巴群岛为北极地区的非军事区，"永远不得为战争的目的所利用"。

极友们在"世界末日种子库"前合影

很显然,"世界末日种子库"之所以设在斯瓦尔巴群岛,《斯瓦尔巴条约》中确定其"永远不得为战争的目的所利用"的非军事区地位,是其中非常重要的因素。此外,"世界末日种子库"选择的具体地点,也很有科学性。据科学家分析,随着全球气候的不断变暖,地球的环境安全受到很大挑战。假如世界上的最大岛屿、北极格陵兰岛的冰全部融化,全球的海平面将会上升7米。假如南极洲的冰也全部融化的话,全球的海平面将会上升60米!由此可见,"世界末日种子库"选址在海拔130米处的永久冻土带,是多么的用心良苦了!

况且,斯瓦尔巴群岛虽然遥远,但交通还算方便。"世界末日种子库"离朗伊尔城机场只有半个小时车程。世界各国若要把农作物种子存在这里,通过商业民航班机就可方便送到。而存在这里的农作物种子的所有权和使用权,完全归属选送的原有国家。

据了解,2015年,这座"世界末日种子库"建库以来受理提取"备份"种子的第一份申请,是来自饱受战争之苦的叙利亚。原来,国际干旱地区农业研究中心总部,原本设于叙利亚北部城市阿勒颇,它在当地"基因银行"中,保存着大麦、小麦等适应当地干旱气候的农作物种子。2011年,叙利亚战争爆发后,阿勒颇陷于战乱。2012年,国际干旱地区农业研究中心总部被迫迁往黎巴嫩首都贝鲁特,而阿勒颇"基因银行"中的部分种子则毁于战火。好在,被毁的种子在"世界末日种子库"中早有备份。他们这次要求取出先前存入的325盒、约11.6万份"备份"农作物种子中的近130盒。

挪威在履行《斯瓦尔巴条约》,保护和管理斯瓦尔巴群岛方面做了很多工作。这为"世界末日种子库"的长治久安打下了坚实的基础。当地除了少量可以掩埋的生活垃圾外,其他所有垃圾都必须运回挪威本土处理,尽管这么做的成本很高。最为严格的是,人在斯瓦尔巴群岛没有"生与死的权利"!朗伊尔城虽然有一家医院,但只有8个床位。病人稍为病重,就必须立即送回挪威本土医院治疗。当地明确规定不允许有人在这里死亡。为什么呢?因为这里是永久性冻土带,尸体掩埋后无法腐烂,尸体上的细菌也无法自然消亡。如果说不允许死亡还情有可原,那么这里又为什么不允许人出生呢?同样,也是由当地特定的自然环境条件所决定的。因此,我们在斯瓦尔巴群岛期间,没有见到一位挺着大肚子的孕妇。

极夜访巴伦支堡

8月25日傍晚，我们结束了短暂的北极陆上旅游活动，登上了极地探险旅游船前进号。再见，朗伊尔城！前进吧，前进号！我们从北极到南极纵贯地球88天游的航行现在才刚刚开始呢！

经过约3个小时的航行，前进号在巴伦支堡附近的港湾下锚停泊。游客们按照编组顺序，分乘摩托艇陆续上岸参观。这是登上前进号后的第一个短途游活动。同行的极友们虽然有点疲倦，但大家还是踊跃参加。巴伦支堡是斯瓦尔巴群岛的第二大城镇，这里的居民最多时有1000多人，现在常住人口不到500人。这里是挪威的国土，但镇上几乎全是俄罗斯人和乌克兰人。因此，我对巴伦支堡尤其感到好奇。

摩托艇一靠上码头，我就急着走在前面，以求先睹为快。我一口气登上300多级木台阶，三步并作两步直达小镇中心地带。时近午夜，小镇上鲜见人影，静悄悄的。由于今天仍属极昼，镇上到处都很明亮。我绕过了俄罗斯导游的现场解说，也舍弃了一场当地的俄罗斯民俗表演，把有限的时间集中用在小镇街景的参观上。

巴伦支堡小镇上的建筑物，处处体现典型的俄罗斯风格。这里的绝大多数楼房，显得"身宽体胖"，走近细看却发现，因年代久远、风雨剥蚀，建筑物普遍颓损。但由于建筑物的外部墙面涂上了鲜艳的色彩，呈现或红或绿，或彩条，或彩绘图画，总体上还是显出别具一格的宏大气派。我的第一印象是，巴伦支堡与朗伊尔城风格截然不同，它是一座地地道道的"苏联小镇"！

巴伦支堡是怎样发展起来的？究其原因，绕不开《斯瓦尔巴条约》。原来，巴伦支堡同朗伊尔城一样，其周围贮藏着丰富的优质煤矿。煤矿等资源的发现，让本来荒无人烟的斯瓦尔巴群岛，陷入了列国的纷争之中。为了解决纷争，1920年2月9日，挪威、美国、英国等国家在巴黎签订了相关条约。荷兰人于20世纪20年代，首先在巴伦支堡开采煤矿。1925年8月14日，中国和苏联等一批国家加入了《斯瓦尔巴条约》。1932年，荷兰人将巴伦支堡的矿业转让给苏联，由苏联的一家国有企业经营。自此，巴伦支堡便成为苏联在北极地区的重要煤炭生产基地。1991年，苏

联解体后，俄罗斯政府延续着巴伦支堡的煤矿运营。从小镇上遗存的众多苏维埃式建筑看，巴伦支堡曾经出现过的繁华达到惊人的程度。

巴伦支堡最引起我注意的，还是位于小镇中心的列宁塑像。这尊列宁塑像为半身免冠像，免冠像下部是四五米高的方形立柱式基座。为了使塑像基座不显得呆板，设计人员在基座四周镶嵌上若干根瘦长的木板条。当我走近这座列宁塑像时，亲切感油然而生。它与我曾经在俄罗斯的符拉迪沃斯托克、乌兰乌德、赤塔、莫斯科、圣彼得堡等地所见到的列宁塑像神态大致相同。同时，这里的列宁塑像与其他地方较为传统的竖立在广场的列宁塑像又有所区别。巴伦支堡的列宁塑像，背后是冰雪覆盖的峻峭山峰，前方是广袤无垠的北冰洋。列宁的半身塑像四周又是一座座条纹分明、色彩鲜艳的俄式建筑物。很显然，屹立于北极圈内的列宁塑像，并不孤单。它与周围景物浑然一体，相得益彰，从而更加有力地衬托出列宁睿智而又凝重的神态。巴伦支堡地处北纬78度，属于人迹罕至的高纬度极寒地区。我们能在苏联解体后见到栩栩如生的列宁塑像，可见列宁在俄罗斯人民心中的不朽地位。而从列宁半身塑像及其周围的景观上可以看出，苏联时期的许多历史文化遗迹，在这里都被维护得十分好。列宁塑像背后宽大的墙面上，一幅俄文大字标语尤其醒目。上面写着："我们的目标——共产主义！"而列宁半身塑像后面的那座巍峨的赭色山体上，"世界和平"几个俄文大字，则似乎是所有来到此地的人的共同心声！

在巴伦支堡小镇上，我还看到了苏联时期遗留下来的其他标语、雕塑和绘画等文化艺术产品。在一座俄式纪念碑边上，我看到苏联时期的巨幅俄文宣传画。画中最醒目的位置，是一位头戴铝盔的煤矿工人的高大形象，其身旁的文字大意是："我们是骄傲的煤矿工人！"当年，社会主义国家普遍以工农兵为主体的宣传画面，不经意地浮现在眼前，让我尤为感慨！在这幅宣传画附近，我还发现煤矿工人用钢丝制作的向日葵雕塑。在学校的墙面上，还能看到苏联时期少年儿童的着装衣饰等。总之，我走在巴伦支堡街头，仿佛穿过时光隧道，走进遗世所存的"苏联小镇"。

然而，外表的繁荣并不能掩盖其真实的衰弱。由于长期的持续开采，巴伦支堡的煤矿资源日渐枯竭，剩余的煤矿则藏于越来越深的地方。这里的煤矿开采事故频发，开发成本也越来越高。目前，巴伦支堡煤矿除了开采供应本小镇的生活需要用煤之外，对外煤炭运输基本上处于停滞状态。近年来，巴伦支堡加速开发旅游业，但因能到此地的游客相当有限，经营成效并不显著。目前留在小镇上的数百号人，生活来源还有赖于俄罗斯政府的补助。但是，面对如此困难局面，俄罗斯当局没有丝毫从此地撤退的意思。相反，俄罗斯方面还在小镇上扩建体育和文化设施，甚至还加派了不少科技人员。

极夜访巴伦支堡

无疑，俄罗斯为了继承和维持苏联时代开辟的巴伦支堡的地位，是需要长时间付出代价的。就拿交通运输来说，来巴伦支堡的人员必须经过朗伊尔城中转。巴伦支堡距离朗伊尔城虽然只有几十公里，但两地之间并无道路连接，只能通过轮船、雪橇或雪地摩托才能到达。而巴伦支堡所需的食品等补给，全都要从千里之外的俄罗斯本土辗转运来。从经营成本来说，这实在是得不偿失。

那么，俄罗斯为什么要坚持在巴伦支堡做亏本生意呢？我细细想来，这里蕴含着俄罗斯关于北极地位的深思熟虑。显然，俄罗斯在巴伦支堡保留苏联时代的文化遗迹，就是为了证明其在斯瓦尔巴群岛的悠久历史地位。根据《斯瓦尔巴条约》，作为缔约国有权利在这里开发。近年来，随着地球气候变暖，北极冰雪加速融化，人类开发北极、利用北极的前景也越来越开阔。俄罗斯在财政困难的情况下，这么不惜血本地维持在斯瓦尔巴群岛的存在，其深层次的战略考虑是不言而喻的。正如巴伦支堡现场解说者、一位俄罗斯籍导游所说的："我们如果撤走，挪威人马上就会来占据这里！"

徘徊在巴伦支堡，我不禁思绪万千！我在这里，不仅感受到斯瓦尔巴群岛的另一种风情，领略了俄罗斯式的极地小天地，而且重温了苏联的一段历史，从中得以思考，获得启示。俄罗斯这个民族素来常怀谋略。就拿北极斯瓦尔巴群岛来说，除了巴伦支堡之外，被苏联废弃的还有金字塔镇、格鲁曼特镇等。根据斯瓦尔巴群岛的宗主国挪威的规定，群岛上凡是1946年前的建筑物一律保留，不得拆除。而1946年后的建筑物，如果超过10年没有人居住或使用就可以拆除。据说，聪明的俄罗斯人在快到10年时，就会到那些被废弃的建筑物前敲敲打打，甚至只是钉上几枚钉子，以示这里"有人"。

俄罗斯是由北极地区8个国家组成的北极理事会成员之一。它在北极圈内拥有的领土和领海也是最多的。近年来，随着地球自然环境的变化，北极对于人类的未来发展举足轻重。北极的资源开发、航路开通及科学研究等方面的工作，必将日益加强。相关国家在北极的利益争夺亦将日趋激烈。国土辽阔、资源丰富的俄罗斯，在国运不济、内外交困的情况下，仍然紧紧抓着巴伦支堡这块"飞地"不放，显然是出于长远的战略考虑。

北极国际科考村

8月26日，星期日。我与极友们乘坐前进号来到北极新奥尔松科考基地。

新奥尔松位于斯瓦尔巴群岛主岛斯匹次卑尔根岛东北部，宽广的康斯峡湾南岸。它的地理坐标为北纬78度55分、东经11度56分，离北极点只有1000公里。新奥尔松是世界最北端的人类永久居住地。实际上，它是一座科研设施完善的科学村，是世界各国科研人员从事北极科学研究的基地。这里没有普通意义上的居民，居住者全为科技工作者。目前，有挪威、德国、英国、意大利、荷兰、法国、日本、韩国和中国等国家在这里设立了科考站。每年夏季，新奥尔松的科考人员达百多人，而在这里度过漫长极夜的则不到30人。

中国北极黄河站，于2004年7月28日在这里设立并投入使用。最让其他国家科学家称道的是，中国北极黄河站拥有全球极地科考中规模最大的空间物理观测点。

为了不影响新奥尔松科考基地的正常工作，前进号从巴伦支堡开赴此地的行程中，从清晨起就关闭了所有移动通信设施。也就是说，我们在新奥尔松参观期间，所有的手机和电脑都没有网络信号。

新奥尔松设有简易的深水码头，前进号在这里可以直接靠岸。但船还未靠岸，我就急不可耐地透过舷窗观察一番：新奥尔松国际科考村，坐落在巍峨山峰和迤逦冰川环抱着的海湾台地上。它背靠层峦叠嶂的山峰，山上的积雪皑皑发亮。绵延山谷间，巨大冰川呈奔泻状态卧伏着，正泛着淡淡的幽蓝光芒……很明显，这一带集中了典型的极地冰川、苔原、大气和海洋等自然环境，是北极地区开展全球生态环境变化科研的理想之地。

前进号刚刚靠稳码头，我与同室极友周恒就迫不及待地下船了。一条通往科考村的沙土公路，与码头紧密相接。这种沙土公路很像我国稍早时期的县级乡村道路。我们走着走着，鞋后跟还会带起几粒沙土。据说，这条公路不铺沥青是为了减少环境污染。公路两旁坐落着几十幢色彩鲜艳的两三层楼高的房子。不远的高处山岗，端然坐立着两座浑圆的大油罐。简易码头旁边的港湾，停泊着几十艘小汽艇。它们

北极国际科考村

大概是供科考人员海上测试作业的小船。

我和周恒一上码头,就有幸遇到一位穿着中国极地科考服装的人。他就是中国北极黄河科考站工作人员徐文祥。在如此偏僻的北极能够有幸遇到同胞,我们彼此之间都感到十分亲切。原来,徐文祥今晨早早地来到码头,就是为了等候一位从未晤面的朋友。这位朋友就是我们同行的极友屈女士。徐文祥说,他是受国内一位朋友所托,在这里迎候屈女士的。他又关切地对我们说:"你们将从北极到南极,纵贯地球88天,这很辛苦,很不简单!"我们听后感到十分温暖,它充盈着"异国他乡遇同胞"的真挚情感!

徐文祥原工作单位在贵州,他从1995年首次在中国南极长城站越冬考察之后,先后5次在南极科考站越冬、2次在南极科考站度夏。从2015年开始,他又连续5年在中国北极黄河科考站工作。他是机械师,擅长各类机械包括车辆、船艇的维护,并且还主动承担了科考站的许多后勤工作。因此,他先后7次被评为优秀极地科考队队员。徐文祥时任中国北极黄河站站长助理兼机械师。在与我们交谈中,他显得十分悠然、自信,浑身充满活力。我们亲切握手,合影留念,俨然像是老朋友重逢。

不一会儿,前进号上的其他乘客也都纷纷下船,开始自由参观。新奥尔松科考

初识科考队队员徐文祥

村面积并不大，这里的所有房屋不论大小也就60座。虽然各座房子都是独门独户，但房屋相对还算集中。新奥尔松虽然没有常住居民，但邮局、酒吧、小卖部、码头、机场，一应俱全。当然，我们这些来自中国的极友，最感兴趣的还是中国黄河科考站。科考站的大门紧闭着，这一天虽然是星期日，但站里的工作人员都还在坚持工作。为了不影响他们的工作，我们尽量轻手轻脚，连说话也不敢大声。大家只是手持小面的五星红旗，轮流在黄河站大门口留影纪念。

我在新奥尔松科考基地有幸遇到北京极之美极地旅行机构顾问、探险队队长刘富彬。刘富彬是我的南北极轻探险旅游的直接指导者。在黄河站大门口，我与刘富彬愉快地合影。我俩还与徐文祥一起，拍了一张三人照。我还获悉一墙之隔的黄河站内，有一位来自厦门科研单位的姑娘。记者职业的本能，唤起我浓厚的"采访"兴趣，但为了不影响科考站正常工作，我始终没有开口说出自己的想法。

自此，我与徐文祥成了好朋友，彼此间保持着密切联系。徐文祥后来每次莅临北极黄河站，我都从他那里分享到北极的独特风光。他给我发来自己在冰天雪地里的工作照，还给我传来北极熊、北极光等图片。徐文祥曾经收到我的文集《国外掠影》，爱不释手。他询问可否再送一本给黄河站，我欣然答应了。于是乎，我

参观北极科考村

的这本拙作就由徐文祥亲自带到黄河站，把它摆放在中国北极黄河站的图书角里。

这天，新奥尔松气温约为零摄氏度。北极的天气变化多端，忽而出太阳，忽而下雨雪，为远道而来的我们带来阵阵惊喜。在细微小雨中，我们很快就把这座北极科考村的外围环境粗略地看了一遍。我的初步印象是，这里的科考气氛比较和谐，俨然是设在北极的"小联合国"。各国的科考站虽然挂着各自的国旗，但科研人员友好相处，相互往来。各国设在新奥尔松的科考站，与南极建站时各国独立运输建材、垒土打桩式的艰苦作业方式大为不同。这里所有的科考楼房，都是向挪威方面租用的，建站方不用在建房、供热、用电、就餐、交通、卫生等方面大费精力。比如，挪威方面规定所有的科考人员，都要在统一的大餐厅用餐。这种一日三餐时的相聚，客观上也有助于各国科考人员联络感情，增进友谊。中国北极黄河站那座两层楼的房子，就是向科考村内的挪威管理方租用的，我国的科研人员只需安装重要的科研设备。

参观期间，我在科考村中心地带的阿蒙森塑像前驻足良久。阿蒙森是著名的挪威极地探险家。1911年12月14日，他历尽艰辛，勇闯难关，终于成为第一个登上南极点的人。而新奥尔松则是阿蒙森登陆北极点、开通西北航道等探险活动的重要基地。1926年5月11日，挪威的阿蒙森、美国的爱尔斯沃斯和意大利的飞艇设计师诺比尔，一起从新奥尔松乘坐诺加号飞艇，经过16小时40分钟飞行顺利降落在阿拉斯加巴罗。但遗憾的是，两年之后，阿蒙森为了营救在北极失踪的战友，再次乘飞艇出发后，却再也没有复返。我们此次从北极到南极纵贯地球88天游所乘坐的前进号，其前身就是阿蒙森当年远征南极、登上南极点所乘坐的船。阿蒙森不畏艰难、勇于探险的精神，必将鼓励我们一路向南、勇往直前！

参观新奥尔松科考村之旅即将结束之际，我在简易码头稍作停留。码头附近有一截废弃的铁轨和满是锈斑的火车头，它们是新奥尔松百年历史的见证。新奥尔松原本是一座煤矿，早在1916年，挪威人就在这里挖煤开矿。直到1962年，这里的煤矿发生瓦斯爆炸，死亡人数达21人。当时的挪威首相为此事件率内阁引咎辞职，自此，新奥尔松煤矿完全关闭。直到1964年，挪威政府和欧洲空间研究机构在这里联合成立了卫星遥感观测站，从此才拉开了世界各国在新奥尔松设立科考站的序幕。

在码头附近的公路旁，一个集装箱状的巨大垃圾箱引起我的注意。它呈现全封闭状态，蓝色的箱体上印有"新奥尔松北纬39度"字样。显然，这个庞大的垃圾箱是在等候货船将其运回挪威本土处理。我非常赞赏斯瓦尔巴群岛极为严格的垃圾处理措施。据说，新奥尔松的垃圾分类达25种，唯一允许在当地填埋的只有剩饭剩菜。为此，我们在新奥尔松参观期间，总是小心翼翼，既不敢大声说话，更不会丢下半片纸屑。我们沿着指定道路行走，绝不敢越雷池一步！就算发现路旁较远处有漂亮的野花野草，也只是靠相机长焦镜头拉近拍摄，绝不敢也绝不会贸然闯入、贴近踩踏。

中国人的北极情

2004年7月28日，中国北极黄河站在斯瓦尔巴群岛新奥尔松隆重举行落成典礼。庄严的五星红旗在北极新奥尔松上空高高飘扬。科考站门前一对洁白的狮子雕像，见证了中国科考人员无比激动的欢快场面。北极黄河站是继南极长城站、中山站后，中国的第三座极地科考站。中国也因此成为第8个在挪威斯匹次卑尔根岛建立北极科考站的国家。

中国北极黄河站

中国人的北极情

翻阅北极探险考察开发史，中国人名字的出现似乎有点晚，但这不等于中国人的北极情、北极缘不深。相反，早期北极探险的起因还多与中国有关。由于意大利威尼斯人马可·波罗的中国之行，以及那部脍炙人口的《马可·波罗游记》，东方的中国便成为中世纪欧洲人热议的国度。那时，西方人眼中的中国，"是珠宝成山、美女如云的人间天堂"。于是，继大航海时代，西方人开始寻找通向中国的最短航线——"海上丝绸之路"。欧洲人相信，只要从斯堪的纳维亚半岛的挪威海北上，再向东或者向西，一直沿着海岸航行，就一定能够到达东方的中国。此后便出现达三四百年之久的北极探险经历……

那么，中国人最早什么时候到过北极呢？他又是谁呢？

据说，"康有为是有史可考进入北极的中国第一人"。1908年6月22日（农历五月廿四），我国近代思想家、维新运动领袖康有为曾经到达北纬84度的北极斯瓦尔巴群岛那岌岛。他在题为"携同璧游挪威北冰洋那岌岛颠，夜半观日将下没而忽升"诗文序中写道："夜半十一时，泊舟登山，十二时至顶，如日正午。顶有亭，饮三边酒，视日稍低如暮，旋即上升，实不夜也，光景奇绝。"我国多次前往北极考察的著名科学家高登义分析认为，若非亲眼所见，像康有为这样来自封闭国度的人，难以如此生动地描述"午夜时分，却日如正午"的极昼美景。

新中国成立之后，中国人的北极考察科研活动、中国参与北极事务日趋活跃。1951年夏天，武汉测绘学院高时浏到达北纬71度、西经96度地区，从事地磁测量工作。高时浏是第一个进入北极地区的中国科学工作者。1958年11月12日，新华社驻苏联记者李楠，从莫斯科乘坐"伊尔14"飞机，先后在苏联位于北纬86度38分的北极第七号浮冰站和北极点着陆。李楠成为第一个到达北极点的中国人。1991年8月，中国科学院大气物理所研究员高登义在北纬80度10.8分、东经30度0.5分的浮冰上，连续进行大气物理观测7天，并首次展开了五星红旗。1993年4月8日，香港记者李乐诗女士乘加拿大的飞机到达北极点。李乐诗成为第一个到达北极点的中国女性，并在北极点上首次展开五星红旗。

1996年，中国成为国际北极科学委员会成员国。1999年7月1日至9月9日，中国"雪龙号"考察船首次开展北极科学考察，历时71天，总航程14180海里，圆满完成各项预定的科学考察任务。

2004年，中国在斯瓦尔巴群岛的新奥尔松地区建成永久性的"中国北极黄河站"。2005年，中国成功承办了涉北极事务高级别会议的北极科学高峰周活动。2013年，中国成为北极理事会正式观察员。截至2017年年底，中国在北极地区已成功开展了8次北冰洋科学考察和14个年度的黄河站站基科学考察。

当然，在众多"中国人的北极考察活动"中，中国北极黄河站的建立是最为重

大的！北极黄河站的建立，表明中国自此开始行使早在1925年就可享受的《斯瓦尔巴条约》缔约国权利。这当中，还有一段曲折又离奇的历史故事。

故事还得先从我国著名极地探险科学家高登义说起。1991年，时任中国科学院大气物理所研究员的高登义，应邀第一次赴北极地区进行科学考察。在考察船上，高登义收到挪威叶新教授赠送的英文版《北极指南》。他从中发现在1925年8月24日签订的《斯瓦尔巴条约》中，中国就是缔约国之一。根据条约，缔约国有在北极斯瓦尔巴群岛建立科学考察站等权利。高登义回国之后立即向有关部门汇报。在中国科学院等部门积极支持下，我国北极科考站最初于2002年在斯瓦尔巴群岛首府朗伊尔城建立。

那么，《斯瓦尔巴条约》又是怎样与中国结缘的呢？追本溯源，这件事与当时的北洋政府有关。1920年，旨在解决北极斯瓦尔巴群岛利益纠纷的《斯瓦尔巴条约》在法国订立。1925年，为了扩大该条约的影响力，法国派出代表主动找到中国北洋政府的段祺瑞，希望中国也能承认这个条约。段祺瑞政府不好不给法国政府面子，就派了个代表前去签字。签过字后，也就没有再提起这件事，毕竟，这个条约对当时的中国来说，确实没有什么用处。况且，当时中国正处于各路军阀混战状态。两年之后，北洋政府垮台。再之后，日本大举发动侵华战争，中华大地狼烟四起。继持续14年的抗日战争之后，我国又发生持续4年的国内解放战争。在长时间的政治动荡中，几乎没有人还记得曾经签过字的《斯瓦尔巴条约》。谁也想不到，这个条约沉寂几十年后，还会为中国争来重大的北极权益，还会为中国参与北极事务提供重要的法律支持！

2018年1月26日，中国政府发表了首份北极政策文件——《中国的北极政策》白皮书。白皮书指出："中国是北极事务的重要利益攸关方。中国在地缘上是'近北极国家'，是陆上最接近北极圈的国家之一。北极的自然状况及其变化对中国的气候系统和生态环境有着直接的影响，进而关系到中国在农业、林业、渔业、海洋等领域的经济利益。"

白皮书在"结束语"中说："作为负责任的大国，中国愿本着'尊重、合作、共赢、可持续'的基本原则，与有关各方一道，抓住北极发展的历史性机遇，积极应对北极变化带来的挑战，共同认识北极、保护北极、利用北极和参与治理北极，积极推动共建'一带一路'倡议涉北极合作，积极推动构建人类命运共同体，为北极的和平稳定和可持续发展作出贡献。"

可以预见，随着"冰上丝绸之路"的开通和拓展，北极必将洋溢更为浓厚的中国情！

百年捕鲸疯起处

前进号离开新奥尔松之后，继续循着斯匹次卑尔根岛西海岸北行。前方停靠点是属于斯匹次卑尔根岛西北部国家公园的玛格达莱纳峡湾。

玛格达莱纳峡湾，是斯匹次卑尔根岛最出名的峡湾之一。它面积不大，是一个长约8公里、宽约5公里的小峡湾。在一排排小山峰围绕下，小峡湾内风平浪静，是犹如世外桃源的旖旎港湾。这里是人类最先发现斯瓦尔巴群岛的地方，也是十七十八世纪欧洲人滥捕鲸鱼的疯狂之地。虽然历经三四百年，但这里至今还保留着早期极地探险和滥捕鲸鱼时留下的多处遗迹。

前进号停泊在玛格达莱纳峡湾边的海面上。探险队队员要组织乘客登陆附近的格瑞温妮斯特半岛，分批次开展徒步活动。我们中国游客分在第7组，是当天最后一批登陆的。这是我们登上前进号后，在北极原始荒原的第一次徒步登陆。

我乘坐在颠簸起伏的冲锋艇上，好奇地环顾四周。但见，一座座山峰像是一排排卫士挺立于海湾边。褐色的圆锥形山体，鲜明的白色雪带铺撒其间，像是一幅幅凝重隽永的水墨画。冲锋艇前方的登陆点，是一片冰雪覆盖、裸石峥嵘的蛮荒旷野。再回头看一眼小艇上坐着的人们，个个都像是胖墩墩的北极熊。按照船方的登陆规定，我们每个人除了身穿足够的保暖衣裤外，还必须穿上船方提供的极地登陆靴和救生衣等。

靠岸之后，我们就立即开展徒步活动。鹅毛大的雪花，漫天飞舞，扑面而来，简直就是铺天盖地！瞬息间，我全身上下都是雪花，一时感到视线有点模糊……这是我第一次遇到这么大的雪，虽然脸上被飞雪拍打得有点难受，但心里却是乐呵呵的。前方荒滩上出现一面大幅红旗，旗上"为爱而行"的字样显得尤为醒目。这是同行极友李志文专门从北京带来的。我急忙靠上前去，与极友们一起在大风雪中合影。

冒雪"为爱而行"

　　之后，我们沿着探险队队员指定的路线蹒跚前行。同室的极友周恒走在我的身旁，我俩在这里一路同行。沿途，不时可见荷枪实弹的探险队队员。他们的穿戴装备，在时时提醒我们："这里是北极熊等野兽出没的地方！"有一位头戴鹿角造型帽子的男探险队队员，任凭风雪肆虐，正持枪值守在一处捕鲸站的旧址旁。

　　我仔细地观察着捕鲸站遗迹。沧桑岁月的持续冲刷，极地恶劣环境的不断侵蚀，捕鲸站遗迹已经模糊。我们现在所能见到的，也就是一块稍微突起的土石包子而已。其间的几块较大石头，表面黑漆漆的，像是被火熏烤过。石头边上还有几片烂木头，一头裸露在外，一头掩埋在雪堆沙土中……说是捕鲸站，实际上就是熬鲸鱼油的大锅炉灶残迹。捕鲸站遗址的四周简单地围着铁丝。现在能来到此地的游客相对都还文明，没有见到有人攀越围栏，更没见到有人上前踩踏。根据北极旅游的相关公约，敬畏自然，尊重历史，爱护北极一草一木，已经成为每位游客自觉或不自觉的约定。

　　我们沿着探险队队员设置的路线，继续冒着风雪前行。走过了一段较为平坦的卵石荒滩，又攀上了一座较为陡峭的裸石山坡。沿途除了鲸鱼站遗址外，还看到散落在荒坡上的多处捕鲸人墓地。风声呼呼，雪花飞舞，几百年前这里疯狂捕鲸的画面像放电影一样浮现眼前……

　　1596年，荷兰探险家威廉·巴伦支就是在这一带最早发现斯瓦尔巴群岛的。巴伦支把这座峭峰林立、峡湾密布的岛屿称为"斯匹次卑尔根岛"，意思是"尖峭的山峰"。后来，这片群岛又被命名为"斯瓦尔巴"，意为"寒冷的海岸"。然而，无论山峰怎样尖峭，气候如何寒冷，也阻挡不了人世间对物质利益最大化的追求。1607年，当斯瓦尔巴群岛海域被发现有成群鲸鱼和海象的消息传出后，欧洲沸腾了！擅于航海探险的荷兰人最先来到玛格达莱纳峡湾，并在这一带建立起多个捕鲸站。紧接着，英国人也来了。再其后，法国、以德国人为主体的汉莎同盟、丹麦、挪威和俄国等的捕鲸船也陆续到来。各国捕鲸船在斯瓦尔巴群岛一较高下，还曾为争夺岸线捕鲸权发生过纠纷。最后还是靠在海岸线上划分范围，方才缓解彼此之间的利益冲突。

鲸鱼是当时欧洲各国争先恐后掠夺的重要资源。最初的捕鲸狂潮，不是为了鲸鱼肉，主要是为了萃取鲸脂。鲸脂是介于鲸鱼表皮与肌肉层之间的一层油脂。那时候，所有被捕到的鲸鱼，都被直接拖到海岸荒滩。然后，巨大的鲸鱼尸体就会被分割成块，取出油脂，再丢进大铁锅里。其他的鲸肉被到处丢弃，真乃是鲸尸抛野，鲸血成河，一片狼藉！

所谓的捕鲸站，也就是捕鲸者在简陋的窑炉灶内安了个大铁锅。仅仅靠焚烧大量的木头，将装满鲸脂的巨大铁锅加热。等大铁锅里的水渐渐熬干，余下的就全是鲸油了。在极为寒冷的空气中，鲸油会迅速凝结。之后，它们便被装桶上船，运回欧洲。这些鲸油运回欧洲后，经机器加工，就可做成肥皂、照明物、润滑油、防水衣物等各种生活用品。当时欧洲贵妇人们身上穿戴的华贵衣冠饰物，甚至是精致时髦的手提袋等，也都与鲸鱼油有关。

捕获的鲸鱼被拖到岸上后，除了用来提取鲸油外，捕鲸者还会处理鲸须。鲸须的韧性和弹性很好，也是极为珍贵的一宝。在各种合成材料问世前，鲸须常被用来制作欧洲贵妇的束腰、领撑、小伞骨架等。当时，北极弓头鲸是各路捕鲸者最热衷捕杀的对象。因为弓头鲸的鲸须、鲸脂比其他鲸鱼多和厚。每头弓头鲸不仅有600~800根长3米左右的鲸须，更有43~50厘米厚的鲸脂。一头大的北极弓头鲸可产30吨鲸油，而每4吨鲸油就能提炼出3吨精油。只要捕到一头弓头鲸，光鲸须带来的收入就足够一条船两年时间的航行所需。也正因为此，北极弓头鲸成了最早濒临灭绝的鲸种。

人的贪欲是无底洞，捕鲸带来的暴利促使越来越多的人涌向北极捕鲸。尽管由于这里的天气恶劣，捕鲸作业面临相当大的危险，但是，暴利之下，真可谓"砍头生意有人做"。在我们登陆的这个半岛上，就有100多座捕鲸者的坟茔。这些坟茔的历史都在百年以上。它们散落在寂寥荒芜的风雪山岗，许多棺木散架，不少尸骨毫无遮拦地裸露。埋葬其间的人没有名字，没有墓碑，风雪中的铮铮白骨，只有北极熊和北极鸟儿孤零做伴……捕鲸者的孤魂似乎仍在这亘古荒岗上回荡，在无声地

诉说着滥捕鲸鱼时期的艰辛与危险……

任何的无序作业，最终都会泛滥成灾。斯瓦尔巴群岛上的这种不受任何限制的滥捕鲸鱼，很快就招来恶果。仅仅百多年的光景，北极的大部分鲸鱼就已消失，海象也越来越稀有。当这种捕猎变得越来越无利可图时，疯狂的捕鲸热也就很快结束了！虽然大势滥捕鲸鱼的年代已过了两三百年，但其造成的恶果至今仍未完全消失。个别鲸鱼品种已经绝种。

如今，北极的历史已经翻开了新的一页。斯瓦尔巴群岛的环保措施，正在严格地实施。玛格达莱纳峡湾包括捕鲸人坟茔在内的历史文化遗迹，也都得到一定的保护。我看到了登陆半岛的对岸有两座独立的小木屋。探险队队员说，那是挪威环保人员的值守之所。每年夏季，就会有工作人员住在这里，一则看护历史遗迹，二则捡拾垃圾。至于与游客形影不离的探险队队员，一方面专心致志地保护游客安全，另一方面又是严格的环境保护执行者。不管是谁，你若违反环保规定，探险队队员一定当场给予指出，并要你立即改正，那是没有什么好商量的！

这样敬业的探险队队员令我十分尊敬。在一处荒岗上，我注意到身背枪支和许多设备的挪威籍女探险队队长莱恩·奥弗高。她虽然是全船的探险队队长，指挥领导着包括多位知名专家学者在内的十多位探险队队员，但她在组织游客徒步时，总是以身作则，她已在风雪中值守好长时间了。为了表示对她的敬意，我在风雪中脱下了帽子，愉快地与这位"不爱红装爱武装"的女探险队队长合影留念。

致敬女探险队队长

见证北极冰泳

朋友，你能想象北极冰泳吗？

8月26日下午7点多，北极斯瓦尔巴群岛玛格达莱纳峡湾冰冷海滩。这里的地理坐标是：北纬79度33.6分，东经11度1.8分，距北极点约1100公里。前进号上与我同居一室的年轻极友周恒，就要在这里挥臂斩浪，一展英姿！

周恒要在北极冰泳的决心早已下定。下午，当我们从前进号下船徒步登陆前，他就在舱室内穿好了游泳裤。在下午的徒步活动中，我们冒着风雪，一路观察，悉心体验，兴致很高。从捕鲸站遗址，到捕鲸者坟冢；从惊涛拍岸的礁盘，到裸石峥嵘的荒坡……我俩恨不得多走多看一些地方，留下北极原始地貌的珍贵记忆。

无奈何，当时风雪太大，且天色越来越阴沉。为了不影响冰泳计划，周恒表示不再继续朝前徒步，要立即返回登陆点附近海滩游泳。他的想法立即得到我的支持。尽管我太想把这个毗邻北极点的神秘半岛看个够，尤其是前方那个亮着极光似光芒的沙滩，还有海岬对面那两座褐色的神秘小屋……但我不能过多地考虑自己。我很清楚地知道，周恒一个人下到冰河似的北极峡湾游泳，我必须在他的身边！这样做，一则表示我对他冰泳的坚定支持，二则我也可从中对他有所照应。况且，我还可充当他的"御用摄影师"，拍摄下他的北极冰泳全过程。

说实在的，关于北极冰泳，我的内心也曾"蠢蠢欲动"。在所有体育运动项目中，游泳是我的最爱。回顾过往，除了国内著名海滨城市之外，我还在南非好望角、乌拉圭东角、澳大利亚大堡礁、菲律宾巴拉望岛、俄罗斯符拉迪沃斯托克等地游泳或潜水。这次纵贯地球88天游，我何曾不想在南北极游泳？但我头脑很清醒，毕竟已过古稀之年，况且自己平时并无冬泳的习惯。

唉！假如我还年轻……但在严峻的现实环境中，并不存在"假如"。出于对生命的爱护和尊重，也遵从出行前对亲人的安全承诺，我在制定个人"极端之旅计划"中，只好忍痛把"南北极游泳"排除在外了！

周恒今年45岁，与我的儿子同龄。他是一位年富力强的青年企业家，独立在商

海创业10年，在武汉零售商贸行业占有一席之地。自从离开北京以来，我与周恒一路同吃同住同行。这位忘年交极友热诚关照我，让我在寒冷北极中感受到特别的温暖。周恒决定参加北极冰泳，深深地触动了我，我仿佛从他的身上看到自己青年时的影子……我所喜欢但自己又做不到的事，心底里当然希望年轻人能够实现，与此同时，我也十分关注他的安全，不是亲人胜似亲人呀！下午徒步活动一开始，我就一直紧随其旁，现在冰泳开始了，我不仅目不转睛地全神关注他的情况，还在风雪中高举相机记录他的冰泳过程……

登陆点附近的峡湾海滩，宁静如镜，水波不惊。如果这里不是北极，如果不是下着纷飞的鹅毛大雪，如果气温和水温不是那么低，这里还真是一处游泳的极好地方！

可惜现实中没有这些"如果"。年轻的周恒，正如他的名字：一旦作出决定就会坚定不移，就会持之以恒！面对纷飞的雪花，周恒毅然快速地层层脱去厚厚的保暖衣裤。他像是在游泳池游泳一样，身上只剩下一条短短的游泳裤。雪花飘飘，冷风嗖嗖，我只是在原地稍停一会儿，双手就冻得发麻僵硬。可此时，周恒却是打着赤膊，勇敢地冲向冰冷刺骨的大海……

走在周恒前面的，是一位年过花甲的老外大妈。这位老外大妈更是潇洒，她穿着一件紧身的游泳衣，独个儿不慌不忙地蹚水入海，俨然像是进入普通游泳池一样。

周恒踩着泛着冰碴的砾石岸滩，大步入水，游向远处的大海。他所经之处，身边激荡起好高的浪花。待到离岸滩约二十米处，周恒飞快地全身扑向海中，吃力地奋臂而游，海面上只能看到他的头……瞬息间，他的身旁荡漾起层层圆圈状的波纹。当周恒游到那位老外大妈身边时，他们好像还相互打了个招呼。

但仅仅过去几秒钟，周恒就转身往回游。他奋力向前，但似乎手臂不灵……待到他在浅水处站起身来时，我发现他的步履艰难，动作蹒跚……周恒就这样挪步上岸。我注意到他的面部表情，那里本能地同步反映了他的体验、他的忍耐、他的极限！

周恒是一位成熟的年轻人！在身体器官面临恶劣环境严重侵蚀感到不适的关键时刻，他断然让自己的冰泳体验戛然而止！

周恒事后告诉我，关于这次北极冰泳，他原先也并未过多考虑。他只是想，年轻人应该多吃苦锻炼。现实中既然遇到北极冰泳的体验机会，那就咬咬牙试试，挺它一阵也就过去了。但他确实没有想到这里的海水会冰冷到那种程度。他说，当他全身心扑在海里时，顿时感觉双脚僵硬得不听使唤。好在他的头一直露在水面上，呼吸还算正常，头脑也还清醒。于是，他立即决定上岸……其间，他感觉全身僵硬，麻木和疼痛交集在一起。周恒说，他这辈子永远都不会忘记北极冰泳的人生体验。经历了这样的体验，什么艰难困苦都不在话下。同时，经历过此次冰游，他更能体会"读万卷书，行万里路"的真谛！

周恒事后获得一份极为珍贵的"北极冰泳证书"。这份证书由前进号船长和探险队队长签字，上面写道："此证书颁发给周恒　不畏北极的冰涛骇浪，在玛格达莱纳峡湾——斯匹次卑尔根，北纬79度33.6分，东经11度1.8分，西风的风速7米/秒，气温：2摄氏度，水温：1摄氏度。"

好样的周恒！我从拍摄的图片信息中获悉，周恒在气温2摄氏度的风雪中，从脱衣服到穿好衣服总共用了5分钟。其中，他在只有1摄氏度水温的冰冷海水中，停留约100秒！据说，水温零下1.7摄氏度是冰与水的临界点。世界著名极限游泳运动员英国的刘易斯·皮尤，2007年7月15日在北极点零下1.8摄氏度的海水中，用18分50秒游了1公里，刷新了他本人创造的人类长距离游泳最冷水温世界纪录。而周恒作为一个普通人，能在这样冰冷的北极环境中游泳已经很不简单了！

刘易斯·皮尤是全球唯一在五大洋中完成长距离游泳的人。他因具有抵抗严寒和在下水前能将体温升高的能力，而被人称为"北极熊"。最让我感动的还是当年只有37岁的刘易斯·皮尤，在创纪录后所说的一句话："这既是胜利也是悲剧。它是我能在如此险恶条件下游泳的（成功）标志，但也表明北极已经（暖和得）能让人游泳这个令人悲哀的事实。"刘易斯希望自己的冰河游泳举动，能再次向世界各国政府敲响全球变暖的警钟！从此之后，刘易斯·皮尤成为联合国环境保护的形象大使。我没有想到在稍后的南极之旅中，还能有幸与这位"北极熊"奇人相遇。

至于周恒，北极冰泳之后，他一直处于兴奋状态。当晚，他在前进号上与几位朋友把酒言欢，直到深夜。但仅仅过了两天，他就感觉全身皮肤瘙痒。为了能更好地休息，周恒加钱将舱位升级，单独居住一室。但由于船上医疗条件有限，他的皮肤之痒不仅未见好转，反而日趋严重。

周恒就这样受困于奇痒无比的痛苦中！无奈何，后来，当前进号停靠冰岛首都雷克雅未克时，周恒在船方的劝导下离船登岸诊治。虽然经冰岛首都医院医生的检查，并未发现什么大的问题，但周恒的皮肤之痒还是拖了好长一段时间才痊愈。很遗憾，由于种种原因，我的这位忘年交极友，自从在冰岛首都雷克雅未克离团之后，就再也没有归队……

探险指导"极之美"

8月28日，农历七月初七。今天是中国民间传统节日"七夕"。前进号自离开玛格达莱纳峡湾后，朝北航行到北纬79度49.1分、东经10度42.3分，就开始朝西直奔格陵兰岛。

前进号是一艘常年穿梭于南北极的著名极地探险船。连日来，我们乘坐前进号驰骋于广袤的北冰洋，穿梭于斯瓦尔巴群岛各个峡湾岛礁间。它的良好服务设施，让我们饱览了北极独特的山水画卷。我与周恒住宿的F522舱房，观海大窗十分突出。我们坐在舱房内，甚至躺在床铺上，就能观赏到窗外迷人的风光。

由于海上冰山隐现，浮冰繁多。前进号从斯瓦尔巴群岛前往格陵兰岛途中，多次绕道避险。好在船上安排了丰富多彩的活动，主要有各种类型的探险讲座。这里，我要特别介绍中方探险队队长刘富彬的精彩讲座。

刚过而立之年的刘富彬，是北京"极之美"极地旅行机构探险队队长，他还是中国国家极地科考队前队员，先后4次参加中国南、北极科学考察。刘富彬近年来作为中方探险队队长，多次带队前往南北极等地区，具有丰富的极地工作生活经验和专业知识。这次，他是作为极之美"北极三岛漫游"旅行团领队而来的。他的讲座题目是《跨越两极》，内容分四大部分：一认识北极，二极地考察历史，三北极科学考察，四南极科学考察。

"说到南北极大家可能会觉得非常遥远。我们很多人认识这个世界都是从地球仪开始的，而南北极正好是地球仪的两端。这是很多人认识地球的最后一片区域，其实这片区域也是我们人类最后认识的区域。如果把我们人类三四百万年的历史，比作一天二十四小时的话。那么，我们对南极和北极的探索，其实只是这二十四小时中的最后六秒钟。南极和北极地区对我们人类来说，是一个非常新奇、陌生和遥远的地方。这里是世界的尽头，也是世界的起点。"刘富彬这段不落俗套的开头语，一下子就紧紧地揪住了我的心！

我之所以能够实现从北极到南极纵贯地球88天游，还得感谢刘富彬，感谢北京"极之美"旅行机构。2017年3月春暖花开的一天，一位生死与共的摄友最先告诉我"从北极到南极纵贯地球88天游"的信息。获此信息后，儿时面对地球仪曾经闪过"看看地球两端"的梦想，立即就浮现了起来……于是乎，我立即往发布此信息的"极之美"旅行社打了电话。刘富彬回答了我的所有问题。几次联系之后，我就成为"极之美"该旅游项目的第一位报名者。

刘富彬告诉我，他的极地之梦与厦门有关。2008年11月7日，厦门国际海洋周期间，他作为中国海洋大学在校学生，经层层选拔入选参加在厦门举行的全国大学生海洋知识竞赛冠军总决赛。决赛结果：刘富彬获得冠军，即获得"南极特别奖"。刘富彬说，他因获得海洋知识竞赛冠军才能有机会去到南极。刘富彬感慨地说，"我与地球极地的缘分，其起源就是在厦门举行的大学生海洋知识总决赛。"

刘富彬在北冰洋上的讲座中，重点介绍了中国南北极考察的概况以及他本人的极地生活体会。他强调说明了自己在南北极考察中所增强的环保意识。他说，由于全球气候变暖，地球两极的冰雪融化现象日趋严重，尤其是北极。我国2008年遭遇的雪灾，2016年初的极寒天气等，北极都是"幕后推手"。刘富彬深沉地说："如果南北极冰盖全部融化，全球海平面将上升约60米。那样，中国东部的海岸线将会后退400公里。我国广州、厦门、上海、青岛、天津等人口最集中、经济最发达的地区将会变成一片汪洋。"

刘富彬说："由于北极海冰的快速减少，带来世界格局的改变。这给北极东北航道和西北航道的开通发展带来广阔愿景。所谓东北航道，指的是从北欧出发，向东穿越俄罗斯北部沿岸海域，直达白令海峡……这是一条沟通欧洲和包括我国中北部在内的东北亚潜在的最经济航线。它比现在穿过苏伊士运河、环绕印度洋的传统航线缩短三分之一航程，是一条无海盗威胁的黄金水道！"

刘富彬既然这么热爱极地科考工作，为什么又会离开呢？他说："2016年夏天，我辞职来到行知探索。这可能和我的性格及选择有关系。现在我已经深深地了解到南极和北极的美，我想把这种美带给更多的人，而这也是让我的内心非常快乐的事。"

刘富彬说："追根溯源，人类最初探索南极，也正是受追求未知、新奇和探索的力量所驱使。现在，也正是这种新奇和未知，吸引着越来越多的人来到南北极旅行。因为，你在这里遇到的很多东西，都是未知的、不确定的。"

刘富彬最后引用《暴风雪的家园》一书著作者道格拉斯·莫森的一句话，作为这次讲座的结束语："我们来到这里探寻南极的秘密，想把这块大陆约化为我们所理解的科学。然而，这里始终存在一些不可名状的事。它让人感到非常陌生和遥远，但却牢牢地攫住了我们的灵魂。"

或许真的是性格决定选择使然，刘富彬后来又离开了极之美旅行机构。但万变不离其宗，他似乎始终离不开自己所热爱的极地探索事业。

刘富彬离开之后，我与"极之美"的联系并未中断，而是通过张雪艳得以延续，让我有机会进一步加深对地球南北极的了解。张雪艳就是本书《飞往北极》中所提及的匆匆赶到北京首都机场送行的那位姑娘。张雪艳当时是极之美旅行机构的一位专员，我的所有旅行资料都经她办理。当时，她特意从内蒙古大草原赶回，跑得气喘吁吁，终于在办理登机手续的柜台前与我们见了一面。"90后"的雪艳姑娘，如此热情负责的工作态度，给我留下深刻的印象。

别看张雪艳当时只是二十多岁的姑娘，但她的志向和起点都不低。她本科毕业于河南理工大学，后又到中国科学院研究所攻读理学硕士，专修地图学与地理信息系统专业。她学生时代就曾多次前往青藏高原考察冰川。2014年年底，张雪艳加入北京"极之美"之后，酷爱两极文化，热衷南北极探索，深度参与北极点破冰、加拿大观熊、加拉帕戈斯群岛探秘、南极半岛探险等项目，成为深受游客欢迎的跨界领队和探险队队长。

2015年12月的一天，26岁的张雪艳经历了一场严峻的考验。当时，她作为100多位游客的总领队，率团乘某探险船进入南极半岛洛克罗伊港考察。该船停泊在海湾入口处后，所有游客便换乘冲锋艇登陆。就在所有人刚刚上岸时，意外发生了！一股强劲的洋流，裹挟着大量浮冰涌入海湾。瞬息之间，原来开阔的海面变成了浮冰的海洋。100多人回看海湾，一脸错愕，不知所措……这么大密度的浮冰海面，需要破冰能力很强的船只才可以通过。而该探险船破冰级别不够，如果贸然开进海湾，大概率会被浮冰困住。怎么办？如果等老天爷出现新的洋流将浮冰带走，那要等到什么时候呀？于是乎，张雪艳等通过随队携带的卫星电话，联系南极国际旅游组织协会，寻求附近海域符合破冰条件的邮轮前来营救。与此同时，她与其他管理人员分别向游客说明情况。

在国际救援船到来之前，如何让情绪激动的100多位游客摆脱焦虑？张雪艳等管理人员经过分析认为，游客们的焦虑，缘于对救援进度及所处环境的未知。所以第一条，就是要让游客们知道救援进度。于是管理人员便安排专人接听卫星电话，每30分钟汇报一次救援联络进度，获悉挪威破冰等级很高的前进号邮轮正在快马加鞭地驶来……第二，组织游客开展各项活动，比如即时摄影、旅行分享、南极好声音等等。这样做就是为了让游客们感觉时间过得更快一些。第三，给身体偏弱者分发应急食物和饮用水，让年老的游客轮流进入岸上唯一的"博物馆"小屋内休息。

然后呢？还需要做些什么，好度过难熬的"继续等待"呢？张雪艳想到学习和传播英国南极探险家沙克尔顿的故事。100多年前，沙克尔顿和他的团队连人带船被浮冰困在南极威德尔海10个月。为了度过漫长冬日，他们每天都制定了非常忙碌的日程表，比如音乐会、运动会、擦船板、拆机械和装机械等等，就是不让有人闲下来。最终经过700天的艰苦奋斗，沙克尔顿及其所有船员全部顺利脱险。沙克尔顿的做法、沙克尔顿的故事、沙克尔顿的精神，给游客们带来极大的启发和鼓舞。

在等待7小时之后，救援船前进号终于开进了海湾。10小时之后，受困的100多位游客全部安全地回到那艘探险邮轮上。游客们都很兴奋，觉得很幸运，感受了一场特殊的探险经历。

话回正题。在从北极到南极88天游的全过程中，张雪艳自始至终地关心我指导我。9月11日，我在微信朋友圈中发了一组"德国年轻母亲与她的两岁幼女游格陵兰岛"的图片。我着重赞扬这位德国母亲不溺爱幼女，放手让幼女在荒地上拄杖蹒跚……张雪艳对此十分赞赏！在征求我的同意后，她全文转发了我的这篇微信文图。11月12日，我们历尽辛苦终于登上了南极半岛。在登上南极大陆奥恩港的一座雪山之巅后，我在微信朋友圈发表了一番感言和一组登山图片。张雪艳看到后第一时间给我留言："感恩感恩感恩，感恩看到在南极的您！"我当即回复："谢谢雪艳的一路关注和鼓励！"她也即时回复："谢谢您给予我力量！"

张雪艳作为"极之美"公司的普通工作人员，能够这样无微不至地全程关心她的客户，这让我非常感动。直觉告诉我，这是一个靠谱的人！自此之后，我们就成了忘年交。

2019年11月初，厦门国际海洋周期间，张雪艳应邀前来参加第六届海洋科技成果转化洽谈会。她始终忙于工作，直到会议结束后才告诉我来厦的消息。无奈何，在她返程前往机场前两三个小时，我们才匆匆见了面。为了争取时间，她不在酒店用早餐，而是在汽车上随便吃了点早餐车上买的点心。那么在这么短的时间里，我能陪她去看厦门的什么景点呢？张雪艳说："就去你经常拍摄那只腿受伤白鹭的地方看看吧！"主随客意，我只好让送行的车子停着，陪她步行约20分钟，来到我常拍摄白鹭的湖畔。返回的路上，我发现她的脚拇指上渗出了血丝。一问，原来她的一只脚拇指受了伤，还脱了脚指甲……刚刚30岁的姑娘，能够如此顽强镇定，这让我十分感动和敬佩！也许正是有了这样的顽强精神，她才能够在南北极复杂的环境中，应付自如，独当一面！

初见格陵兰

8月28日下午，格陵兰岛到了！前进号抵达格陵兰岛前夕，舱内舷窗上不时地闪过各种形态的浮冰。但或许持续两天的海上航行，见得浮冰太多的缘故，大家对浮冰有点审美疲劳。船一到达格陵兰岛，人人都像打了鸡血一样兴奋起来。许多人涌向甲板和舷栏，好奇地眺望着眼前的格陵兰，恨不得立即就飞上岛去！

格陵兰是全世界最大的岛屿。我似乎与海岛特别有缘，历来对海岛游感兴趣。早在中学上地理课时，我就对地球仪最北端的白色格陵兰感到好奇。参加工作后见识多了，知道格陵兰岛是地球的"冷柜"，那里储有千万年的厚重冰盖。近年来地球变暖，格陵兰冰雪融化速度大大加快。有专家说，假如格陵兰岛冰雪全部融化，全球海平面将会上升7米。现在，格陵兰岛就在眼前，这个"地球冷柜"会是怎么样的呢？

晚上8点多，我们中国游客终于登上了格陵兰岛东北海岸的丹麦港。这是格陵兰岛的丹麦港，不是丹麦首都哥本哈根的丹麦港。有个别旅游网站在介绍格陵兰丹麦港时，竟然以讹传讹，把哥本哈根的"美人鱼"雕塑都搬到这里来了！

丹麦港（Danmarkshavn）的地理坐标为：北纬76度46分，西经18度40分。它位于格陵兰岛萨肯博格海湾内，属于世界最大的国家公园——东北格陵兰国家公园范围内，是格陵兰东北海岸非破冰船可以通过的最北端港口。说它是"港"，却见不到码头。只见濒临海湾的大片坡地上，散落着几幢低矮的建筑物，想必就是格陵兰岛丹麦港的基本设施了。登陆后，我回首看了一眼身后的偌大港湾，除了前进号外见不到其他稍大一点的船。

这里地理位置得天独厚。因这一带是极寒地区，人迹十分罕见。我只在港湾边上见到一座有点奇特的因纽特人小屋，它的一半埋在泥土内，一半裸露在荒滩上。小屋四周环绕着堑壕式土墙，各类动物遗骨散布其间，褐色的外墙正中的屋脊上高挂着一对树枝状的鹿角。它既彰显出这一带的旷古荒凉，又透溢出因纽特人不畏艰难的乐观精神。

初见格陵兰

循着海岸继续北行，就能见到一座小型的气象与科研工作站。该站成立于1997年，主要任务是检测北极的气候变化，工作重点则是研究极地的气象和冰川。该站只在每年5月至11月间运行，最多时可以容纳25人，常住人口为8人。高高竖立的天线铁塔，拥有科研设备的几幢简单实验室，以及一座较大房子构成的生活区……小小的气象站为此地的荒凉氛围平添了一番生气。

我们还惊奇地发现，在丹麦港气象科考站附近的一块平地上，悠闲地停着两架红色的轻型飞机。它们就像公共汽车一样，很随意地停放在旷野上，飞机旁边并没有任何人值守。这里没有专门的飞行跑道，只有毗连的一截碎石铺成的沙质路面。想必它就是轻型飞机的起飞跑道吧！

参观完丹麦港后，我们在探险队队员带领下，从萨肯博格海湾边起行，徒步登陆附近的一座小山头。沿途所见，一派原始洪荒，仿佛来到另一个星球。登山之前，我们先要穿越一块沼泽湿地。这里泥土松软、水泽漫流，还好大家都穿着防水登山靴，都可顺利通过。其间，但见地衣苔原，野花野草，铺展纷呈，煞是好看，沿途偶尔还能见到稍高一点的灌木棘丛。看来这里的植被环境比斯瓦尔巴群岛好一些。尤其是洁白的北极绒，长势茂盛、成片绽放。据说，格陵兰东北海岸这一带，夏季蚊子成群结队，曾有"蚊港"之称。我们的旅行"出团通知书"中，还特别提醒要备有驱蚊用品，还好这一路上都没有用上。

过了沼泽湿地，就开始爬山攀岩。途中虽然山花烂漫，但乱石峥嵘、险象环生，无人敢于分心游玩。抵达一块陡峭光滑的大石壁前，不知路在何方，没有人烟的地方怎会有路！于是，大家自由择路，各循其道，真可谓"八仙过海，各显神通"！我们这群中国游客，多是三三两两，彼此相互照应……个别陡峭仞壁处，还得手脚并用方能惊险通过。爬过几处绝壁峭岩，又绕过几处白皑雪堆，终于登上了附近最高的一座小山头。

此时，已是当地时间晚上10点多。其时虽然不是极昼，但周围亮度仍与白昼无大区别。我登高望远，放眼四周，极地风光，尽收眼底。朝西而望，不远处有一座名叫"诺亚湖"的淡水湖，湖面上正升腾着淡红色的光芒。而东方广阔的海湾天际，则笼罩着类似极光的橘黄色巨幅色块……天空、陆地和海洋，就是通过这神秘的斑斓大色块而紧紧地联结在一起。格陵兰的旷世荒原，就这样无所遮掩地呈现在我们的眼前。周围除了我们这些身着红色服装的游客外，再没有见到其他任何人影。俯瞰偌大的海湾，唯有前进号与浮冰相伴。无疑，这里就是地球的最偏僻角落！这里就是人迹罕见的亘古蛮荒！

今天是我们登陆格陵兰岛的第一天。我们登临的小山头，论海拔高度不过数百米，但它地理位置特殊，是北极圈内最接近北极点的陆域之一。许多游客都在

055

格陵兰野草

这里留影纪念。我伫立山顶，迎着呼呼拂面的极地寒风，远眺浮冰闪烁的浩瀚海面，俯视周围顽石峥嵘的亘古荒原……忽然间，我国唐朝陈子昂的名诗《登幽州台歌》涌上心头："前不见古人，后不见来者。念天地之悠悠，独怆然而涕下。"

世界最大岛屿格陵兰，大到什么程度一般人难以想象。它的总面积为216.6万平方公里，其面积比两个中欧还要大！但因它位于北极极寒地带，大片土地终年冰雪覆盖，生存条件十分艰难，偌大的格陵兰岛总人口只有5.6万，且大部分人都集中在岛的西南部墨西哥暖流可以到达的地方。而我们现在所在的东北格陵兰国家公园，人口更是少之又少！这座成立于1974年的国家公园，总面积达97.2万平方公里。但这么广大的区域，却无常住居民，只有大约30人分散在5个固定点上过冬。据说，即使冰封解除的短暂夏季，全世界也仅有500名游客方有机会领略这座极其独特的世界最大国家公园！

上山不易下山更难。下山途中，我们有幸遇到一只洁白的北极兔。此时，大家全都安静下来，默默地欣赏北极兔的神姿。现场，只闻相机的轻微咔嚓声，没有任何人拥挤抢占位置。因为我们深知：保护北极环境，必须从我做起。不管你来自何方！

格陵兰东北部，因为人迹罕见，成为野生动物的天然保护所。这里陆地上除了北极兔外，还有麝牛、北极狐、貂、北极熊、狼、驯鹿等。海洋上有环斑海豹、髯海豹、海象、独角鲸和白鲸等。鸟类主要有潜鸟、黑雁、粉足鹅、矛隼、猫头鹰、松鸡和乌鸦等。但不管遇到什么，我们知道该做什么，不该做什么。每位极友早已牢记：此行带走的只能是照片，留下的只能是脚印！

猎人小屋遐想

8月29日。抵达格陵兰岛后的第二天，前进号沿着东海岸驶入美丽的德芙湾。上午，我们分乘冲锋艇，陆续踏上峡湾内的海象角，参观因纽特人的猎人小屋。

清新的极地阳光洒在海角一隅，把孤悬于峡湾之畔的两座猎人小屋映衬得十分突出。我们迎着凛冽的寒风，循着海滨沙滩，三三两两，朝着猎人小屋行去。苍茫的海滩上，除了身穿鲜艳衣服的同船游客外，未见其他人。周围寂静无声，唯有稀疏的鸟儿鸣叫声。海滩上大小不一的鹅卵石，与残破未化的冰碴混杂在一起。不时还可见到散落其间的动物残骸。地势稍高的地方还能见到土堆状的无名坟茔，坟旁的唯一标志就是插在沙土中的十字架木栅条。茫茫海滩，唯有一些裸石上的红色地衣及挣扎在沙土中的野草，显示着其不屈生命的顽强品性。

继续走近沙滩纵深处，两座孤零零的猎人小屋便屹立眼前。小屋一新一旧，各持红黑两色，相隔数米，孑然而立。这一带是北极熊惯常出没的地方。它们独自矗立，是不是有一种"此地有熊谁怕谁"的大无畏气概？但贴近观察，发现猎人防范北极熊的措施十分细致严密。就说小屋外墙上的窗户吧，牢牢钉死的木窗上，裸露着锈迹斑斑的反向大铁钉。可以想象，假如北极熊黑夜来此偷袭，门窗上狰狞尖锐的大铁钉，一定会让它吓一跳！

我们走进一间猎人小屋参观。但见墙壁上挂满各种各样的工具，俨然一间小型修配房。小屋内备有全套餐具和照明器材，还有一小间食品储藏室。其间，我还看到好几副类似海豹等动物的头盖骨，它们像艺术品一样被摆放在小窗台上。早期的因纽特人多是靠捕杀鲸鱼、海豹等为生，但他们并不滥捕，捕杀数量以维持自己生存所需为限。我自个儿遐想，因纽特人把动物头骨像艺术品一样地供奉着，是不是也是敬畏自然的一种举动？

最让我惊奇的是，这么小的空间内竟然还有排列整齐的图书角。小小的床架下还有一箩筐时尚杂志呢！我从小屋内的摆设推想，智慧的因纽特人在与冰雪世代相伴中也在与时俱进。我坚信，因纽特人与大自然顽强拼搏的坚韧品性依然不变。

一万年前，他们的祖先胼手胝足地从亚洲踏过白令海峡上的冰原。数千年来，因纽特人在包括格陵兰岛在内的北极圈内的极寒地区顽强地生存着。那么，在自然环境广为变化的今天，因纽特人也一样能在地球村内保有自己的一席之地！

据了解，海象角的猎人小屋最早创建于1906年。但近几十年来，除了因纽特猎人继续使用外，它间或也被丹麦天狼星巡逻队队员所利用。这些无人值守的猎人小屋，就是极寒环境中的生命小站，就是漫漫极夜中的生命亮光！不管你是谁，当你遇到困难或危险都可以利用这些小屋。而当你安全离开小屋时，你一定也会居安思危，自动补充求生的各类物资，甚至还会为他人留下一两本书籍或时尚杂志……

我由海象角猎人小屋，联想到自己曾在我国云南省怒江县独龙江乡旅行时的一段听闻：生活在独龙江流域的我国独龙族同胞，由于大山阻隔，在未修通隧道之前，每年冬季来往于怒江县城只能靠一条窄窄的"茶马古道"。每当半路突遇风雪，他们只能躲在简易草棚或天然山洞里避险。这些避险的地方常备有应急的救生食物。这些食物都是独龙族同胞自动放置的，谁有应急需要谁都可以利用。吃完之后也都会自动添加，以备其他人急需之时使用。从孤悬北极的海象角猎人小屋，到我国云南深山老林中的独龙族同胞避险棚子或山洞，何尝不是在共同彰显互助友爱的人性光辉呢！

从海象角猎人小屋返回前进号交通船只泊地途中，我特意沿着亲水沙滩蹚水行走。登山靴的防水性能良好，大步蹚水所溅起的水花，常常惊起不知名小鸟。这样的场景，让我联想起儿时在家乡岚岛讨小海的情景……洁净的出水沙洲，泛着涟漪的水波，飞翔竞逐的海鸥，追逐奔跑的大刀海蟹，以及琳琅满目的各类海螺小贝……如今，这样的场景见不到了，代之而起的是填海造地，是平地而起的一座座高楼大厦……发展肯定是需要的，然而，绿水青山也是金山银山！保护自然环境，让大自然中的万物和谐成长也是必须要做的！

前进号离开海象角后，继续在浮冰繁多的德芙湾内航行。傍晚，我们登陆格陵兰岛东海岸的奥尔堡港。

奥尔堡港，藏匿在长长峡湾的纵深部。我们乘坐冲锋艇抵达海岸边时，由于礁石密集，浪高波涌，无法直接靠岸。探险队队员便站立在冰冷的海水中，紧紧地扶着铝合金的梯子，一一搀扶着我们上岸。抵岸后，我仔细地观察了搁置在荒滩高处的一艘废弃小船。这只小船体态浑圆，造型姣美。虽然它已经废弃，但旁边还整齐地堆放着零星木块。我想，说不定哪一天，这小船还会被修复，重新出发。因为生活在海边的人，都是十分在意和看重与自己同生死共患难的舟船！

奥尔堡港登陆点附近也有两座猎人小屋。这里的猎人小屋最早建于1938年，是格陵兰猎人重要的狩猎基地，也时常被丹麦天狼星巡逻队所利用。虽然建筑年代久远，但小屋至今保存完好。屋里各种生活和狩猎器具一应俱全。尤其是临近海湾的那一座小屋，墙体外部翻修一新，高挂在大门顶上的驯鹿长角十分威武醒目。

一位探险队队员无意中告诉我，丹麦女王玛格丽特二世曾经在这里的猎人小屋居住过。丹麦女王玛格丽特二世对中国十分友好，她是新中国成立后首个访华的西方君主，中国又是她罕见访问过两次的国家。2014年4月，丹麦女王第二次访华时，在北京受到国家主席习近平和夫人彭丽媛的热烈欢迎，除北京外，她还访问了南京、苏州、嘉兴和上海。

眼前狭小的猎人小屋真是华贵的女王住过的地方？几经查证，果真如此。那是2005年6月，丹麦王储腓烈特为了表示孝心、庆祝女王4月16日的65岁生日，决定陪同她在东北格陵兰国家公园游玩几天。腓烈特酷爱户外运动，2000年冬天，他曾在冰雪覆盖的格陵兰岛远征达4个月之久，行程近3000公里。2005年6月26日，丹麦女王玛格丽特二世在王储腓烈特的陪同下，乘坐狗拉雪橇在格陵兰东北部开始了冒险之旅……而那里经常有北极熊和北极狐出没。其时，丹麦王宫发言人曾对新闻界说："女王早就想来一次她现在进行的远征。""旅行期间，女王母子选择住在私人狩猎用的小屋中。"

参观完奥尔堡港猎人小屋后，我们还向这片山地的纵深部分作有限度的穿越。这样的极地穿越非常难得，我在探险队队员所插小红旗的范围内，尽可能地多跑多看一些地方。这回看够了格陵兰岛东海岸峡湾内的浮冰美景。伫立山岗，俯瞰海面，那一片片的大块浮冰，远远望去，会不会有人把它们错当成艨艟舰船？

说实在的，来到格陵兰岛东海岸时，看到海面上有那么多的大块浮冰，我心里还是有点沉重。哪来的这么多浮冰？格陵兰夏季融冰的速度太快了！这说明全球气候变暖到了相当严重的程度。格陵兰可是地球的"冰柜"呀！地球气候变暖问题，必须引起全体地球人的高度重视和警惕了！

因为极昼已经结束，暗夜渐渐变长，奥尔堡港的天色渐渐暗淡下来了。我们在规定时间内，乘坐冲锋艇返回停泊在大海中的前进号。坐在冲锋艇上，我不时地回首猎人小屋的方向……那里的风景真美！整个苍穹和旷野都笼罩在极光似的迷离光影里，呈现出一种粗犷、荒凉、诡谲和神秘之美！

香农岛的故事

8月30日上午9点多，我们分乘冲锋艇离开前进号登陆香农岛。

天色朦胧，小有雾气。香农岛海岸涌浪有点大，冲锋艇靠岸还得费点周折。在探险队队员帮助下，我们安全踏上了香农岛。沿着黝黑乱石构成的荒石滩，往前走了几十米就到了一座外表漆黑的小屋前。小屋的颜色，与周围乱石和巉岩混为一体，似乎像是有意营造的迷彩氛围。

探险队队员称这座有点神秘色彩的建筑物为"阿拉巴马小屋"。他们说，"阿拉巴马小屋"从未对外开放，就连探险队队员也是第一次见到。我们作为首批获准来此参观的游客，自然感到荣幸！难怪乎，通过"百度"搜索，竟然没有查到任何有关"阿拉巴马小屋"的信息！

"阿拉巴马小屋"蕴含着探险者悲壮而又充满人情味的故事。故事中的两位男性主人翁，在绝望无助的状态下，顽强求生，永不放弃。他们拆下破损船只上的木板及零部件，在冰天雪地里盖起了这座小屋。他们在小屋里熬了整整两年，最终幸运获救！

我走进小屋，从上到下，从里到外，仔仔细细地看了个遍。从小屋内部结构上来看，利用船上拆下木板建成的痕迹十分明显。虽然时过许久，屋内物品材料显得老旧，但各块木板间仍很严密。这里冬季最低气温达零下70摄氏度，如果小屋遮风挡雪不严密，居住在里面的人很难活下去。我无从了解两位探险者避险的详细经历，但可以想象：在这个全世界最为寒冷的蛮荒之地，在铺天盖地茫茫冰雪的世界里，他俩要赤手空拳拆除一条破船、建造一座小屋，该有多么艰难呀！想到这里，心里不禁升腾起对先驱探险者的无比敬意！

更为难得的是，两位探险者在毫无通信联络工具的隔世环境中，受困冰雪香农岛达两年之久。在这个渺无人迹的孤岛，只有白雪皑皑的冰川雪原，只有肆无忌惮的北极熊……况且，每年还要经历5个月见不到太阳的漫漫极夜。还有，获救的希望也很渺茫，只能等待有船只经过发现他们……这里隔世孤寂的环境，给他们造成的心理压力,又是一项更为严峻的考验!

在这度日如年的等待中,两位受困者又是怎样度过呢?说起来有趣,他们采用每天分别与自己意想中的女朋友写信的方式来消磨时光。写着,写着,后来一位男人竟然给另一位男人"意想中的女朋友"写起信来了。这下子不得了,另一位男人吃醋生气了!两个男人产生隔阂,好长时间互不理睬。最后,那位错写信的男人道了歉,表示再也不会越界写信了。从此,他俩又和好如初,共患难直到最终被人发现获救。

这就是"阿拉巴马小屋"的故事。它震撼了我,又让我深思……让我从中感悟什么叫永不放弃!什么叫患难与共!

参观"阿拉巴马小屋"后,我们继续循着探险队队员插着小红旗的指引路线,登攀上小屋附近的一座小雪山。沿途乱石砾滩,每一步都要小心翼翼。上到雪山坡时,也不能麻痹大意。因为雪堆表面结了一层薄薄的冰,一不小心就会滑倒。连续几天的海上邮轮生活,大家都十分喜欢踏上陆地的实在感觉。即使眼前只是白茫茫的一片雪地,心里也是乐滋滋的。

来自世界各地不同肤色的游客,似乎在这里都可以找到自己的乐趣。我们这批纵贯地球南北极的中国极友玩得更欢!大家都穿着厚实的保暖衣裤,许多人干脆就坐在雪地上。统一着装的红色防水外衣,在洁白雪地映衬下显得格外醒目。大家手里都举着两面小的五星红旗,纷纷在"从北极到南极88天游""中国人在北极"等巨幅标语前留影纪念。我刚开始还有点拘谨,后来也与大家一起席地而坐了。

更有意思的是,好几位极友在雪地上玩起了腾空跳跃。当中最活跃的还属8岁的小果果,他不仅玩跳跃,还特别认真地担任起现场摄影师。为了拍摄好腾空跳跃的动作,他端着相机卧倒在雪地上……我虽然多次去过青藏高原,看见过跋涉过的雪山也不少,但今天在香农岛小雪山的经历感受有很大不同。最主要的是刚刚从参观"阿拉巴马小屋"中获得了启示。两位探险者感人的故事告诉我们,在极其严酷的环境中,人的顽强意志很重要!患难与共的协作精神更重要!我们这批从北极到南极88天游的极友,更应该发扬先驱探险家永不放弃和互助友爱的精神!

我的现场见闻和感悟,在微信朋友圈内也引起了亲友们的强烈反响。@凤子说:"太棒了!好惊险刺激的行程!"@枫竹说:"悲壮的探险故事好感人!身在极地心系祖国,爱国情怀让人感动!"

香农岛是格陵兰的第九大岛屿,是格陵兰东海岸最大的岛,也是北极熊自由出没的地方。但我们谁都不感到害怕,因为小雪山周围几个制高点上,都站立着荷枪实弹的探险队队员。不管我们身处何方,只要见到他们的身影就会有一种安全感。这天上午,探险队队员在雪山顶上,果然发现了一堆清晰的北极熊脚印。根据脚印

小雪山逗趣

分析，两只北极熊不久前曾在这里徘徊……我们虽然没有当面见到北极熊，但发现有北极熊的脚印还是感到欣慰。是呀，凡是来北极的游客谁都想见到北极熊，但北极熊是凶猛野兽，普通人与它近距离接触非常危险。人的心理就是这样复杂，既想见到北极熊，又害怕与北极熊面对面。但有荷枪实弹的探险队队员站岗放哨，大家也就放心了！

这一天，除了上午登陆香农岛外，主要活动都在前进号上。傍晚，我们在餐厅吃饭时，前进号正停泊在离香农岛两三百米处的海面上。当时，朦胧雾气刚刚退去，隔着船窗可见近在咫尺的香农岛。有极友围绕今天岛上发现北极熊脚印的话题说，这时候，香农岛上的北极熊若游到船上来，那可是轻而易举的事。当然，这只是玩笑而已。香农岛面积有1258.5平方公里，海岸线长252.1公里，两只北极熊在这么大的岛屿上早已跑得无影无踪，它们怎么可能待在与我们毗邻的海对岸呢！况且，就像人害怕北极熊一样，北极熊见到人尤其是一大群的人也是很害怕的。除非你惹它，让它感到危险，那它一定是会拼命的！

"天狼星"巡逻队

8月31日上午,我们参观格陵兰达纳堡军事基地。

达纳堡军事基地,位于沃拉斯顿前陆半岛的峡湾之畔,是丹麦皇家"天狼星"巡逻队总部所在地。一提到军事基地,人们一般就会联想到飞机、导弹、大炮和军舰等大型武器装备。但达纳堡军事基地只有12位"天狼星"巡逻队队员,全是男性,没有女性。基地内除了一座小型指挥中心外,就是20余座矮小木屋,以及一大圈围起来的格陵兰雪橇犬狗屋。其他醒目的设备,就是成排的狗拉雪橇、橡皮冲锋艇和蛙式潜水衣等。

然而,他们承担的军事任务可不简单。丹麦"天狼星"巡逻队是世界上唯一的军方狗拉雪橇巡逻队。这支由12名队员组成的巡逻队伍,分6支小队开展巡逻活动,负责东北格陵兰国家公园内约1.4万公里长的海岸线巡逻。每个巡逻小队由两名队员和13只雪橇犬组成。巡逻时间长达26个月,距离超过8000公里。"天狼星"巡逻队队员从丹麦全国按最严格的特种兵条件挑选,年龄限在30岁以下。全国每年只有6个人入选,以取代部分老巡逻队队员。除了面对严酷多变的极端低温天气外,"天狼星"巡逻队队员还要应对北极熊和意外事故等一系列挑战。

格陵兰自1721年起,就成为受丹麦保护的海外领地。现在,格陵兰当地政府已经拥有高度自治权利,但丹麦作为宗主国仍保有外交和国防大权。由此可见,丹麦皇家"天狼星"巡逻队常年坚持在格陵兰岛海岸巡逻,对于丹麦王国来说,其意义十分重大和深远!

我们在达纳堡基地指定范围内自由参观。大家对拉雪橇的格陵兰犬特别感兴趣。格陵兰犬最早由西伯利亚狼驯化而来。出现在我们眼前的格陵兰犬,无论是外貌还是体型,都与狼有较大的区别。现在格陵兰犬已经完全失去狼的本性。我们在狗园参观期间,没有听到一声狗吠。相反,它们像是表示欢迎似的不停地摇头摆尾。同行中特别喜欢狗的侯姓女极友只是对一只军犬表示一下亲昵,没想到这只军犬就直立起身子,像是要与这位女士亲热拥抱……

格陵兰军犬不仅性格温顺，生命力也非常顽强。它们在执行巡逻任务时，可在零下十几摄氏度的野外露宿。有人评价："格陵兰犬聪明、文雅、忠诚、适应性强，警惕、活跃、热衷于服务，友善但保守。"陪同我们参观的军士长米格尔自豪地说："我们的军犬品质优良，耐寒力很强，有人要出价30万美元买一只呢！"我的印象是，格陵兰军犬是"天狼星"巡逻队队员生死与共的战友。没有格陵兰军犬，也就没有丹麦"天狼星"巡逻队！

无数事实证明，在冰封蛮荒的东北格陵兰国家公园进行远距离巡逻，其最理想的方式就是狗拉雪橇。格陵兰军犬曾经无数次救过巡逻队队员的命。在漫长的极夜黑暗中，特别是遇到风雪封山、大雾笼罩的时候，巡逻队队员基本上就变成"睁眼瞎子"。这时，雪橇上两位巡逻队队员的生命安全，就全靠这群雪橇犬了！假如雪橇奔驰到悬崖峭壁边缘，即使巡逻队队员不停地鞭打它们，雪橇犬们也会立即停下、拒绝前进。此外，雪橇犬还能提前发现北极熊的气息，提醒巡逻队队员及早做好防范准备。

这里的雪橇不仅数量多，而且款式新颖、花样繁多，几乎没有重复的样式。原来，这些雪橇全是"天狼星"队员自己动手制作的。达纳堡基地有专门的木工工场。每支巡逻队的两名队员出发前，都要根据自己的特点和兴趣，制作一辆既实用又富有个性的雪橇。这种自己制作的雪橇，是他们执行巡逻任务时的唯一坐骑，也是他们赖以生存的主要依靠。巡逻队队员专用的狗拉雪橇，其滑道全部由尼龙绳和木板构成。各木板间的固定不用一根钉子，而是使用尼龙合股绳捆绑，以求使用时获得最大的灵活性。军士长米格尔指着周围环境说：达纳堡是北极熊经常出没的地方，几天前有好几只北极熊窜到营地，我们最后靠打信号弹才将它们驱走！

中午，我们在前进号餐厅惊奇地发现，有10位身穿迷彩军服的"天狼星"队员与我们一起用餐。"天狼星"巡逻队队员常年在冰原雪地上奔驰，吃的多是罐头和压缩饼干之类的食品。可以说在执行巡逻任务时，他们没有吃一餐像样的热饭菜。前进号招待他们一次自助午餐，借以表达船上所有人员的感谢和敬意是完全应该的！

下午，前进号驶往达纳堡军事基地西南方约30公里的一个峡湾内。阳光明媚，风平浪静，风景这边独好！我透过船上住宿舱的窗口，看到不远处的逶迤群山，洁白沙滩，以及离沙滩不远的一座蓝色小屋。

我们乘坐冲锋艇两三分钟就到了沙滩。上岸走到背光之处，一阵寒气突然迎面袭来。这里的向阳处和背光处，简直就是阴阳两重天！

眼前的这座蓝色建筑物，探险队队员称其为"爱斯基摩小屋"。小屋已经翻修一新。洁白的麝牛和驯鹿骸骨，像装饰品一样摆放在它的四周。"爱斯基摩小屋"

内并无狩猎的因纽特人，但同样一应俱全地备有各种工具、炊具和储备的粮食，以及排列整齐的图书角。它现在仍是丹麦"天狼星"巡逻队队员的一处栖身之所。

我发现，探险队队员马蒂斯在"爱斯基摩小屋"如同在自己家里一样，非常熟悉小屋内的一切物品。原来，这位高大个子的男子汉，曾是丹麦皇家"天狼星"巡逻队队员。难怪乎，自从登陆格陵兰丹麦港以来，马蒂斯对每座猎人小屋都非常熟悉和亲切，因为在东北格陵兰国家公园广袤的冰原上，曾经洒下过他与战友们的血与汗……

在前进号四层的会议室里，探险队队员马蒂斯为我们作了题为"天狼星巡逻队队员26个月冰雪巡逻经历"的讲座。其间，他播放的一张张生动惊险的画面，让我们极为震撼！马蒂斯告诉我们，巡逻期间不可避免地会面临饥饿、寒冷和极端疲劳等考验。同时，人与雪橇犬也常会出现冻伤及其他伤病。每位队员除了自我治疗伤病外，还要充当兽医。巡逻期间与北极熊狭路相逢则是经常的事。马蒂斯特别强调包括13只雪橇犬在内的团队合作的重要性。他说，巡逻中如果遭遇暴风雪，单凭一个人无法存活。最重要的是两位队员要密切配合、和谐相处，克服长期孤独寂寞所造成的强大心理压力。因为在持续26个月的巡逻中，队员几乎与外界隔绝。巡逻队队员没有机会看望亲友，更没有机会与恋人约会……

我现在终于明白了！原来，沿途所经过的猎人小屋，不仅是因纽特人拓荒狩猎的遗址，也是"天狼星"巡逻队队员栖身立命之所！

离这座"爱斯基摩小屋"不远的沙滩上，还残留着第二次世界大战期间留下的部分遗迹。早在1931年，这里就是丹麦的一个科考站。1943年3月，德国侵略者把它摧毁了！历史就是这样，在如此偏僻之处，原来也曾有过战争！发生在这里的战争被称为"二战最荒凉的战争——格陵兰气象争夺战"。对于纳粹德国来说，在格陵兰岛上建造气象观察站相当重要。它不仅能给德国海军潜艇提供补给，还能预告整个欧洲战区的气象状况。而对于盟军来说，格陵兰等北极地区的气象信息更为重要，今天格陵兰的天气状况，就预示着两天后欧洲大陆的天气。盟军横渡英吉利海峡登陆诺曼底的时间，就是综合格陵兰等北极地区气象信息后确定的。

离开"爱斯基摩小屋"后，我们按照前进号探险队队员划定的路线，开展旷野徒步活动。我们仿佛来到另一个星球！徒步者无不感到新鲜和兴奋！我在徒步穿越过程中，特别留意观察漫山坡的野花野草。它们成长在极其严寒的恶劣环境中，却花开烂漫，身姿不凡！

麦格布塔追古

9月1日，凌晨5点多，我在前进号上依旧习惯性地早早起床。洗漱完毕，走出五层的舱室，顺着长廊直到船中央，抬头一看大时钟恰好指向五点半。循着扶梯，下到四层，直达船上服务中心旁边的咖啡厅。整个四层，寂静无比，空无一人！

我走向前进号的航海示意图。这幅英文地图挂在咖啡厅的墙上，上面标示出前进号在北极三岛（斯瓦尔巴群岛、格陵兰岛和冰岛）航行期间的行驶轨迹。我素来爱看地图，每天都要来这里了解最新航海信息。忽然，我发现已有一个人正在聚精会神地观看地图，他就是本航次唯一乘坐轮椅的游客。自从在朗伊尔城登船以来，我发现这位乘坐轮椅的游客，乐观开朗，不落下任何一个登陆点。

上午，我们徒步登陆麦格布塔。清晨六点半，一艘艘冲锋艇在海湾上来回穿梭，分批把游客送上岸去。这里靠山面海，岸畔有块宽广的小平原。空旷的荒野上，还有一条小河逶迤穿过，几座小屋散落其间。

我们继续沿着海岸前行。半山坡上，有一堆四处散落的破旧木架，木架旁边还有网状的栏杆、固定帐篷用的铁锚及锈迹斑斑的废旧机器……继续走过一座摇摇晃晃的旧木桥，就可见到两间破旧小屋。屋前的碎石海滩上，躺卧着一艘倒扣着的小船。这里只闻海浪哗哗作响，不见人声喧哗。忽而，有两位穿着红色上衣的老外游客，从倒扣着的小船边轻轻走过。看那样子，他们似乎是在这里寻觅曾经发生过历史故事的遗迹……

1922年10月14日，北欧国家挪威曾在格陵兰东部海岸麦格布塔的这片荒滩上，建立了无线电台和天文站。当时，刚刚成立的挪威天文台，在寒冷的格陵兰岛东海岸发出了第一份无线天气预报，它对世界气象事业的重大贡献是无可置疑的。

格陵兰岛的发现和早期开发，与挪威息息相关。大约在982年，挪威人"红胡子"埃里克从冰岛出发，向西北航行，意外地发现了一个大岛。经过两个夏季的考察，他们终于在该岛西南沿海地段找到可以抵御北极寒风的几片平坦之地。"红胡子"埃里克把新发现的这个大岛称为"格陵兰"，意为"绿色的土地"。很显然，埃里克企图以"绿色的土地"的名称,来鼓动更多的人迁徙到这个荒凉的岛屿。果然,一批又一批维京人携带家财和牲畜,从北欧渡海而来。最多时,格陵兰岛上的欧洲移民有数千人,连罗马教皇都派人到这里收教区税。

1261年,格陵兰成为挪威的殖民地。1380年,丹麦与挪威联盟,格陵兰转由丹麦、挪威共同管辖。1386年,格陵兰正式归属挪威。1397年,丹麦、瑞典和挪威三国组成卡尔马联盟,丹麦作为盟主处于统治地位。卡尔马联盟前后共维持了126年。联盟瓦解后,格陵兰又转属于丹麦、挪威双重君主国统治。1814年,根据《基尔条约》,挪威又被丹麦割让给瑞典,丹麦获得格陵兰的主权。这样,也就造成格陵兰的主权归属问题更为复杂。

1919年丹麦宣布整个格陵兰归其所有,挪威表示默许。但挪威于1931年宣称,格陵兰岛东部地区无人居住,属无主土地,声称对其拥有主权。同年7月10日,挪威北极贸易公司在麦格布塔升起挪威国旗。挪威宣示的格陵兰岛东部地区主权范围,包括北纬71度30分到北纬75度40分之间的区域。丹麦对于挪威的所作所为愤然应对。1933年,丹麦和挪威两国同意将此争端提交海牙国际法院仲裁。仲裁结果,丹麦获得格陵兰岛的全部主权。

这就是麦格布塔曲折而又复杂的历史故事。如今的世界发生太大变化,历史也已翻开新的一页。

今天,我还真没有想到,在没有人居住的格陵兰东部,还会有成群的中国旅游探险者。我们了解格陵兰历史,更应尊重当下格陵兰的现实。在麦格布塔徒步期间,我们按照探险队队员所划定的路线,穿过荒滩草甸,贴近蛮荒冰原,攀越山脊峭壁,欣赏野花野草,辨析动物残骸……今天的徒步是在没有人走过的最原始之地,也许你不经意间留下的脚印,就是千百万年来的第一个!途中,我们还见到了地面上残留的废弃物品,我们无从考证,但或许它就是一件无言的历史文物。我们还见到好几具大型动物残骸,其中有几具麝牛骸骨保存得十分完整。可以想象,在这样亘古的荒野上,动物界必然也是不断地循环着优胜劣汰!至于这里的山水风光,那是绝对的原始自然。生命是顽强的,生命是永恒的!这是格陵兰东部展示给我们的最直白语言!

我们赖以生存的地球原本就是这样?亘古不变、寥无人烟的格陵兰东部,似乎在向我们诉说着什么……我们这批中国旅游探险者,当中没有科学家,但大家的责任感和好奇心皆有之。这一路来,我们常在谈论地球,谈论全球气候变暖,谈论环保与己有关、与子孙后代有关!

傍晚,前进号缓缓驶入格陵兰东部海岸的弗朗茨·约瑟夫峡湾。这座以奥匈帝国第一位皇帝名字命名的峡湾,气势确是恢宏。前进号驶入之时,正值平流雾袅袅

升腾，平添了一番神秘色彩。前进号直接驶到该峡湾最著名的瓦尔德豪森冰川前面。它被浮冰包围住了！船上的全部乘客都拥向开放式的甲板，一睹冰川的原始风采！在船尾甲板的舷栏旁，我又看到了那位乘坐轮椅的老外游客。他似乎正陶醉在亘古的冰川世界中……

　　分享就是最大快乐！我旋即把近距离欣赏冰川的图片上传与亲友们分享，立即引起反响。@长兰赞叹："最美的时光！最美的风景！最震撼人心的冰川！"@白马细心地发现："居然有坐轮椅的团友，了不起！"@枫竹即兴诗曰："平流雾袅看冰原，旷野蛮荒探险艰。小草野花迎远客，古今对接感万千。"

坐轮椅游北极的游客

花朵海湾赏花

9月2日上午，我与部分极友乘坐极地巡游艇巡游格陵兰东海岸的花朵海湾。

花朵海湾？有"地球冷柜"之称的格陵兰还有这么好听的地名？是的，花朵海湾位于格陵兰第五大岛屿于默岛的西海岸。于默岛面积有2437平方公里，岛上最高峰安格林内斯山海拔1900米。早在1929年的探险考察中，因科学家发现于默岛有丰富的植物而得名。

然而，我们今天海上巡游的主要目的，还不是观赏陆地上的花朵。先说说前进号探险考察船上安排的极地巡游活动吧。这是属于小范围小规模的"轻探险"。一般每次只安排两艘巡游艇，分别由相关的专家带领，边巡游边讲解边体验。游客要求参加某项巡游活动，就必须提前书面填表报名。如果报名者超过限定人数，就由电脑随机抽签确定名单。

今天的海上巡游活动，是我登上前进号以来参加的第一次。早晨一听到通知出发的广播后，我就立即赶到二层的出发厅，先取出寄存的登山靴和救生衣，再选择一套合适的巡游服。这套防水保暖的绿色巡游服是连体的，其样式很像是宇航服。它宽大无比，可以包裹住身上所穿的全部保暖衣裤。"看看这样的衣着装备够不够酷？"极友们开心地相互戏谑着。

我们8位中国极友集中乘坐南森号极地巡游艇。南森是谁？南森是挪威极地探险先驱者，是世界上第一个穿越北极东北航道的人，也是世界上第一个乘坐狗拉雪橇横穿格陵兰中央冰原的人！前进号探险船的原始前身，就是世界上第一个登上南极点的挪威人阿蒙森当年横穿南极时使用的考察船。这艘船是阿蒙森向他的好友南森借用的。经过这么一了解，我为今天能乘上南森号极地巡游艇巡游花朵海湾深感荣幸！

仿佛是为了考验我们，今天花朵海湾的天气变化多端，忽而下雨，忽而下雪，气温低于零下5摄氏度。今天参与巡游的两艘装备精良的极地巡游艇，每艘小艇只乘坐十来个人。两艘巡游艇一前一后，既保持距离，又相互关照。离开前进号母船

后，巡游艇就在墨蓝色的海面上，如箭一般地飞奔起来……

极地巡游艇先是围绕海面上几块大浮冰打转。这样近距离地海上观察浮冰，我还是第一次。其中有一块大浮冰，玲珑剔透，翠绿无比，在汪洋大海中，这块翡翠般的大浮冰独领风骚，但它也必然招来无数翻腾的涌浪。驾驭南森号巡游艇的菲律宾籍水手似乎理解我们这些来自东方游客的心情，努力地让小艇靠近，再靠近……这时，我们又发现这块大浮冰的周围，有一只大海豹在一浮一沉地遨游。真是高潮迭起，极友们兴奋极了！我的手指已被冻僵，但还是努力地想要多拍它几张！

翡翠般的浮冰

观赏完浮冰，两艘极地巡游艇又继续驶向远方，驶向远处那片朦胧的海岬突出部。船抵山脚，我抬头而望，但见层峦叠嶂，裸石峥嵘，雾气蒙蒙，飞瀑溅流……而近观山脚周围，只见黑水滚滚，波涛汹涌，浮冰连连，海豹时现……小艇上的地质专家手指绝壁上的峭岩，指导我们观看这里山体岩石的挤压现象。格陵兰岛的山体形成已有数亿年。原本稳定的地理结构，由于冰与雪长时间的挤压及冰雪与海水之间的交融搏杀，造成了眼前天荒地老式的独特极地风光！

返回途中，依旧风雪交加。巡游活动结束时，我请巡游艇上的菲律宾水手帮我拍下一张奇特着装的身影……画面中的我开心地微笑着。是的，这次花朵海湾巡游，虽然其寒无比，手脚都有点冻僵，但我的内心却始终泛着温热……格陵兰原始地貌告诉我们，不变是相对的，变化是永恒的！

傍晚，我们在细雨蒙蒙的天气里，又从前进号上分别乘坐冲锋艇登陆艾拉岛。艾拉岛如诗如画，犹如世外桃源。冲锋艇还未靠岸，我就看到被白云环抱着的山峰靓影，一种似曾相识的感觉顿时浮上心头。类似这样的场景，在祖国的青藏高原常能见到。但艾拉岛上的山峰都不高，眼前的这座山峰最多也就一千多米高。我望着近在眼前若隐若现的山峰，内心顿时闪过想要攀登上去的冲动……无奈何，我们在这里停留的时间太短了！

艾拉岛有个简易码头。码头附近有几座亭亭而立的赭红色木屋。码头上停有装载车、集装箱之类的建筑物资，边上紧连着一段正在建设中的沙土公路。这是我们进入北极地区以来看到的第一个建筑工地。

自登陆艾拉岛码头后，我就坚持一个人沿着湖泊岸畔自由行。没有想到，这里到处是美丽的暗紫色与金黄色混合的土壤，到处都是绽放的野花与葱绿的野草。其中，矮桦木、北极柳、北极棉和紫色虎耳草等漫山遍野都是。如锦如绣的各种野花，纵横阡陌的蔓连野草，黄金般闪亮的地衣苔原，与沉积岩形成的棕色湖泊浑然一体……

我伫立在弯弯曲曲的湖岸如醉似的发呆。蒙蒙雾气中，总有一种身在仙境的感觉。看，我的左手边上那座白云缭绕的雪山，我老觉得若即若离的雪山，似乎是在向我招手……而眼前明镜似的湖泊，倒映着雪山和云朵，与湖畔野花野草相得益彰，和谐交融、惟妙惟肖！此时，虽然天水一色，峰影绰约，但堤岸与湖水，却是泾渭分明。那仿若五线谱音符的湖岸堤埂，在清冽湖水的衬托下，更显其妩媚与浪漫！

难忘格陵兰东海岸的这一天！不论是在花朵海湾上看浮冰，还是在海岬突出部观地质节理，或是在艾拉岛湖畔欣赏野花野草……格陵兰东部独特的"花形象"，深深地印在我的脑海里！

别了！格陵兰"无人公园"

9月3日，这是我们在东北格陵兰国家公园的最后一天。自8月30日登陆格陵兰岛东岸丹麦港以来，前进号在这座全世界最大的国家公园内探险考察快一周了！在这一周里，我们除了见到几位丹麦"天狼星"雪橇巡逻队队员外，没有见到一位当地的格陵兰人！

清晨，前进号行驶在格陵兰东海岸上，我在微信朋友圈里写道："今天的天气不错，雨早就停了。户外气温3摄氏度，这样的气温和天气，在北极很适合巡游。"末了，我又附上随手拍的3张同步反映前进号行驶动态的卫星电视图片。"大家从图中可以看到，这里峡湾密布，犹如蜘蛛网一般。而那白茫茫的，则是丛丛而立的雪山。在这浩瀚的白色世界里，前进号正在阡陌峡湾内徐徐前行……"

阿尔普峡湾及其冰川，我从前进号舱室内的窗户就能看到。它近在咫尺，神韵迷人，令人遐想。但乘冲锋艇巡游，抵近直面观察，亲身感受清丽洁白的冰川，效果可是大不一样！

雪山环抱的峡湾水面上，冲锋艇靠近冰川缓缓而驶。太阳高挂在广阔冰川的上空，仿佛上苍为我们挂了一盏无敌照明灯！太阳的四周还泛有一轮弧光，它既不是彩虹，更不是极光，但它就是这么实实在在地发亮着。我们看到了冰川的纹理结构，看到了巨大冰川板块下的冰洞，看到了层叠冰川发出的幽深蓝光……我发现原先从前进号舱室窗户看到的绵延褐色山峰，竟是一座座地地道道的冰山！看，褐色山峰的底部正裸露着密密实实的冰川，这些冰川在断裂、在嘶鸣、在源源不断地剥蚀出浮冰……原来，包裹这源源不断裂变冰川的外部褐色山体，只是亿万年来大自然造物主为冰川披上的一层神秘外衣！当然，这被包裹得严严实实的冰川，与一般意义上的冰块截然不同。这种经过亿万年层层挤压的冰川，千姿百态，结构非凡！

别了！格陵兰"无人公园"

北极太阳挂冰川

我们的冲锋艇越来越靠近冰川，此时的海面上铺满大大小小的浮冰，冲锋艇船体发出咔咔声响。冷啊！虽然我们身上都包裹得十分严实，但还是冷得发抖。顾不上这些了！极友们有抢着拍照的，有作"现场报道"的，还有的忙着捞起小碎冰，说是要拿它泡酒畅饮……据说，眼前这样的冰川至少已形成万年之久。当天晚上的前进号上，一群中外极友围在一起，尽情畅饮起"万年冰"威士忌来……

前进号离开阿尔普峡湾后继续南行，下午行驶到奥斯卡国王峡湾。紧接着，我们分乘冲锋艇先后登上了梅斯特维克。这意味着我们即将走出"无人"的东北格陵兰国家公园了！

梅斯特维克位于奥斯卡国王峡湾的西南角。这里与格陵兰东部其他登陆地方明显不同的是：这里不仅有猎人小屋，还拥有十多栋大屋子。然而，这里的建筑物不是我们参观游览的重点。按照预先计划，我们将在这一带穿越荒野、湿地、苔原和附近的一座小山峰。

我在规定的时间内，走完了探险队队员所指引的地方。在徒步登攀小山峰时，我特意选择从一片陡峭的冰雪堆中通过。去过西藏多次，但由于海拔太高等原因，始终未有穿越峭壁雪堆的经历。现在，眼前的峭壁雪堆海拔只有数百米，我决定尝试穿越。其间，我小心翼翼，手脚并用，最终顺利通过了！而在其余的徒步过程中，

我则较为仔细地观察起周围的山花野草。这里的植物世界生机勃勃，地衣苔藓随处可见，野花野草独领风骚！傲气的野花最喜欢生长在峭壁的缝隙，而且一定是向阳的！我独个儿面对几簇野花发呆，很想从中悟出它们顽强生命力的玄机……我们千万不要小看这些其貌不扬的野花野草。它们中的每一棵每一株，都在默默地吟颂着生命的赞歌！你能想象它们坚韧到何等程度吗？你能想象极地自然环境是怎样恶劣吗？你能想象一年中有5个月处于漫长且黑暗的极夜，每一棵野花野草的存活需要付出多大努力和代价吗？白茫茫的不毛之地格陵兰，正是由于无数地衣苔藓和各种野花野草的不屈不挠，方才保住了不会飞沙走石的冻土地带呀！

专注欣赏冰山

"读万卷书，行万里路。"连日来在格陵兰岛的荒野徒步，对于我来说，不仅是体能锻炼，更是极为难得的生命礼赞系列教育课！值此，即将离开无人居住的东北格陵兰国家公园之际，我沉浸在长长的思考之中……

别了！格陵兰"无人公园"。

一进因纽特村

一进因纽特村

9月4日。清晨醒时，我拉开舱室窗帘，只见海面上白浪翻腾，船只也摇晃得较为厉害。还好前进号终于驶出东北格陵兰国家公园，当它开进斯科斯比湾口时，海面也就平静下来了！

前进号停泊在斯科斯比峡湾深水处。上午，我们分批乘冲锋艇上岸参观依托考托米特小镇（Ittoqqortoormitt）。这是进入格陵兰以来，我们第一次抵达有人烟的地方。依托考托米特是因纽特人聚居的小镇，常住人口约450人。按人口数量来说，它只相当于我国的一个村，但在格陵兰它可是举足轻重的镇。且不说小镇管辖范围相当于英国面积，最主要的还是它所处的位置。依托考托米特小镇位于北纬70度29分、西经21度58分，也就是斯科斯比峡湾水系入口处的北部。它紧邻东北格陵兰国家公园，是格陵兰东北部现存的唯一小镇。目前，进入东北格陵兰国家公园的多数探险旅游船都是从这里起航的。

时值雨雪齐下，天空灰蒙，寒气逼人。我们所乘坐的冲锋艇停靠在依托考托米特小镇垒石码头边上的海滩。这里风浪依然很大，探险队队员站在没膝深的冰水中，小心翼翼地搀扶游客安全上岸。我顾不上飞溅上身的浪花，抢拍下踏上因纽特人村镇的初始镜头，我特别注意现场看热闹的因纽特小孩。层层涌浪推起的浪涛，拍打着海岸上赭色的玄武岩，发出轰隆隆的声响……

在我国喧闹的街头，人们常常会埋怨人多嘈杂。而此时此刻，我却因为能见到当地因纽特人而感到欢喜，心中不禁感叹："有人烟的地方真好！"

自从进入北极，尤其是进入东北格陵兰国家公园以来，我们每天都在亘古荒原、杳无人迹的旷野上行走，却见不到一位当地居民。今天，第一次到达有人烟的地方，我们仿佛从荒芜寂寥的外星球回到了人世间。正如一位好友所说的："走过荒芜，才会对顽强生长在极地中的野花小草由衷地赞叹，才会体会没有人烟的地方是多么寂寞可怕，才会感恩上苍对我们的慷慨馈赠，才会珍惜生命所赋予我们的一切。"

冒雪游因纽特村

依托考托米特小镇人口虽少，规模可不小。小镇背靠白雪覆盖的绵延山岗，面向波澜壮阔的斯科斯比峡湾。听说，这里还是观赏北极光最佳的地方之一。我冒着纷飞的雨雪，走遍了大半个村镇，印象最深的还是这里的彩色木屋子。依托考托米特（Ittoqqortoormitt），这个由16个字母构成的名称十分难念，关于它的名称也是翻译得五花八门，在格陵兰语中它的意思是"大户人家"。我望着眼前各种色彩的木屋子，虽然未见"大户"气派，却也千姿百态，很有特色。大概是为了防止积雪压垮房屋的缘故，这里的木屋子全部都是尖顶，有的房屋底部还有参差不一的垫脚桩石。它们不像朗伊尔城的木屋成排而立，而是独门独户，依势而建。木屋子有建在向阳山坡的，有建在山谷中的，也有建在海湾之滨与巨石做伴的。

依托考托米特小镇虽然总人口不到500，但这里"麻雀虽小，五脏俱全"。镇里有学校、教堂、商场、医院、邮局、博物馆、游客服务中心、警察所、气象台和露天运动场，还有一座小型直升机机场。我先后走进教堂、游客服务中心和博物馆等地方，感觉当地因纽特人十分憨厚和善良。他们似乎不善于言谈交际，多是面带微笑，显得十分谦卑与内敛。人口这么少的小镇体育设施怎么样？我特意参观了露天运动场。其时雨雪纷飞，运动场内鲜见人影，但场内运动器材十分齐全，我国中小学和幼儿园常见的运动器材和儿童游戏设施，这里几乎都有。最突出的还是秋千，大小秋千架子有好几套。当然还有一些独具当地民族特色的运动器材和游戏器具。

依托考托米特小镇的商场和店铺怎么样？我走进一家小工艺品店铺，眼前琳琅满目的工艺品全都是当地因纽特人就地取材、亲手制作的。有各种饰物，有鲜艳的因纽特儿童服装，也有奇形怪状的狩猎工具……这个与大山大水相伴而生的因纽特民族，原来还有这么精巧的手工技艺呀！我在这家工艺品店里买了一双精美的海豹皮小靴子，作为送给刚刚诞生十来天的外孙女小米娜的礼物。同时，我还在小镇邮局给女儿寄了一张明信片，热烈祝贺她晋升为母亲！这也算是很有意义的纪念吧！

依托考托米特小镇独立遗存在格陵兰东北海岸畔，与人口相对集中的格陵兰西南部相距较远。它所面对的海湾，一年中约有9个月都被冰山和浮冰塞得满满的。镇上商场的补给商品，一年当中也只能靠货船运输两次。小镇内虽然有粗糙的沙土公路，但它无法与格陵兰其他村镇交通。镇上唯一对外交通的小型直升机，也只是在短暂夏季偶尔飞行。然而，因纽特人独立生存的能力自古以来就很强。据了解，格陵兰自治政府特许依托考托米特小镇拥有狩猎大型动物的合法权利。也就是说，这里的因纽特人可以捕杀鲸鱼、海豹甚至北极熊等大型野生动物，当然还是需要配额限度，不能滥捕。现代化的通信手段等新生活方式，也已在镇内渐渐普及。再加上每年夏季约有10艘来自世界各地探险旅游船的光顾，也为这座孤独的小镇平添了一番热闹和收益。总之，我的直观感觉是，这里的因纽特人都很阳光，生活和生产都很正常。这里每座彩色房子的周围，都能见到各种式样的小船，都能见到英武的格陵兰犬和花样繁多的雪橇车，都能见到有点怪模样的雪地车辆等等。对于祖祖辈辈生活在雪地冰原的因纽特人来说，有了狗拉雪橇就没有到不了的地方，有了小船或是皮划艇就没绕不过的冰山、穿不过的浮冰群……

雨雪纷纷情绵绵，我在依托考托米特小镇逗留约3小时后离开了。我对因纽特人有一种特别亲近的感觉，他们与我们一样都是黄皮肤、黑头发，身材体型与我们也很相似，甚至连见面微笑的样子都差不多，一种似曾相识的感觉油然而生……我就这样怀着一种说不出的情感，依依不舍地离开了依托考托米特小镇。当时，我没有想过后续还可能与这个小镇再相会……

丹麦海峡风暴

中午，前进号离开依托考托米特小镇，沿着格陵兰海岸继续向南行驶。下一个目标挺进冰岛！

格陵兰与冰岛之间隔着丹麦海峡。这条海峡长483公里，最狭处宽290公里。它北通北冰洋，南连北大西洋，是北美洲和欧洲的地理分界线。前进号即将离开格陵兰岛时，我们都怀着轻松的心情。我还做了初步估算，按前进号近15节的惯性速度行驶，明天上午就可登陆冰岛。大家谁都不会想到在丹麦海峡会遇到什么风暴和巨浪。行前，我在作南北极旅行攻略时，也只知道南极有个"魔鬼海峡"德雷克海峡，根本就没有太在意丹麦海峡。

可是人算不如天算。午后，我在迷迷糊糊的午睡中被巨浪摇醒。急忙拉开窗帘，但见海面上乌云压阵，浪高翻涌。我急忙起床，冲向五层甲板。通向甲板的大门被大风顶着，我使出全身力气方才勉强打开，只见冲天大浪直面扑来……望着甲板上流动着的浪花，我急忙缩回船舱，紧紧地关上通向甲板的大门。我扶着廊道栏杆，下到四层的咖啡厅，这里几乎空无一人。其间，船只摇晃得更为厉害，船上有多人开始晕船呕吐。

下午6点，我们在四层的餐厅用晚餐。全船乘客分两批用餐，我们中国游客分在"第一席次"，也就是6点用餐，而"第二席次"则是8点开始用餐。我按照事先安排的桌次落座，发现接近一半的座位空席，其中包括与我同行的几位中国极友。据了解情况的极友介绍，同行的几位中国女极友晕船呕吐得厉害，只能卧床休息。今天的晚餐是"二道菜"。"二道菜"是传统的西餐配餐，从餐前汤到主菜以及餐后的水果和甜点，什么餐品都是每人一份。肩负送餐任务的菲律宾籍服务生，在船只不停地摇摆中，犹如杂技演员似的手托餐盘，来回穿梭，应接不暇……送餐间隙，服务生向我们传来惊叹的眼神，那意思就是"你们这些人还真厉害呀！"然而，就在我们与餐厅服务生打招呼时，一阵巨浪窜上四层餐厅的玻璃，船只摇晃得更为厉害。此时，从餐厅的一个角落传来椅子倒地声及餐盘摔碎的咣当声……

丹麦海峡风暴

从餐厅返回自己的住宿舱室时，就不能像往常那样轻松走路了。大家全都要抓住船上精心设计的各种护栏，像醉汉一样踉跄挪行。因为遇到大风大浪，晕船的人太多，这天船上原定的所有讲座和娱乐活动一律暂停。天路漫漫，方在始端。在与极友们道别返回各自舱室之际，我们都还乐观地相互鼓励，并且相互嘱托有事可随时通过舱室内部电话联络。

我回到五层舱室后，因没有网络信号不能上网，一个人无所事事，只好躺着闭目养神。说实在的，这样的风浪，我并不受其影响，我甚至感觉船只一定程度的摇摆，还能有助入睡。我想，这大概与我的出生环境有关。我的家乡平潭岛，是全国第五大岛、福建省第一大岛。平潭岛挺立台湾海峡西岸，大风大浪司空见惯。儿时，我在海边学游泳，几乎与学走路同步。海岛人离不开船，我从小坐过很多船，主要都是舢板类的小船。记得每年中学暑假时，我常随木帆船出海洗乌鲻（采集一种含有海瓜子的农杂肥）。木帆船需要利用风力行驶，常常会遇到这样的情况：乘风行驶时，船只倾斜厉害，连帆布都会不时沾上海水，而我们坐在船帮的人，裤子常常会被侵袭而来的海水泡湿。这样的经历，不仅练就了我不晕船的本事，还培养了我坚韧不拔的意志！

我躺在床上眯了一阵，随后干脆起来到处走走看看。为了安全起见，通向外甲板的大门全被锁上。我从五层下到四层，最后又上到七层的观景大厅，全都空无一人。我一个人坐在七层大厅最靠前的位置，舒展身体，稍作休息。在这里可以听到

丹麦海峡风暴

海浪撞击船体发出的轰隆声响，可以感受前进号高低起伏、昂首斩浪的豪迈气概。这里是观看船头景观的最好位置，但由于天黑浪大，此时看不清船头。隔着玻璃和栏杆，见到的全是黑中带白的狂浪，那是真正的浊浪滔天呀！

9月4日晚上的经历和感受，对于大多数极友来说都是不同寻常的。在舱室休息时，我不时地会拉开窗帘看看。但见漆黑的茫茫大海中，张着狮子口似的滔天巨浪不断咆哮着。船体在狂风巨浪中不停地摇晃。浪涛中好像还夹杂着雨雪，把舱室窗户清洗得干干净净。最可怕的则是不见浪花的涌浪，它持续不断地翻腾着推挪着，前进号长时间处于无规则的涌浪冲击中。这种由涌浪造成的船体摇摆毫无规则，会让晕船的人更为难受。

这天晚上，几乎全船所有舱室内桌面、床头板、电视机台面上的东西都会被摇晃到地面上。还好根据船上的事先通知，多数人已早作预防准备。只是防不胜防，睡到半夜时，我那装满茶水的保温瓶，竟然从加固的壁柜上蹦出，滚到床铺底下的边角。而原本夹在电视机边的遥控器，也莫名其妙地飞到我的床头……我猜想，像这样肆虐的狂风巨浪，假如猪在船头甲板上也一定会飞起来！

狂浪滔滔何所惧

次日清晨，度过惊涛骇浪的夜晚，前进号安然穿越过丹麦海峡。我透过挂着水珠的舷窗，见到阳光浸润的冰岛上连绵的山影，那是冰岛西峡湾的维格尔岛……冰岛到了！

感恩家乡岚岛给了我不屈不挠的海岛基因，感恩父母铸就了我这大海儿子不晕船的躯体，感恩我已生活五十余年的第二故乡鹭岛，它让我始终不减爱海乐水的习惯。正是这些海岛生活的历练，正是大海的熏陶，锤炼了我的意志和躯体，让我在丹麦海峡12级的大风暴中不晕不吐！

本航次结束之际，前进号给我发了一份"风暴证书"。证书中写道：你于2017年9月4日"成功战胜惊涛骇浪，穿过丹麦海峡。其时，浪高10米，风速为每秒41米，风力为蒲福氏12级"。

好厉害的"丹麦海峡风暴"！但它被我们战胜了！之后，我上网查询了丹麦海峡。除了第二次世界大战期间，德国和英国曾在丹麦海峡发生过激烈的海战之外，并无查到有关"风暴"方面的记述。但有关"海底瀑布"的文章却引起我的注意。文章说，丹麦海峡深处有一个宽约200米、深200米的海底大瀑布。该海底瀑布总落差达3500米，比陆地上最高的委内瑞拉安赫尔瀑布还要高4倍左右。它每秒钟有多达50亿升海水从水下峭壁倾泻直下……

因此，我由"海底瀑布"引发联想：我们突遇的"丹麦海峡风暴"，与其海峡深处的"世界最大的海底瀑布"是否有所关联呢？

"冰峡湾城"漫步

冰岛到了！

9月5日上午，前进号原先计划登陆冰岛西峡湾的维格尔岛，但因该岛风浪太大，而改为登陆西峡湾区首府伊萨菲厄泽小城。

"伊萨菲厄泽"，冰岛语的意思是"冰冻的峡湾"。冰岛，全称冰岛共和国，面积10.3万平方公里，人口近33万。它位于北大西洋中部，是北欧五国之一，也是欧洲仅次英国的第二大岛国。我国翻译外国名称，多数采用音译。"冰岛"则属例外，采用直译。冰岛对于国人来说，相对比较陌生，但近年来国人赴冰岛旅游人数逐年增多。据中国驻冰岛大使馆网站消息："2017年中国赴冰岛游客数量为86003人次，同比增长近30%，连续七年成为冰岛在亚洲的最大客源地。"

对冰岛的地形有各种比喻，有人说像是一只蹲伏的绵羊，西峡湾区是它的"羊头"；也有人说，像一只招潮蟹。西峡湾区像是招潮蟹高高举起的巨螯。这些比喻很形象地说明西峡湾区在冰岛所处的地位。但由于交通不便，冰岛西北角这一带鲜有人至。据说，来冰岛的所有游客中，只有不足10%的人才有机会踏足冰岛西北角。因此，西峡湾区可谓是冰岛最遗世独立的自然景区。

前进号是直接靠上伊萨菲厄泽码头的。自8月25日离开斯瓦尔巴群岛首府朗伊尔城码头以来，这还是前进号头一次直靠码头。船只停靠完毕，我们就可自由下船，自由上岸，也不需要办理任何通关手续。我与几位中国极友率先下船，好奇地观赏着码头上以锚链为主题的雕塑群。之后，我们就跟随一位植物学家，徒步登山观赏小城风景。

伊萨菲厄泽小城紧贴港湾，地形呈哑铃状，城区周围多是旖旎的港湾风光。我们一行先是沿着小城的港湾岸畔漫行。港湾上游艇成排，桅樯林立，鸥鸟成群，舟楫竞航，湖光山色，如诗如画。我们绕过一座座雅致的房屋。房屋的一边有繁花似锦的奇异花草，另一边则有随波荡漾的小舟……真是让人左顾右盼，目不暇接！无奈，我只好一路拍照，一路殿后小跑，好不容易才能赶上植物学家率领的参观队

"冰峡湾城"漫步

伍。很快，我们就登上小城所背靠的山峰的半山坡。登高望远，沧海桑田，城市轮廓，尽现眼前。

伊萨菲厄泽小城，坐落在韦斯特菲亚尔达半岛上。它三面环海，像是姣美婀娜的仙女偎依在两大平行的山麓中间。这里的山，山外有山，半山云雾，若隐若现，令人眩晕。这里的峡湾，阡陌交错，神秘莫测。藏匿在深深峡谷里的小城，透过透迤的峡湾，连接着浩瀚的北大西洋。城区的一边是峡湾海港，另一边则是明镜似的内湖。这样得天独厚的地理位置，让小城不美也很难！

如同格陵兰一样，冰川时代雕刻出的冰岛西峡湾地貌，显得深邃、壮丽和神奇。这一带山川绿色盎然，鸟语花香。西峡湾人烟稀少，只有伊萨菲厄泽算是西部峡湾唯一的真正城市。我们今天这样的徒步登山，恰逢其时，恰到好处。站在云雾缭绕的山峰之腰，顿感仿佛到了世界尽头，到了一个与俗世无关的世外桃源。

登高俯瞰冰峡湾

远眺这座迷人的小城是这样子，那么，走进城市的深部又是怎样呢？伊萨菲厄泽小城，远看很美丽，走进更温馨！这是我游览冰岛西峡湾伊萨菲厄泽小城之后的切身感受。

伊萨菲厄泽是冰岛最古老的定居点之一。它曾是商业中心和渔业贸易中心，拥有悠久的贸易历史。这里堪称冰岛的"古城"，文化生活活跃，从不同的视角展现了早期的城镇风情和先民生活。漫步小城整洁的街道，观赏保存完好的18世纪木质建筑，你会感到一种透彻心底的宁静。小城的房屋只有两三层高，且都是小巧玲珑。门前屋后花团锦簇，给人优雅舒畅的感觉。伊萨菲厄泽是座港口渔业城市，也是北欧维京人的发祥地之一。小城内的雕塑作品，既有描述神话传说的，也有描述维京人后裔捕鱼的。我对一组朴实的渔民捕鱼雕塑十分感兴趣，活蹦乱跳的大鱼，网洞清晰的渔网，喜形于色的渔民……每个细节都是栩栩如生，不由得让我联想到家乡平潭岛……

伊萨菲厄泽小城的人特别有礼貌。游客过马路时，车辆总是主动停车礼让。而在街头问路，不论男女老少都很热情周到。同行极友问询路人："什么地方有卖冰箱贴？"两位花季少女不仅详细介绍，还专门陪同我们到一家豪华礼品店的门口。总之，我们初到冰岛这座小城，便感觉到它的独特魅力。这里不冷，而且十分温馨！

伊萨菲厄泽小城虽然只有4000人，但文化、教育、医疗和体育等方面的设施样样俱全。这里的人特别喜欢体育锻炼和户外活动。在街头巷尾，他们或骑自行车，或脚踩滑轮，或快步健行，每个人的精神状态都很饱满。小城的四周，群山起伏，重峦叠嶂，为徒步登山者提供了得天独厚的条件。小城紧贴着港湾和湖泊，构成了该城独特的海上风景线，为帆船、皮划艇等水上运动提供了优良的场所。而让我印象最深刻的还是足球运动场所。在伊萨菲厄泽小城的一所学校附近，我们见到一个环境优美的足球场。看那规模，应该属于标准规格一半大小的足球场，足球场上青草萋萋，绿茵似毯。我见此情景，十分感慨！位于北极圈内的冰岛，各地都有这样的人造绿茵。那么，这个火山比足球运动员还要多的小国，其足球水平的突飞猛进也就在情理之中了！

可别小看这个只有三十几万人口的北欧小国，冰岛的文化体育水平尤其是足球运动水平可不低。近年来，冰岛国家足球队像是一匹黑马，驰骋于欧洲杯赛场，成为一支让欧洲老牌足球王国头疼的队伍。2016年夏季，第一次杀进法国欧洲杯决赛圈的冰岛队，以平葡萄牙、胜英格兰的黑马姿态杀入八强。一年多后的2017年10月10日，冰岛队在世界杯预赛欧洲区的最后一轮比赛中，以主场2比0击败科索沃，从而力压克罗地亚、乌克兰和土耳其三支劲旅，以小组第一名挺进在俄罗斯举行的世界杯赛。这是冰岛历史上第一次杀入世界杯决赛圈，同时它也成为史上最少人口的世界杯决赛参赛国。

冰岛位于北极圈边缘的大西洋上，它的年平均气温仅4摄氏度，八分之一国土覆盖着冰川，每平方公里人口密度只有3人。很显然，冰岛的自然条件和人口条件都不利于足球运动的发展。那么，冰岛这匹足坛黑马又是怎么冒出来的呢？原来，冰岛首先向地理环境相似的挪威学习，从建设适宜的足球场地入手。2000年至2002年间，冰岛共修建了15座全封闭的室内足球场，为足球爱好者提供了全天候的足球场。同时还修建了22个室外人造草球场和111个室内小球场。这些球场不论大小，一律公有。据最新统计，冰岛全国已拥有179个标准足球场和128个小型足球场。每所学校至少有一个五人制足球场，即使只有几户人家的小村庄也拥有一座小足球场。多数球场装有先进的加热装置，即使冬天积雪，也能迅速融雪，得以继续踢球。当然，这种加热装置是充分利用冰岛地热资源建设的。

冰岛足球的发展，另一大原因在于强大的群众基础。2016年法国欧洲杯，冰岛有3万余名球迷亲临现场，占冰岛全国人口的十分之一。据调查，冰岛有2.5万人会长期去现场观看足球比赛，占全国人口总数的7.5%。冰岛全国在俱乐部注册的男女足球队员就超过2万人。一个民众对足球如此酷爱的国度，何愁找不到踢好球的国家队员呢？"冰岛人没有什么足球天赋，但是守纪律、专注、努力就是我们的天赋。"冰岛主教练哈尔格里姆松的这句话或许就是冰岛足球起飞的真谛！

冰岛足球起飞的时间并不长。2012年，冰岛国家队在世界足坛的排名还是第131位。当时中国足球队世界排名是第88位，领先于冰岛队。而到2017年年底，冰岛国足世界排名已经跃到第22位，而我们的国足虽然排名上升至第62位，但与冰岛的距离却是很远。他山之石，可以攻玉。我们的国足，何时也能像冰岛那样突飞猛进呢？

9月7日，前进号从雷克雅未克重返格陵兰岛途中，再次驶入冰岛西峡湾。船只照样停靠在伊萨菲厄泽小城码头上。下午，船方组织一次别开生面的登山活动。登山的目的地是港口附近的一座小山头，它虽然海拔只有225米，但山体坡度不低。

登到山高处，俯瞰众美景。这里风景独好，远处可眺环抱伊萨小城的绵延群山，近处俯瞰山脚可见一座小型飞机场。在登山的全过程中，每次休憩回眸，都能见到小城港口的全景。我们几位七十岁左右的老极友全部登顶成功。大家开心地围在一块大石头边上合影留念，似乎也都忘了年龄。正如一位好友点评："七旬老翁也登山，放达天地笑语欢！"

徜徉地热之国

9月6日早晨，前进号缓缓靠上冰岛首都雷克雅未克港口的码头。我站在甲板上，凭栏四望，一个繁华的北欧都市风貌呈现眼前。十多天来，见惯了冰川和雪山，真是难得一见这样的大都市。雷克雅未克可是地球最北端的首都呀！

今天，参加"北极三岛游"的一批中国游客将从这里下船，在冰岛旅游之后再转机飞回祖国。今天下午，前进号在雷克雅未克又会迎来新一批的游客。而我们从北极到南极88天游的中国极友，将在冰岛作短暂的一日游。

雷克雅未克阳光明媚，气温约10摄氏度，空气格外清新。站在甲板上时，感觉很舒服。当然，下了船脚踏实地的感觉更好。上岸后，我们就立即乘上一辆旅游大巴。

旅游大巴一路朝北。司机是一位冰岛的中年汉子，不擅言笑，只是一板一眼地专心开车。导游是一位冰岛中年妇女，她曾去中国学习，会说一口不太标准的普通话。一路上，冰岛独特的风光从车窗层层掠过，或见绿意盎然的起伏原野，或见水汽氤氲的地热群落……我们这些在大海漂泊半个月的人，见到冰岛陆地的奇异景观，平添了愉悦的心情和欢快的兴致。途中，我们曾停在一座不知其名的湖边小憩。明镜似的火山湖，黑色的火山岩……一下子就让我们着了迷。湖边有一块突兀而起的巨石，极友们不分男女老少，全都兴致勃勃地逐个攀爬到峭岩尖顶，分别拍下今天冰岛之行的第一张照片！

旅游大巴最终停靠在一座地热群的停车场。刺鼻的硫黄味，袅袅升起的水汽，五颜六色的泥土，还有夹杂其间的灌木青草……这座庞大无比的地热群，深深地吸引了我。为了在有限时间内多看一些景点，我循着连接各地热点的木栈道大步快行，但在每个地热喷发点前，则会停留较长时间。我注视着蒸汽升腾的淡红色喷气口，仔细观察它的细微变化：从喷发口的丝丝冒气，到松软泥沼的微微抖动；从喷发口的短时平静，到瞬息间的水柱冲天、白雾升腾……我还特别有兴致地观看了泥浆四溅的铅灰色地热坑。看着这些铅灰色的地热坑，我联想到家乡岚岛的海滨滩涂，想到儿时在滩涂上捉跳跳鱼的情景……但眼前滩涂似的地热坑，与家乡岚岛的滩涂有本质上的不同。它是火热的滩涂，是充满热量、会随时喷发的滩涂！不过有一点是相同的，那就是它们都一样蕴藏着生命！家乡岚岛的海滨滩涂，养育着跳跳鱼之类的小鱼小虾和各种贝类生物；冰岛的铅灰色地热坑，则是流淌着生生不息的泥浆，那是地球深处热气的升腾，那是地热的肆意翻滚！因为这里是火山国度冰岛，这里是地热之国冰岛，这里是千百万年来冰与火交融形成的冰岛！

中午，我们停在一个名叫格林达维克的小渔村品尝龙虾汤。冰岛的龙虾汤很有名，此店需要事先预订方能就餐。我们就餐的这家龙虾汤店其貌一般，但店旁却插着几十个国家的旗帜，像是一个小联合国。店铺内外布置都与渔村有关，从船模到贝壳，从舵轮到船桨……我看了倍感亲切！至于餐食，已熬成的龙虾浓汤，由客人随意取用，另外配有面包。这让我想起法国马赛港的鱼汤，其味道似乎与这里的龙虾浓汤差不多。

午餐后，我们前往参观冰岛最有特色的间歇泉。这里的间歇泉所在区域，是欧亚和北美两大板块交界地带，地壳运动活跃，蕴藏丰富的地热。我们初到时远远眺望，感觉仿佛是到了一座战火纷飞、狼烟四起的古战场。徜徉广袤的间歇泉地热区，只见广阔的原野上到处都是水汽氤氲，到处都是烟柱冲天……远看是这样，走近后觉得大地内部好像有什么力量，正在与人们捉迷藏……

什么叫间歇泉？在火山活动地区，地下炽热的熔岩会使周围地层水温升高，使之化为水汽。这些水汽沿着岩石层的裂缝上升，当温度下降到汽化点时，就凝结成温度很高的水。这些温度很高的水积聚起来，受到通道上部高压水柱的压力，不能自由翻滚沸腾。这样，通道下面的水就不断地被加热，不断地积蓄力量。一直到水柱底部的蒸汽压力超过上部压力时，地下高温、高压的热水和热气，就把通道中的水全部顶出地表，造成强大的喷发。大喷发以后，随着水温下降、压力减低，喷发就会暂时停止。继而，它们又会积蓄力量，准备下一次新的喷发。周而复始，每间隔一段时间喷发一次，形成间歇泉。

冰岛是火山的国度，大地深处似乎有取之不尽的地热。受地热压力的作用，滚烫的地热水几分钟就会自喷一次。该间歇泉区最大的间歇泉名为盖锡尔，意思为暴泉，历史上最高曾喷到170米，后受到地震破坏，现已不能自喷。我们在现场见到的间歇泉有七八个，每个间歇泉喷发间隔时间几分钟不等，喷发高度多为十几米至二十几米之间。冰岛是世界上最早发现间歇泉的地方。据说，英语中的"间歇泉"（geyser），就是沿用冰岛语"间歇泉"而来的。

参观游览了冰岛地热群和间歇泉之后，我们前往蓝湖。

蓝湖原本是火山喷发形成的地热湖。湖水温度适宜，富含大量矿物质，非常适

合泡温泉。蓝湖露天地热温泉是冰岛最受欢迎的地热温泉。旅游大巴离开间歇泉区之后，就加快速度直奔蓝湖景区。没多久，我们就进入坑坑洼洼的原始熔岩地带，恍恍惚惚之间像是来到月球。沿途所望，到处都是黑黝黝的火山岩、黄绿色的极地苔藓，连一棵树都没有见到。难怪乎，20世纪60年代美国在全世界选择航天员登月训练基地时会选择冰岛。

淡蓝色的湖水，在周围形态各异的熔岩衬托下，呈现出一派迷人的神秘景象。啊，这就是冰岛闻名世界的蓝湖！我们走进蓝湖景区，见到许多人在露天湖泊里泡温泉。明镜湖面，水汽袅娜；三五人群，沐浴其间。远看雪山，近观黑岩，如诗如画，如痴如醉。我伫立于湖岸旁，看着温泉热气遇冷凝成的浓浓白雾，飘荡在宝蓝色的湖面

冰岛蓝湖

上……据说，蓝湖湖水含有大量钙化物和藻类，使得水色泛蓝，犹如丝绸般柔滑。加上专门从火山口运来并经过滤后的白色硅土火山泥，蓝湖便成了今天冰岛最大的露天美容室、水疗室和温泉泳池。这里的温泉水被认为对皮肤病等有极好的疗效，因而吸引越来越多的国内外游客。我在现场就看到不少泳客的脸上涂抹着白色的硅土。但若想在冰岛蓝湖泡温泉，还需要早早预订才行。

蓝湖不是普通的温泉，是温泉中的一朵奇葩，也是冰岛一颗璀璨明珠。"冰岛"的名字看起来很冷，但它的大地却很温暖。这就是冰与火交融的国度！造物主为冰岛这个跨越北极圈的岛国，奉献了峡湾、雪山、火山岩、瀑布群、地热温泉等宝贵资源。

美丽冰岛，坐落极圈，位列北欧，与我国相距遥远。但若你有机会，一定不要放过一睹冰岛的异样风采！正如冰岛前任总统奥拉维尔·格里姆松所说的："如果你想看到地球演变的过程就来冰岛。在冰岛因为地貌的丰富多样，你开车每十分钟就有新的体验。"

"无烟"的最北首都

冰岛首都雷克雅未克，是全国最大城市和最大港口，人口约11.5万（2017年），占全国总人口的36%。它位于北纬64度9分，是全世界最北的首都。这里环境优美，空气清新，无煤烟困扰，被世人称为"无烟城市"。在2017年世界幸福指数报告中，冰岛的幸福指数名列第三。

我们首先走进冰岛总统府。冰岛总统府建在雷克雅未克市郊的一个半岛上。这是一个绿茵葱葱的小山坡，周边有海也有湖。在天蓝草绿的衬托下，几幢二层小楼显得格外秀丽。总统府周围没有其他建筑物，只有一座小教堂以及附近插着十字架的一片墓地。

我们一行在地陪导游的陪同下，循着草地小径，径直前行，如同走进一座乡村花园别墅。其间，我们并未见有卫兵把守，只见到一位正在修理红瓦屋顶的工作人员。他和颜悦色地劝说我们不要再继续前进了！我仔细地观察了一下周围，总统府小楼前只停着一辆警车。据说，冰岛现任总统平时住在城中私宅，市民在附近的菜市场买菜时常会遇见总统。这里的总统府官邸主要是用来会见外国贵宾和举行重大活动的。但普通老百姓只要提前预约，也可以进入总统府面见总统。在冰岛人眼中，总统接见人民、听取人民意见是天经地义的职守。

陪同我们参观的地陪导游高兴地说，中国和冰岛十分友好，这几年来冰岛旅游的中国人越来越多。中国国家领导人来冰岛访问时，冰岛总统也是在这里亲切会见，并且也一样在这片草地上漫步。听了这些话，我们这些来自中国的极友可高兴呢！我国现为北极理事会观察员国，与包括冰岛在内的北极国家之间的友好合作日益密切。正是祖国的强大，让我们在北极地区的旅行十分顺利，深受尊重。前几天，前进号船长就率领全船主要管理人员，单独会见从北极到南极88天游的全体中国极友。

此时，有极友急忙返回旅游大巴，找出小面的五星红旗。大伙儿便在冰岛总统府前，举着五星红旗开心地留影纪念。

参观完冰岛总统府，我们一行就在首都雷克雅未克自由参观。一般提到首都，人们就会联想到"高大上"的繁华都市。雷克雅未克对于冰岛人来说，确实不失繁华，但它没有高楼大厦。给我印象最深的，则是它的洁净、优雅和文明。

雷克雅未克大教堂，无疑是冰岛的标志性建筑物。大教堂还有个学名"哈尔格林姆斯大教堂"，是为了纪念冰岛著名文学家"哈尔格林姆斯"而命名的。它位于雷克雅未克市中心的一座小山丘上，以主体75米的高度成为雷克雅未克的最高建筑物，不论你身处城市的哪个地方都可以看到它。这座教堂一改欧洲传统教堂的肃穆、沉重之气，它的正面尖锥体的白色建筑构件构造新颖，很像是即将直冲云霄的火箭，而它的侧面则是巨大的白色管风琴造型。实际上，这座教堂的内部就是管风琴结构，主厅高30多米，可容纳1200人。哈尔格林姆斯大教堂，作为世界上最北端首都的教堂，独树一帜地傲立于北极地区。世界各地远道而来的游客仅望它一眼，就会留下特别深刻的印象，而不会与欧洲其他众多教堂混为一谈。

雷克雅未克大教堂

在哈尔格林姆斯大教堂前面的广场上，傲然屹立着一尊青铜人物雕像。他就是冰岛"独立之父西格松"。19世纪中叶，冰岛民族独立运动就是在西格松领导下逐渐高涨起来，并最终取得成功。这尊雕像彰显了冰岛人民不屈不挠的民族独立

"无烟"的最北首都

精神！

冰岛议会早在930年就已初步形成，至今已有1000多年的历史，冰岛人称之为世界上最老的议会。当时，由北欧移民形成的"冰岛自由邦"各居民点，就推选首领在离雷克雅未克不远的辛格维利尔野外集会，共商"自由邦"大事。这就是冰岛议会的起源。此类会议以后每年举行一次，每次会期两周。与会者除议员外，各地居民也可前来旁听并反映意见。开会时，议员们坐在山丘上，老百姓坐在山谷周围。议长等发言者站在被称为"法律台石"的天然平台上宣讲。这就是西方世界引以为豪的"议会"最原始出处。

"冰岛自由邦"存在三百多年，后来成为挪威的殖民地，再后来又成为丹麦的附属国。1944年冰岛共和国建立，并成为北约成员国。二战后的几十年里，冰岛经济主要依赖于渔业。其间，冰岛因渔业资源和周边国家发生过数次冲突，最典型的就是与英国的三次"鳕鱼战争"。鳕鱼是营养丰富、肉质鲜美的深海鱼类，素有"餐桌上的营养师"之称。为了保护自己赖以为生的渔业资源，冰岛政府于1958年宣布将领海扩至12海里。英国对此不买账，派出了37艘军舰、7000多名军人，前往冰岛海域"护渔"。第一次"鳕鱼战争"就此爆发。当时只有几条破船的冰岛，却勇敢地反击了！后来经北约的协调，英国只好收手，最终承认冰岛的12海里领海主权。在后来的另外两次"鳕鱼战争"中，冰岛则发明了"拖网割断器"和破冰船改造而成的"碰撞船"等维权神器，让英国滥捕渔船极为头痛。最终，冰岛又胜利了！它先后把领海扩大为50海里、把专属经济海域扩大为200海里。这个200海里专属经济区，后来也就成了"国际惯例"，至今成为全世界通行的海洋规矩。

离开大教堂之后，我就在附近的几条街道上自行参观。洁净的街道，玲珑的屋子，墙面上有序的涂鸦……平民百姓和各方游客悠然漫步其间，所有这一切，都是那样的淡然。在有关衣食住行的各种商店门口，冰岛人习惯性地把婴儿车随意放在大门外。

雷克雅未克地处海天一隅，拥有得天独厚的地热资源，当地人民充分发挥地热作用，循环利用水资源，解决了冰岛的清洁能源问题。

这就是雷克雅未克，优美清新的"无烟城市"。

二进因纽特村

9月8日。又见格陵兰！

前进号自昨天傍晚离开冰岛西峡湾后，就一直航行在茫茫大海中。好在再次穿越丹麦海峡时，风平浪静，未见"风暴"影踪。从花团锦簇的冰岛，到白茫茫的格陵兰，这两个地方不仅隔着浩瀚的丹麦海峡，而且是冰与火两重天的不同世界。

前进号又回格陵兰来了！这个航程的主题是"终极峡湾探险"，我们要探索格陵兰岛纵深延绵达217英里长的全球最大峡湾斯科斯比峡湾。这条庞大的峡湾水系，雄伟得令人敬畏，美丽得令人着迷。未知的世界，有其不可知的魅力。旅行的最大魅力，就在于它的不可预见性。我很喜欢这种开拓性的"轻探险"活动。先别急，前进号进入斯科斯比峡湾前，还要安排游客参观依托考托米特小镇。

依托考托米特小镇位于斯科斯比峡湾喇叭形开口处的北部海岸。它原来的名字就叫"斯科斯比松"。原来早在1822年，英国北极探险家威廉·斯科斯比最先来到这里考察，故而得名。可见依托考托米特小镇与斯科斯比峡湾关系之密切。

下午，风平浪静，海面如镜，前进号停泊在斯科斯比湾内。依托考托米特小镇又出现在眼前了！五天前，我们曾经到过这个小镇。那时，风雨雪交加，一片灰蒙蒙。而今天，天空格外的蓝，放射状的集束云穿透蓝天，仿佛是有一股不可名状的力量，正对着蓝天碧海摇动起探照灯……我站在前进号的甲板上，镇上五彩缤纷的木屋子清晰可见。它们在蓝天白云和洁白雪堆的映衬下，显得格外秀丽和神秘。

我对有机会第二次进入因纽特村兴奋不已。上次进村时间太短，心里总有点未能尽兴的感觉。一位戴着墨镜、穿着花格子衣服的因纽特姑娘，在海岸上迎接我们。她利索地接过探险队队员递交的游客资料，看样子是当地一名警察助理。她话语不多，虽然年轻但处事稳重，那模样与我国北方姑娘似乎并无两样。有中国极友提出想与她合影，她微笑地点了头。

二进因纽特村

上回进小镇,我侧重于参观码头左边的公共设施,这次上岸后就朝右边自由行。飞行员出身的高本领极友与我结伴同行。我们首先顺着一条长长的攀高木栈道,直达小山坡顶。山坡上有一座创建于20世纪20年代的气象观测站,至今仍在发挥重要作用,时常施放高空气象气球。山坡临海的悬崖绝壁上方,醒目地屹立着一尊青铜人物塑像,它是为纪念创建依托考托米特小镇作出重大贡献的一位丹麦探险家。塑像附近的荒坡上,还安置着几张露天靠背长椅。游人在此环视四周,俯视海面,周围景观一览无余。我想,不管是夏季还是冬季,此地一定都是观赏海上船只、海上浮冰、鲸鱼和北极光等的最佳位置。

顺着山坡上的简易沙土公路继续参观,我特别留意观察彩色木屋周围因纽特人的生活形态。在一座赭红色木屋二层尖顶的小窗口上,一位青年妇女正好探出头来。她抱着一床棉被,正把它铺在窗外的晾绳上,接着又轻轻牵拉被角,将被子平展开来……在另一座朱红色木屋的院子里,一位身穿羽绒服的中年妇女正在忙碌地晾晒日常衣物。从衣物样式来看,花色品种很多,但以毛绒类御寒衣服为多。在一户因纽特人住家的院子里,木架上晾晒着大型动物的毛皮。我不敢太靠近观看,但可以看出那些动物毛皮足有单人草席那么大。

因纽特村民居

这次进小镇参观，我们遇到十多位因纽特人。他们都很朴实、憨厚，多是面带微笑，但似乎不善于言谈。参观期间，我注意到一位正在岸上埋头修理小船的因纽特老人。我观察了好一阵子，才被这位因纽特老人发现。他只是微微抬了下头，朝我望了一眼，露出几乎觉察不出的微笑，又继续埋头干他的活。在简易公路上，我与好几辆雪地四轮车擦身而过。在小镇超市的外墙边上，两位因纽特大娘正在晒太阳。她们的模样神态，与我国东北大娘几乎一样。只不过她们不苟言笑，而我国东北大娘却是豪爽大方！

在一座橙色的木屋门前，我与同行的高本领极友遇见一对母女或婆媳模样的人，正在自家门口的台阶上晒太阳。看着她俩真诚的微笑，好奇心和她们的亲和感驱使我们走上前去。尽管语言不通，但似乎不影响彼此心灵沟通。我俩分别与她们握手合影，并排坐在因纽特人家门口的台阶上。她们与我们一样的黄皮肤，一样的黑头发，一样的黑眼睛……

与因纽特人合影

在一家对游客开放的因纽特人家里，一对母女正在制作手工艺品，她们脸上总是带着真诚的微笑。那位老者正在专注地穿针引线，她让我联想起自己的母亲……她们家的墙上，挂满了历代祖先的黑白照片。望着黑白照片上的人，看着眼前微笑的人，一种似曾相识的亲切之感油然而生……

二进因纽特村

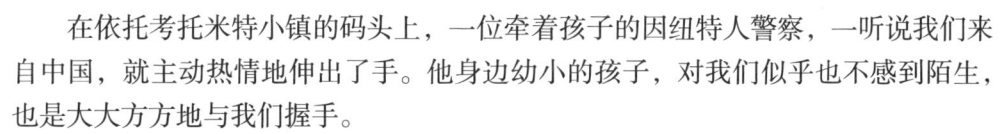

在依托考托米特小镇的码头上，一位牵着孩子的因纽特人警察，一听说我们来自中国，就主动热情地伸出了手。他身边幼小的孩子，对我们似乎也不感到陌生，也是大大方方地与我们握手。

两次因纽特村镇之行，我都有一个明显感觉：因纽特人对我们黄色人种的亚洲游客，比对欧美游客来得热情。为什么会这样？莫非我们与因纽特人真的是同一祖先？

黄种人出生时，臀部多有青色胎记。大约一万年前，游猎为生的亚洲黄种人，从广袤的蒙古区域往东迁徙。他们或是踏着冰封的白令海峡而过，或是使用其他手段渡过白令海峡，真实的情况至今仍然无法考证。渡过白令海峡后，一部分黄种人留在北美的北极地区。过了若干千年，一部分黄种人又从加拿大北极地区继续跨海东迁。他们横穿冰雪覆盖的格陵兰岛，散落在格陵兰岛东南部一带。久而久之，他们的聚集地就逐渐形成独特的因纽特人村落。

这些从亚洲迁徙而来的黄种人，在冰封的北极地区生活，气候恶劣，环境严酷，食物极其匮乏，连生火都十分困难。作为游猎民族，他们吃生肉成为常态。北美印第安土著部落对此十分鄙视，贬称其为"Eskimo"（"爱斯基摩人"），意思是"吃生肉的人"。但这些从亚洲迁徙而来的黄种人，则称呼自己为"Inuit"（"因纽特人"），意思为"真正的人"。因纽特人称得上是世界上最强悍、最顽强、最勇敢和最为坚韧不屈的族群。

由于有机会与依托考托米特小镇许多居民近距离的接触，我特别留意观察当地因纽特人的长相。他们的身材相对矮小粗壮，眼睛较为细长，鼻子略为宽大，鼻尖稍微向下弯曲，脸盘普遍较宽，感觉他们的皮下脂肪较厚。或许矮小粗壮的身材，更能抵御极地的严寒？或许细小的眼睛，可以减少冰雪反射光对眼睛的刺激？按照达尔文生物进化论来推断，因纽特人的这些身体特征，或许正是他们适者生存，抵御北极严寒进化的结果。然而，不管环境如何变化，因纽特人属于亚洲黄种人种的后裔这一点没有变。这样也就不难理解，为什么我们与因纽特人之间语言交流不便，但彼此间却感到十分亲切。我衷心祝福生活在北极圈的因纽特人，世代吉祥，幸福安康！

终极峡湾探险第一天

游客们参观完依托考托米特小镇后,前进号就开始挺进斯科斯比峡湾的"终极峡湾探险"征程。

船刚开不久,便到了晚餐时间。我很高兴又尝到了水饺,这是在前进号上第二次吃水饺。今晚的水饺有猪肉馅的、素馅的,还有鱼肉馅的。其中的鳕鱼,是几位中国极友在冰岛西峡湾垂钓而得的。在包水饺过程中,除了我只有吃的本事外,大多数中国极友都是"全能好手"。在极寒而又孤寂的北极地区,有这样包水饺吃水饺的美好氛围,不仅让中国游客感受到温暖的家国情怀,也感染了其他国家的游客和船上的工作人员。

前进号航行在北极地区有半个多月了。船上有来自世界各国不同肤色的游客。凡有中国游客集中的地方,就少不了"中国结"。自从离开首都北京以来,除了整个团队带有大面的五星红旗外,每个中国极友都随身带着小面的五星红旗。每到一个新地方,大家就会时不时地亮出五星红旗,或独个儿留影,或大伙儿合影纪念。此外,中国游客还时常会露一手"中国特色",包水饺就是其中之一。祖国的强大,让我们这些远在北极的中国极友感受到受尊重的自豪感。前进号专门为"从北极到南极88天游"的中国游客,在餐厅最佳位置固定安排了两张"贵宾桌"。当然,每张贵宾桌上都插着小面的五星红旗。

夜,漆黑的北极圈之夜。前进号单枪匹马,静默地行驶在寂寥无人的斯科斯比峡湾上。

斯科斯比峡湾,是目前探明的世界最长最大的峡湾。前进号虽然是一艘驰骋南北极的著名探险船,但航行于斯科斯比峡湾它还是首次。同样,对于船上游客来说,不论你来自哪个国家,全都是第一次进入这片荒野冰原。难怪乎,本航次有全球十多家媒体的记者随船采访。

9月9日清晨,前进号进入赫克拉港。我站在甲板上凭栏四眺,周围全都是白茫茫的冰川雪原,呈现一派寂静、安然、空灵、缥缈和与世隔绝的氛围。全船游客都在甲板上翘首以待，想要一睹它的神秘风采。荷枪实弹的探险队队员已经乘冲锋艇上岸了。他们由一位熟悉此地的因纽特猎人带领，先行勘探登陆路线，落实有关安全措施。

上午，我们一行中国极友顺利登上了斯科斯比峡湾的赫克拉港。

赫克拉港，位于斯科斯比峡湾的丹麦岛上，其实就是一片稍微平坦的海湾。格陵兰是丹麦的海外属地，为了显示宗主国的地位，格陵兰有许多地方都以"丹麦"命名。这里也不是传说的未有人到达的处女地，岛上已有一座猎人木屋。它初建于20世纪60年代，是依托考托米特小镇因纽特人冬季狩猎的御寒避险之所。

我们分组抵达丹麦岛时，持枪的探险队队员已经站立在周围山坡的最高处。在小红旗标示的区域内活动，安全措施已有保证。丹麦岛与我们曾经走过的北极其他地方相似，到处都是峭岩嶙峋的荒原，地面结构则像是月球表面那样粗糙。荒原上不时可见大型动物骸骨。在一座小山坡上，还见到一堆新鲜的麝牛粪便，可以判断，这一带目前正是麝牛等大型野生动物的活动场所。

在前进号甲板上远看丹麦岛，白茫茫一片，似乎寸草不生。但走近细看，却不是这样。这里以苔原类为主的植被分布面积较广，其覆盖率相对较高。我对这里以北极柳、北极棉为代表的野花野草更为尊敬。在一棵覆盖整块石头的北极柳前，我沉思良久……这棵北极柳相当古老，大部分枝干都已干瘪，叶片也多已脱落，但它的枝条末梢却还在吐露嫩叶。听船上的植物专家说，北极地区随意摘一片野花野草，把它切片放在显微镜下观察，其年轮至少都在200年以上！这棵老态龙钟的北极柳，其寿龄莫非已近千年？这真是大自然不朽生命的礼赞！现在是北极地区短暂夏天的末尾，眼前这些矮小的北极植物，正在拼命地吮吸阳光和雨露，为迎接漫长的极夜广蓄能量呢！

跋涉在这样原始的亘古荒原，特别需要高度专注的精神状态。极友中不乏幽默人士，有人诙谐地说："现在终于到了有树木的地方了！那么，如果在北极的树林里迷路，该怎么办呢？"多数人听了一时茫然，这里哪有树呀？稍停一下，还是出题者自己哈哈大笑地解题："站起来不就行了嘛！"原来，北极柳不是草，而是杨柳科柳属的小灌木，特别适宜在冻土苔原上生长。大家听了也就心领神会地哈哈大笑起来！

然而，此时我关于那株沧桑古朴北极柳的沉思，似乎还未完全断，心中不免泛起"念天地之悠悠"的感触……感恩大自然孜孜不倦地给我以教诲，给我以启迪！

前进号离开丹麦岛后，继续沿着斯科斯比峡湾溯流而上。它航行在枝杈繁多的峡湾水系，行驶在崇山峻岭的玄武岩绝壁旁，穿梭在冰山和浮冰的围圈中……我不愿意错过如此美妙的峡湾风光，在船甲板上停留了好长时间。寒冷刺骨，手指开

始僵硬，好在甲板上还有多位摄影师，并不感到孤单。我着意观察船边缓缓掠过的巨大冰山……

层叠冰山

冰山！我对冰山的最初记忆，与电影《泰坦尼克号》有关。一百多年前的1912年4月，泰坦尼克号在格陵兰岛附近的大西洋上撞上冰山沉没。记得1998年观看电影《泰坦尼克号》后，大家谈冰山色变。而现在，真实的冰山就在眼前！面对咫尺之间的数十米高的冰山，我并不感到害怕。相反，我觉得现实中的冰山，千姿百态，看起来很美！但我也从前进号上的科普讲座中获悉，眼前自由漂浮的冰山，只是冰山整体的凤毛麟角！冰山露出水面的一角，仅仅是整座冰山的十分之一。我们所能看到浮在水面上的冰山形状，与它水下部分的形状或许截然不同。冰山是会移动的。冰山移动的主要动力是风，其次是洋流。移动的速度，主要取决于冰山高出水面部分的形状。此时此地，我似乎才算明白"冰山一角"的真正含义！

傍晚，前进号在一处幽蓝色的峡湾海面上停了下来。原来，船只前方横卧着一座赭红色的神奇小岛。幽幽的蕞尔小岛，周围浮冰密布，气氛神秘莫测。其中有一块大浮冰，犹如一艘翡翠构成的小舟，悠悠然地停泊在小岛前。它似乎是在向我们频频招手，鼓励我们早点去探索小岛的奥秘呢！探险队队员已经出发了，冲锋艇在峡湾上犁出一条美丽的弧形水道……

冰山、冰原、冰峡湾！前进号就这样一路昂首挺进，无所阻挡！漫长而又深奥的斯科斯比峡湾，像一条被驯服的黑龙，任由前进号妙手驾驭，自由驰骋……峡湾两岸连绵雪山的脚下，聚集着成排的浮冰。它们似乎是在列队，对前进号"终极峡湾探险"处女航表示热烈欢迎！

冰清玉洁的世界

9月10日。安然度过万籁俱静的"终极峡湾探险"第一夜。清晨5点多,生物钟催我醒来,既然醒了为何不去看看无人涉足的峡湾冰河之晨?

蓝!天幕上幽幽的蓝光,最先占满了我的视野。接着,一缕淡淡的金黄曙光,一点一线地缓缓铺展开来……在幽蓝色天幕的衬托下,一幅幽蓝而又金黄的曙光晨景,呈现在我的眼前。

本以为全船应该是我起得最早,但错了,船头已有一男一女的身影。是呀,这样鲜见的峡湾晨容,有心者谁会不心动呢!大自然瞬息万变,随着天色渐亮,周围的峡湾景观渐渐清晰呈现。只见,前进号两侧的海面上,散落着无数大大小小的浮冰。它们正沐浴着初升旭阳的光辉,像是等待检阅一样,静默地缓缓向后移动……新的一天,庞大的浮冰群似乎要以这样的方式,欢迎"终极峡湾探险"处女航的人们!

阳光明媚,冰清玉洁。这样的美好时光,正是跨越亘古冰河、饱览终极峡湾的良好时机。俄顷,大多数游客陆续拥到各层户外甲板上。大家或手持照相机摄影,或凭栏静静眺望,任冰山从眼前淡然飘过,任思绪或遐想在时光隧道里来回穿梭……

我踏足船甲板,凭栏眺望,用手机拍下一组晨景图片,上传与亲友们分享!我动情地说:"远在天涯海角的亲友们,你们能及时看到这些来自'地球冰柜'格陵兰岛斯科斯比峡湾的晨景吗?"几分钟后,亲友们的留言和评论接踵而来。

亲友们的及时关注与鼓励,给我送来很大的温暖。我在严寒中继续用心观察周围的景观。周围的冰山,有的高数十米,体态庞大,形状怪异。我们所能见到的只是"冰山一角",大约仅是该座冰山的十分之一吧!那么,如此庞然大物又是怎么移动的?同样,你也别小看眼前的狭窄峡湾,它的深度都在一千米以上呢!

前进号继续行驶,前方出现一座赭红色的小山头。在蓝色天幕和蓝色水面的相互映衬下,赭红色小山头及其倒影合为一体,如同静谧仙境一般秀丽。此时,一座座翡翠玉般的浮冰,依稀散落在赭红色小山头的脚下。它们在北极暖阳的照射下,

闪耀着金色的光芒……

"发现麝牛！"我们正在甲板上陶醉于旖旎晨景时，船上广播响了！说是对面赭红色的小山头上，发现好几头野麝牛。我在同行极友老尹的指点下，好不容易找到了那几个针头一般的活动黑点。无奈所带照相机的长焦镜头只有200毫米长！还好，把所照图片放大之后，还是可以从小山头的半山腰上找到5头黑色的野麝牛。

据有经验的探险队队员说，这一带也是北极熊出没的地方。但北极熊嗅觉尤其灵敏，可以闻到10公里外的异常气息，因此早就躲得无影无踪了。即使北极熊偶尔出现在附近的浮冰上，见到前进号这样的庞然大物，也可能会深潜海底溜了！

上午，前进号徐徐驶进秀丽的罗德小峡湾。游客们在这里分批次乘坐冲锋艇登陆罗德角。罗德角的参观点是一个峭岩林立、野花烂漫的高山坡。在这里登高望远，极目天舒，蓝天碧海，尽收眼底，心情格外舒畅！我们15位来自中国"88天游"的极友，除了周恒已在冰岛下船治病外，就剩下14人了！自离开祖国来到北极地区已近20天，大家从不认识到熟悉，在极寒的北极地区，互帮互助，抱团取暖，形成了一个团结友爱的集体。群体中浓浓的"中国结"氛围，受到许多老外游客和船上工作人员的青睐和赞许。

在罗德角野山坡上，一张以年已古稀的老极友为主体的合影照片，从侧面反映了中国极友的精神风貌。可以毫不夸张地说，我们这些来自中国的老年极友，一路走来，都很阳光，都很开朗。在所有的集体活动中，我们这些老人从未拉过团队的一步后腿。当然，这一路上，我们还是经常得到中青年极友的热心关照。

合照图片中那位卧倒在地的小摄影师，就是我们极端探险队伍中最小的成员小果果，尽管父母就在身边，但他从来不骄不傲。而拍摄这张照片的真正摄影师，则是我们团队中最年轻的一位女极友。这位年龄比我女儿还小的河南姑娘，一路上任劳任怨。尽管她晕船呕吐得十分厉害，但还是默默无闻地主动挑起团队中的许多事务性工作。长长航海路，浓浓中国情。我们这批中国极友就是这样个个信念坚定，信心满满！

下午，前进号驶入冰山耸立的海尔小峡湾。在这里，所有游客都分别乘坐冲锋艇，环绕冰山群作45分钟的海上巡游。这里的冰山千姿百态，多姿多彩！这里的冰山是原始的记录，亘古未有！这里就是冰清玉洁的仙境！

蓝，洁白之中透溢着蓝，犹如翡翠一般。当然，如同天然宝石也含有杂质一样，洁白或幽蓝的冰山中，也会含有其他杂色。那是亘古荒原的印记，那是亿万年轮地质变化的留痕！看见冰山上的冰洞了吗？或许每一个冰洞，都有一个不平凡的故事呢！冲锋艇接近冰山时，小船底盘发出咯吱咯吱声，那是与碎冰碰撞时发出的声响。

冰清玉洁的世界

冰清玉洁的世界

什么叫冰清玉洁？什么叫冰洞幽深？什么叫冰山一角？这一回，我在格陵兰斯科斯比峡湾把冰山冰洞看了个够！记得三年前，我在挪威旅行时，曾经为那里的冰山冰洞冰川大发过感慨！而那次挪威"蓝冰之洞"探奇，与这次的北极探险之旅相比，简直就是"小巫见大巫"了！

喜见北极光

极光！初见极光！微微淡淡的极光！

9月10日晚上，我们在航行于斯科斯比峡湾的前进号甲板上，见到了久盼之中的极光！虽然这天极光指数只有2，所见极光也十分微弱，但我们为此已经等待整整三天了，心情仍旧是激动的。神奇的北极光穿越万重时空，终于与远道而来的中国极友们见了面！

为了与远在天涯海角的亲朋好友们第一时间分享极光，我匆匆忙忙地把所拍的极光图片上传。我激动地对亲友们说："今夜想必是无眠之夜。我现在在北极圈内格陵兰岛，在斯科斯比峡湾作处女航的前进号上，还在翘首以盼更为绚丽的极光！"

这个夜晚，我大部分时间都在甲板上，一直待到凌晨2点。不为什么，就是很单纯地想多看一看北极光。我长时间独个儿在甲板上凭栏眺望，像儿时夏夜仰望繁星那样，专心注视着无垠的苍穹……那快速闪过的北极光，不知它从哪里来，也不知它到哪里去，太神秘太神奇了！我细而观之，北极的夜空，一尘不染，洁净纯蓝……在灿烂的银河周围，繁星点点，星座明晰。那耀眼的北极星就在头顶，那遥相对望的牛郎星和织女星就在银河两岸……我久久地望着，不禁扼腕感叹：广宇浩瀚无边，芸芸众生实在渺小。在这样纯净的星空下，在冰雪覆盖的格陵兰峡湾里，在神秘北极光闪电式的摇曳中，我似乎听到自己心跳的声音……

关于极光，一直众说纷纭。当人类第一次惊见北极光的那一刻起，北极光就一直是个"谜"。从古希腊到古芬兰，从萨米人、西伯利亚人到因纽特人……从古至今都有不同的极光传说。直到人类将人造卫星送上太空之后，才有了合理的科学解释。原来，极光是太阳风暴吹过来的高能带电粒子，与地球高空大气中的原子和分子碰撞而产生的一种光学现象。说得再具体一点，由于太阳的剧烈活动，会放射出无数的带电微粒。当带电微粒流射向地球时，受到地球磁场的影响，便沿着地球磁力线高速进入南北磁极附近的高层大气。带电微粒在这里与氧原子、氮分子等碰撞，从而产生了"电磁风暴"或"可见光"现象。这就是世人瞩目的"极光"。产生于

喜见北极光

北极的称为"北极光",产生于南极的叫作"南极光"。

对于我们一般旅游者来说,更在意的是极光的唯美、神奇以及它赋予人的丰富想象力。这个夜晚,我就是这样忘却了寒冷,陶醉在欣赏极光的无穷乐趣中……看!绵延的黛色山岭上空,有一道幽蓝魅深的天弧之光,它在天地之间瞬间划过,仿佛要在苍茫的北极亘古荒原上,播撒下无数奇异生命的因子!啊,美丽神奇的北极光!这一刻,我仿佛忘了自己的年龄……正如好友枫竹所说的:"美丽的北极光有几人能亲眼所见?飞越千山万水,跨过冰原荒漠,好似只为了眼前的这一刻!"

这个极其寒冷的夜晚,和我一样坚持到底观赏极光的还有几位中国极友,张子发女士就是其中之一。张子发来自首都北京,她刚刚跨入"古稀之年",按年龄来排,在"从北极到南极88天游"的中国极友中只能列为老三。1964年,张子发像当年的知识青年代表邢燕子那样,主动奔赴祖国的东北北大荒。她默默地奋斗在北大荒的黑土地上,这一待就是11年!中俄边境的虎林古炮台,见证了她对祖国的赤诚忠心!

张子发喜欢摄影,勤于观察,是每天清晨最早出现在前进号甲板上的摄影爱好者之一。这个夜晚,为了拍摄北极光,张子发在七层主甲板上一直待到凌晨2点。其时,我恰好也在现场,目睹了她对拍摄北极光的执着与认真……其时寒冷透骨,气温不知是零下多少摄氏度,她穿着厚厚的大棉袄,双手把持着相机,长时间地仰望苍穹。

拍摄不倦的张子发

103

北极光（左图由方芳提供）

  说到拍摄北极光，不得不说同行的中国年轻摄影家高承。别看他年纪只有30来岁，但已在国内外获得很多项摄影大奖。高承是应邀专程前来采访本航次"终极峡湾探险"的。今晚我们所喜遇的北极光以及琢磨着如何拍摄极光，对他来说只是司空见惯，小菜一碟！高承虽然是摄影高手，但谦虚谨慎，有问必答。除了现场指导之外，还让大家欣赏了他的极光摄影作品。高承很实在地说："在格陵兰斯科斯比峡湾的探险船上拍摄，与陆地上拍摄极光不同。由于船体的抖动，超过3秒钟的曝光，片子基本就废了！"

  这次喜见北极光，给我带来很大震撼，但还是觉得不过瘾，期望往后还能见到更为清晰的极光。然而，北极风云多变，斯科斯比峡湾上的这个夜晚，就成为我们北极之旅中与北极光唯一的相逢！

从熊岛到南角

9月11日上午,我们登陆斯科斯比峡湾熊岛。

依照轮序,我们中国极友所在的第七组第三批乘冲锋艇登陆。我一上岸,就在熊岛滩头见到五颜六色的皮划艇。穿特殊服装的皮划艇队员,或一人一艇,或两人一艇,手持双桨,整装待发。这个生动的壮丽场面,一下子就吸引了我的眼球。

北极泛舟,终极峡湾皮划艇竞翔……当今的弄潮儿还有这等花样!

"弄潮儿"这个词,对于我来说,并不陌生。我生于海边,长于海岛,自幼酷爱大海。我儿时喜欢与海逗趣,喜欢乘坐小舢板,喜欢迎着海浪游泳,甚至喜欢像鱼儿一样深潜海底……而真正喜欢上"弄潮儿"这个词,则是爱上文学之后。可以说,我对浩海泛舟,我对大海的兴趣,从来没有减弱过,更没有动摇过。记得当年在担任体育记者时,我就特别喜欢与"游泳""航海"相关的项目。1984年,我到青岛专门采访全国帆船比赛。1990年秋天,我作为特派记者赴北京参加第11届亚运会。在赛事众多的情况下,我毅然选择到北京远郊采访赛艇比赛。而航海比赛开始时,我又从北京连夜赶往北戴河赛场采访。

话回北极。此次南北极88天游自由选项中,就有"皮划艇巡游"一项。然而,当我兴致勃勃要去报名时,获悉只有懂英语的人在老外教练指导下方行。无奈何,这一路上,我就只好看别人划皮划艇来过过瘾。皮划艇分为皮艇和划艇。皮艇的起源,来自因纽特人所制作的一种特殊小船,因纽特人把鲸鱼皮或水獭皮等包裹在大型动物的骨头架子上制作而成。驾艇者一般都是使用两端带有桨叶的木桨来划动皮艇。我在熊岛全神贯注地观赏自由竞划的皮划艇时,就会不知不觉联想到因纽特人驾艇穿梭于浮冰丛的情景……

熊岛是个亘古荒凉的地方,岛上虽然残留着旧时因纽特图勒人的居住点遗址,但现实中我们并未遇见一个人。探险队队员说,熊岛是北极熊和麝牛等大型野生动物出没的地方。我们在荒山坡上行走,虽然没有遇到北极熊,但发现不少动物残骸和毛,其中有多具完整的麝牛骸骨。麝牛以草木为主食,岛上茂盛的红叶榆和黄叶

柳都是它们的主要食物。麝牛生性好斗，相互角斗致残致死已成常态，再加上北极熊的攻击，因此麝牛非正常死亡时有发生。由此可见，原始大自然的生态演变，在熊岛依然严酷地进行着。

我们在熊岛的活动，可以在探险队队员指定范围内自由开展。我沿着崎岖的斜陡坡，上到峭岩壁立、雪水潺潺的野山谷旁。山谷对面有一处洁白的冰雪堆，其后有一片高低起伏的灌木丛……灌木丛中有什么？我很好奇，但不敢越雷池一步！因为山谷对面不在指定的安全活动范围。在旭日阳光照射下，我一个人孤独地行走，或攀越，或跨步，自己身后的影子显得特别长。长长的影子总是锲而不舍地紧随自己。在亘古荒原，在雪域冰川，影子竟然成了自己最亲密的伙伴！这相随不离的人影，不也是为亘古荒凉的熊岛增添一点人气嘛！是呀，在广袤无垠的荒坡野岭上，除了身穿鲜艳服装的轻探险游客之外，再无其他人。当你孤独跋涉极地荒原时，唯有自己的影子在提醒着你——"这里有人"！

熊岛虽然荒凉，但也呈现出极为罕见的原始形态的美。在这里，我们头顶着蓝得让人窒息的天空，不远处有巍峨绵延的皑皑雪山，有淡淡水墨画似的险峻山脊，近处就是深蓝色的宁静峡湾，洁白的座座冰山或翡翠似的浮冰，如同成群结队的大小舰艇碇泊其间……而脚下所踏的，则是色彩绚丽的极地植被，满山遍野的野花野草格外诱人。看到眼前的这一切，我时时会有时空上的错觉：这里明明就是仙境就是世外桃源，明明就是绚丽多彩的缤纷世界，怎么会是千年万年的亘古荒原呢？

下午，登陆南角荒滩。

南角，曾经是因纽特人的"贸易中心"，也是因纽特人捕杀鲸鱼的重要场所。荒滩上至今还残留着旧时使用的鲸脂炉，还有早期因纽特图勒人的骸骨及其坟茔。据说，这里还有因纽特猎人过冬的房子，是用鲸鱼的脊骨建造的。冬季捕猎鲸鱼的繁忙日子里，曾经有过20来个人挤在一间小屋的时候。我们登陆的这片海湾荒滩，并未见到房屋，但见到好几处散落在地上的木架子，也见到插着木条子的坟茔，以及残破的渔网和废弃的汽油桶等。最有趣的是，我们在一处裸石堆中，还发现一粒浑圆的旧排球。看来南角这一带，现在仍是因纽特人常来常往的重要狩猎点。

南角无疑也是众多陆上大型野生动物和鲸鱼、海豹出没的地方。科考证明，斯卡普半岛海湾的海水富含营养，冬天还有无海冰的水域，因此吸引着海洋和陆地哺乳动物及鸟类在此地聚集。我们在海湾一角，就看到好多只海豹在探头探脑地自由畅游。而在繁花似锦的荒野上，我们也发现许多具大型野生动物的骸骨。从残存的多张动物兽皮及完整的动物骸骨分析，不久前，一群大型野生动物曾在这里进行了一场非常残酷激烈的大厮杀……

夕阳辉映，野花烂漫。海滩边的水面上，一块艺术品似的浮冰，在海浪冲击下

从熊岛到南角

微微颤动，在夕阳映照下泛着宝蓝色的光芒……海滩岸畔，红色的虎耳草和黄色的罂粟花，争奇斗艳，分外妖娆。漫步在内涵如此丰富的荒野上，老年极友们的心也变得更为年轻、更加坚强了！

古稀极友又一歌

前进号每次安排类似的登陆徒步活动，都特别受老年极友们的欢迎。除了这是难得的野外考察活动外，还是脚踏实地、户外健身的一个极好机会。

在一处北极棉丛生的沼泽地上，我正挂着登山杖艰难地跋涉，年龄最大的周志广大哥不声不响地为我录了一段视频。周大哥还风趣地当场配音解说，把我们几位老者跋涉格陵兰沼泽地，比拟为行走在红军万里长征时的沼泽草地……末了，我们几位70岁左右的老年极友还在荒野上欢呼着跳跃着合了影。

饱览"千里冰封"

9月12日，前进号今天的具体航行路线，是从斯科斯比峡湾的维京湾到沃尔夸特恩海岸。从天亮开始，前进号犁波之处，没有一刻不在密集的浮冰丛中进行。我站在甲板上眼之所见，尽是冰山或浮冰。这些冰山颜色各异，多是白冰，也有蓝冰、黑冰和其他杂色冰。冰山的造型更是千姿百态，有的像岛礁，有的像楼阁，有的像虎豹豺狼，有的像奇形怪状的海底水族……真是美不胜收！

也许是少见多怪吧！清晨，尽管甲板上气温很低，我还是跑进跑出，总想多拍几张"冰封"之景。为了与远方的亲朋好友们分享，我急匆匆地上网传了几张冰山图片。我在微信中说："南方的朋友，你能想象'千里冰封'是怎样的情景吗？虽然来北极之前，我也曾偶尔见过冰川，但它离'千里冰封'差之远矣！这回乘前进号沿格陵兰岛东岸行，尤其是今天在斯科斯比峡湾上巡游，让我看够了真正的'千里冰封'！被称为'地球冰柜'的格陵兰岛，现在虽然属于一年中最为暖和的夏季，但我们所见的峡湾两岸连绵不绝的群山，仍是皑皑的雪峰和冰川。格陵兰从北到南的沿海，斯科斯比峡湾弯弯曲曲的航道，遍布着大大小小形态各异的冰山。我们极目所视之处，冰山成为不可或缺的特殊景观。"朋友们看了我所发的冰山图片，惊叹人间原来还有如此壮丽的"千里冰封"！有朋友即兴诗曰："千里冰封格陵兰，童话世界醉眼眸！"

许多朋友问：格陵兰为什么会有这么多的冰山和浮冰？根据船上探险队队员的科普讲座以及查询到的有关资料，我也只能做个简单的介绍：地球上现存的大陆冰盖，主要有南极冰盖和格陵兰冰盖。这两大冰盖约占全球冰川总面积的97%，总冰量的99%。覆盖格陵兰全岛约83.7%地区的冰盖，是北半球的最大冰体。它南北长2530公里，最宽处有1094公里，平均厚度1500米，总面积约183.4万平方公里。从20世纪90年代起，格陵兰冰盖就以越来越快的速度融化。2010年，一个专门研究极地气候的科学家小组报告说，如果全世界气温上升2~7摄氏度，格陵兰整个冰层都将从世界地图上消失！格陵兰冰盖消亡将造成全球海平面上升7米！冰川融化被看作是衡量地球变暖的尺度。气候专家警告说，由于地球变暖导致冰川融化和海平面上升，可能摧毁世界上的沿海国家和岛国……

冰川是一种巨大的流动固体，是在高寒地区由雪再结晶而聚积成的巨大冰川冰，因其自身重力而使冰川冰流动，成为冰川。在冰架或冰川与大海相接之处，由于冰与海水的相互运动，使冰架或冰川的末端断裂入海，从而成为冰山。格陵兰的冰山大多在春夏两季内形成。每年仅从格陵兰西部冰川产生的冰山就有1万余座。冰山在高纬度的北极地区能维持10年之久，但如果漂向较为暖和的广阔海域则会很快消失踪迹。冰山运动的主要动力是风，其次是洋流。冰山在风速影响下，甚至可达每日44公里的运动速度，但这主要取决于冰山高出水面部分的形状。冰山可以将陆地上的某些物体甚至动植物活体，从其来源地区搬运到数千公里以外。冰山对船只航行造成威胁，因为有些冰山露出水面的部分过小而不易被发现。船只在平静海面航行时，一般不超过1.6公里就能够发现冰山。目前船只普遍使用雷达和声呐搜寻的方法跟踪冰山。

下午，前进号行驶到秀丽的沃尔夸特恩海岸时，在一座冰川前停留了很长时间。原本计划在这里举行一次乘冲锋艇巡游活动，但因担心影响大量鲸鱼的产卵繁殖而取消。类似这样因环保需要而临时改变航程的情况，还是能够得到游客理解的。

前进号各层甲板上，都有许多观赏浮冰的人。望着一块块大小浮冰从船旁缓缓漂过，尤其是望着那翡翠般翠绿的浮冰，人们的诗意心情总是难以抑制……

然而，美丽并不代表安全，可别小看这些玲珑剔透的浮冰，它的水下部分总是暗存着巨大的危险。众所周知，100多年前的泰坦尼克号邮轮就是因触撞冰山而沉没的，其沉没地点就是格陵兰岛西南方的北大西洋海面……

还是引用同行极友魏晓原的一句话吧！她说："傻傻地以为浮冰就是浮在水面上的一块冰。殊不知每块浮冰都是有底座的，而且是巨大的，是浮冰露出水面部分的7～8倍。假如我们看到的浮冰有30米高，那么它在海底部分的高度就是200多米了！"

这就是冰山一角的真实内涵！由此联想，我们看问题不能只看它的表面，尤其要警惕看不清或者看不见的地方哟！

斯图尔得角巡游

9月13日清晨，天空如洗，海天一色。

我还在前进号四层餐厅吃早餐时，突然见到金色太阳从乌云中钻出。忽而，一束光芒从餐厅落地玻璃窗外穿透而来……于是乎，我便匆匆推开餐厅后门，来到甲板上。但见旭日东升，朝霞绚烂，金光普射……北极的日出太美了！它与我平时常见的日出有很大的不同，这是一个吉祥如意的好兆头！

上午9点多，格陵兰斯图尔得角海上巡游开始了。这是我从北极斯瓦尔巴群岛登上前进号以来，第二次乘坐极地冲锋艇的巡游活动。我们从前进号二层出发处乘坐上极地探险冲锋艇。小艇即将离开前进号时，绚丽的朝霞铺天盖地笼罩着海面，给人温暖如春、前程似锦的意境。瞬间，疾驶的冲锋艇便脱离了前进号母船。它像箭一般飞驰在冰冷的海面上，溅起的浪花不时地飘洒在大家身上……我们还是穿着那套笨重的巡游服，每个人全副武装的模样，看起来有点滑稽搞笑。但在极地海上巡游时，这样的装备是绝对必要的！

今天极地探险巡游只出动了两艘冲锋艇。我们7位中国极友坐在同一艘艇上，另一艘小艇乘坐的全是老外。穿着这样的服装，在波浪翻滚的海面上穿梭，一时还真的分不清谁是谁！老尹一家三口坐在小艇的最前面。按照船方要求，每个人只能坐在原位，不能随意移动。我坐在冲锋艇的偏后位置，这样，只有老尹一家的身影才能进入我的镜头……风大浪急，小艇劈波斩浪，老尹一家处于风口浪尖上！

说起老尹一家子蛮有意思的。老尹，名叫尹钢。他果然有如钢铁一般的意志，谁能想到他曾是一位癌症患者。而老尹的妻子赵艳梅，则是一位充满诗意的女子。当年，她的丈夫尹钢癌症手术的前一天，她硬是恳求医生立即施行剖宫产手术。因为第二天，她要照顾手术中的丈夫。什么叫生死与共，这就是现实中的最好诠释！赵艳梅平时乐观幽默，常以诗歌一般的语言，风趣地融化极地探险中出现的疲乏。而他俩的儿子果果，虽然只有8岁，却勇敢地出现在极地的各个角落。果果是我们前进号上的开心果，他不乏童稚无邪的纯洁，但也有淡然若定的小大人范儿。总之，在今天的这次冰海湾巡游中，尹家三口占去了我的很大部分视角。赵艳梅还因懂得英语，比我们这些不懂英语的人有更深的感悟。

在绚丽的阳光照射下，冲锋艇绕过一座座冰山，直奔斯图尔得角海岸。海面上风浪很大，浪花不时地泼到我们身上。但大家都被周围特别美的景观深深吸引，根本顾不上飞溅的浪花了！到了斯图尔得角海岸附近，两艘冲锋艇并排靠在一起。德国籍女地质学家弗里德里克站立在冲锋艇的船头，向我们简要介绍了斯图尔得角海岸的地质地貌特点。她手指海岸上层次分明的石壁兴奋地说，这里有美洲和欧洲两大板块分裂时留下的明显痕迹……海面上的涌浪越来越大，冲锋艇摇晃得十分厉害，但这位女地质学家还是顽强地一手拿着图例看板，一手指点着……

冰海巡游

来听一听同行极友赵艳梅的一段感言吧！她说："这次，我们看见了好多像海豹一样的石头，但没发现像石头的海豹。我们看到了千年冰川、亿年地球的初始状态以及恐龙曾经盘踞的地盘。对于我们外行来说，就是看到了北极圈内的山、海和冰。我们冻手冻脚，顶着北冰洋的扎皮寒风，看这里的地貌变迁，聆听那遥远的传说故事……而这里的亨利峡湾和格雷特冰川，却是欧美地理学家们勘测研究的天堂。这里是令他们兴奋不已的传奇地方！"

由于风大，这天原定的其他登陆活动全部取消了。我们获悉，有一位探险队队员为了探索登陆途径，不幸掉入波涛汹涌的北冰洋中。幸好有两位探险队队员及时施救，方才避免了一场惨剧。感恩呀，极其负责而又勇敢机智的探险队队员们！由此，我更为庆幸能有今天的巡游机会。它让我看到了亿万年前欧美板块裂变的遗痕，并从中受到一次地球演变史的现场教育。同时，它也让我更为感性地认识到，白茫茫的格陵兰确实是我们赖以生存的地球的"冷柜"。格陵兰冰盖如果全部融化，全球海平面将会上升7米，地球气候变暖问题，我们再也不能忽视了！

孤独的扬马延岛

9月14日。自昨天上午完成斯图尔得角海上巡游后，海面上的风浪就渐渐大了起来。负责全船人生命财产安全的船长权利最大。船长根据突然变化的天气状况，决定停止原计划中所有其他未登陆的活动。

中午，前进号缓缓离开了格陵兰岛。它的下一个目的地，就是扼守北冰洋的战略要地、挪威孤悬海外的领地扬马延岛。前进号离开格陵兰岛时，我久久地伫立在主甲板船舷旁，深情地注视渐渐远去的岛影，心中不免有点依依不舍……算起来，我们在格陵兰岛前后的活动时间约有半个月。难忘呀，格陵兰！再见了，格陵兰！

现在，前进号再次进入丹麦海峡后，船只又开始摇晃颠簸。我在自己住宿的舱室内，透过舷窗可见白浪翻卷，黑涛汹涌，感觉船体又开始像摇篮一样晃得厉害。从"88天勇士联盟"微信群中，我获悉船上又有好几位极友晕船呕吐了……

我们乘坐的前进号探险船，这回算是第三次穿越丹麦海峡了。第一次横渡丹麦海峡时，风力达每秒41米，相当于13级大风，其中浪高10米。而这一回第三次穿越丹麦海峡时，论风力比第一次小了许多。但由于航行中遇到较多的无规则横浪，造成船只无规则地上下左右摇晃，给不适应海上生活的乘客带来了很大困扰。

茫茫沧海，寂寥无影。我望着海面上几只轻盈飞翔的北极燕鸥发呆……真是太羡慕这些北极燕鸥了！它们每年都在南北极之间来回飞翔，这可是非常遥远的距离呀！是什么力量支撑北极燕鸥这样辛劳奔波呢？它们真的仅是为了追逐南北两极夏季不落太阳的那个"极昼"吗？大自然中蕴藏着太多秘密，令人遐想的东西太多了！

"看！扬马延岛到了！"甲板上，不知是谁喊了一声，大家的精神一下子振奋起来。我仔细一看，前方白云深处，果然有一座若隐若现的山峰。它很像是一顶冰雪覆盖着的帽子。啊，它就是扬马延岛主峰贝伦火山！

扬马延岛，位于北美板块和欧亚板块的交界处，是大西洋北部格陵兰海上的一座火山岛。它也是地球上最北端的活火山——贝伦火山的所在地。扬马延岛地形

孤独的扬马延岛

狭长，长约56公里，最宽处14公里，面积373平方公里。整个岛屿的形状，犹如一把狭长的钥匙。位于岛屿东北的"钥匙头"，是全岛最高峰——海拔2277米的贝伦火山。西南狭窄的延伸部分，则是低地和丘陵。孤悬海外的扬马延岛，西距格陵兰500公里，南距冰岛600公里，东距挪威本土北角1000公里。因此，扬马延岛被称为全世界最孤独的岛屿，似乎也是恰如其分。

扬马延岛与世隔绝，气候恶劣，多有风暴。这里既无港湾，更无码头，因此给我们登岸考察造成了很大困难。前进号事先预设了两个登岛方案：将根据实际的风力和风向，再确定是在扬马延岛西南狭窄低地的北侧或南侧登岸。但不管在哪一侧登岸，前进号都只能停泊在海湾中，人员只能分乘冲锋艇登岛。

中午，我们终于乘冲锋艇艰难地从南侧登岛。在颠簸着的冲锋艇上，我好奇地观察着这座神秘岛屿。最先呈现眼前的是一个充满黑色火山灰的另类世界。在探险队队员帮助下，我们涉水登上了黑乎乎的海滩。岸滩上，散落着不知从哪里漂来的一堆圆木。几簇绿色的苔藓，在黑色沙土衬托下显得格外醒目。

在这个370多平方公里的孤岛上，住着寥寥二三十人，他们是挪威气象电台工作人员和军人。他们集中生活在扬马延岛西南端被称为奥伦金拜恩的居民点上。我们上岛后，首先映入眼帘的是锅盖形的卫星天线及竖杆挺立的广播天线。见到这些熟悉的器材装置，让我感到十分亲切。因为长期从事广播电视新闻工作的缘故，我对这类器材装置太熟悉了！对比这些长年累月坚守在全世界最孤独岛屿上的工作人员，我们所遇到的任何困难都不算是困难了！

我们只能在扬马延岛钥匙状地形最窄处这一带参观游览。这里除了一些兵营和气象、广播设施外，就是遍地黑色的火山灰，以及挣扎在褐色灰土上的苔藓类植物。正是这些难得的绿色植物，点缀了焦黑的土地，冲淡了些许"孤独"的氛围。扬马延岛是个活火山岛，我与同行极友互相提醒，可要注意安全了！因为扬马延全岛就是一座活火山，它随时都可能喷发。五年前，也就是2012年8月底，贝伦火山就曾经发生过一次大喷发，还引起6.6级大地震呢！

孤独的扬马延岛，对于地质学家和地理学家来说，却是一座活的地质博物馆。这里留存着2亿年前美洲大陆和欧亚大陆板块断裂时的许多印记。扬马延岛的成因、岛上多海雾以及周围海域渔产丰富的原因等，都是全世界地理学界关注的课题。近年来在我国高考地理知识温习过程中，不少地区的教育部门都选择了"扬马延岛成因"课题来指导学生。地理老师在课题分析中告诉学生，扬马延岛"位于大西洋中脊，板块运动活跃，岩浆活动频繁；该地多火山喷发，岩浆冷却凝固堆积形成了火山岛……"由此可见，遥远且孤独的扬马延岛，好学上进的中国学生对它并不陌生。

113

两岁幼女在北极

在扬马延岛停留的有限时间里，我尽可能多在野外走一走看一看。岛上没有正规公路，只有居民点奥伦金拜恩附近有一条极其简陋的沙土路。我顺着这条沙土路往东北方向走去。沙土路正前方的远处有一座白云环绕的山峰，那里就是扬马延岛主峰贝伦火山口的所在地。它右侧不远的地方，就是礁盘林立的海滩。海面上裸露的赭色礁盘，不时激起冲天的白浪……诱人的美景在远方！但它们都不在允许我们前往的范围之内。

此时，就在探险队队员所插"到此为止"小红旗旁边，我巧遇一对德国母女。她们真不简单！年轻的德国母亲进入北极圈以来，一路上一直背着2岁幼女。

这对德国母女是在冰岛首都雷克雅未克，作为第二航次游客登上前进号的。与母女俩同行的还有孩子的父亲。孩子的父亲是一位摄影师，一路上忙于拍摄业务，我们见到的多是这对德国母女。每次野外登陆活动，只要相遇，我总是对她们投以惊讶和敬佩的目光。

直到那天上午在斯科斯比峡湾罗德角登陆时，我才第一次朝她俩举起了照相机。当时，罗德角登陆活动即将结束，我们几位中国老年极友，不按常规的绕远道返回路线，而是抄近路选择一处斜坡下山，直接赶往峡湾海滩的集合点。没有想到这对德国母女，紧随在我们身后下坡。我从侧面发现这位年轻的妈妈虽然身背着小孩下陡坡，但步履却十分稳健，且无疲惫之感。而她背上的幼儿也很安静，只是小脑袋左顾右盼，似乎对周围环境显得十分好奇。这位年轻的妈妈是谁？我当时并不知道，甚至她来自哪个国家，当时我也不知道。

直到那天在熊岛登陆考察时，我才开始仔细观察她们。当时，我们中国极友作为第一批登岛游客，已经完成了预定的巡视考察活动，正准备离开熊岛返回前进号。此时，我在新登岸的游客队伍中，又发现了这对特别引人注目的德国母女。

我是在砾石裸露的海滩草甸上，正面遇到这对德国母女的。这位年轻的母亲身背着幼儿，脚踏泥泞的草甸，大步地向我走来。她脚上的长筒登山靴，不时溅带起

两岁幼女在北极

泥花水渍。极地柔和的阳光披洒在她们身上，煞是好看！我习惯性地举起了挂在胸前的相机……女主人公只是淡淡一笑，并不回避。更让我惊讶的是，她把小女孩从身上放下后，任其自己行走，并不上前搀扶。她鼓励小朋友去自取登山杖。穿着小冲锋衣的2岁小朋友，就这样双手拿着小登山杖，在坑坑洼洼的荒滩地上，屁颠屁颠地往前走去……

远处是巍巍的绵延雪山，近处是不绝的海上浮冰。而近在我眼前的，则是荒野上的一簇簇野花野草。这对母女就这样慢慢地移步着，她们的身后留下长长的影子……我默默地目送着她们，一直看着她俩走向远方！

扬马延岛访德国母女

现在，我在被称为"世界上最孤独岛屿"的扬马延岛上，在同行极友魏晓源的帮助下，终于面对面地采访了这位年轻的德国母亲。她叫丹妮拉·扎普，是柏林一家航空公司的乘务员。她目前在休假，于是就带着2岁幼女来北极了。丹妮拉还计划利用女儿上小学前的这段时间，多带她到世界各地去走一走，多见见世面。访问结束时，我向丹妮拉女士表示了敬意，并愉快地与她们合了影。

后来，在冒着雨雪登攀挪威北部托格哈特山洞时，我终于遇到了他们一家人。除了在众人云集、热闹如市的山洞口见到他们之外，登攀山洞结束返回码头时，我再次遇见他们一家人。当时，雨雪交加，全船游客登攀托格哈特山洞之后，身上多已湿漉。下山路上，大家都急匆匆地赶往码头，等待换乘冲锋艇返回前进号。然而，此时我却意外地发现，这对年轻的德国父母正在码头附近的一座露天儿童游乐场内，在漫漫雨雪中，陪伴着2岁幼女坐滑梯、荡秋千……

后来，我把"两岁幼女在北极"的真实故事，告诉了我那定居在德国的女儿。女儿听了之后，只是淡淡地一笑。我知道女儿的大概意思是：在德国，锻炼子女都是从小开始，从不娇惯的！

果不其然。2018年初夏，女儿和女婿就带着我那不满周岁的外孙女小米娜，直接深入接近北极圈的挪威腹地了！在那里，女儿和女婿轮流背着10个月大的小米娜，穿梭在挪威的多个峡湾，欣赏许多气势磅礴的瀑布，登攀哈当厄尔高原，亲近约斯特谷冰原……

茫茫海路绪万千

9月15日。前进号继续行驶在扬马延岛前往挪威北部的航道上。这里是北大西洋宽广的海面。海路茫茫，波涛起伏。由于持续在大风大浪中航行，不少极友处在晕船呕吐的痛苦折磨中。

到餐厅用餐的人少了许多。今天的早餐，中国极友中只有我们5位年龄最大的极友到场。老极友们相互勉励并调侃说，也许是我们这把老骨头受磨难太多，身体的内部器官敏感性差的缘故吧！

上午九点半，船上广播说，将按照原定计划在四层甲板小会议室举行"极光"中文讲座。我第一个到场了，紧接着是比我大一岁的周大哥，然后是比我小两三岁的空军飞行员出身的高小弟……

由于很多人晕船的缘故，"极光"中文讲座到场的只有2位外籍华人和3位中国人。无奈之下，这个"极光"中文讲座只好又改期了！

浪高流急，前进号还在不停地晃动着摇摆着。我们每移动一小步都得手抓扶栏，否则就会东倒西歪、寸步难行。好在前进号构造十分合理，每个楼厅、廊道都安置有各式各样的扶手栏杆。就在四层甲板小会议室隔壁，我掏出手机，录下舱内的景象：你看，在船只不停摇摆中，空荡荡的小房间内，没有人坐的高背椅子也会吱吱嘎嘎地转个不停……

这就是我们在大西洋前进号上的真实生活一瞥。真可谓"理想很丰满，现实却很骨感"！行前，我们都做了较为详细的攻略，也做好遇到各种困难的准备，但没有料到会遇到这么长时间的大风大浪。但我认为，人在原始大自然中旅行，其最大魅力就在于它的不可预见性。既来之，则安之！现在遇到风浪了，就要努力去克服它、适应它。自然法则就是这样，适者方能生存！

在漫长的航海颠簸中，我百无聊赖地把所拍的"无人坐的椅子自动旋转"的短视频发到微信朋友圈。亲友们见了纷纷点评。有朋友感叹地说："在这样优雅的环境里看大海，太浪漫了！但只有适应海上长航的人才能享受！"

驶近罗弗敦群岛

是的,这位朋友说得实在。大风大浪中的壮丽海景,"只有适应海上长航的人才能享受!"而我自认为是个"适应海上长航的人"。但这种"适应"能力不是天上掉下来的,而是经受无数次艰苦历练的结果。

提起这个话题,我就很感谢家乡平潭岛。我出生在一个偏僻的小渔村,家中开门见海。我小时候在海边学游泳,几乎与学走路同步进行。家乡风大浪高,这不仅锻炼了我的体魄,也给予我许多在风浪中乘坐舟楫的体验。记得读中学放暑假时,我就常与村民们一起乘木帆船去"洗乌鲇"。那时,一艘小小木帆船两旁的舷板上,都坐满人。这种船主要靠船帆借助风力行驶。每当劲风吹来,船老大就借助风力扬帆航行。这时,木帆船的倾斜度就特别大,被激起的海水常常会掠过船舷,甚至还会哗哗地渗入舱内。而端坐在船舷两旁的村民,则是个个岿然不动,不少人裤子被海水泡湿也并不惊慌。因为大家都知道,在这种海况下,只要一慌乱,就可能随时翻船!这样的场景遭遇多了,我也就渐渐适应了,乃至最后与村民们一样泰然自若。就这样,海边生海边长的成长环境,以及多次大风大浪航行的历练,把我逐渐磨炼成了"不晕船"体质。

参加工作之后,我也曾经历了几次大风大浪的考验。最难忘的应是20世纪80年代,我先后3次分别跟随延平号海洋调查船和实验2号海洋考察船,前往台湾海

峡开展海洋资源考察。"延平号"是福建海洋研究所一艘只有数百吨的小轮船。这种海洋资源调查是按各个海区段面分别进行，船只多是无规则地行驶。每当遇到大风大浪时，船只颠簸摇摆得尤其厉害。有一次在台湾海峡作业时，风浪大得连船上的伙房都开不了锅。因为船只摇摆度太大，会把整锅的菜或汤泼洒得到处都是。无奈只好给每个人发了点干粮充饥。可想而知，当时船上人员晕船得多么严重。我虽然没有晕船呕吐，但身体感觉也不是很舒服。夜晚躺在床铺上睡觉时，只好把双脚死死地蹬在床架上，方能迷迷糊糊地睡一会儿。由于长时间的船上颠簸，让我基本适应了当时的海上生活。后来上岸回家时，一时反而不适应陆上生活，仿佛整个大地都在摇晃似的。

现在，我在航行于大西洋的前进号上，回想起自己与海结缘的种种经历，也是一件很愉快的事情。下午，我来到宽敞的七层甲板观赏大厅。这里幽静得像个图书阅览室，没有喧哗，没有嬉闹，每个人都在做自己喜欢的事……这里是全方位观赏海景的理想场所。面对浩瀚无边的大海，听着咣啷咣啷的海浪撞击声，看看前进号船头此起彼伏的劈波斩浪，望着汹涌波涛上凌空翱翔的海鸟……我深感个人是多么的渺小！

哦，今天又是特别的9月15日。全厦门人都不会忘记：2016年的今天，超强台风"莫兰蒂"席卷了厦门！作为厦门市一位普通市民，我经历了与强台风搏斗的日日夜夜……超强台风登陆的那个夜晚，风在吼，雨在倒，树在摇，广告牌等杂物在空中飞……住家楼房内，雨水从玻璃窗的缝隙强行渗入，屋内全部成了泽国……

这只是我自己小家内的一瞥，更为惨烈也更为壮烈的是整个厦门城乡。幸好广大军民团结一致抗击暴风雨！是的，厦门是英雄城！厦门的明天会更好！

如今厦门早已摆脱"莫兰蒂"台风的阴影，变得更美了！在厦门举办"金砖会晤"期间，习近平主席就高度赞美了厦门。他称厦门为"高素质的创新创业之城"和"高颜值的生态花园之城"。天佑厦门！不论我走到地球的哪个角落，心里都在深深地祝福厦门！

海路茫茫，目标已定。前进号现正依照原定的航线，昂首挺进在波浪滔天的北大西洋海面上。

越洋夜游罗弗敦

9月16日。茫茫的持续航海即将稍歇，前进号今日将抵达挪威北部罗弗敦群岛。

上午，我们聆听了一堂关于"北极是谁的"的科普讲座。主讲人是世界著名极地海洋考察专家鲍本·罗兰教授。79岁的罗兰教授从事南北极考察数十年。南极的罗兰冰川，就是以他的名字命名的。在科普讲座中，罗兰教授以图文并茂的方式，深入浅出地介绍了极地考察的历史和现状，重点阐述了北极考察的来龙去脉。

最让我感动的是，罗兰教授极力赞颂中国历史人物郑和对世界海洋考察的贡献。他手指《1421年，中国发现世界》一书的封面，旗帜鲜明地阐明了自己的看法。《1421年，中国发现世界》，是英国海军退役军官加文·孟席斯编著的一本图书。该书主要观点是：1421年（即明成祖永乐十九年），中国人发现了美洲大陆，早于哥伦布70年；中国人发现澳大利亚，先于库克船长350年；中国人到达麦哲伦海峡，比麦哲伦的出生还早一个甲子；中国人解决了计算经度问题，远远领先欧洲3个世纪。罗兰教授介绍说，现在欧美的许多学者都认为，郑和船队可能早于哥伦布发现美洲大陆，甚至有人猜测郑和船队也可能去过南极。罗兰教授强调说，虽然这些猜测至今查不到实据，但欧洲航海家发现美洲大陆之前，就已拥有美洲新大陆以及类似南极洲周围的海图。学者们由此推论，这么久远历

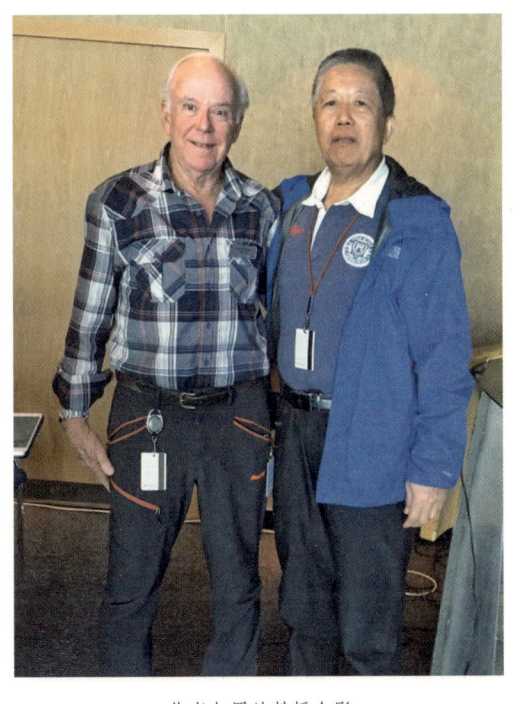

作者与罗兰教授合影

史的珍贵海图，最大可能来源于当时世界上最强大的明朝郑和船队。

我十分敬佩罗兰教授严谨的科学态度。讲座结束后，他回答了大家的提问。我问："您如何评价中国的极地考察？"罗兰教授回答说：中国现在在南极有多个科考站，他们的科学数据都很完善严谨，譬如中国长城站。而在谈到北极考察时，罗兰教授热情赞美设在斯瓦尔巴群岛的中国黄河站，在北极科学考察中所作出的贡献。但他似乎对中国没有在北极点浮冰上设站感到有点惋惜。

现在，我可以高兴地告诉罗兰教授：2018年，中国在第9次北极科考中，已经在近北极点的浮冰上，首次成功布放了我国自主研发的"无人冰站"。从此，中国的北冰洋考察就从夏季延续到了冬季，提升了我国对北极环境的观察和监测能力。

前进号离开扬马延岛后航行约40小时，终于驶近挪威北部罗弗敦群岛。罗弗敦群岛位于北纬68～69度之间，仍然属于北极圈内。罗弗敦群岛真可谓"处处都是景，满眼皆是画"。它的独特自然景观，可与欧洲中部的阿尔卑斯山媲美。前进号首先缓缓驶进拉夫特峡湾。但见两岸山山岭岭，一片葱绿中略带金黄。三三两两的红顶小屋，点缀其间……

旋即，前进号又驶入狭窄的山妖峡湾。山妖峡湾是拉夫特峡湾的分支。它长2.5公里，最窄处只有100米，地势十分险要。然而，设备精良的前进号在狭窄水道里

夜访亨宁斯维尔小镇

却是如鱼得水！当轮船行驶到峡湾尽头时，在陡峭的山崖边上，前进号可以原地迅速转弯。船长等人员的精湛驾驶技艺，博得乘客们的热烈喝彩！

黄昏之际，前进号终于靠上了罗弗敦码头。我们旋即下船，分批乘车前往亨宁斯维尔和斯沃尔韦尔进行短途游。按照自愿选择原则，我与几位中国极友一起，首先前往亨宁斯维尔小镇参观。

亨宁斯维尔（Henningsvar），实际上就是罗弗敦群岛上的一座美丽小渔村，有"北方威尼斯""海上仙山"之称。我们驱车半小时抵达时，已是晚上七八点钟。在北极圈内的罗弗敦群岛，此时仍然为"日长夜短"。因此，暮色下的亨宁斯维尔小镇依然透亮，周围景观清晰可见。

亨宁斯维尔小镇由多个小岛组成。20世纪80年代初始，才陆续建造桥梁，把各个小岛串在一起。难怪乎，我们进入小镇时，要经过好几座造型各异的桥梁。亨宁斯维尔小镇依然保持20世纪中期挪威渔村的风貌。纵横交错的港湾内，桅樯林立，停泊着成排的各式游艇。游艇上停留着硕大的海鸥，任由我们靠近拍照也不惊慌。但这里的房屋并不显得老旧，倒像是临海的渔村别墅。一座座彩色木屋，一端靠在坚实的陆地，另一端借助高脚木桩延伸至海面。每座木屋内除停有汽车、摩托车外，在高脚屋下还泊有游艇或小木船。

由于前进号停靠罗弗敦码头比原定时间晚了2小时，原定参观的博物馆已经关门了，我们只好在小镇上"自由行"了！我们逆时针方向而行，原本想环绕小镇一圈后再回到旅游大巴停靠处，但没有想到这个海湾环绕的小镇，并没有完全闭合地连接在一起。其中两个狭长的小岛之间，仍然隔着海峡，形成内外船只自由进出的自然通道。这样，我们就只好一路欣赏渔村夜景，再从原路返回。亨宁斯维尔小镇总人口不到500人，因此显得异常的宁静。夜色下的亨宁斯维尔小镇，真是风景如画的港湾！

由于受到北大西洋暖流的影响，罗弗敦群岛比同纬度的其他地区温暖了许多。这种得天独厚的自然条件，造就了罗弗敦群岛的海洋资源异常丰富。这里是闻名于世的鳕鱼产地。可别小看亨宁斯维尔小镇，它可是全世界最大的鳕鱼捕捞业中心。每年冬季，北冰洋和北大西洋上的鳕鱼，就会从四面八方洄游到这一带产卵。鳕鱼是深受世人尤其是欧洲人喜爱的鱼类。据说，挪威有首歌曲唱道："我是一条真正的罗弗敦鳕鱼，因为我出生在亨宁斯维尔。"由此可见，亨宁斯维尔小镇在鳕鱼产业链中所处的地位举足轻重。

参观完亨宁斯维尔小镇后，我与同行的几位中国极友又连夜赶到斯沃尔韦尔参观。斯沃尔韦尔位于罗弗敦群岛最大的奥斯特法岛南岸。它是罗弗敦的首府，也是罗弗敦群岛上最大的城市，但常住人口也只有4100多人。

暮色中的罗弗敦群岛

　　暮色苍茫，华灯璀璨。我漫步斯沃尔韦尔街头，眺望码头上的邮轮，以及一艘艘穿梭往来的游艇……任凭海风拂面，思乡之情不禁油然而生！离开祖国近一个月，故国家园的亲朋好友们还好吗？

纵贯南北图辑

北挪威峡湾风光

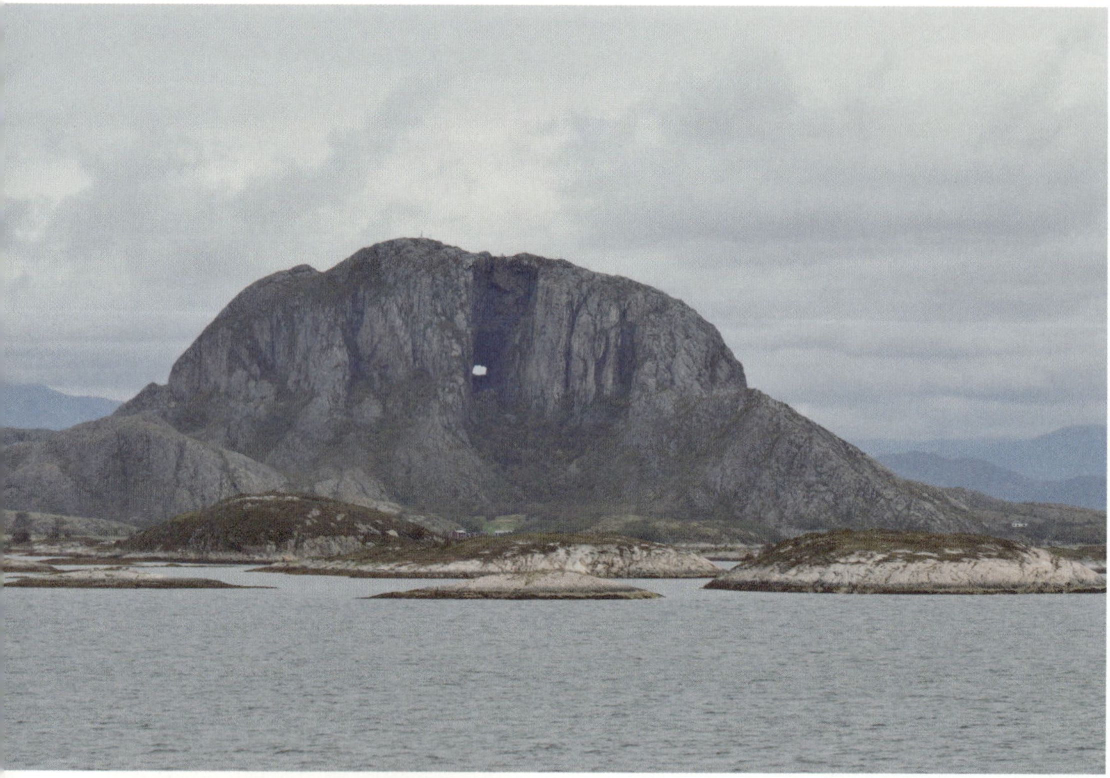

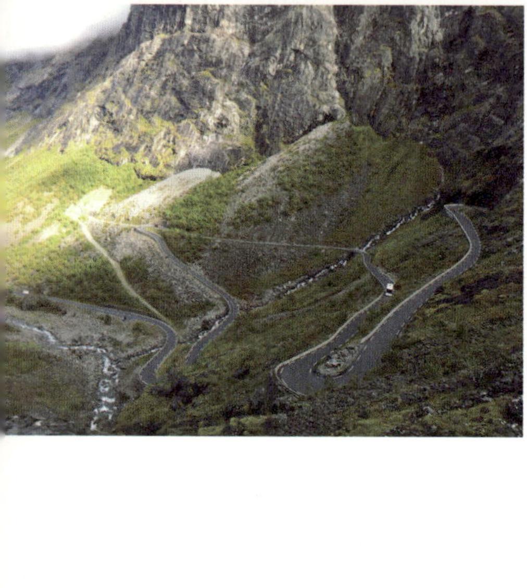

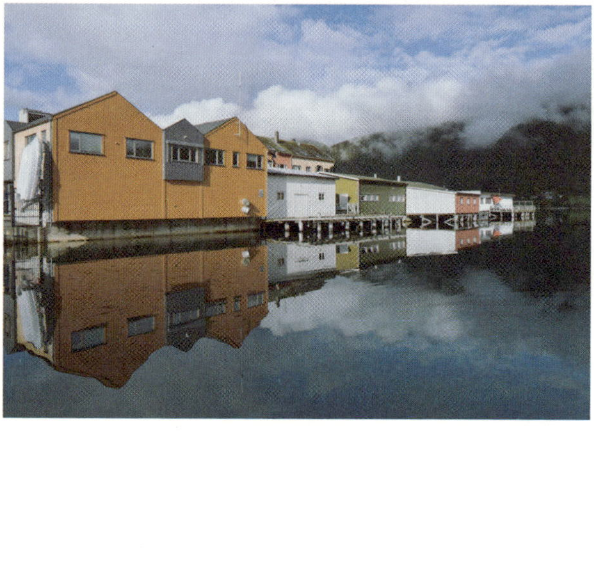

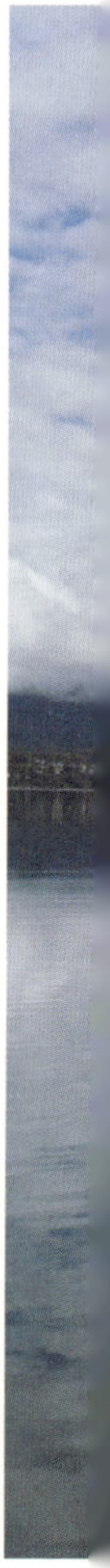

1 挪威"穿山洞"
2 挪威"山妖之路"
3 挪威翁达尔斯内斯
4 山水叠影(挪威)

1 挪威"巨魔墙"
2 挪威奥斯陆雕塑
3 人鸟之间（奥斯陆）

荷兰阿姆斯特丹

1	2	4
3	5	6

1 法国阿罗芒什
2 法国诺曼底古战场
3 西班牙圣地亚哥大教堂
4 葡萄牙大航海纪念碑
5 西班牙加的斯
6 船游葡萄牙波尔图

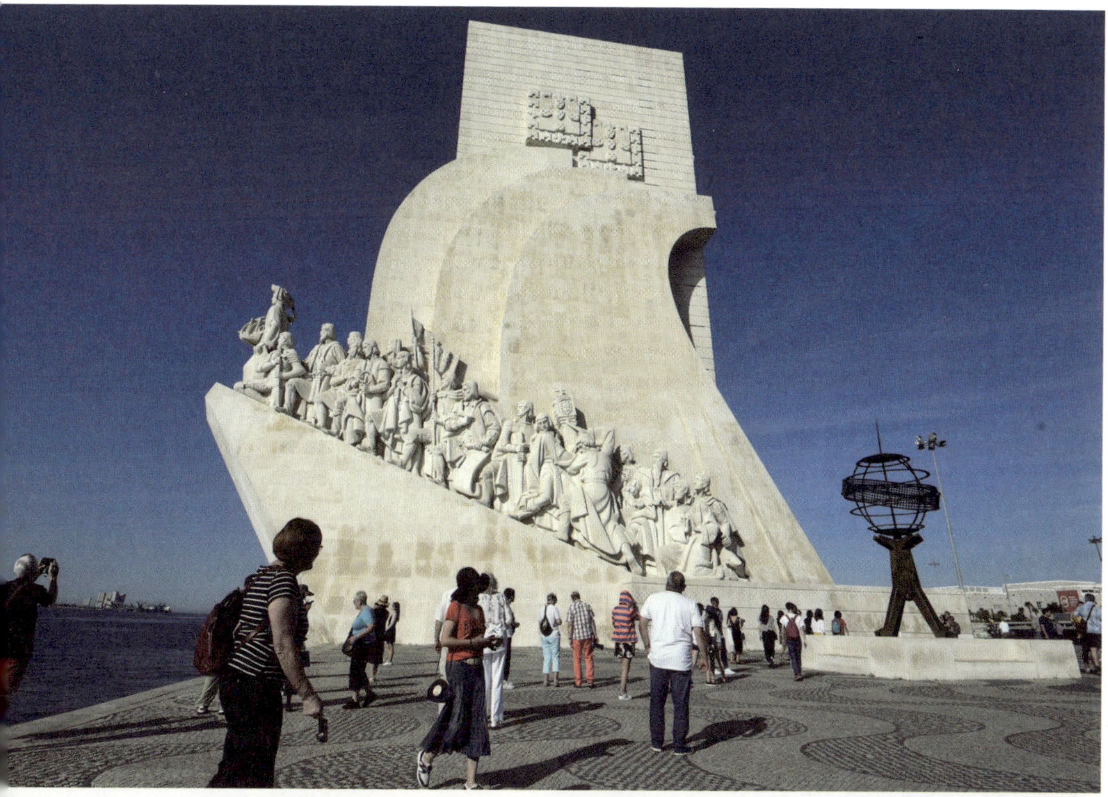

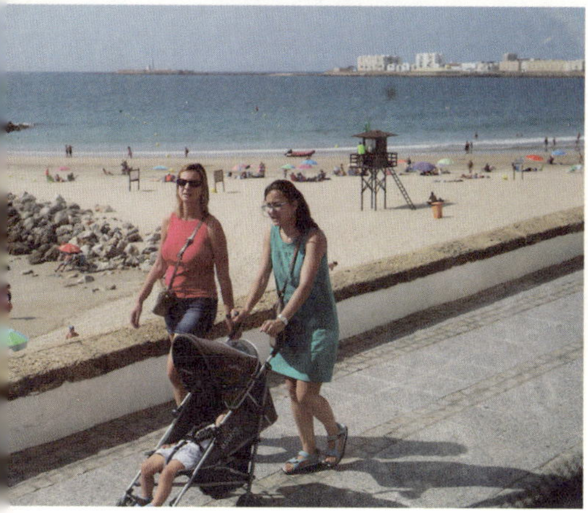

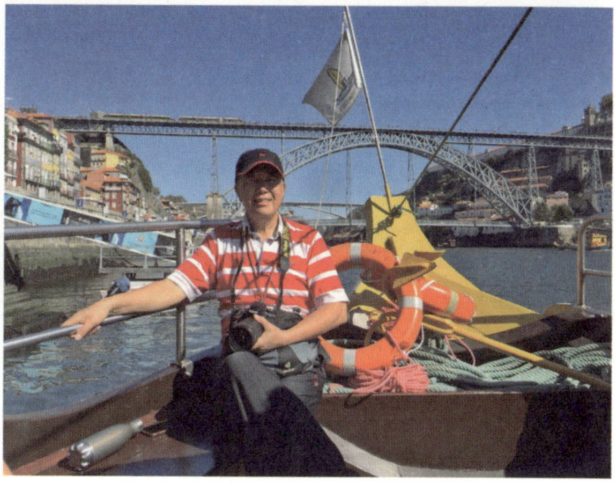

葡萄牙贝伦塔

摩洛哥哈桑二世清真寺

1	2	3
4	5	6

1 佛得角岛民　　　　4 过赤道仪式
2 佛得角群岛海滨　　5 亚马孙河日出
3 佛得角首都街景　　6 热情似火的巴西人

133

1 穿游亚马孙河
2 亚马孙雨林中的鸟儿
3 远在北非过国庆

前进号上的"中国结"

极友们与前进号船长合影

135

峡湾中的前进号

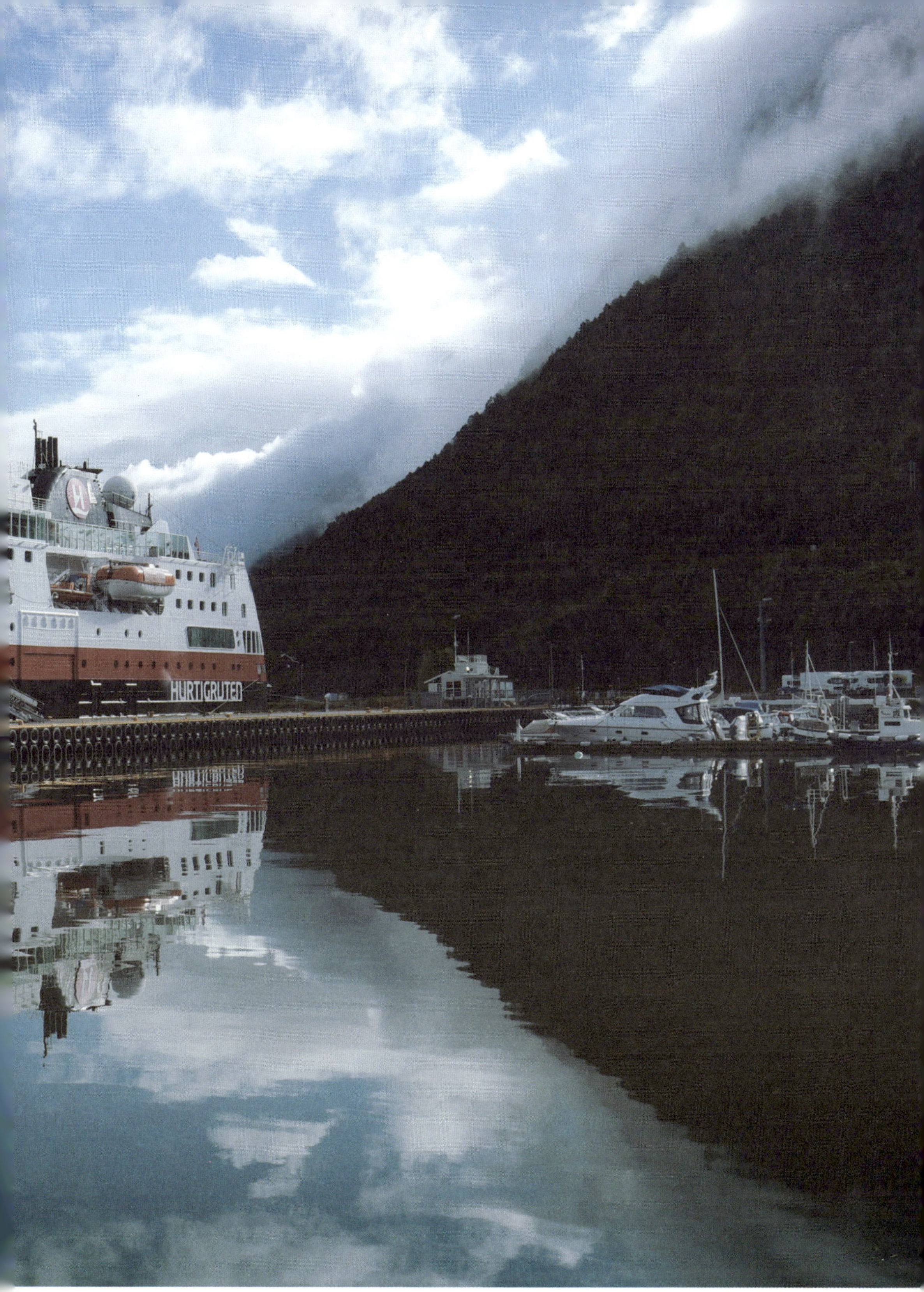
HURTIGRUTEN

1 巴西帕拉蒂街景　　4 阿根廷乌斯怀亚
2 巴西帕拉蒂的舟船　5 阿根廷博卡俱乐部
3 乌拉圭首都的独立广场　6 阿根廷首都的方尖碑

139

攀岩探索"穿山洞"

9月17日。前进号驶出了北极圈，沿着挪威海岸，一路南行。

上午，我们听了"极光，现实还是神话"的中文讲座。极友们对"极光"问题有着广泛兴趣。该讲座由法国籍生物学家戴尔芬先生主讲。讲座原本安排在三四天前，但因当时海面风浪太大，不少极友晕船呕吐厉害，只好一再改期推迟。

戴尔芬先生展示了大量的极光图片，并列举了有关极光的许多民间传说。最后，他运用极光产生原理等科学知识来加以解疑释义，从而让我们这些极光爱好者更加明白其中的科学原理。这样的中文讲座是迷人的！戴尔芬先生的人生轨迹十分特别，他从一个生物学家，发展成追逐和研究极光的专家。现在，他每年大部分时间都生活在北极圈内，常住挪威"极光城"特罗姆瑟。目前，戴尔芬先生侧重于带领和指导极光爱好者拍摄极光。因此，他也被人们尊称为"极光猎人"！

下午，前进号驶抵著名的托格哈特山脚下。我们将在这里登陆，一睹传说中那座神秘的穿山之洞。"看见那个穿透山中央的小洞了吗？"船还未停稳，大家都涌到甲板上，欣赏这座神奇的山峰。在航行于挪威峡湾的前进号上，在朦朦胧胧的氛围中，我们远眺托格哈特山那帽子状的黛色山影，望着那穿山而过的针孔状小洞冥思发呆……那是天外来箭所射？不然又是何等仙人的神力？这是大自然造物主怎样的神来之笔呀！大千世界，真是无奇不有！

据说，太阳的光芒每年只从洞口穿过两次。挪威有一位名叫沃霍尔的摄影师，为了拍摄太阳穿过洞穴的"1秒亮光"，曾在此地守候了3年。沃霍尔说，自己只知道这道光会在春秋两季各出现一次，但不知道太阳穿洞的精确时间。在过去等待拍摄期间，因天气不佳等因素，每每都以失败告终。直到2014年秋季的一天，他终于如愿以偿，获得成功，修成正果！身为一名摄影师，沃霍尔表示他毕生等待的就是这一刻，还说自己多年努力终于没有白费！沃霍尔摄影师"3年追逐洞穴1秒亮光"的真实故事，深深地震撼了我。他以自己的实际行动诠释了什么叫执着……沃霍尔摄影师的执着精神，进一步激发了我深入该洞穴探秘的热情。

攀岩探索"穿山洞"

　　托格哈特山的登攀之路可不平坦！这里原先似乎并没有路，只是攀登的人多了留下痕迹而已。由于天空下着毛毛细雨，地上湿漉漉的，沿途峭壁和顽石都很光滑，许多地方需要手脚并用。当我们穿过顽石山涧快到洞口时，意外地遇见一片红花累果的树林。穿过这片小树林，又越过一堵峥嵘峭岩，终于抵达神奇的"穿山洞"口……一种无法言语的震撼感便轰然而来！正如好友@枫叶所说的："走出极地见青山，叶绿果红满目欢。鬼斧神工神秘洞，猎奇拄杖步蹒跚。"

　　我真不敢相信屹立眼前的，就是那个在海面远眺时针头大小的小洞。我们全船200多名游客在洞内散落开来，就像是一块块活动着的小石头。这个神秘的"穿山洞"，长120多米、高35米、宽20米。它的一侧洞口呈长方形，另一侧洞口则呈多边形。两个洞口之间相距129米，处在不同水平面上，落差很大。洞内怪石嶙峋，高低起伏，神秘莫测。

　　我伫立临海洞口的一块巨石之巅，任由寒气逼人的海风拂面，感叹着神奇大自然的巧夺天工！此时，我对挪威摄影师沃霍尔坚守3年、最终摄得太阳穿过洞穴"1秒亮光"的求真精神更为敬佩！我是一位退休的老新闻工作者，尤其理解沃霍尔摄影师对职业的热爱和追求。正是由于他持之以恒的执着追求，才能拍摄到穿山而过的"1秒亮光"！

　　关于这个神秘洞穴，当地有着关于善与恶的山妖相互搏斗的神奇传说。在洞穴内的一块较为平坦的巨石上，前进号上的两位女探险队队员正在绘声绘色地演讲"赫斯汉特宁的故事"。她们说的是德语，我们虽然听不懂，但还是静静地听着、感悟着。每个人的理解与感悟或许不同，但"穿山洞"的奇景带给人们的震撼与启迪则是肯定的！

　　事后，我访问了托格哈特山洞神奇传说的演讲者之一女探险队队员弗里德里克·鲍尔。弗里德里克是一位女地质学家。但自从在斯瓦尔巴群岛朗伊尔码头登上前进号起，在我的印象中，她可是什么工作都干，充当了多重角色。在前进号上，她举办了科普讲座；在海上巡游和登陆考察中，她现场解说和指导；在游客乘坐冲锋艇靠岸时，个子不高的她则是涉冰水，搀扶游客安全上岸；当我们在北极冰原探险时，她则在纷飞的雪花中身背来福枪，为保证游客安全站岗放哨；现在，我们深入托格哈特山洞探险时，她又充当该处神奇传说的演讲员。

　　是什么力量支撑她这样孜孜不倦、乐此不疲呢？弗里德里克出生在德国南部一个有6个孩子的普通家庭。她最小，但从小就受到父母和兄长的良好教育。父母和哥哥教她如何踢足球、游泳，如何在危险环境中求得生存。她至今还记得全身完全被泥沙覆盖的情景，她觉得这样子的玩耍非常有趣！后来，她先后在达姆施塔特和海德堡读书，最终成为一名地质学家。弗里德里克说，通过学习和实践，让她更加

探险队队员讲解"穿山洞"

热爱我们赖以生存的地球。大学毕业后，她曾专注于西班牙北部沉积岩的研究，并在此基础上攻读了博士学位。后来，她又深入非洲专注于东非大裂谷鲁文佐里山脉冰川演化的研究。2013年，她开始在挪威卑尔根大学从事东非和挪威西部景观研究。现在，她则侧重于北极冰川变化的地质研究。弗里德里克十分赞赏我们中国极友从北极到南极的轻探险行动。她说，这是许多人求之不得的幸运！她殷切希望全人类都能提高环保意识，好好地保护我们赖以为生的地球！

从挪威摄影师沃霍尔坚守3年、摄得阳光穿过洞穴的"1秒亮光"，到德国女地质学家弗里德里克对地质研究工作的全身心投入，无不在启迪人们：一定要热爱大自然，敬畏大自然，保护大自然！

徒步健行弗尔岛

9月18日上午，前进号停靠在挪威中部最西边的弗尔岛码头上。极友们在弗尔岛全程徒步参观，并举行了一次别开生面的健走活动。

弗尔岛坐落在挪威中部特伦德拉格地区的海岸线上。特伦德拉格被看作是挪威的缩影。它的四周被超过5400座小岛和珊瑚礁包围，形成了风景如画的群岛区。弗尔岛是挪威中部偏北的一个乡镇，它四周环海，傍依峡湾，交通便利。弗尔岛以迷人的希斯特兰达小镇作为行政中心，当地的风景则是以丘陵风光为主。我对弗尔岛的第一印象，就是这里的环境非常优美，当地民众十分注意环保。无论是绿茵原野，还是居民小屋，或是民居邮箱和分类垃圾桶，都让大家啧啧称羡。我们在当地导游的带领下，集中参观了展览厅和博物馆。

弗尔岛是挪威先民发祥地之一。它的历史远早于维京时代，几千年前就有人在这里居住。博物馆内保留着许多人文历史景观，展现了挪威先民勤劳纯朴的民风。我对博物馆内展示的各式舟楫、渔具等尤感兴趣。我是出生于海岛的人，见景思乡，自然会联想到我的家乡平潭岛，联想到家乡先民筚路蓝缕、拓荒海岛的百般艰辛……参观期间，我特意在一艘维京时代船头高翘的舟船旁留影纪念。

在弗尔岛参观时，我们中国极友获得一则令人兴奋的消息：由中国制造的大型人工养殖水产品海上浮动平台"海洋渔场1号"，刚刚从中国运抵弗尔岛没几天，现正停泊在附近的弗鲁湾深海域。这座由中国中船重工武船集团建造的海上渔场养鱼平台，配备了全球最先进的三文鱼智能养殖系统、自动化保障系统和高端深海运营管理系统及其对应子系统，是目前世界上最大的半潜式海上渔场。它重7700吨，总高69米、直径110米、整体容量超过25万立方米，相当于5座标准足球场大小。它还可抗击12级台风，一年可养三文鱼150万条！

挪威是世界上最大的海产品出口国之一。挪威所产三文鱼为"大西洋三文鱼"，占全球产量一半。挪威三文鱼深受中国大众喜爱，国内90%的"大西洋三文鱼"都是来自挪威。挪威中部特伦德拉格地区是全世界最重要的三文鱼养殖区域之一。该

地区漫长的海岸线和纵横交错的峡湾区域，建造了很多传统的三文鱼养殖场。但由于近海密集养殖，也存在鱼病多发和拓展空间受限等不利因素。总部设在弗尔岛的挪威萨尔玛集团，是全世界最大的三文鱼加工厂。"海洋渔场1号"试验项目，就是挪威萨尔玛集团一项战略发展的重要举措，旨在把三文鱼养殖从近海引到远海。"海洋渔场1号"安装后，可在开放海域100~300米水深区域进行三文鱼养殖。这么庞大的海上渔场只需3~9人即可操控。一个养殖季可投入150万条三文鱼，养殖一年后每条鱼可达5公斤。一个养殖季就可出产三文鱼约8000吨，产值在一亿美元以上。

我在远离祖国的北欧弗尔岛，为祖国制造的又一产品脱颖而出而欢欣鼓舞！据说，2014年，挪威萨尔玛集团把"海洋渔场1号"试验项目向世界公开招标时，有多家世界知名企业同时投标。但萨尔玛集团最终还是将该项目交给报价并不低的中船重工武船集团。中方用时380多天就完成了该试验项目，并在许多技术指标方面均达到甚至超过客户的要求。这标志着中国制造填补了深海养殖高端装备的空白。有业内人士指出，对于中国企业来说，"海洋渔场1号"只是一个开始。随着各国渔业养殖模式的升级换代，这种大型装备式、智能化、自动化的设备市场潜力巨大。

在弗尔岛徒步参观期间，当地人对体育运动的热爱也给我留下深刻印象。挪威是一个全民参与体育运动的国家，尤其是冰雪运动。挪威的冬季经常下雪，有利于开展雪上运动。挪威的多数孩子刚到两岁，就开始蹬起红白相间的婴儿滑雪板。即使是极寒天气，父母也会鼓励孩子去野外玩雪滑雪。雪上运动已经成为挪威人日常生活中的重要组成部分。孩子们常常来回滑雪去学校上课。正因如此，人口不到500万的挪威，长期以来名列冬季奥运会金牌榜前列。在2018年初韩国平昌举行的第23届冬季奥运会上，挪威代表队就获得14枚金牌、14枚银牌、11枚铜牌，奖牌合计39枚，4项排名均位居世界首位。

弗尔岛所归属的特伦德拉格，历史上诞生了不少奥运冠军。2010年在加拿大温哥华举行的第21届冬奥会上，挪威共获得9枚金牌，其中有8枚是特伦德拉格地区的运动员夺取的。弗尔岛属于丘陵地带，拥有峡湾、荒原、湖泊、沼泽、河流等多种地形地貌，适合开展水上垂钓、泛舟、山间滑雪、荒野徒步等户外活动。我们抵达时正值当地夏季，滑雪自然见不到，但路上所见行人多是徒步或骑自行车。在一座别墅式的楼房前，我们见不到一辆小汽车，却见到一辆装载鲜花的自行车，以及固定在草地上的一座自行车形状的雕塑品。

我们在弗尔岛上的徒步路线，是由当地旅游部门帮忙设计的。这条徒步路线完全是原生态的，只有乱石砾岩，没有人工小道，周围荆棘丛生，煞是荒凉。然而在怪石嶙峋的森林之旁，却掩藏着一个狭长弯曲的高山湖泊。湖泊周围散落着几艘或泊或卧的小舟。从现场的泥泞草痕中可以判断，日前曾有人在此划船荡桨。徒步最

徒步健行弗尔岛

难走的一段路线则是荒山野岭，杂草丛生。它犹如我们刚刚走过的北极斯瓦尔巴群岛和格陵兰岛的荒原。行走在这段最难走路线上的人寥寥无几，但我与同行的一位屈姓极友，还是自始至终，坚持到底！徒步路线上，我们不时看到有人在沿途的岩石上所设置的徒步示意标志，甚至在泥泞的烂泥水沟中，还保留着不知何人放置的木板，以方便他人能够安全通过。这种助人为乐的良好习惯，我在三年前的挪威之旅中已有深切感受。

极友徒步弗尔岛

今天，我在弗尔岛全程持续健步快走达三个小时。虽然全身衣服都被汗水浸透，但自感十分轻松愉快。这是我进入北极地区20多天来，行走路程和行走时间最长的一次。它稍稍弥补了我在前进号上不能像平时那样每天健走一万米的缺失。生命在于运动，运动贵在坚持。当然，运动也必须从身体的实际情况出发，量力而行！

梦幻的"山妖之路"

9月19日。清晨，前进号徐徐靠上翁达尔斯内斯峡湾码头。我们将在这里上岸，登陆观光一天。

翁达尔斯内斯是挪威西部的一个小镇，人口2200多。小镇依山傍水，周围都是巍峨壮观的群山。它是罗姆斯达尔峡湾的尽头，还是秀丽的劳马河出口处，素有"峡湾里的阿尔卑斯山小镇"之称。

前进号停靠上翁达尔斯内斯码头后，船上游客分两批乘车游览。我们这批中国极友被安排在第二批游览，这就有了一段自由支配的时间。我独个儿走出前进号船舱，原想上岸去看看翁达尔斯内斯小城市容，但一踏上码头就移不开脚步，因为这里的风景太美了！

翁达尔斯内斯小城沉浸在层层缭绕的白云环抱中。这里，满目苍穹上有白云，小城背靠的峻山腰有白云，就连码头周围的水面上也有白云！是的，映照在水面上的梦幻般倒影，除了朵朵絮状的白云外，还有黛色的山峰、秀丽的建筑物，乃至海岸边上的各色花坛。尤其突出的是前进号考察船！泊靠码头上的前进号，与水面上倒映的前进号，真实得几乎到了只能靠方向加以判断。随着云朵的变幻，水面上的倒影也跟随着同步变化。面对这种瞬息变幻的天然美景，所有的语言似乎都显得苍白无力了！

午餐后，终于轮到我们中国极友驱车踏上托罗尔斯第根山道了！

托罗尔斯第根山道，又称"精灵之路""山妖之路"。这是一条蜿蜒曲折的景观公路，被称为全世界12条最危险的公路之一。这条创建于1936年的神奇之路，沿着断崖峭壁盘绕而上。它穿越在峡湾、河道、峻山、瀑布和峭岩之间，犹如盘旋在险峻群山间的一条巨龙。其中，最惊险的有11个连续"之"字形的急转弯。很显然，如此险峻的景观山路，对每一位司机都是巨大的挑战，对游客来说也是惊险刺激。由于气候的缘故，托罗尔斯第根山道每年只在短短的夏季开通，因此更受喜欢自驾或户外运动游客的欢迎！

梦幻的"山妖之路"

仙境般的"山妖之路"

　　这条天路从开始到结束，全程都很刺激。旅游大巴从峡湾之滨起步，顺着狭窄河道，穿过奔腾瀑布，但大部分时间还是在群山峻岭之间环绕。我恰好坐在大巴的最前排，全程视野都很开阔，可以看到沿途的主要风光。大巴沿着山路呈螺旋状一路慢慢攀升。其间经过发夹式的急转弯道时，我看见悬崖峭壁之下，三三两两的汽车像小甲虫一样，匍匐爬行在狭窄的公路上。那弯弯曲曲的山路，在阳光照耀下泛着金光，犹如盘缠在巨大山神身上的金链！陡峭山坡上的发夹式急转弯道，你能想象有多么惊险吗？我坐在第一排，好多次感觉大巴就要冲出去了，然而，富有经验的挪威驾驶员，总是匀速平稳地驾驶着车辆，一次又一次地化险为夷！乘客们的情绪自然波澜起伏，但没有人喧哗骚动。其间，大巴还不时地从飞龙般的瀑布旁呼啸穿过，白色的飞瀑水花偶尔也会溅洒在车窗上。快到山顶时，白色的云朵竟然盘旋在大巴的周围，我一时感到恍惚，这里是仙境还是人间？总之，这一路上峻山、峡湾、河道、瀑布、白云和弯弯曲曲的天路交集在一起，既刺激着我们的审美神经，又使我们与自己的心灵产生微妙的碰撞……托罗尔斯第根山道真的太神奇太俊美了！

　　大巴开到山顶时作短暂停留，以方便游客登临观景台俯瞰惊心动魄的"山妖之路"。然而，当我们攀登上观景台俯视山下时，却是白云覆盖，茫茫一片。回到停

车场，见到山顶唯一商店门口的一对山妖塑像时，我忽然似有所悟……山妖是挪威人的吉祥物，在挪威人眼里，山妖是一个外形丑陋、内心善良，拥有超自然魔力的神话人物。它们长着又长又大的红色鼻子，头发乱蓬蓬的，面目显得狰狞。它们的手只有四个手指，脚趾也只有四个，还有一根像牛尾巴一样的长长尾巴。自古以来，挪威人就把山妖当作幸运和幸福的化身。正因如此，世界各地来挪威的游客，总会购买各种形态的山妖工艺纪念品。原先我以为把刚刚走过的这条托罗尔斯第根山道称为"山妖之路"，主要是因为它的陡峭、多弯、危险，现在看来不仅仅是这个原因。这条命名为"山妖之路"的山道，同样蕴含有挪威人对幸运和幸福的期盼。我们行走在这条山道上，不仅经历了自然环境中的惊险，还沉浸在富有神话色彩的山水意境中。难怪乎，在挪威丰富的旅游资源中，"山妖之路"会有如此独特的魅力！

穿越这条山妖之路的末端，我们在被称为"巨魔墙"的众多山峰下小憩。抬头眺望赭色绵延的山峰，但见云雾盘绕其间，或隐或现，瞬息万变……这里确实给人一种如临仙境之感！

同行的几位中国极友都感慨地说，老天太厚爱挪威了！我对此深有同感。2014年夏季，我就曾在定居德国的女儿女婿陪同下，专程来挪威进行为期半个月的旅行。旅行期间，我见过挪威太多的原生态自然景观，聆听了许多关于山妖的传说故事。其中，这条山妖之路不远处的山鹰之路也曾见过。原来，山妖之路和山鹰之路都与挪威最著名的盖朗厄尔峡湾紧密相连。三年前，我从盖朗厄尔小镇背后的达尔斯尼巴山瞭望台，俯瞰了盖朗厄尔峡湾以及四周的冰河。接着，又从山顶循着弯弯曲曲的山路下到盖朗厄尔小镇，漫步峡湾水边，眺望一水之隔的山鹰之路。今天，我又完成了山妖之路的穿越，全方位地欣赏了盖朗厄尔峡湾的独特风光，已经心满意足了！

徜徉在山妖之路，我会联想到我国的青藏高原，联想到前往珠峰大本营路上的"108拐"……论道路的险峻程度，两条路旗鼓相当。但从自然环境方面来说，"108拐"可能更为险峻。而从人文方面来看，我国青藏高原的"108拐"似乎有更多的人文魅力。在西藏旅游，没有什么地方见不到玛尼堆和五彩缤纷的经幡。尤其是险峻道路的山口及弯道，更是经幡如林。据说，这是当地藏民为超度车祸中丧生者亡灵的祭祀行为。两者相比较，各有特色。但我似乎更为钟爱祖国青藏高原的"108拐"，虽然它地处高海拔地区，空气中的含氧量比海平面低一半，但或许正因如此，才更显其特有的魅力！

不过，有一点是需要特别强调的：无论是峡湾还是高原，无论是崎岖山路还是乡村小镇，挪威的全民环保意识都是值得我们学习的！

奥斯陆有感

9月20日。上午8点多，前进号徐徐靠上卑尔根码头。

卑尔根是挪威的第二大城市，是北欧的重要港口城市，历史上曾是欧洲汉莎同盟总部所在地。从冰岛登上前进号的第二航次游客将在这里结束航程。而我们这批从北极到南极88天游的中国游客，即将前往挪威首都奥斯陆短途游。

我们从卑尔根乘飞机前往奥斯陆。娇小、干净、宁静，甚至有点冷清，这是我对卑尔根机场的初步印象。从卑尔根到奥斯陆，原先预计空中飞行约1小时，但实际飞行只有45分钟。时值天气格外晴朗，从空中俯瞰挪威大地，但见峡湾、河流、湖泊和广袤雪原有序融合在一起，犹如造物主绘制出的一幅奇特的北欧山水画……

抵达奥斯陆入住酒店后，我们就马不停蹄地开始参观游览。第一站就是世人注目的奥斯陆市政厅。

奥斯陆市政厅是诺贝尔和平奖的颁奖地。市政厅大门口的广场上，屹立着一尊象征和平的天鹅青铜雕塑，和平鸽在广场上随处可见。我们虽是初次来，但感觉并不陌生，因为大家早已从电视上看过它的面容，见到为世界和平作出贡献的人在这里领奖。当然，令国人很不愉快的是，这里曾经出现过分裂祖国的达赖喇嘛的身影。更有甚者，2010年度诺贝尔和平奖竟然授予正在中国监狱服刑的刘晓波。达赖喇嘛和刘晓波都是危害中国国家安全的人，将诺贝尔和平奖授予这样的人，其政治目的不是昭然若揭了吗？

正因如此，自2010年底开始，中挪两国关系就出现了严重倒退，这当然也给挪威的出口贸易带来严重损失。据《金融时报》统计，截至2013年上半年，挪威仅三文鱼对中国的出口份额，就从2010年的92%大幅降至29%。一直到2016年12月19日，中国国务院总理李克强和外交部部长王毅分别在北京会见到访的挪威外交大臣布伦德时，两国才发表了"双边关系正常化声明"。

中国是爱好和平的国家。我们中国人始终热爱和平，但又十分珍惜尊严。徜徉在挪威的诺贝尔和平奖颁奖地，我的感触尤为深刻！

在奥斯陆的第二项活动，是参观维格兰雕塑公园。该园内有192座雕像和650尊人体浮雕，以石雕为主。雕塑作品全都围绕着"生命"这个主题。其中，各种人物栩栩如生，真可谓是百态纷呈的"人生公园"。在一尊中年男子雕像前，我就发现有一位中年妇女在此驻足凝视良久。莫非她从这尊男士雕像中联想到了什么？末了，这位中年妇女伸出手来，在男士雕像的脸庞上轻轻地抚摸着……

接下来，我们重点参观了阿克斯胡斯古城堡。

阿克斯胡斯古城堡屹立在奥斯陆峡湾的海岬高地上。它不仅是保存完好的北欧中世纪最具代表性的建筑之一，而且至今仍是俯瞰奥斯陆市中心及其峡湾美景的最佳去处。据资料记载，挪威哈康五世国王为抵御外来侵略者于1299年动工建造了该城堡。自1315年起，挪威国王居住于此长达60年。历史上，阿克斯胡斯城堡曾经多次成功抵御过瑞典等国的进攻。

是的，别看现在的挪威很富有，历史上，挪威原是北欧的穷国，曾遭瑞典人、丹麦人多次入侵，并曾被并入他国。直到20世纪60年代，挪威发现了储量丰富的北海油田后才渐渐富裕起来。挪威因海而生，因海而兴。挪威拥有繁多的峡湾，因此海岸线绵延达2.8万公里。从维京时代开始，海洋就在挪威经济社会中扮演重要角色。当今，挪威出口总额的70%与海洋产业相关。中国是挪威海产品出口的最主要国家之一。

漫步挪威古城堡，我为之感慨：国家独立、民族自强，对于所有国家都十分重要，不管它是大国还是小国。同时，也让我更加坚定地认为：我国一定要继续坚持改革开放，发奋图强！落后挨打的教训是永远不能忘记的！

在挪威阿克斯胡斯城堡参观期间，我们在一座古炮台上遇见一只硕大无比的海鸥。我们在这只海鸥前伫立良久，经历了"从隔阂到交流"的全过程。极友魏晓原一步步靠近海鸥，脸上流露出渴望交流的表情。我拍下了她与海鸥交流过程的系列画面，并以"人鸟之间"为题发在微信朋友圈中，没有想到引起了亲朋好友们关于"人与自然"的讨论。

而我自己的"鸥鸟情"何尝不是这样呢？在斯堪的纳维亚半岛的奥斯陆海湾旁，在挪威古炮台的城墙旁，我也与那只硕大的海鸥亲密合影。不为什么，只为了追寻记忆，追寻那永远刻骨铭心的童年记忆……多年来，无论走到地球的哪个角落，我见到海鸥总会驻足观望，总是怀有一种特殊的感情。我对海鸥的感情始于童年，始于那片生我养我的家乡岚岛。在开门见海的家乡澳口，在那片大退潮下裸露的沙洲上，我曾经多次追逐成群的海鸥。我追呀、追呀，海鸥飞呀、飞呀……成群的海鸥在夕阳下此起彼落，它们像是与我捉起了迷藏……

当天傍晚，在挪威首都奥斯陆国家剧院前的广场上，我荣幸地瞻仰了易卜生戏

奥斯陆有感

剧大师的雕像。该尊易卜生雕像呈站立姿势，他满头卷发，身披着宽大的长大衣，神情凝重地注视着远方……

易卜生是世界著名的戏剧大师，是挪威民族的骄傲。易卜生的戏剧剧本及其相关文学评论，我在厦门大学中文系读书时曾经拜读过。记得当年选修文艺作品评论时，我就选择了易卜生戏剧。那时，我全靠每月17元助学金生活，但我还是省下伙食费，在厦门的旧书店里买了一本易卜生戏剧选集。

弹指之间，半个世纪过去了！我的学生时代早已结束，但内心求知的兴趣和愿望还未泯灭。这次有幸穿越了北极圈，又在斯堪的纳维亚半岛奥斯陆古城街头，偶见学生时代崇拜过的易卜生戏剧大师雕像，我的内心还是十分激动和感慨的。瞻仰了易卜生大师的雕像后，我又走进毗邻的挪威国家剧院进行了游览。

奥斯陆短途游只有一天时间。次日早晨，我们就赶往火车站乘坐八点半开往卑尔根的列车。奥斯陆中央火车站并不豪华，但它的秩序还是值得称道的。我们在地陪导游带领下，从住宿酒店直接走到火车站的乘车站台，只用了几分钟。没有人验票和剪票，乘客自觉有序地上火车找到自己的座位。

奥斯陆到卑尔根的铁路线，被誉为世界上景色最美的铁路线之一。列车从奥斯陆出发不久，就从最初的海平面，慢慢爬升到丘陵高原。窗外的景色，从最原始的冰川峡湾，到绿荫葱葱的灌木丘陵，再到残雪闪烁的高山湖泊……沿途所见像是不断变化着的四季轮回。

火车一路飞驰，不知不觉驶进挪威海拔最高的芬瑟火车站。说是海拔最高，其实只有1222米。三年前，我与老伴在女儿女婿的陪同下，曾经来过芬瑟火车站，见证了这里不一样的风景。今天之所见，没有太大不同，只是感觉来这里登山滑雪的人更多了！

过了芬瑟火车站，火车就是一路下坡，这一段风景绝佳。号称世界上最美、最陡峭、最知名的弗洛姆高山小火车，就在弗洛姆至米达尔之间20公里距离内运行。下午5点多，我们乘坐的火车终于抵达卑尔根。

从奥斯陆到卑尔根，一天内只有两列火车。我们从早上八点半一直坐到下午五点。公道地说，沿途风景确实十分优美。尤其是弗洛姆这一带，高山、湖泊、瀑布，穿插其中，此起彼伏，美不胜收。然而也要客观地说，这趟列车走得实在太慢了！习惯于国内高铁旅行的人，对于这样的慢速度实在难以适应。而且挪威列车或许过于强调和营造自由、自觉和环保，在主动为乘客服务方面考虑得较少。在约8个小时的长途运行中，车厢内并没有提供餐饮之类的服务。由于沿途停靠车站间隔太短，乘客也根本无法在沿途车站购物补给。

荷兰首都急行军

9月23日。荷兰首都阿姆斯特丹到了！前进号在荷兰引水船的指引下，缓缓驶进了港湾，驶进了北海运河……

前进号是21日晚上离开挪威卑尔根的。在这一路南行中，它长时间航行在北海上。北海盛产石油，是挪威发财致富的聚宝盆，也曾经是欧洲石油的主供地。漫漫航海路上，我时常登上甲板，极目四周眺望，想看一看20世纪六七十年代曾经轰动过世界的北海油田的现状。很显然，这一带油田的规模现已大大缩小了，但在远处的海天连接处，还是依稀可见高大的石油钻井平台。夜间观赏石油钻井平台尤为清楚，燃烧着的天然气火焰直冲云天。

难忘的大西洋北海之夜。夕阳西下许久，可天边的云彩绚丽依然，迟迟不肯隐去。碧空如洗，星辉灿烂。在浩瀚的海面上，月牙状的上弦月，在落日余晖映衬下，更显其独特的魅力。我正在凭栏拍摄北海夕景时，一只硕大的海鸥逗趣似的从我的镜头前掠过……

霞光照耀下的前进号七层主甲板上，我们5位70岁上下的中国老极友，正环绕着甲板快步健走。这是我一个月来第一次在前进号上健走，而带头健走的周大哥和高老弟已经坚持好长时间了。此次健走持续约40分钟。我们三位全团年纪最大的"老爷子极友"相互鼓励：一定要因地制宜地坚持健身锻炼，决不拖"极友团"大家庭的后腿！

大西洋北海之晨也很迷人。黎明破晓，曙光乍现。前进号各层甲板上，就依稀出现赶早的人儿。他们当中有摄影爱好者，更多的则是坚持慢跑或健走的人。轻风拂面，微微凉意。北海上空的云朵，硕大得有点怪异。然而，初升的太阳最终还是穿透厚厚云层，在广垠的海面上洒下万丈光芒。新的一天，就这样开始了！

现在，前进号已经越过大水坝，航行在阿姆斯特丹运河上。阳光灿烂，秋光迷人。历经两天海上航行的乘客们，几乎都涌上甲板，尽情地欣赏运河两岸的迷人风光。阿姆斯特丹是欧洲一座很特别的运河之城。"阿姆斯特丹"的原意，就是"阿姆斯特尔河上的水坝"。从这一含义就可看出，这座城市与运河、与水之间的关系是何等亲密了！随着前进号步步驶近阿姆斯特丹老城，乘客们更加兴奋起来。

下午四点半，前进号靠岸了。我们一行立即从阿姆斯特丹运河码头出发，开展短途游活动。我们紧随说华语和荷语的两位领队，一路直奔心目中的荷兰第一景——梵高博物馆！

梵高博物馆下午6点关门。时间非常紧张！前进号明晨就要启行，如果错过了进馆就会终身遗憾。我们一行志在必得！华语领队宣布："大家路上不要拍照，不要停留！如果有谁落下，后续问题自行解决！""极友团"无人畏缩，大家甩开膀子，紧跟领队，一路狂走！

放开脚步快走，是我的健身习惯。虽然一个月来主要生活在船上，走的路少了，但我自感快走的潜力还在。不一会儿，我就紧紧跟在两位领队的身后。与我距离相近的，还有其他几位年龄大的极友。

傍晚的阿姆斯特丹老街，人山人海，车水马龙。我们这支急行军队伍，一路上要等太多的红绿灯，要避太多包括自行车在内的各式车辆，要穿过太多的大小运河，要越过太多的名楼街景……路虽漫漫，但我等既然目标已定，谁人愿意放弃？

这样的急行军场景，让我想起10年前在意大利古城维罗纳街头。那时，也是类似这样的一支华人旅游团，也是秋天的一个黄昏。我们为了赶去参观罗密欧与朱丽叶的故居，而一路狂奔……执着，或许就是我们全球华人的共同天性！

时空转换，我们现在在荷兰古都阿姆斯特丹。急行军途中，我一路狂走，但偶尔也会放慢脚步，匆匆抓拍几个镜头。然后，我又会大步快追，紧紧跟着两位领队，决不落后！

功夫不负有心人，我们一行终于在梵高博物馆闭馆前半个小时赶到，实现了瞻仰梵高大师原作的心愿。梵高博物馆共分三层。由于时间关系，我浏览一遍后，集中精力欣赏梵高的一些代表作。梵高是世人仰慕的著名画家，但他短暂的一生却十分坎坷。梵高自青年时代开始，就在弟弟提奥的支持下，放弃原先的传教士生涯，专门从事绘画职业。出生荷兰的梵高，主要的绘画创作却在法国完成。但他被后人称为表现主义的画风，在当时并不被看好。据说，梵高生前仅售出一幅油画和极少的素描类画作。

在梵高的众多名画中，我最欣赏《向日葵》了！向日葵象征着太阳，象征着光明，象征着激情，象征着生命的永恒！梵高一生创作了好多幅向日葵油画，但最出名的要数这里馆藏的《15朵向日葵》了。我仔细观赏，但见画面上的15朵向日葵，形态各异：有饱满怒放的，有含苞欲放的，也有凋谢枯萎的。全画以深黄色为主基调，以浅黄色为背景，给人一种阳光明朗、憧憬未来、朝气向上的美感。然而，梵

高的一生却是悲剧的一生。他在很多作品中透露出内心的孤独。这从他的自画像中更能看出，梵高的眼睛总是少不了孤独的眼神。最为典型的是《麦田昏鸦》这幅油画：金黄而又显得杂乱的麦田上空，无数的乌鸦铺天盖地扑来……令人压抑，令人惶惑。现实就是这样的残酷！梵高创作《麦田昏鸦》几个月后，也就是1890年7月底，他因精神忧郁饮弹自尽于这片自己最喜欢的麦田中……时年仅37岁！

这是那个时代造成的悲剧！梵高一方面对大自然的美好充满激情，为其热爱的绘画事业耗尽心血；另一方面，他又是在漫长的困苦和孤寂中独行，直到饮恨结束自己纤弱的生命！

参观完梵高博物馆后，我们又依原路返回前进号停泊的码头。当然，返回路上用不着急行军，这恰是我深入观赏阿姆斯特丹老城风光的又一良机。十年前，我曾来过荷兰。那一回跟着旅游团，除了游览海牙、安特卫普外，阿姆斯特丹的游览则侧重于远郊的风景名胜。这次阿姆斯特丹之行主要活动都集中在老城区，客观上弥补了我上次旅行中的不足。阿姆斯特丹老城区人多、船只多、自行车多。据说，阿姆斯特丹市区人口约85万，自行车却有90万辆。全市有大小运河一百多条，河流犹如街道，无数桥梁连接其间。我们在阿姆斯特丹老城的发祥地稍作停留，真正感受到了它的独特魅力。据说，阿姆斯特丹的河流长度规模、船只数量等，都超过了意大利水城威尼斯。

荷兰是个把河流水坝安全视为国家安危的国度。早在读中学时，我就从地理课上了解到，荷兰首都的地理位置处于海平面以下。据说，老水城一带处于海平面以下1米至5米！荷兰每年都要花大力气加高加牢水坝。否则，它的首都就要被海水淹没。如今几百年过去了，这座城市非但没有被淹没，相反，聪明的荷兰人充分发挥水的优势，使城市显得更有特色！

漫步在阿姆斯特丹老城的大街小巷上，我感觉也有不尽完美的地方，甚至还有点为其忧心。它让人感觉有些嘈杂，甚至有点混乱，尤其是色情行业的公开化、大麻的合法化等，必将会带来较大的负面影响。

孤鸟遇救记

孤鸟遇救记

在茫茫大海航行的一艘船上,假若突然飞进一只纤弱的小鸟,该怎么办?

前进号在大西洋北海的漫长航途中,就遇到这个现实问题。9月22日晚上,前进号五层甲板的最末端套房内,突然飞进了一只小鸟。它惊恐万状地在房间内到处乱飞乱窜,引起房客的严重不安。

住在这个套房内的,是与我同行南北极的中国极友尹家三口人。话说突然造访的这只小鸟,给老尹一家人既带来了惊喜,又带来了担忧和困扰。女主人赵艳梅直望着这只惊恐之鸟发呆……

老尹一家子

她太为它担心了！她心里揣测，这小鸟很可能是在挪威卑尔根上船的。可是，它为什么会独自上船呢？是贪玩吗？是嫌它的妈妈唠叨吗？或者它也像我们一样喜欢探险？现在，前进号已经离开卑尔根一天了，小鸟根本不知道这条船要去哪个地方呀！"此时，小鸟的内心一定很恐惧很迷茫。"赵艳梅自个儿瞎想着。

"就让它在我们'家'过一夜吧！明天到了阿姆斯特丹，再把它放飞就自由了！"男主人尹钢十分理解妻子的焦虑心情。

"可是它渴了怎么办？它吃什么呀？"赵艳梅惴惴不安地说。

"没关系呀，妈妈！就像你，饿一天也不会造成伤害的。"儿子果果抢着说。

稍停一会儿，果果突然像是发现了新大陆："我们还是把它交给探险队队员处理吧！"这一个月来，小果果对前进号上的探险队队员印象可好了，似乎他们是无所不能的。

小果果的提议获得全家人的赞同。于是，他们便向探险队队员发出了"求救"信号。一男一女两位探险队队员，获悉"求救"信号后立即赶来了。

尹钢简单介绍了小鸟造访的情况。紧接着，他又对探险队队员说："现在是在茫茫大海上。如果我们打开门，小鸟飞出去了，一定会死在海上。还是等到了阿姆斯特丹，再把它放飞吧！我们一定要让它活着！"

赵艳梅听着丈夫的一席话，眼眶湿润了……她心里想："这位看似钢铁一样的人，总是让我窥见他的绕指柔情……"

赵艳梅事后说："我还是佩服他，姜还是老的辣！先生对小鸟的好，是对它真正负责。不像我，当时只是考虑赶快放了它。如果门一开，小鸟是飞出了屋外，却飞进了要它命的海洋！"

英雄所见略同。两位探险队队员完全赞同男主人尹钢的意见。

拯救行动开始了！那位高个子的女探险队队员，不知从哪里找来一个浅绿色的大纸盒。这纸盒就是小鸟暂时的栖身之所。她当场在纸盒子上凿起了密密麻麻的小洞。很显然，那些小洞是为了便于小鸟呼吸。

次日早晨，赵艳梅一醒来就与儿子果果一同前去高个子女探险队队员的舱室探望那只小鸟。母子俩见到小访客安然无恙，也就放心了。

那位高个子的女探险队队员赞叹说："这是一只很宝贵的珍稀小鸟，至少我在挪威还从来没有见过。从昨天的经历中可以想象，它受到怎样的惊吓呀！你们处理的方式非常妥当，没有随意瞎捉乱碰，也没有作其他的随意处置。实际上，这样做就是最好的处置方式。"

"那你们是怎么照顾它的呢？"小果果好奇地问。

"我们只是给它一点水喝，不给它任何食物。鸟儿有很强的生存能力，不能乱给野生禽类吃食物。"

"噢！可怜这离开了妈妈的孩子……"高个子女探险队队员也情不自禁地感叹起来。俄顷，她又自言自语道："不过它很快就自由了，很快就会找到自己喜欢的食物的！"

"谢谢你对它的照顾，你真是个好人！"赵艳梅从心底里感激这位女探险队队员。直觉告诉她，这位高个子女探险队队员是个有爱心值得信任的人！

"好了，再过一个多小时，前进号就进入阿姆斯特丹港湾，小鸟很快就自由了！我们也就不必再为它牵肠挂肚了！"赵艳梅母子俩高高兴兴地返回自己舱室去了。

现在，就在前进号驶近阿姆斯特丹港口时，船上的广播响了："请大家5分钟后到7层甲板来！我们将在那里举行小鸟放飞仪式……"

这个放飞仪式，原先计划由8岁的小果果来执行，但由于小果果酷爱摄影，他执意要亲自拍摄小鸟放飞的镜头。无奈何，这庄严的放飞仪式，只好改由德高望重的探险队队长来完成。

天高云淡，阳光灿烂。前进号7层主甲板上，围着许多好奇的人。船舷一侧的木头台面上，醒目地摆放着装有小鸟的绿色大纸盒。尹家三人全都紧紧地围在绿色纸盒的周边。男主人尹钢一手拿着照相机，一手轻轻地触碰一下纸盒，想第一时间看看小鸟的动静。小果果则是双手紧握着照相机，全身心地关注着小鸟飞起的那个瞬间……

"一、二、三！"只见，穿着花格子衣服的探险队队长轻轻地掀开纸盒一角……"嗖！"那只困船已久的小鸟，瞬息间冲上蓝天，飞向那片绿油油的阿姆斯特丹原野……受困小鸟飞离纸盒的瞬间，如同我在格陵兰岛上看到过的划过夜空的一道北极极光！

"加油！加油！"中英文的助喊声，此起彼伏……

"小鸟，加油！""加油，小鸟！"尹家三人心里默默地念叨着，祝福着……

赵艳梅事后感慨地说："对于我和孩子来说，前进号就是最好最棒的课堂！"

"光头三兄弟"

9月24日。上午8点，前进号缓缓离开了阿姆斯特丹码头。它循着运河，再度进入北海，然后往南驶向英吉利海峡，下一站将是法国诺曼底翁弗勒尔。

前进号在阿姆斯特丹又增加了第3航次的部分乘客。该航次定位为"大西洋海岸之旅"。它从挪威的卑尔根开始，经荷兰、法国、西班牙、葡萄牙等国海岸及其主要风景港口，最后到达葡萄牙首都里斯本。离开阿姆斯特丹码头后，参加第3航次的乘客有诸如安全演习之类的例行活动。而我们这批从北极到南极的极友，除了参加探险队队员主讲的部分讲座外，其余时间自由安排。

晚餐时，我与极友周志广、高本领同桌。我们全都光着头，发亮的头皮在灯光映照下格外显眼，引来许多惊奇的目光。饭桌上，"光头"自然就成为极友们的话题。

昨天下午，前进号驶进阿姆斯特丹港湾后，"极友团"全体成员在甲板上合影留念。我们三位"老爷子"极友，共同光头亮相，一时让大家惊讶不已。

怎么成了"光头党"？原因很简单，因为前进号上没有专门的理发室。这也难怪，前进号平时每个航次一般半个月左右，乘客上下船时都会自行解决理发问题。然而，前进号这次从北极纵贯南极属于首航，况且参加全程88天游的，只有我们15位中国游客。我们不可能把沿途登岸的宝贵时间拿来理发。因此，理发问题就只好自己想办法解决了。

同行的周大哥和高老弟，早就有自己理发的习惯，而且常规发型就是"光头"。周大哥说，他已理了两三年光头。原来，这几年周志广大哥和嫂子王秀芝常在国外旅游，已经游遍一百多个国家。经常在外旅游，理发当然不方便。于是，他们就买了推子、剃刀等简单工具，择期对着镜子自己理发。自己理发，选择光头最为省事，至于边边角角的头发，则由嫂子帮忙解决。

高本领老弟的"光头"历史更为悠久了！他是空军飞行员出身，为了更加利索地执行飞行任务，早就养成剃光头的习惯。高本领及其夫人杜晓燕，是我在南北极88天游极友中最先认识的人。早在北京出发前的三个月，我们就在广州不期而遇。当时，我们同时前往广州办理丹麦（格陵兰）的旅游签证手续。高本领夫妇定居地海南，与我的定居地福建，同属于在广州领事馆办理。其时，我们只是在广州丹麦签证中心匆匆见了一面，打了一声招呼，但高本领的光头当时就给我留下了较深印象。

看来，在我们"光头三兄弟"当中，还是我这个"老二"落伍了！近年来，我习惯于理平头。现在离开厦门一个多月了，头发一长，自己就会觉得不舒服。在航行漫漫大海的前进号上，没有其他办法理发，最后，我也就接受两位"光头"兄弟的劝导，从容地"光头"了！

我的"光头行动"，是在高本领夫妇狭小的舱室内实施的。我坐在舱室内唯一的一把椅子上。高本领夫妇摊开一件自制的塑料布褂子，将它铺垫在我的胸前。然后，他俩就熟练地轮流开剪，或前庭，或两鬓，或后脖……其时，高本领的腰部有点酸痛，但他或俯或蹲，一丝不苟，格外认真。不一会儿，我的"光头"也就干净利落地完成了！

回忆自己漫长的人生旅程，还是儿时由母亲为我理光头的印象最为深刻。其时，身在偏僻农村，母亲手持剃刀似乎并不熟练，剪下的头发丝时常会从后脖掉进贴身衣裳，甚至偶尔还会在我的额头上刮出一丁点儿血丝……但这点点滴滴的细节，都浸润着慈祥母亲对孩儿无比亲切的关爱！

我们"光头三兄弟"，不单只是"光头"相似，我们都出生于20世纪40年代，都是完全靠党和国家培养成长起来的。周志广大哥出生在河南南阳的一个贫困农民家庭里。1964年，他以优异的学习成绩，被保送到西北工业大学航空系学习飞机总体设计。几十年来，他潜心研究飞机发动机的改造，为我国航空事业作出自己应有的贡献。高本领老弟老家在河北曲周农村，同样家贫如洗。他1968年入伍，随后被选调到航空学院学习，从而成为空军战斗机飞行员。他曾以上校飞行员身份，驾驶战机巡视着祖国广阔无垠的蓝天。至于我，自幼丧父，完全靠助学金才能从中学念到大学。

共同的贫苦农民家庭出身，相似的靠党和人民政府培养的成长道路，共同的信仰和价值理念，让我们有了许多共同的语言。因此，在从北极到南极的整个旅途中，我们之间充盈着浓浓的兄弟般情谊。我们相互鼓励，互帮互助，"不是兄弟，胜似兄弟"！

抚今追昔诺曼底

9月25日上午9点，前进号停靠法国西北部诺曼底大区翁弗勒尔码头。

翁弗勒尔位于塞纳河出口处的左岸，是大西洋岸边的一座千年古城。历史上，它曾是军事和运输的重要据点，也是大航海时代多位航海家探险之旅的出发点。翁弗勒尔被称为法国最美丽的海港之一，还是一座具有浓郁文艺风情的小城。著名的印象派画家莫奈、布丹、毕沙罗等都曾在这里写生作画。翁弗勒尔瞬息变幻的光影色彩，古老的木质教堂和木造房屋，以及造型奇特的各种船只等，为艺术家们的创作提供了丰富的灵感。

翁弗勒尔这样的小城是我喜欢的，但由于前进号在此停留时间只有6个多小时，我有更重要的事情要做。于是乎，我忍痛割爱放弃翁弗勒尔小城的旅游，而选择了诺曼底二战登陆遗迹的短途游！

旅游大巴沿着诺曼底海岸公路缓缓而行。时值阴天，但天气还算晴朗。沿途但见翁郁树木与绿色草坪相伴，秀丽果园与房屋村舍毗邻。绵长又广阔的海滩上，细沙如毯，海鸥飞翔，水波不惊……假如你对这里沉重的历史什么都不知道的话，一定会陶醉于诺曼底如诗如画的田园山水及其迷人的海滨风光。

诺曼底是第二次世界大战开辟欧洲大陆第二战场的登陆主战场。那是70多年前的1944年6月6日，以英美军队为主力的盟军先头部队17.6万人，从英国跨越英吉利海峡，抢滩登陆法国诺曼底80多公里的海岸，攻下了犹他、奥马哈、黄金滩、朱诺和宝剑滩等五大海滩。此后，总共288万盟国大军如潮水般登陆法国。诺曼底战役结束于8月19日，盟军渡过塞纳－马恩省河，解放了包括巴黎在内的法国北部地区。诺曼底战役使第二次世界大战战略态势发生了根本性变化，加速了纳粹德国走向灭亡。该战役盟军和德军伤亡总人数达24万人。

我们乘坐的旅游大巴停靠的第一站是奥马哈海滩。奥马哈海滩被称为"血腥"的海滩。电影《拯救大兵瑞恩》的海滩登陆画面，就选取于奥马哈海滩登陆战。当年抢攻奥马哈海滩的是美军精锐部队，由于德军的重兵设防以及受洋流的影响，美军在奥马哈滩头遭受了巨大损失，仅登陆第一天阵亡者就达2500人。

在奥马哈海滩高处的沙滩上，我们清晰地见到名为"勇士们"的纪念碑。该纪念碑远远望去，像是竖立在沙滩上的锋利刀剑群，刀光剑影，直刺天穹。

我们顺着绿茵小道缓缓而行，最先经过奥马哈登陆纪念馆。该馆由美国人管理，安保措施甚严，参观者还要排长队。因时间关系，我们只好继续径直前行。在一块面向海滩的开阔处，安置着一幅标明奥马哈登陆战态势的大理石台面。来自世界各地不同肤色的游客们围在一起，默默无语，凝重沉思……不少人在这里以奥马哈沙滩为背景留影纪念。

继续往前走几步，就到了科勒维尔美军战士公墓。该公墓远看像是偌大无比的公园，苍松翠柏，绿色草坪，修剪得分外整齐。走近之后，见到的场面却令人震撼……只见在广袤的草坪上，醒目地矗立着成千上万座墓碑。这些白色大理石构成的墓碑，镌刻着十字架或六芒星，上面写着美军士兵的名字、出生地和死亡时间等。科勒维尔美军战士公墓埋葬了9387名士兵，其中有4名女兵，有307人身份无法确认。另外还有1500多名失踪者的名字，则是刻在墓地内的环形幕墙上。

科勒维尔美军战士公墓占地70公顷。公墓入口处一座名为"士兵之魂"的巨型雕塑尤为醒目。只见，在一汪清澈平静的池水衬托下，矫健的"士兵之魂"，舒展双臂，腾空跳荡，跃向蓝天……该雕塑两侧巨大的墙上，绘着诺曼底登陆战役和欧洲西部战场态势的多幅地图。

据说，像科勒维尔这样的二战军人墓地，在诺曼底有20多个，都是按国籍分别修建的。诺曼底登陆作战属于反法西斯的正义战争，牺牲者自然受到社会大众的广泛尊重。但对于牺牲者的家庭来说，造成的伤痛则是永远无法弥补的。记得有句曾在欧美广泛流传的墓志铭："对于整个世界而言，你只是一个士兵；但对于我来说，你却是整个世界！"这是一个等待丈夫归来的美军士兵妻子，最终等来的却是丈夫死讯时所发出的撕心裂肺般的呼唤！

诺曼底登陆作战意义非凡，它不仅加速了纳粹德国的灭亡，也推动了包括中国抗日战争在内的第二次世界大战早日结束。中国是当年反法西斯战争盟国中的一员。中国人最讲道义和情义，在科勒维尔美军战士公墓，我们这些中国极友同样怀着沉重的心情，缅怀为反法西斯战争而牺牲在诺曼底的盟军将士们。曾经当过中国空军飞行员的高本领极友，参观时腰部正疼痛得厉害，但他坚持端端正正地站立在白色大理石墓碑群前，要我帮他拍下一张纪念照片。

离开科勒维尔美军战士公墓后，我们下一站参观游览阿罗芒什小镇。

阿罗芒什小镇所在地，就是诺曼底登陆作战五大海滩中的黄金海滩。当年德军在此地重兵防守，还在离海岸500米处设置了四门155毫米重炮。担任主攻黄金海

滩的英军因此陷入了苦战。后来，这四门重炮被英国皇家军舰炮击摧毁，英军水陆两用坦克从登陆舰上直冲海滩，英军才顺利抢滩登陆。黄金海滩登陆，英军仅有400名官兵伤亡。

秀丽的诺曼底海滩

"如果不能成功夺取至关重要的港口，我们只好建造一个新的港口。"这是诺曼底登陆 D-Day 计划的重要组成部分。这个人工港口就建在阿罗芒什。当年，人工港口所需的混凝土沉箱以及其他零部件，都要先在英国建造，再由军舰运送到诺曼底海域。英国一共做了146个混凝土沉箱，每个高61米、重6000吨。工兵们把这些巨型混凝土沉箱沉入诺曼底海底，筑起绵延数公里的人造防浪堤。再利用有关船只，或凿沉、或串排，形成浮桥运输码头。

阿罗芒什小镇建有诺曼底最大的盟军登陆博物馆。博物馆紧邻黄金海滩，入口处醒目地写着"6 JUNE 1944 D-DAY"。馆内展出诺曼底战役完整的战斗态势模型，丰富的照片和影像资料，还有珍贵的遗存实物。其中，有登陆日法国抵抗运动领袖戴高乐将军广播讲话用过的话筒，有从德军滩头堡垒拆下的一门88炮等。尤其突出的是，重点展示了人工港口详细地图、建构图示以及盟军循人工港登陆等场景资料。参观者一边看着图示，一边望着窗外海滩若隐若现的混凝土沉箱，犹如身临其境，再现二战历史……

为了节约时间，我只是买了一块法国面包作为午餐，而舍弃了在阿罗芒什小镇品尝法国牡蛎等海产品大餐。除了参观盟军登陆博物馆外，我一个人沿着阿罗芒什海滩岸边的小道来回走了两遍。沿途的海岸边上，每隔几米就可看到当年诺曼底登陆的黑白照片。一边看着照片上炮火连天的惨烈画面，一边眺望眼前洁净的金色海滩，心中不禁一阵怆然……

70多年过去了，阿罗芒什海滩现仍保存着20多个混凝土墩。它们像一艘艘发黑破旧的潜艇，星星点点地散落在海面上。我走近稍微靠近岸边的一块混凝土墩。墩上绿苔丛生，斑驳残缺。几个儿童正蹚着水花向它一步步靠近……海岛出生的我明白：这样的人造海底礁盘，长年累月地经受海浪冲刷剥蚀，一定是千疮百孔，一定是富存海生动植物的地方。这些无忧无虑的儿童，在混凝土墩上一定会捡到很多海螺小贝，一定会捕捉到很多活蹦乱跳的小鱼小虾……

在阿罗芒什小镇，我除了见到许多人工港遗迹外，还见到高射炮、坦克、吉普车、碉堡以及其他工事遗迹。它们都在静静地讲述历史，似乎是在警示世人，要珍惜和平，不要忘记战争的残酷！

据说，战后法国曾有人建议把当年登陆的人工港等工事移除，但最终还是保存了下来。我敬佩法国当局和当地民众的远见卓识，保留诺曼底战役的历史记忆，是为了不要忘却的纪念。2004年6月6日，诺曼底登陆60周年纪念仪式，在阿罗芒什小镇的海滩上隆重举行。美、英、法、俄、德等16个国家的元首或政府首脑出席。德国人牢记二战的惨痛教训，直面历史，真诚忏悔。因此，当时的德国总理施罗德首次应邀参加了诺曼底登陆60周年庆典。这标志着战后德国知耻而后勇，彻底与那段不光彩的历史决裂。德国所做的努力不仅赢得宿敌法国的谅解，也赢得全世界的尊重。但愿我们的邻国日本，也能像德国那样尊重历史，勇于忏悔，不会让军国主义复活！

参观完二战登陆遗迹之后，我又顺便在阿罗芒什小镇街头走走逛逛。小镇上旌旗飘飘，乐声悠悠，一派祥和。除了众多二战遗迹外，这里乡村别墅式的建筑物，优美曲折的海岸线，波平浪静的洁净沙滩，声名远扬的海产品大餐，以及当地著名的苹果酒……这一切构成了阿罗芒什小镇的旅游特色。

抚今追昔，继往开来。不仅阿罗芒什小镇，整个诺曼底地区都是这么美，都是一道独特的世界旅游风景线！

英吉利海峡遐思

前进号离开法国诺曼底翁弗勒尔后,继续在英吉利海峡上行驶,一路往南。自从前进号驶入英吉利海峡以来,手机上的定位就常在"英国"和"法国"地域之间来回变动。由此可见,英法两国虽然隔着海峡,但地理位置的直线距离还是相当靠近。

英吉利海峡,是分隔英国与法国、连接大西洋与北海的海峡。它长约560公里、宽约240公里。最狭窄处为英国的多佛尔与法国的加莱,又称多佛尔海峡,宽度仅有34公里。英吉利海峡平均深度为60米,最深处为172米。它是世界上海洋运输最繁忙的海峡,每年通过的船舶有20多万艘。

前进号在英吉利海峡上航行的时间很长。航行期间,我常常登上甲板,或对照地图,或凭栏远眺,独个儿遐想着……想什么呢?我从眼前的英吉利海峡,联想到遥远东方的台湾海峡。因为我的内心深处有一个永远抹不去的中国台湾情结!

台湾海峡与英吉利海峡,都是世界十大海峡之一,都是全球重要的"海上走廊"。台湾海峡长约370公里,宽度呈北窄南宽状态。北口宽约200公里,南口宽约410公里。我的家乡福建平潭岛与台湾新竹间的距离只有125公里,是祖国大陆最靠近台湾本岛的地方。

台湾海峡的海底地貌,以东海大陆架浅海为主,平均水深60米,最深处约88米。台湾海峡的水深,显然比英吉利海峡浅。远古时代,台湾本来是与大陆紧密相连的,直到第四纪冰川时期,台湾海峡才几经海陆变迁。大约距今5400年前,台湾海峡才形成当今的海峡形态。台湾海峡还是陆地时,就是大陆和台湾之间古人类、古动物往来的主要通道。海峡两岸考古工作者发现,两岸古人类同根同源,两岸同胞自古就是一家人。近年来,国内外考古学家都把平潭岛当作世界南岛语族最早起源点之一。台湾史前文化源自大陆东南沿海平潭岛,是中华民族史前文化不可分割的一部分。台湾海峡从来都是连接两岸血脉的桥梁和纽带。

台湾最早的古人类,是从大陆经福建、再通过台湾海峡"路桥"到达的。先秦时期，闽族、闽越族就有人移居台湾岛，成为台湾最早的先民。由于福建与台湾距离最近，闽台又曾同省合治数百年，因此台湾先民始终以福建人为多，尤其是闽南人为多。翻开台湾人的族谱，皆可一目了然。而所谓的"台语"，也就是地地道道的闽南语。

台湾自古以来就是中国不可分割的一部分。台湾问题的产生和演变，同近代以来中华民族的命运休戚相关。鸦片战争之后，西方列强入侵，台湾更是被日本侵占达半个世纪。1945年，中国人民取得抗日战争伟大胜利，台湾随之光复，重回祖国怀抱。但其后不久，由于中国内战延续和外部势力干涉，蒋介石集团退居台湾。海峡两岸又陷入长期政治对立的特殊状态。

如今70多年过去了，台湾与大陆为什么还未统一？难道台湾海峡真的是阻挡祖国统一不可逾越的天堑？难道70多年前盟军可以横渡风大浪急的英吉利海峡，今天的中国人民解放军还会受阻于浅浅的台湾海峡？非也！两岸迄今尚未完全统一是历史遗留给中华民族的创伤。统一是历史大势，是正道。祖国必须统一，也必然统一！"和平统一、一国两制"是实现国家统一的最佳方式。然而，祖国的和平统一不能无限期地拖下去了！

亲望亲好，中国人要帮中国人。两岸同胞血脉相连。两岸虽然目前尚未统一，但已经打破了隔绝状态，实现了直接双向"三通"。但这种交流与合作不能适应形势发展和人民需求。中共中央总书记、国家主席习近平在《告台湾同胞书》发表40周年纪念会上的讲话中指出："我们要积极推进两岸经济合作制度化，打造两岸共同市场，为发展增动力，为合作添活力，壮大中华民族经济。两岸要应通尽通，提升经贸合作畅通、基础设施联通、能源资源互通、行业标准共通，可以率先实现金门、马祖同福建沿海地区通水、通电、通气、通桥。"

"应通尽通"，寓意深远！

在航行英吉利海峡的前进号上，我为海底深处的英吉利海峡隧道而感叹。1994年5月6日，历时8年、耗资约150亿美元的英吉利海底隧道，正式开通运营。隧道总长度50公里，其中海底长度39公里。英吉利海峡隧道的开通，使欧洲大陆往返英国的时间大大缩短。它填补了欧洲铁路网中短缺的一环，大大方便了欧洲各大城市之间的来往。其中，英国、法国和比利时联合经营的"欧洲之星"列车，运行在伦敦与巴黎之间为3个小时，在伦敦和布鲁塞尔之间为3小时10分。如果把从市区到机场的时间计算在内，乘飞机还不如乘"欧洲之星"列车来得快。由此可以想象，英吉利海底隧道的建成，给英国和欧洲大陆民众，以及世界各地游客带来多大的方便呀！

而我们的台湾海峡呢？

台湾海峡最近点虽然比多佛尔海峡宽，但它的平均宽度比英吉利海峡窄。从海底结构上来看，台湾海峡海底多是东海大陆架浅滩。近年来，海峡两岸及世界华人学者每年都要召开一次关于台湾海峡隧道的研讨会，初步形成了北、中、南三条隧道建设路线方案。在这三条路线中，目前倾向于北通道。

　　这个北通道，大陆一端的起点就在我的家乡平潭岛。现在平潭与台中、台北已有轮船通航，顺风顺水时2个小时就能到达。那么建设海峡海底隧道又会怎么样呢？据平潭综合实验区负责人说："技术上已经不成问题，海底的地质、地貌深度的情况都已经掌握得比较齐全，现在主要取决于台湾方面。"

　　我们国家早就有京台高速规划。中国"十三五"规划（2016—2020）中明确提出，"建设北京至台湾（台北）"的高铁路线。规划中的京台高速，就是从平潭穿越海峡，在新竹与台湾的公路铁路网相连。目前，平潭公铁两用大桥已经于2020年10月建成通车。其中，福州至平潭的铁路就是"十三五规划"京台高铁中的重要一段。那么，平潭至台湾这段呢？按照我国现在的实力和技术，建设台湾海峡海底隧道不是什么大问题。两岸同属一个中国，两岸百姓是打断了骨头还连着筋的骨肉同胞。台湾海峡再也不是阻拦中国统一的屏障，而是维系两岸同胞感情、促进中华民族伟大复兴的纽带和桥梁呀！

　　我坚信，不久的将来，人类历史上最宏伟的超级跨海工程——台湾海峡大通道，一定会开工建设！一定会连接两岸、彪炳史册、造福海峡两岸的中国人！

　　我在英吉利海峡深深地祈盼着……

欧洲的"天涯海角"

9月26日下午，前进号终于驶出长长的英吉利海峡。

浩瀚的大西洋海面上，阳光明媚，风平浪静。前进号驶出英吉利海峡，我的眼前豁然开朗，心中似乎有种释负的轻松感觉。忽然，船上的广播响了，说是在船体右侧海面发现了鲸鱼和海豚！我在舱室内听到广播后，立即抓起相机往前甲板冲……但已经晚了！所能见到的只是慢慢减弱的鲸鱼喷水柱。

前甲板上，围着许多与我一样为未拍到鲸鱼而失望的摄影爱好者。还好，失望之际，几只硕大的鸟儿像是安慰人似的从甲板上空冲天而过。说时迟，那时快。我急忙转过相机镜头，终于捕捉到依稀的鸟影。据说，这种惯常自由驰骋于大西洋的鸟儿叫"塘鹅"。

没过多久，我又来到前进号的后甲板。这里已有零星乘客在欣赏海上风光，我悠然地观赏着船尾绵延不绝的波浪……愉悦之际，发现手机上有了 Wi-Fi 信号，于是便当场给亲友们发了几张图片。其中有前进号驶出英吉利海峡的定位图，有此时在甲板上眺望大西洋的图片。我告诉亲友们："明天早上将抵达西班牙名城拉科鲁尼亚！"

真没有想到，正在国内忙于公司业务的儿子却在第一时间留言提醒我："拉科鲁尼亚是李可姨夫的老家。"我立即回复："是的。正因如此，我在四条短途游线路只能选一的情况下，选了这条线路！"回复之后，我心里不禁暗暗偷笑，儿子对"拉科鲁尼亚"的名字这么熟悉，最主要还是酷爱足球的缘故吧！因为皇家拉科鲁尼亚足球俱乐部，是西班牙足球甲级联赛的球队之一。21世纪初，拉科鲁尼亚打破了一贯由巴塞罗那与皇家马德里争夺西甲联赛冠军的传统，在当年的联赛中勇夺西甲联赛桂冠呢！

晚餐之后，我背着相机独个儿又上了前进号主甲板。原本想碰个运气，看看能不能巧遇鲸鱼。结果是鲸鱼还是没有看到，却见到比斯开湾风云际会般的日落。这个日落似乎并不太引人关注，但它的特色十分鲜明，有点扑朔迷离的感觉……

比斯开湾，位于北大西洋东北部，介于法国与西班牙之间。10年前，我曾分别在法国和西班牙海岸眺望过神秘的比斯开湾。尤其难忘的是，我还在西班牙北部毕尔巴鄂和桑坦德等地的海滨游泳。这些海滨紧连着比斯开湾，沙滩外的海面上巨浪滔滔，几多弄潮儿正在潇洒地冲浪……真没有想到10年后的今天，我还有机会在广阔无垠的比斯开湾海面上乘船远行。

看不够日出日落的我，到哪里总是追着太阳跑。次日清晨，太阳从东方黛色的山峦之巅爬出，霞光为前进号披上了绚丽的金黄色彩。我在前进号上观赏日出并不寂寞，大西洋上的劲鸟塘鹅又飞来了，而且还是一大群呢！

我看到了伊比利亚半岛西北端海岸，西班牙加利西亚大区就要到了！加利西亚大区（Galicia）位于西班牙西北部，濒临坎塔布里亚海及大西洋，与葡萄牙接壤。加利西亚地处欧洲最西端，全境依山傍海，岛礁、悬崖、海滩林立。其中，有个菲斯特拉角（Finisterre），意思是"大地的尽头"。两千多年前，古罗马人统治伊比利亚半岛时，认为菲斯特拉角是欧洲大陆的最西端，因为再往前走就是茫茫大海，连太阳都在这里淹没了！因此，自古以来这一带就被称为欧洲的"天涯海角"。

拉科鲁尼亚到了！正当我还在遐想加利西亚的"天涯海角"之际，前进号缓缓靠上了拉科鲁尼亚码头。按照事先选报的短途游项目，我们立即乘坐旅游大巴前往历史古城圣地亚哥·德孔波斯特拉。

圣地亚哥·德孔波斯特拉是个人口不到10万的小城，然而却是西班牙加利西亚自治区的首府。在欧洲，圣地亚哥·德孔波斯特拉的名字可谓无人不晓。整座古城是以圣雅各的坟墓和奉有圣雅各圣骨的教堂为中心发展起来的。相传耶稣十二门徒之一的圣雅各安葬于此。这里是天主教徒神圣的朝觐圣地，是继耶路撒冷、梵蒂冈之后的第三大朝圣胜地。圣地亚哥朝圣之路，最早出现于9世纪。千百年来，出于对圣雅各的崇拜，欧洲各地前来此地朝圣的人流从未间断。1985年，圣地亚哥·德孔波斯特拉古城被世界教科文组织列为世界文化遗产。1993年和1998年，西班牙境内和法国境内的"通往圣地亚哥·德孔波斯特拉之路"，也分别被列为世界文化遗产。在这期间，这条朝圣之路，又被欧洲议会确定为第一条欧洲文化旅行路线。

旅游大巴停靠在圣地亚哥古城边上的停车场。我们一行入乡随俗地跟在一群朝圣者后面，开始了对圣地亚哥朝圣之地的游览。穿过狭窄逼仄的条条街巷，踏着清幽锃亮的古老石板，给人一种重返欧洲中世纪的感觉。其间，还会不时绕过沉重巨石构成的拱形门廊，它让我联想到我国南方闽粤沿海城市遮风挡雨的骑楼。正当我左顾右盼地观察街道两旁不同时期留下的印记时，一个个醒目的扇形贝壳标志让我感到格外惊奇！

德孔波斯特拉大教堂，不像许多欧洲大教堂那样独立门户、鹤立鸡群。它与整个圣地亚哥古城紧密地相连在一起。走在古城的狭窄街道上，远远望去只能看到大教堂剪影般的尖顶轮廓。走近后才能看到，这座由灰白色石材砌成的建筑物是多么的古老斑驳。墙体上有被雨水冲刷过的痕迹，许多地方还长着黄色苔藓，教堂的周边楼角还伸展着几株绿色的小灌木……大教堂的内部构造也与其他教堂有所不同，它的四周环绕着由回廊串成的侧堂。参观者可以专心地在侧堂和回廊间巡行，而不会影响到中堂正在举行的宗教仪式。我对石材工艺品素来比较感兴趣，因此就把精力花在欣赏安置在侧堂内的各种石器文物上。这里没有一般博物馆内整齐划一的展示层，也没有华丽的采光，呈现在眼前的只是一件件凝重的原始文物，其形象格外自然逼真。看着，看着，我们仿佛循着时光隧道，进入肃穆古老的中世纪时代……

大教堂前面有一座广阔的欧布多伊罗广场。广场四周的人行道与大教堂和古城各个方向的街道紧密相通。源源不断的参观人流聚集在这里。他们当中有虔诚的朝圣者，更多的则是世界各地来的游客。但不管你是何种身份，尊重当地风俗和礼仪，已成为约定俗成的规范。游客们在这里一边惊叹着广场的宽广，一边议论着圣地亚哥古城和德孔波斯特拉大教堂的特色。很明显，"圣地亚哥古城穿越过不同的历史时期，夹杂着不同的价值理念，展现出不同的文化特征……古罗马风格、西哥特特色、巴洛克特征、伊斯兰文化等已经深度融合，形成了一种个体差异与整体取向共融共生的崭新文化形态——圣地亚哥城市文化。"

在欧布多伊罗广场上，我好奇地在一辆小摊车前驻足。小摊车上的扇形贝壳饰品最为醒目，也最受游客的喜爱。我们在圣地亚哥古城街头随处可见的贝壳装饰物，原来就是指引朝圣者走向德孔波斯特拉大教堂的标志。在广场上，我们还看到手持竹杖、顶挂葫芦，背包上挂着贝壳饰品的朝圣者。原来，类似这样的扇形贝壳标志，自古至今贯穿着朝圣之路的全过程！

据说，在全欧洲7条圣地亚哥朝圣之路上，都可以看到类似蓝底黄色扇形贝壳的标识。为什么会是扇形贝壳标识呢？"传说这贝壳象征着朝圣者，因为基督徒最早的洗礼用水就是用贝壳里的水，是一种追求初始的象征。而贝壳孕育珍珠的苦难过程，也象征着朝圣过程的艰辛，最终会达成精神的升华。"我对贝壳素来情有独钟。这与我的出生环境有关。我家开门见海，门口的海滩上，就有贝壳。从儿时开始，我就把贝壳当玩具、当饰品，也曾经有过收藏贝壳的经历。但说实在的，我对贝壳还没有太深刻的认识。不过，一滴水可见太阳的光辉，贝壳孕育珍珠的苦难过程，真的是值得深悟深识的！

据当地的旅游机构介绍，如今的圣地亚哥朝圣之路，已经不单是宗教性质的朝圣胜地。因为这条线路结合了自然风光、历史和文化，既是非常重要的宗教信仰之路，也是一条非常棒的旅游线路。目前，它已发展成为集健体、交友、赏景、品俗、

亲子游等为一体的旅游路线。我对此深有体会。比如，在我国广袤的青藏高原上，藏民们就有许多转神山、转神湖的宗教习俗。但这些转山转湖活动，对于没有宗教信仰的旅游者来说，同样也是非常难得的旅游体验。提到这个话题，我立即联想到了阿里转山。2014年夏季，我有幸参与了西藏冈仁波齐峰的转山。阿里，人称西藏的西藏，世界屋脊的屋脊。冈仁波齐峰，乃是藏传佛教的四大神山之一。冈仁波齐神山的外转山道，以冈仁波齐峰为核心，全长约56公里。很多藏族同胞假如不用磕长头的话，一天就可转完，但我与摄友历时两天才终于完成了转山。那是在没有任何交通工具、高度缺氧的情况下，与藏民们同呼吸共命运实现的。在海拔4800米以上的高原艰难跋涉，其间还翻越一座5700米的险峻山口……这段经历让我真正体会到什么叫敬畏自然，什么叫坚韧不拔，什么叫永不放弃……那是一生一世永远难忘的人生经历呀！

其实，古城圣地亚哥还不是"朝圣之路"的终点，它的真正终点，是一处名叫菲斯特拉角的地方。该地位于伊比利亚半岛的最西端，距离圣地亚哥约90公里，也就是古罗马人称之为"天涯海角"的所在。那里有一块伸向大海的巨大礁盘，上面置有徒步靴的青铜雕塑。据说，这座小雕塑的所在位置，通常被人们认作"朝圣之路"的终点坐标。在它的附近还有座"零公里"碑呢！

结束了圣地亚哥·德孔波斯特拉的参观，一回到拉科鲁尼亚码头，我们就顾不上休息立即投入这座海港城市的自由行！

拉科鲁尼亚，以海为生，以海为盛！同是生活在海港城市的我，来到西班牙海港之城拉科鲁尼亚，亲切之感油然而生。这里港湾广阔，是大西洋畔的重要港口。同时，城内港汊纵横，桅樯林立，游艇如梭。一踏上码头，我的内心就会有一种扬帆起航的冲动。一到洁净的沙滩，我就想纵身跃入大海……拉科鲁尼亚是重要的渔港。比斯开湾和大西洋沿岸渔场，为这座城市提供了极其丰富的鱼货市场。当地的海鲜饭相当有名，走过街头，鱼香扑鼻而来……只是时间过于紧迫，前进号马上就要起航，拉科鲁尼亚的海鲜饭也就无缘品尝。

拉科鲁尼亚，还是曾在我们国内热播过的韩剧《蓝色大海的传说》的主要外景拍摄地。许多年轻人都想来此地感受剧中所展示的浪漫唯美的加利西亚风情。这里有欧洲"天涯海角"的峻峭景观，这里有"世界尽头"的遗迹标志，这里有古罗马人建造于1世纪、至今仍在使用的海克力士灯塔！海克力士灯塔至今已有1900多年了，它历经风吹浪打，岿然不动，始终不渝地为航行在大海上的船只指明方向！

再见了，加利西亚！再见了，欧洲的"天涯海角"！

河海相拥的波尔图

9月28日清晨,前进号行驶在亚速尔群岛附近的海面上。前方目标是葡萄牙的美丽海港城市波尔图。

浩瀚的海面上,雾气蒙蒙。然而太阳最终还是从雾层中冲了出来。观看阳光下雾气蒙蒙的海面,似有若无,那是一种若隐若现的朦胧美!

亚速尔群岛,是北大西洋中东部的一个火山群岛。从小就喜欢地理和历史的我,早就知道它的名字,但只知道它是一个既遥远又神秘的群岛。没有想到,今天我还能从这个火山群岛边上通过。我收到了中国移动提示亚速尔群岛电信服务的信息。有国有家的感觉真好!这一路从北极走来,每到一个新的国家和地区,中国外交部服务中心都会发布相关提示信息。国家强大了,作为旅行于世界各地的中国公民来说,尤其感到自豪和温馨!

海面上的雾气渐渐隐去。葡萄牙波尔图的历索斯港到了!

满天是鸟,满海也是鸟。海鸟多得几乎到了遮天蔽日的地步。波尔图似乎以这种特殊的方式,热烈欢迎我们这批从地球北极远道而来的客人!

前进号靠上码头后,我们几位中国极友便利用集体短途游的安排间隙,结伴先在码头附近游览。这是一段很短却极其有趣的行程。我们穿过一座长长的桥梁,从此岸到彼岸,再从彼岸回到此岸……我们初览了杜罗河两岸的风光,初识了波尔图独特的城市风貌。

波尔图是葡萄牙的第二大城市,位于葡萄牙北部,距大西洋只有5公里,杜罗河穿城而过。波尔图的历史十分久远,城市开埠于5世纪,远在葡萄牙建国之前就有人定居。得天独厚的河海交汇条件,成就了波尔图相关山海产业,尤其是酿酒业。波尔图是杜罗河上游葡萄酒的集散地,被称为"酒都"。波尔图葡萄酒被誉为葡萄牙的"第一大使"。波尔图所在大区的外贸出口额占葡萄牙全国的50%,国民生产总值占全国的三分之一。

波尔图短途游开始了!我们首先乘坐旅游大巴,从历索斯港直达波尔图市区。

大巴先是缓缓驶过杜罗河上的一座大桥，接着就在山城古街上逶迤前行……高低有序、错落有致的山坡上的楼房，巴洛克风格的高大建筑物，古朴典雅的老城风貌尽收眼底。

短途游的第一个景点是波尔图主教堂。该教堂坐落在杜罗河北岸最高的小山岗顶上。它初建于12世纪，完成于13世纪，是波尔图最古老的建筑物之一。教堂的主体原是罗马式建筑，但历经多次整修，原有的罗马式风格渐渐淡去，代之而起的是哥特式和巴洛克式的混合建筑风格。教堂的外墙立面虽显高大，却因缺乏装饰显得粗糙。顶上两侧各有一座方形钟楼，有点像堡垒，我见了联想到巴黎圣母院……主体墙上最醒目的，还是那个硕大的哥特式玫瑰窗。但也别小看波尔图主教堂，它是世界著名航海家亨利王子洗礼的地方。

欧洲之旅总是少不了教堂，看多了，确实有点视觉疲劳。好在波尔图主教堂前面有个视野广阔的大广场。广场一侧立有一座骑马举旗的青铜武士塑像。广场正中耸立着一根高大华丽的立柱，立柱基座还有个环状的梯级花坛。据说，这里是古代处决犯人的场所，立柱顶端那个闪烁金光的吊环，则是用来实施绞刑的。

我十分欣赏主教堂大广场上的观景台。这里可以俯瞰色彩缤纷的老城，可以欣赏穿城而过的杜罗河，还可眺望一河之隔的对岸新城。广场护墙上停留着一只大海鸥，引起我浓厚的兴趣。我仔细端详之，感觉它格外精明和淡定。它似乎明了我并无恶意，因此既不飞走，也不移动，但它却调皮地不时转动着自己骄傲的头。望着眼前的大海鸥，我想起半个月前在挪威首都奥斯陆看到的那只佩戴有足卡的大海鸥……人与鸟儿，原本就该这样和睦相处呀！

游览完波尔图主教堂，我们就顺路步行下坡。沿途就是繁华老街，街边一座酒桶状的小摊屋让我感到惊奇。但让我印象最深的，则是许多建筑物外墙上，都镶有白底蓝花图案的瓷砖。不仅墙上，连安置在街边的几块风景石上，也贴着青花瓷片。大街小巷的青花瓷砖，构成波尔图鲜明的城市特色。大约步行不到10分钟，就到了著名的圣本托火车站。

圣本托火车站，被誉为葡萄牙最美的火车站。大凡一提到火车站，人们就会联想到它的庞大、人多和嘈杂。但我对圣本托火车站的第一印象可不是这样。这座火车站的大楼，跟街道周围的其他建筑物基本相似。只是在进站大门上方嵌着一个绿色大钟，房梁顶上镶有"1910"的字样。然而走进站内大厅，却让人耳目一新，仿佛是走进了一家美术馆。大厅四面墙上，镶嵌着以蓝色为主基调的手绘瓷砖画。这些瓷砖画，由20000块大小不一的锡釉纹饰瓷片构成，描绘的主要内容则是葡萄牙历史文化和生活风采。据说，这些手绘瓷砖画是由葡萄牙艺术家乔治·库拉库耗时14年完成的。我在欣赏这些瓷砖画时，自然会联想到我国古代脍炙人口的青花瓷，它们之间自然是关联的。数百年前,中国的青花瓷通过"陆上丝绸之路"和"海上丝绸之路"传到葡萄牙,同当地的瓷器制作技术相融合,进而形成了独具魅力的"葡萄牙蓝"。

接下来,我们继续步行前往利贝拉码头,准备观赏今天的重头戏——乘船游览杜罗河。从圣本托火车站前往利贝拉码头,这一路多是下坡。途中,恰遇庞大的越野自行车队通过。人车并行,人山人海,但秩序井然,蔚为壮观!

我们在利贝拉码头,坐上一种非常有特色的仿古雷贝洛船。它两头尖、中间大,船体褐红,船舷被涂成白色,两端船头则被涂成米黄色。据说,这种两头尖翘的船,原来是用来装运葡萄酒的。现在船甲板上装上几排木椅子,就成游览船了。这种船视野广阔,游客可以自由走动,确实是欣赏历史名城波尔图的最佳方式。

杜罗河上的船游就这样开始了!从毗邻大西洋的河口,到河上游的波尔图峡谷,仿古雷贝洛船在杜罗河上穿梭,尽情驰骋……看!一座又一座的桥梁都被我们穿越了!河的一端阳光普照,驶至另一端拐弯处却是雾气升腾!而整条杜罗河上,则是舟楫穿梭,百舸争流,一派繁忙景象!河的北岸是历史悠久的老城,南岸则是以葡萄酒窖为主的加亚新城。游客们都为杜罗河两岸别开生面的绮丽风光赞叹不已!游览期间,游客们特别着意地观赏古城的最高建筑物——牧师塔。它鹤立鸡群,理所当然地成了波尔图的方向标。据说,当年来到波尔图的船只,总是把牧

穿城而过的杜罗河

师塔当作指引的灯塔和波尔图的城符。

杜罗河上有五六座各有特色的桥梁，但独领风骚的当然是路易斯一世大桥了！路易斯一世大桥为欧洲最大的拱形桥之一。1881年开工，1886年建成，总长385.25米，高44.6米。大桥历经120多年的风雨剥蚀，至今仍在使用。它分两层，上面一层跑地铁，下面一层走汽车，两层都可以步行。路易斯一世大桥虽然是钢铁制造，却显得轻盈灵动，游客从任何角度看去都是一道靓丽的风景。我第一眼看到路易斯一世大桥，就有一种似曾相识的感觉。细想一下，这座拱桥的造型与巴黎埃菲尔铁塔底层十分相似。一问，原来路易斯一世大桥和巴黎埃菲尔铁塔的设计师，属于同一个人——亚历山大·古斯塔夫·埃菲尔！

总之，杜罗河上的所见风景，让来自海港城市的我为之一振！如此清新，如此别致，它真是现实版的图画！我想起一位朋友曾经对我说："当你看到河两岸的房屋像图画一样时，那就是波尔图！"这位曾在国内从事新闻工作的朋友，现侨居在葡萄牙波尔图，自然最有发言权了。遗憾的是，这位朋友当时因

波尔图一景

老家有急事正在国内，要不请其当导游那就更好了！在杜罗河的仿古雷贝洛船上，我眺望着波尔图的秀丽风光，自然会联想到自己的定居地厦门。厦门与波尔图有许多相似的地方。当我乘船在厦门鹭江游览时，所见到的两岸风光也是分外美丽。只不过波尔图杜罗河两岸的建筑物依山而建，层次更为分明。而厦门鹭江一侧的鼓浪屿，其独特的海岛风光则是波尔图所没有的！

杜罗河船游的最后一站，是南岸加亚新城的葡萄酒庄。仿古雷贝洛船一靠岸，就能闻到阵阵酒香。原来，整个南岸绵延着一家连一家的巨大酒窖，杜罗河边还停泊着数不清的"酒船"……所以酒香远飘也就不奇怪了！我不喝酒，然而来到这么美的"酒都"，似乎不喝酒也会醉的！

"大航海"的里斯本

经过一个夜晚的航行,前进号到了葡萄牙首都里斯本。清晨,在初升太阳的映照下,前进号从大西洋缓缓驶进特茹河,驶向里斯本港码头。习惯早起的我,在后甲板上目睹了前进号入港的全过程。虽是第一次来葡萄牙,但我对葡萄牙这个航海强国似乎并不陌生。特茹河两岸景观轻轻掠过,带给我一阵阵惊喜!我依序认出了贝伦塔、大航海纪念碑、横跨特茹河的"4月25日大桥"……

葡萄牙与中国一样都是面向海洋的国家。葡萄牙位于伊比利亚半岛最西端,其国土只是一小块狭长的沿海土地。国家不大,人口密集,土地贫瘠,贸易通道又受阻于强邻西班牙。怎么办?面向海洋、谋图海上发展,成为葡萄牙求取生存与发展的唯一途径。15世纪,葡萄牙亨利王子领航的"大航海时代",就在这样的时代背景中拉开了序幕!

前进号靠上里斯本港码头后,我们这批中国极友便结伴进城自由行。参观游览的第一站是"大航海纪念碑",葡萄牙人又称其为"大发现纪念碑"。

大航海纪念碑屹立于特茹河岸边上。它创建于1960年,为纪念"航海王子"亨利逝世500周年而建。从远处看,大航海纪念碑像是一艘航行在万顷碧波中的巨型帆船。纪念碑正面是个硕大的"十"字,侧面则是帆船。两侧的浮雕,展现了葡萄牙航海家当年探索海上航线的壮举。浮雕上刻有80位葡萄牙航海家,其中站立船头者,就是"航海王子"亨利。他手托着三桅船模型,双眼注视着前方蓝色的大海。亨利身为王子,却放弃世俗生活,选在偏僻海角办航海学校、建天文台、造大型船舶等,为葡萄牙大航海时代作出了突出贡献。亨利身后是发现欧洲至印度航线的达·伽马。1498年5月20日,达·伽马船队到达印度南部卡利卡特,从此开辟了欧洲经好望角横穿印度洋的航路。第三位是首次发现非洲大陆最南端"好望角"航线的迪亚士。第四位则是发现美洲新大陆的哥伦布(哥伦布虽是意大利人,但在葡萄牙学会航海技术和经验),他手捧着一个地球仪。

大航海纪念碑前的广场上,绘有一幅巨大的葡萄牙航海史图,上面标有葡萄牙

航海家远航世界各地的路线图。我们从中可以发现，伴随着"地理大发现"，葡萄牙疯狂地扩张了海外殖民地。自1415年攻占北非休达开始，到1999年澳门政权移交以及2002年东帝汶的独立，葡萄牙殖民活动近六百年。其鼎盛时期，葡萄牙殖民帝国包括世界上53个国家和地区的部分领土，其中就有我国的澳门。葡萄牙海外殖民地面积曾经是其本土面积的上百倍。历史上，葡萄牙曾把首都设在殖民地巴西的里约热内卢达十多年之久。直到现在，葡萄牙语仍然是世界第六大语种，成为约2.4亿人使用的语言。当然，我们也不可否认，葡萄牙的"海上大发现"，对推动人类认识海洋，认识地球，开拓航路，建立海上贸易路线等方面，做出了历史性贡献！

我们参观游览的第二个项目，是著名的热罗尼莫修道院。它离大航海纪念碑只有百米之遥，同样位于秀丽的特茹河畔。1501年，为了纪念航海家达·伽马从印度凯旋，葡萄牙国王曼努埃尔一世下令修建了这座修道院。此后，这里就逐渐成为葡萄牙海员远航前祈祷的地方。

热罗尼莫修道院有个由光滑平整的白色花岗岩砌成的外表。这座气势恢宏的建筑物并不高大，但显得十分敦厚稳固。修道院的高度只有两层，但门墙却有300多米，几乎占据了附近的整条街道。门墙上的30对高耸的塔尖直指苍穹，给人一种摆脱尘世的超然感。1755年11月1日，里斯本发生9级大地震，整个城市几乎成了废墟，死亡人数9万人，占当时全城总人口的三分之一。但唯独热罗尼莫修道院屹立不倒，拯救了在此祈祷的全体王室成员。热罗尼莫修道院门墙前的空阔广场，就是伊比利亚半岛最大的帝国广场。这里平时是当地民众的休憩场所，也是外国游客必至之处，同时它也是葡萄牙政府为欢迎外国贵宾到访举行欢迎仪式的地方。2018年12月4日下午，葡萄牙总统德索萨就在这座帝国广场上，为习近平主席举行隆重而又富有葡萄牙特色的欢迎仪式。

热罗尼莫修道院内设著名的圣玛丽亚贝伦大教堂。游客走进教堂，便能见到左右两侧各有一副大理石棺柩。左侧石棺内安放着葡萄牙著名航海家达·伽马的遗体，右侧石棺内则是葡萄牙文学巨匠卡蒙斯的遗骸。卡蒙斯被公认为是葡萄牙最伟大的诗人和民族英雄。葡萄牙语也因此被称为"卡蒙斯的语言"。他最著名的史诗《卢济塔尼亚人之歌》（中文译本为《葡国魂》），以葡萄牙航海家达·伽马率船首次由欧洲东航印度为主线，其间穿插着神话故事，大力讴歌了葡萄牙"航海大发现"的丰功伟绩。习近平主席访问葡萄牙期间，向卡蒙斯墓献了花环。在访前的《跨越时空的友谊　面向未来的伙伴》署名文章中，习近平主席引用了"诗魂"卡蒙斯的一句诗："陆止于此，海始于斯。"这句名诗生动地描绘出葡萄牙所处的优越地理位置。

里斯本的名胜古迹很多，但最经典的地标式建筑物应数贝伦塔了！贝伦塔与大航海纪念碑近在咫尺。它们同在特茹河岸边，同样与"大航海时代"紧密相关，但

"大航海"的里斯本

建筑年代相差甚远。创建历史已近500年的贝伦塔，见证了葡萄牙在大航海时代的辉煌和荣耀，也目睹了这个昔日"海上帝国"的衰落过程。它的独特建筑风格及其特殊的地理位置，成为游客镜头中少不了的一个风景点！

我们是在游览完热罗尼莫修道院后，匆匆赶来贝伦塔的。时值中午，饥肠辘辘，但大家顾不上用餐。眼前的贝伦塔，让我为之一怔！原来，古堡碉楼状的贝伦塔，不是在岸上，而是屹立在碧波荡漾的河海中！这一刻，我立即联想到瑞士日内瓦湖畔的西庸古堡。贝伦塔与西庸古堡异曲同工，它们不仅都以四周的水面来衬托自己的秀丽，还以古代人难以逾越的水深，突显其神圣古堡的威严！历史上的贝伦塔，也曾作为海关、电报站和灯塔。与西庸古堡一样，它的底层也曾作为关押犯人的地牢。据说，罪行严重的犯人被关在最底层，大涨潮时就会被海水淹死。

走过连接河岸和贝伦塔的一段浮桥之后，我们这批中国极友也就开始了真正的自由行。我循着贝伦塔内狭窄的螺旋状石阶，首先直达最高的五层平台。平台周围置有多座北非摩尔风格的岗亭。岗亭四周装饰着许多石雕饰品，最明显的是麻纹清晰的石绳。这些岗亭顶上像是戴着盒子状的帽子，亭内各有一个精美的宽大棂窗。每个窗口视野都很广阔，全都能见到蓝色的大海。贝伦塔位于特茹河口，河海相连，这里的河水也就是海水。500多年前，葡萄牙的航海家们就是在这里扬帆起航，从大西洋到印度洋、太平洋……之后，他们又把世界各地无数名贵财宝及奴隶，源源不断地运回到这里，运回到欧洲各地……

我把顶层的每个棂窗都望了一遍。不仅仅是因为每一个窗口的景观都很美，还因为站在大西洋岸畔的这个古堡上，可以追溯世界航海史上惊心动魄的历史故事……葡萄牙这个伊比利亚半岛上面向海洋的小国，以海为生，以海谋富，成为当时全欧洲最富裕的殖民帝国之一。

伫立贝伦塔顶，迎面大西洋海风，我在历史和现实的隧道中穿梭着、思考着。当今世界，是个地球村概念。正因如此，习近平主席倡导的"一带一路"才会引起世界各国的热烈响应。就在习近平主席访问葡萄牙期间，中葡政府签署了共建"一带一路"合作谅解备忘录。习近平引用中国古语"交得其道，千里同好，固于胶漆，坚于金石"来表述中葡两国的好朋友、好伙伴关系。葡萄牙总统德索萨则表示，葡萄牙愿成为"陆上丝绸之路"和"海上丝绸之路"在欧洲的枢纽。

一天横跨两大洲

前进号离开葡萄牙里斯本后，便沿着大西洋海岸继续一路南行。9月30日下午2点，船抵欧洲大陆最南端城市——西班牙加的斯。前进号循着一条长长的港湾，缓缓驶入这个三面环海、一面临山的旅游港口城市。

位于南欧最末端的加的斯，与直布罗陀隔海相望。船舶入港期间，加的斯特殊的地理位置和独特的标志性建筑物，就一一展现在我们眼前。加的斯是西班牙最古老的城市，也是全欧洲仅次于雅典的古老城市。据说，该城最早由腓尼基人建于公元前1100年，至今已有3000年历史。加的斯虽然城市不大，但因地理位置特殊，历来是兵家必争之地。它先后被迦太基人、罗马人、摩尔人等占领。而最为惨烈的，则是加的斯承载着英国和西班牙之间为争夺世界海上霸权的长期战争。加的斯曾是让大英帝国丧胆的西班牙无敌舰队的母港。后来，只是由于英国女王雇用海盗出身的德雷克，最终奇袭重创了设在加的斯的无敌舰队，西班牙才从此失去了海上霸主地位。

我们在加的斯停留时间很短，我便报名参加了由船方组织的"加的斯全景短途游"。当时气温26摄氏度，大家兴高采烈地彻底换装，全都成了"短袖党"。在大约4小时的短途游中，我们参观了加的斯著名的主教堂，眺望了加的斯古城堡，游览了卡莱塔海滩，品尝了雪莉酒等。我对大海的元素历来感兴趣。卡莱塔海滩位于两个海岬古堡之间，风平浪静，沙细洁净。它虽然是旅游热点老城区唯一的沙滩，但依然显得十分平民化。这里没有设置任何围栏，更不要买门票。沙滩上设有相当规模的遮阳伞棚，并配有专门的救生人员。加的斯是全西班牙人夏季度假的最好去处之一。漫步加的斯沙滩，可见许多男女泳客卧躺沙滩暴晒，其间也有人雀跃蹦迪……这里不乏西班牙斗牛士式的豪迈，以及西班牙女郎式的泼辣大胆！

短途游结束回到前进号后，我与同行极友周志广夫妇利用开船前的有限时间，又到邮轮码头附近的老街上逛了一会儿。

夕阳西照。温暖的阳光，为这座千年古城平添了温馨和浪漫。街角公园一带，高大的棕榈树等热带树木参天而立，各种各样的花卉盛开。好高兴呀，我在老城区发现有厦门市市花三角梅！也许是阳光充足和气候湿润的缘故，这里的三角梅花丛长得十分高大。加的斯城市雕塑别具一格，码头广场附近竟然竖着一尊巨大的钥匙雕塑。但最多的还是反映当地历史人物故事的雕塑作品。拥有数千年历史的加的斯，历史文物保存良好。老城区的西班牙广场，虽然是市民和游客的活动中心，但环境肃穆，秩序井然，干净整洁。历史人物塑像前的石阶上，未见有人闲坐。穿梭于加的斯老城的街头，感觉它既有南欧色彩，又有北非风情，还有浓郁的地中海韵味。

　　加的斯也有许多华人华侨。我们在一家礼品店购物时，就遇到两三位华人。其中李姓青年女老板，显得特别热情友好。一问，原来她的祖籍是福建长乐。长乐与我的家乡平潭一水之隔，李小姐竟然与我说起福清话来。原来，她的母亲是福清人。平潭话与福清话同属福州语系，又有相同的独特乡腔。我走到世界各地，一听到这种乡音乡腔，就能断定他不是平潭人就是福清人。李小姐用福清话对我说，西班牙各地有很多华人华侨，她今天见到来自祖国的乡亲很高兴！我们在店里购买了冰箱贴等小饰物，但还剩下不少欧元硬币。李小姐见了就主动帮我们将硬币兑换成纸币，以方便我们随身携带。国庆节前夕，在欧洲大陆最南端的加的斯，我很高兴能够在异国他乡见乡花、遇乡亲。这些虽是小事，但对于我们这些离开故国家园已经有一段时间的游子来说，却感到十分温馨！

　　傍晚，前进号缓缓离开加的斯码头。依依告别了加的斯，依依告别了欧洲，前进号马上就要到非洲大陆了！

　　在抵达非洲大陆前，先要通过直布罗陀海峡。晚餐之后，我特意上五层主甲板眺望直布罗陀海峡夜景，偶见到十分特别的火烧云。加的斯紧邻着地中海的出海口——直布罗陀海峡。原属西班牙的直布罗陀，至今还是英国的殖民地。而地中海内目前也很不太平。大国的军舰飞机，频繁的军事演习，增添了军事紧张气氛。直布罗陀海峡上空的紫红色火烧云是宁静的，地中海局势目前相对也还算平静。但正如大自然千变万化的气候一样，谁能知道这样的宁静还会持续多久呢？

　　经过一个夜晚的航行，前进号就到了非洲大陆的最北端摩洛哥。清晨，在旭日阳光的辉映下，北非大陆的山影渐渐浮现。前进号依序渐进，驶向摩洛哥的卡萨布兰卡。就这样，我们在一天时间里，从欧洲来到了非洲！从南欧末端的西班牙加的斯，来到北非顶端的摩洛哥卡萨布兰卡！一天跨越两大洲，也就这样成了现实。

远在北非过国庆

10月1日上午10点多，前进号缓缓驶进摩洛哥卡萨布兰卡港。今天是我们亲爱的祖国的生日。在这个特殊的日子里，我们行走在地球南北极的中国极友们心情十分激动！

清晨，我晨练后从甲板回到所住舱室，便立即开始整理床铺等内务，努力营造一个干干净净迎国庆的氛围。怎么布置才好呢？我取出珍藏的两面小的国旗，把它们安放在舷窗边上。初升的阳光，掠过海面，透过舷窗，洒在鲜红的五星红旗上。五星红旗光彩夺目，显得十分好看！这么美好的时刻，我一定要与国旗合影！但自周恒极友离船后，舱室就我一个人住，没有人帮忙怎么办？于是乎，我第一次玩起了手机自拍。虽然拍了张大头娃娃似的照片，但有国旗做伴，心里还是乐呵呵的。凑巧，此时船上菲律宾籍员工进舱室打扫卫生，我就请他帮忙照了一张与国旗的正规合影。

前进号即将靠上卡萨布兰卡码头时，全体中国极友一起上了主甲板。蓝天白云，阳光明媚。大家首先围着一面鲜艳的大面的五星红旗来个集体大合照！集体合照中，除了这面大幅五星红旗外，每个极友手中还挥舞着小面的五星红旗。此外，合影中还有一面"88天 从北极到南极"的旗子，以及"欢庆国庆"的醒目字幅。集体大合照后，极友们或三五合照，或独个儿留影……大家忙得不亦乐乎！我与周志广、高本领3位70岁以上的极友兄弟特意单独合影，大家都不约而同地脱下帽子，露出了刚理不久的锃亮光头。这一时刻，我们所有人都像小孩子过节一样开心。但不管是集体合照还是个人留影，大家都是以国旗为中心！虽然远在北非摩洛哥，但我们的心与祖国靠得很近很近。大家心里只有一句话："亲爱的祖国，我们永远爱您！"

"卡萨布兰卡"，它是一部著名电影的名字，也是北非摩洛哥王国的第一大城市。我在学生时代看过中文版的影片《卡萨布兰卡》（英文版译为《北非谍影》）。但除了影片中感人的爱情故事外，我只知道卡萨布兰卡是一座离中国很远、离欧洲大陆很近的北非海滨城市。没有想到这次从北极到南极旅途中，会有机会踏进这座以

"白色房子"为特征的北非大都市。

　　登岸后，我们在当地一位阿拉伯女导游带领下，紧锣密鼓地游览了卡萨布兰卡老城区。几十年前看过的那部黑白电影中的场景，如今尚能依稀见到。卡萨布兰卡老街两旁，依旧是一整排以白色为主体的房子。这些房屋都不高，多是两三层建筑。有些房屋阳台上的绿色的仙人掌和玫瑰红的三角梅，在整面白墙衬托下显得格外醒目。从王宫附近走过时，还见到高挂在白色墙上年轻的摩洛哥国王的照片。我们游览了当地最大的市场，见到了许多奇形怪状的大西洋鱼贝，也见到了许多热带水果、花卉，还见到了据说是淘自撒哈拉沙漠的化石……之后，我们还参观了当地阿拉伯人的古民居，游览了穆罕默德五世广场。这一路上浓郁的阿拉伯风情，给我们留下十分深刻的印象。穆罕默德五世广场，俗称"鸽子广场"。在偌大的喷水池周围，无数的鸽子徘徊其间。即使游人靠近，鸽子也懒得飞动。与欧洲广场上的鸽子不同，这里似乎才是真正的鸽子世界！我目睹了一位阿拉伯小男孩，摇摇晃晃地独自一人走进鸽子群……小男孩与鸽子群彼此相安无事，这里的鸽子真是处变不惊！

　　卡萨布兰卡之行，最令我难忘的还是那座声名显赫的哈桑二世清真寺。哈桑二世清真寺位于卡萨布兰卡市区西北部。它修建于1987年8月，历时6年，耗资5亿多美元。该寺有三分之一面积建筑在海上，以纪念摩洛哥阿拉伯人的祖先自海上而来。哈桑二世清真寺可同时容纳10万人祈祷，是伊斯兰世界的第三大清真寺。更为难得的是，哈桑二世清真寺不仅向全世界穆斯林敞开大门，而且也向所有非穆斯林游客免费开放。

　　我们是从卡萨布兰卡老城区驱车赶往哈桑二世清真寺的。从停车场进清真寺，首先要经过一座高高耸立的宣礼塔。这座宣礼塔高达210米，是世界上最高的宗教建筑，其建筑风格与其他清真寺完全不同。该宣礼塔有高速电梯直达塔顶。塔顶装有激光束，夜间射程达30公里，照耀着附近广袤的大西洋海面。我在络绎不绝的人群中穿梭，努力寻找一个合适的位置，以便完整地拍摄下包含宣礼塔在内的清真寺全景。虽然我随身带着大广角照相机，但要找到最合适的拍摄位置，恐怕要跑到很远的地方。

　　进入哈桑二世清真寺内的第一件事就是脱鞋。大门旁摆放着绿色塑料袋，任何人都必须脱鞋并装好，自己拎着才允许进入。哈桑二世清真寺内的大厅十分宽阔，金碧辉煌。洁白的大理石幕墙，美轮美奂的廊柱，形状各异的装饰图案，以及自然光与照明光交织产生的斑斓色彩，给人既庄严肃穆又宁静祥和的感觉。宽敞的祈祷大厅，长200米、宽100米，地面光亮如镜，一尘不染。

　　哈桑二世清真寺内采用了很多现代化的技术。庞大恢宏的主体大厅屋顶，是可以遥控开启的活动穹顶。夏季室内温度过高时，活动屋顶在5分钟内就可打开散热。

为了防止海水腐蚀，全寺25扇自动门全部由钛合金铸成。面对大西洋的那扇庞大正门，重达35吨，当然是国王或重要国宾到达方能开启。主体大厅的大理石地面，也是常年保持恒温。冬季气温降低时，地板就会自动加热。此外，清真寺的地下两层，还设有男女信徒祈祷前分别使用的沐浴室等。

  一部电影繁荣一座城市，卡萨布兰卡应是典型。"卡萨布兰卡"，西班牙语的意思是"白色的房子"。1770年，摩洛哥在曾经被葡萄牙毁掉的安法旧城基础上建立了达尔贝达。"达尔贝达"，摩洛哥语也是"白色房子"的意思。后来，在西班牙殖民统治期间，城市名字又改成"卡萨布兰卡"。独立后的摩洛哥王国，把卡萨布兰卡又改名为"达尔贝达"。同样是"白色房子"的含义，叫法不同，却体现出摩洛哥人的民族感情。虽然时至今日，由于那部著名电影的深刻影响，许多人仍是习惯地称这座城市为"卡萨布兰卡"。我们参观卡萨布兰卡的这一天，正是中华人民共和国国庆日。在这个特殊日子里，思考摩洛哥人关于"达尔贝达"和"卡萨布兰卡"城市名称的争议，我似乎也更能理解他们了。

  傍晚6点多，前进号徐徐离开卡萨布兰卡码头，继续按计划朝南航行。虽然这一天活动丰富多彩，但我们这批中国极友似乎还未尽兴。晚餐时，船上大厨为我们专门制作了一个硕大的"庆祝国庆"生日蛋糕。这个长方形的蛋糕，正面是鲜艳的五星红旗，两端还插着焰火状的蜡烛。就餐前，我们每个人都轮流端着国庆蛋糕照相。大家兴高采烈，笑容满脸，为祖国生日欢呼雀跃……船上的许多员工和其他国籍的乘客也都纷纷涌上前来，向我们表示祝贺，祝贺中华人民共和国华诞！

国庆节的晚餐

大西洋上过中秋

前进号自离开摩洛哥卡萨布兰卡后，继续沿着北非大陆海岸一路南行。下一个停靠点是佛得角群岛。

在抵达佛得角群岛之前，前进号将在茫茫的大西洋上度过5个航海日。为了丰富大洋上的航海生活，船方除了安排一系列科普讲座外，每天还组织乘客开展瑜伽、绕船健走等活动。傍晚，我很开心地参加了船上集体健走活动。夕阳西挂，前进号沐浴着绚丽的落日霞光。健走者们在探险队队员带领下，从船上的五层主甲板集合出发，开始穿梭往返于五至七层各个甲板之间。健走者一边吹着海风，一边欣赏夕阳海景，一边熟悉船上的设施，一边潇洒地挥臂健步……大家的惬意之情溢于言表！

离开卡萨布兰卡后的一天上午，参加从北极到南极88天游的中国极友再次应邀参观了前进号船长室。身材高大又幽默的挪威籍船长欧利·安德森，似乎特别厚爱我们这批中国极友。他仔细地介绍了驾驶室内的重要设施，并热情地回答了我们的提问。欧利船长介绍说："一个月前，前进号在北极地区航渡丹麦海峡时，实际上遇到超过13级的巨风狂浪。"他停了一下又自信地说："但请大家放心，前进号的经验和设备都是一流可靠的！"

我即兴提问："在您的船长生涯中，所经历的最大风力是多少？"欧利船长回答说："15至20级！"末了，他又补充一句："那是在南极的德雷克海峡！"

这次参观船长室的活动，以及随后听的"前进号的幕后"讲座，让我们大大增进了对前进号的了解和感情。展望驶向南极的前程，我们充满了信心。胜利属于前进号！胜利一定属于我们！

大西洋上的航海日历，不知不觉翻到了10月4日。这一天，农历是丁酉年八月十五，是我们中华民族传统的中秋佳节。

清晨，我就早早地登上前进号最高的七层甲板。我遥望东方，迎接曙光，沐浴朝霞，礼赞旭阳！

此时，前进号正行驶在北非大陆西海岸附近海面。这里的时间比北京时间晚了8小时。我猜想，中国的绝大部分地区此时都是夜晚，一轮圆圆的明月，早已高挂在祖国大地上空……每逢佳节倍思亲。借助网络，我通过微信朋友圈衷心祝福亲朋好友们中秋快乐！

这是大西洋前进号上的中秋节午餐。餐厅最显著的一角，摆放着两张插着小面五星红旗的圆形大桌。桌面上，摆满了丰盛的中式菜肴。其中有红烧肉、红烧鱼、口水鸡等，老远就能闻到浓浓的中国味！

我们纵贯地球南北极14位中国极友，连同中文领队和华人探险队队员，大家在一起愉快地共进午餐，欢度中秋佳节。极友们都感受到了温暖，虽然我们现在远离祖国万里之外，虽然身在遥远寂寞的北大西洋海面上，但血浓于水的同胞之情，让我们彼此相系的中国结越系越紧了！祖国强大了！我们在前进号上，在从北极到南极的全过程中，都深深感受到身为中国人的骄傲和自豪！

前进号上的厨房平时是绝对禁止外人进入的，但它却对我们中国极友多次开了绿灯。今天中午的这些美味中餐，就是以尹钢为首的几位中国极友亲自下厨烹饪的，其中包括中文石领队和船上的美籍华人探险队队员李先生。

前进号上的中秋节晚餐也很有特色。当热气腾腾的水饺端上桌来，为我们在汪洋大海上度过的中秋佳节，平添了一番温馨的家国氛围！这些水饺都是今天下午极友们自己动手制作的。晚餐时，欧利船长率领船上各有关部门领导以及各探险队队员们，向我们中国极友表示最热烈的节日祝福和慰问！

今天前进号上美味的中式午餐和晚餐，不仅仅满足了我们的味蕾，更重要的是，它慰藉了我们的思乡念亲之情！它拧紧了我们心底里生生不息的中国结！我通过微信对亲朋好友们感慨地说："亲们，我们现在在远离祖国的北大西洋上，在遥远的非洲大陆西海岸附近的海面上，在即将靠近地球赤道的地方……我们的这种思念之情，我们这种看似普通却又特别的过节方式，你们能理解吗？"

时钟在嘀嗒走着，前进号在前进。我们在大西洋上过中秋的场景还没有结束呢！

"当啷啷""当啷啷"……

这是闽台两岸同胞非常熟悉的中秋"博饼"的骰子声。每逢中秋佳节，厦门乃至闽南的大街小巷，总是骰声不息，欢声笑语，其乐融融。近年来，这一浓郁的中秋"博饼"民俗风情，也深深地感染了广大中外游客。难怪厦门中秋节期间的游客数量总是倍增呢！

"当啷啷""当啷啷"……

这串骰子声，来自北大西洋上的前进号。

2017年10月4日中秋之夜。在前进号四层小会议室里，一场别开生面的中秋"博饼"活动正在热烈进行中。

在这个"每逢佳节倍思亲"的特定时刻，参加南北极88天游的中国极友们，踊跃参与了中秋"博饼"活动。随着骰声起伏，游戏高潮迭起，笑声、喝彩声一浪高过一浪！

中秋"博饼"活动，源于三百多年前明末清初收复台湾的民族英雄郑成功的将士们。当年，郑成功在以厦门为中心的闽南一带，屯兵操练，枕戈达旦，待机横渡，收复台湾。中秋节到了，为排解和安慰将士中秋佳节思念家乡亲人之苦，郑成功的部将洪旭发明了一套官兵同乐的"博饼"游戏。这套"博饼"游戏规则很简单，它把闽南人本来就有的中秋尝月饼习俗，通过游戏规则来加以娱乐化、拟人化。"博饼"游戏按古代的科举制称谓，由大到小设置了状元、榜眼、探花、进士、举人、秀才等奖项。但当时所有奖项的奖品都是月饼。时至今日，中秋"博饼"的民俗活动，不仅在海峡两岸得以延续，而且在许多方面还加以发扬光大。

就在中秋节前一天午夜，我忽然想到要在前进号上组织一次中秋"博饼"活动，为远离祖国的极友们增添一番乐趣。身在汪洋大海，"手无寸铁"，怎么组织？我连忙起身，通过微信向厦门的"忘年交"群发了求助信息。我说，不管是谁先看到这条信息，都请第一时间帮我传来"中秋博饼规则"等资料。由于时差8小时的关系，当时正待携家人返乡探亲的一位朋友，第一时间给我传来了所需资料。

次日早晨，我把自己的想法告诉领队和极友，得到了广泛的响应和支持。于是，我就急忙投入到具体事项的筹备中。

因为重在参与，旨在欢度中秋，所以在奖品设置上就没那么讲究。我打开一位摄友临行前赠送给我的巧克力糖盒，从中选了32颗作为"一秀"奖品。热心的极友"柔道王"，跑去前进号餐厅要了16块圆形饼干作为"二举"奖品。其余"四进""三红""对堂"和"状元"的奖品，则由小额的人民币构成。每位自愿参与"博饼"的活动者，各自交一张百元人民币。

一切都在有序进行时，却在最关键的"骰子"上卡了壳。最先，石领队告诉我：骰子没有问题，因为船上娱乐室有麻将，有人打麻将，就会有骰子。但在中秋节当天早餐时，石领队告诉我，到处翻找，最终只能找到4枚骰子。那可怎么行？没有6枚骰子，"博饼"游戏规则根本无法执行。左询右问，骰子问题还是无法解决。

一场美好的中秋"博饼"游戏，眼看就要彻底泡汤之际，还是有几位坚定的活动支持者不死心。就在前一天，我们在听讲座时了解到，前进号上有一个设备齐全的工艺制作室，"工匠们"可以在短时间内制成船上急需的各种零部件。因此，有极友建议，通过中文探险队队员，请求船上的制作部门帮忙制作2枚骰子。果不其然，没有几分钟就完事了！这件事再次告诉我，永不言败，永不放弃，这是何

等的重要！

　　等到6枚骰子完全到我手中，已是午饭之后了。我发现这6枚骰子大小不一，颜色不对。本着"抓大放小"原则，我借来了一支红色水笔，将每枚骰子中原先的黑点"4"和"1"，分别涂上了红色。这样，大家在游戏过程中就一目了然了！

　　当天的中秋节晚餐，以"中国水饺"为主食。餐后，我们为了不影响老外游客吃饭，就到四层小会议室内玩起"博饼"游戏来。

前进号上的中秋"博饼"活动

　　玩了一会儿，我们应船方的盛情邀请，暂停"博饼"，到七层甲板上一边赏月，一边品尝月饼。赏月之后，我们再次回到四层小会议室内，直到中秋"博饼"活动圆满结束。这次中秋"博饼"活动，最终由来自海南岛的极友高本领获得了"状元"。极友们纷纷对其表示热烈祝贺！我按照预先的承诺，将随身携带的一本个人新著《国外掠影》，附赠给"状元"获得者。

　　月上中天之际，获得"状元"的高本领极友异常兴奋，连夜即兴赋诗一首。诗曰："纵贯全球八十八，两极探险唯首发；大西洋上迎国庆，五星红旗耀中华。天庭万里银光满，浩瀚大海泛浪花；今宵举杯邀明月，炎黄子孙是一家。"

　　今宵月正圆，千里寄相思。我在航行于大西洋的前进号上，也通过微信得到众多亲友的中秋节问候和祝福。大家十分赞赏富有创意的船上中秋"博饼"活动，赞叹："这是前进号上不同凡响的中秋之夜！你们把浓浓的故乡情，演绎得如此淋漓尽致！把汪洋大海中的中秋节过得如此开心热闹，实在令人感动！"

大西洋遗珠佛得角

前进号自离开北非摩洛哥卡萨布兰卡以来,一直沿着非洲大陆海岸南行。它绕过马德拉和加那利两个群岛,行驶到西非大陆塞内加尔佛得角附近大转向改为朝西行驶。自此开始,前进号要横穿广阔浩瀚的大西洋,驶向富饶神奇的南美大陆。在此期间,它将在佛得角共和国作短暂停留。

佛得角共和国位于北大西洋中的佛得角群岛上。它包括圣安唐、圣尼古拉、圣地亚哥等18个大小不一的火山岛。最近点东距非洲大陆最西点塞内加尔境内的佛得角500多公里。

来佛得角之前,我对它了解甚少。我只知道,佛得角是个独立时间不太长的小国家。1975年佛得角共和国成立,次年就与我国建交。中佛两国关系始终十分友好。年轻的佛得角共和国,社会安定,旅游业蓬勃,已成为口碑较好的非洲较为发达的国家之一。佛得角群岛风景优美,以其独特而又毫无污染的山水风光,吸引了世界各地的游客。佛得角是欧洲和非洲、南美洲之间,北大西洋与太平洋、印度洋、南冰洋之间的交通战略要地。而在历史上,佛得角群岛长期属于葡萄牙的殖民地,它是历史上黑奴买卖的主要中转地,也曾是众多海盗出没的地方……正因如此,前进号把本次横穿大西洋的航行命名为"跟随海盗的痕迹"。

10月6日上午8点多,前进号经过近5天的海上航行,终于抵达佛得角共和国最大岛屿圣地亚哥岛。当船只徐徐靠上普拉亚港口码头时,大家心里说不出有多高兴。踏上大地的感觉真好!

根据船方安排,乘客们将按照提前报名的项目,分别在佛得角开展"圣地亚哥岛乡村风光""圣地亚哥岛越野冒险之旅"和"圣地亚哥岛自然风光"三个短途游活动。我们大部分中国极友选择了"越野冒险之旅",别看这项活动名称很吓人,其实却是一趟非常轻松的越野之旅。想想看,佛得角圣地亚哥岛上最高山峰只有一千多米,岛内多是丘陵地带,且有众多各具特色的海岬沙滩。其危险又在哪里呢?该项短途游活动结束后,证明我们的分析判断完全正确。

据说，佛得角共和国非常重视前进号的此次造访。该国动员多方面力量认真安排了各项短途游活动。就我们所选的"圣地亚哥岛越野冒险之旅"来说，每4个人同乘一辆四轮驱动越野车，这些车子算是当地最好的了。越野车环绕圣地亚哥全岛而行，重点参观游览当地最为优美的海角沙滩。

我乘坐在越野吉普车的副驾位置上，开车的是一位清瘦的高个子黑种人司机。行车路上，道路崎岖，且多是黄沙路面，车子难免颠簸。我在越野车上，一会儿环顾周围奇特的景观，一会儿看看身旁的司机娴熟地操控方向盘，一种感恩之情不禁涌上心头……

佛得角群岛是一个充满历史传说的地方，也是一块犹如未开垦处女地的旅游目的地。行走的路上，充满未知。旅行的最大魅力就在于此。从遥远的东方，天路向北；再从地球的最北端，海路向南，最终驶向地球的最南端……如今，我们正在欧非美三大洲、大西洋、太平洋、印度洋和南冰洋交叉汇聚点的佛得角群岛上穿梭，你说能不感恩能不感动吗？！

圣地亚哥岛四周的海水真蓝！蓝得深邃，蓝得神奇，蓝得诱人！在一处火山岩石构成的黑色海岸上，我们登上岸畔一座废弃的碉楼顶上，迎面天风海涛，但见墨绿色海面上，层浪滚滚，波澜壮阔。一艘银白色的小船，正在海岸附近的浪涛中起伏，船头泛起了白色光芒……我太喜欢这样的场景了！我想这样的海景海况，一定是冲浪运动的极好所在。后来一查果然如此，佛得角群岛是欧洲乃至世界，最适合冲浪运动的地方之一！

圣地亚哥岛上的沙滩也很特别，它不仅沙细密，而且形成层层波纹，很像是被人犁过的沙洲耕地。站在沙滩一端，顺着一条条绵长的沙滩波纹望去，视野会连续不断地延伸到很远的地方……这波纹又像是神奇的音符，跳跃着延伸到深蓝幽深的海面上，从那里又回荡起神秘的迷人乐章……我出生在海岛，见过太多的海角沙滩，但还没有见过如佛得角圣地亚哥岛上这般拥有如此特殊波纹的沙滩。大自然就是如此的神奇！谁人能够诠释出如此奇妙波纹的秘密呢？

在一处空旷的沙滩上，几乎寥无人迹，但几只狗狗却从沙滩的那一端向我们缓缓走来。它们并没有狂吠，相反，狗狗却与旅客套起近乎来。同行的中国极友小王，最受狗狗喜爱，看那亲热的样子，似乎是老朋友相逢了！

最使我难忘的还是佛得角的黑种人朋友。为此，我曾经在海角沙滩上抓拍了几张佛得角黑种人朋友的图片。那位身穿白色衣服的非洲小姑娘，正健步如飞地赤脚穿过沙滩，走向远方的山间小道；那一对非洲男女青年，正幸福地蹚着水，矫健的身姿倒映在水波粼粼的海滩上；那是一群期盼渔港归舟的非洲妇女，她们或手脚麻利地收拾渔获，或头顶着满满的鱼筐匆匆赶路……

大西洋遗珠佛得角

在一处粗犷的海滩上，我幸遇三位非洲男青年。当时，我独个儿在海滩上漫步，恰遇他们迎面走来。我习惯性地掏出手机准备拍摄，三位青年友好地停下了脚步。见此情景，我又被感动了！在佛得角期间，我们的相机镜头不论对着谁，没有一个人会躲闪的。但出于礼貌，我还是比画着动作，意思是征询他们可否合影留念。其中一位正在打电话的青年，连忙停下自己手中的"热线"，他接过我的手机，拍下了我与其他两位非洲青年的合影。末了，我们友好地挥手告别。

再说说给我们开车的黑种人司机吧！这位司机十分憨厚。一路上，他开车格外小心。车子每过一道沟坎时，他总是缓缓驶过，总怕我们因颠簸而感到不适。分别前夕，我特意在所乘坐的越野车旁边，与这位司机合影留念。

其实，几天前，前进号行驶在非洲大陆海岸时，船上的极友们关于非洲的议论就渐渐多了起来。非洲确实还很落后，在非洲旅行也会发生一些不愉快的事情。但我个人对非洲兄弟的印象并不坏。早在1990年北京第十一届亚运会期间，我作为特派记者赴京采访，曾经巧遇一位来自非洲马里的青年。当时，他在售卖一些工艺品，以帮助自己在京的留学生活。其间，他用半生不熟的普通话与我聊天。每当提到"中国"，他就伸出大拇指，说中国是真朋友、好兄弟！说到高兴处，他表示要送我一件手工纪念品。我谢绝了他的美意，但对非洲兄弟的美好印象，则自此开始。

其后，我还曾去过肯尼亚、南非等国访问。直接接触过的非洲朋友，也都给我留下很深的印象。其中与肯尼亚马赛马拉草原帐篷旅馆的几位非洲工作人员的合影，我至今还时常翻出来看看。当时，我曾经为一位酋长拍摄过照片，答应以后要将照片寄给他。但后来既忘了帐篷旅馆的名字，又不记得该酋长的大名，因此，我至今还无法兑现自己的承诺。我想，将来如果还有机会再去肯尼亚时，我一定要带着老照片去寻找这位酋长！

在结束了"圣地亚哥岛越野冒险之旅"之后，我们几位中国极友又匆匆游览了佛得角共和国首都普拉亚。普拉亚所在的圣地亚哥岛人口，占全国总人口四分之一。普拉亚市不大，大约半个小时就能把主要街道走遍。但我们在这里惊奇地发现，首都普拉亚主要商业街上有许多中国人开的小商店。这些商店也不用挂招牌，当地人耳熟能详。我们走进一家中国人开的百货商店，年轻的女主人是浙江温州人，她很高兴见到远道而来的国人同胞。据了解，现在佛得角的中国人约3000人，大多数居住在圣地亚哥岛和圣维森特岛，占佛得角共和国总人口的0.5％。他们中的大多数是20世纪90年代后期来佛得角开展经贸活动的。在普拉亚街头，我们发现多处中佛两国友谊的见证。佛得角的人民议会堂、佛得角政府办公楼以及国家体育场等建筑物，都是中国援建的。

离开商业街后，我们就从普拉亚独立广场开始，环绕佛得角共和国总统府走了一圈。

总统府坐落在首都普拉亚临近港口的一块台地上。它的正对面，是与英雄纪念碑毗邻的幼儿园。它的临海一面，佛得角共和国国旗高高飘扬着，台地岸畔排列着一尊尊锈迹斑驳的古炮。参观游览完之后，我为之感慨：中佛同为发展中国家，追求民族独立和国富民强的目标是一致的！正如佛得角国歌《自由之歌》所唱的："唱吧，兄弟，唱吧，我的兄弟，为自由是颂曲，人民所确立。庄严地把种子埋在这荒岛的尘土里，生活犹如绝壁，希望犹如大海把我们抱在怀里。海和风的哨兵坚定不移，在繁星和大西洋之间唱着自由的颂曲。"它强烈地表达了佛得角人民的愿望。

在佛得角共和国总统府周围，我还意外地发现了很多三角梅和凤凰木。离开厦门一个多月来，所经各地，凡是能见到厦门市市花三角梅、市树凤凰木，我都会感到非常亲切！佛得角共和国总统府周围的三角梅尤其茂盛，它们爬满米黄色的总统府围墙，在阳光映衬下郁郁葱葱、争奇斗艳！而在总统府前的临海护墙上，五颜六色的三角梅，则与古朴沧桑的土炮群，相依相偎，相映生辉……

傍晚，前进号缓缓离开了普拉亚码头。

我对佛得角的印象特别好。也许是孤悬大西洋之故，佛得角的海滩原始自然，毫无污染。这里的每一个景观，都是大自然的原始之作。就是偶尔见到的船只、古屋和草棚，也是随风随浪，风雨剥蚀，天然着色。穿梭在佛得角圣地亚哥岛海角沙滩期间，我会不经意间联想到韩国的济州岛。前几年，中韩两国友好往来时，我国不知有多少游客去过济州岛。爱屋及乌，那里的海岬也曾受到包括我在内的许多人的赞美。但它若与佛得角圣地亚哥岛的海岬沙滩相比，就是小巫见大巫了！正如佛得角共和国驻华女大使塔尼亚所宣示的：游客"可以从很高的山丘，看到非常平坦的岛屿，白色的沙滩和湛蓝的大海"。是的，佛得角是美丽的！虽然它与我国相距万里，但遥远不是天堑，我相信总有一天，会有更多的国人同胞来西非岛国佛得角实地欣赏美景。

来也匆匆，走也匆匆。再见，普拉亚！再见，佛得角！我久久地站立在甲板上，直到这个岛国的身影在眼中完全消失……

漫漫海路大西洋

前进号离开佛得角普拉亚港码头后,又继续穿越浩瀚的大西洋。

漫漫航海路,夕阳复朝阳。次日清晨,我像平时在厦门时那样,习惯性地"闻鸡起舞"。轻轻地带上舱室的门,穿过狭窄的舱室廊道,推开左侧通往外层甲板的笨重大门……我沐着曙光,迎着朝霞,径直大步地走向五层船头主甲板……

从昨天开始,我就调整了个人作息时间表:今后凡是航海日,就要雷打不动地坚持每天早晚两次甲板健走。

今晨的天气很平常,只是东边的旭阳已出,西边的月亮却还迟迟不肯隐去。前进号上早起的人儿不少,但大家各有各的安排,有的健走,有的摄影……最为靓丽的风景是,在五层主甲板上,一群女乘客正在教练员带领下,认真做起各种瑜伽动作来!

在前进号上练瑜伽

我们自8月25日从北极斯瓦尔巴群岛登上前进号以来，已经一个半月了。朝夕相处，风雨同舟，大家对前进号有了较深的感情。好奇心一直驱使我们想去了解前进号更多的奥秘。但除了应邀两次访问船长室外，很遗憾我们对船舶内部结构知之甚少。在穿越大西洋的漫漫航行中，这一个遗憾终于得到了弥补。

一个风和日丽的下午，我们5位中国极友在前进号总工程师带领下，深入船舶的"心脏"部分——核心发动机机房等要害部门参观。我们参观了船只的动力系统、防火防漏油系统、海水净化系统、供电供暖系统和机械维修系统等。前进号是目前世界上从事极地探险旅游最优秀船只之一。正是由于拥有最先进的技术设备，保证了前进号在极地探险中的安全。单单船舶发动机，前进号就拥有4台。总工程师介绍说，一般情况下，前进号只轮换使用其中两台发动机，最多时也只使用3台。

前进号与一般船只不同，它没有舵。我在海边长大，乘坐过太多的船只，对没有舵的船感到非常惊奇！但这却是实实在在的事实。原来，前进号使用多方位的动力螺旋桨，可以使船只瞬息之间实现360度范围内的自由旋转。这样神奇的场面，我们在从北极格陵兰岛进入北挪威的一条极其狭窄的小峡湾时，亲身见证过了！

位于前进号二层甲板以下的轮船"心脏"部分的工作环境，如果不是身历其境，实在难以想象。这里的个别地方，温度极高，噪音极大。我们戴着耳塞进入其中的舱室，顿时汗水就浸透全身。虽然可以自动化控制，也不需要工作人员时刻蹲守，但为了保证船只的正常航行，动力部门的工作人员难免需要时常出入检查，由此可见每天需要付出多大艰辛呀！然而，这里的工作环境却是整齐有序，甚至可以说是一尘不染。我注意到控制舱室内，既有整齐的书架，又摆有前进号船只模型，甚至还有几只狗狗模样的小玩具。是呀，无论工作和生活环境多么艰辛，乐观者总是少不了"诗与远方"……

漫漫航海路，我们并不孤单。前进号上的文体活动十分丰富，每天都安排探险队队员作科普讲座。至于海上航行时所见的风景，更是千变万化，令人目不暇接。仅日出日落就够让我沉醉其中了，更何况航海途中，还常会遇到各种海鸟、海鱼和海豚，偶尔也能见到鲸鱼……

为了让万里之外的亲朋好友们放心，我通过微信朋友圈上传了3张海豚图片。这些图片十分清晰，画面栩栩如生。只见，一群大小不一的海豚，紧贴在前进号水流湍急的船舷旁，结伴尽情地遨游……我告诉亲友们，这些海豚图片是由中国极友团中年龄最小的尹思成（昵称果果）拍摄的。亲友们不仅赞扬果果的摄影技术，更赞赏果果的求知精神，以及他的父母独特的教子方式。

尹思成是随父母参团的，他是我们全团的开心果，也是深受全船工作人员、探险队队员和各国游客喜欢的小极友。8岁的小果果俨然像个小大人，在沿途登陆考察期间，他常常一个人背着相机，跟随大人们开展各种轻探险活动。在北极格陵兰岛的登陆考察中，他曾两次与我一起乘坐冲锋艇返回停泊在大海中的前进号。我曾问他："你的父母呢？"他只是淡淡地回答说："不知道！"然而，就是这样的一位小大人，处事可是很认真很细致呢！前进号在大西洋的漫长航行途中，他的脖子上总是挂着一台索尼"胖黑卡"相机，随时随地准备捕捉"突发镜头"。这组与前进号竞翔的海豚照片，就是小果果的独家杰作。

小极友果果的海豚摄影作品，在我的朋友圈内引起很大反响，也加深了我对海豚等水生哺乳动物的兴趣。很凑巧，没过多久，一位资深的德国籍探险队队员就为我们中国极友专门上了一堂题为"鲸鱼与海豚"的讲座。这个讲座又让我们增长了相关知识，进一步开阔了眼界。我们更加向往此行的终极目的地——南极，因为那里不仅有种类繁多的企鹅，还有各种海豚和鲸鱼，还有许多我们未知的谜！

朋友，你也许会问：真的有鱼会飞吗？真的！前进号在横穿大西洋过程中，我们在甲板上就多次看到飞鱼。

由于飞鱼的速度非常快，我们很难拍到理想的图片，但为了与亲朋好友们分享，我还是上传了一段飞鱼的视频。该视频是我在前进号上听"飞鱼"讲座时，从探险队队员播放的纪录片中翻拍的。

"看！飞鱼的身影多么矫健！它入海遁游神速，它飞天翱翔敏捷……"是的。在复杂的自然环境中，飞鱼为了延续生存，不仅会神游，还会竞飞！讲课的探险队队员说，飞鱼腾飞之时，它的尾鳍在海面上每秒要摆动72下左右，这就好比飞机起飞时，需要在跑道上飞奔助跑一样！据说，每只飞鱼每天只能腾空飞翔一次。因为，它为此次飞翔竭尽了全力。很显然，只有遇到危急关头，飞鱼才会不顾一切地离水而飞。亲友们从我上传的这段视频中看到，飞鱼在海中有大鱼追逐，在空中有鹄鸟待啄。它面临着何等艰难危险的生存环境呀！但或许正是"优胜劣汰，适者生存"的自然法则，才会有飞鱼这样的生物出现。

我对飞鱼并不陌生。少年时在家乡岚岛随船出海捕鱼时，曾经见到飞鱼仓皇之际，误飞到小渔船上。我曾经随海洋考察船到台湾海峡科考调查时，见过飞鱼犹如飞蛾扑火，撞伤于船上灯标的场景……现在，我在行驶于大西洋的前进号上聆听"飞鱼"，是个意外收获，它让我开阔了视野，增添了对飞鱼的了解。

在随后横穿大西洋的航行中，我已经不太在意是否能拍摄到飞鱼了，我更多的则是静静地观察欣赏，从中得以感悟启迪，收获一份对飞鱼的敬意……

隆重仪式过赤道

美洲大陆马上就要到了！虽然前进号还在茫茫的大海中航行，但海面上已经出现些许黄色水色。有经验的乘客见此情景心中窃喜。为什么呢？因为这黄色的水色，是从世界著名的亚马孙河流过来的。这说明，经过漫长的横穿大西洋航行，美洲大陆就要到了！亚马孙河就要到了！

打开世界地图来看，从非洲大陆最西端塞内加尔境内的佛得角，到美洲大陆巴西境内的亚马孙河口，它们之间隔着广阔的大西洋。漫长的航海日子很折磨人。前进号在登陆佛得角群岛前，已经连续航海5天了，而在佛得角首都普拉亚港仅停留半天多一点时间，又继续海上航行了！经过5天的持续航行，眼看美洲大陆就要到了，你说能不高兴吗？无可置疑，浩瀚大西洋上的风光很美。但再美的风景，看得多了，也会有审美疲劳。尤其是经过这么漫长的海上航行，乘客们都迫切地期盼能早一点踏上坚实的大地。

我们很快就要进入地球赤道。这意味着，前进号不仅完全进入了西半球，还将从北半球进入南半球！

我们所乘坐的前进号，自8月25日离开北极斯瓦尔巴群岛首府朗伊尔城以来，已经走了很长的路了！它往北驶至北纬近80度处的玛格达莱纳峡湾。之后，前进号穿过弗拉姆海峡，抵达全世界最大海岛格陵兰岛的东北部。之后，前进号又先后两次穿越丹麦海峡，重点考察了格陵兰岛东北部无人区以及冰岛和扬马延岛等。再之后，前进号又从北挪威开始，沿欧洲西海岸一路南行。它穿过了英吉利海峡、直布罗陀海峡，在北非卡萨布兰卡稍作停靠后，又绕过马德拉群岛、加那利群岛，直抵西非塞内加尔附近海域大转向横穿大西洋。经停佛得角群岛普拉亚港后，前进号又朝着南美大陆马不停蹄地航行。回顾已经走过的历程，这是一次贯穿地球南北极的首次旅行，也是一次意志和耐力的极限挑战！

现在，我们乘坐的前进号，从遥远的地球北极款款而来。我们历尽千山万水、狂风大浪，终于来到赤道了！

隆重仪式过赤道

赤道，我是很久以前，在中学地理教科书上了解了有关它的知识。课本告诉我们，赤道是地球表面最长的圆周线。赤道的纬度为0度，它是划分地球纬度的基线，也是地球上最长的纬线。赤道把地球分为两个半球，其以北是北半球，以南是南半球。赤道又是离太阳最近的地带，因此很热。

如今，原先从书本上认识的赤道，就要实实在在地呈现于眼前，你说会不激动吗？况且，按照传统习惯，远航的轮船驶过炎热的赤道，都是一件不可忽视的大事，都要举行隆重的纪念仪式。

中午12点，前进号上的广播响了！探险队队长通过广播庄严地宣示："本航次的前进号上，有60名乘客、82名员工，请求海神准予安全通过赤道！"

下午2点，过赤道仪式在前进号五层主甲板上隆重举行。

烈日当空，艳阳高照。朵朵白云，低垂可摘。身材高大的"海神"，一身戎装，手持魔杖，威风凛凛。其他虾兵蟹将依序而立，束腰待命。好一个隆重而又热闹的场面！身穿全套航海服装的欧利船长，首先简短致辞。之后，现场锣鼓、唢呐等乐器轰然响起！

就在这样的热烈气氛中，一批批参与祭祀的人员，按照航海人的传统习俗，开展了一系列祭祀海神的活动。

所谓祭祀海神，当然少不了水。参与祭祀的人，男士多为赤膊上身，女士身上

别开生面的过赤道仪式

穿戴也是薄如羽蝉。他们两人一组，分别被按在一条长椅上。此时，扮演虾兵蟹将的水手，或舀起成瓢的冰水，从祭祀者的头顶，直灌脖项；或抓起一团厨房特制的"臭鱼烂虾"，直往祭祀者的嘴中猛塞……为了防止祭祀者中途逃脱，他们的手腕都被绳子牢牢地拴在椅子上。经过这一系列动作后，祭祀者还要接受水龙头的汹涌灌注。冰冻之水，从头而注；酸臭食物，五味杂陈；冲天水柱，全身灌透……过赤道的敬海神祭祀仪式，原来是这样的别开生面，令人终生难忘！

中国极友团当中，有多位极友直接参与了祭祀海神活动。他们当中有年已古稀的"光头兄弟"高本领和曾是北大荒女知青的张子发。8岁的小极友果果，可是意气风发，不输大人，无论是冰水灌顶，还是怪味食物塞嘴，或是水龙头冲刷，小果果一步也没落下！

我们的中文领队石先生，事后在接受媒体访问时谈了自己的切身体会。他说："第一次穿过赤道的新船员会有祭祀海神的传统，实际上是一次恶搞。我有幸体验过全过程。船长和老船员会打扮成海神和他的手下，先把我们的手绑在椅子上，让我们享用芥末、辣椒油和Tabasco一类东西做成的变态'辣饼'。然后是生鸡蛋砸头和大厨精心熬制了三天的臭鱼烂虾酱往身上倒。最后身上的味道没法进船舱了，就在甲板上用高压水龙头给我们冲一通……"

我虽然没有直接参与祭祀海神的具体环节，但全身心地关注了每项细节。这种仪式是一种过赤道所特有的航海习俗，海洋文化，博大精深。近年来，中国人民解放军海军军舰渐渐地驶向深蓝，渐渐地走向世界各大洋。它们在通过地球赤道时，也都举行了升国旗、唱国歌等特别有意义的仪式。

今天，在行驶在南美赤道的前进号上，我目睹了古老的祭海神仪式，自然会联想到已经走过的漫长航程……我们这批中国极友，深受前进号全体船员、探险队队员以及各国游客的尊敬。极友们心里也都很清楚，不是我们个人有什么了不起，而是我们的背后有一个强大的祖国。我深为自己是中国人而感到自豪和骄傲！

这天下午，赤道上空，骄阳似火。但这样的骄阳始终阻挡不了我们过赤道的热情。前进号被浓浓的过赤道祭海神的氛围笼罩着。

神奇的亚马孙河

10月12日晨。看！亚马孙河上的日出……

从曙光乍现，到淡抹朝霞，再到它的第一缕阳光……我欣赏了亚马孙河上日出的全过程。

亚马孙河流入海洋的黄色河水，昨天上午我们就看到了。当时大家就很兴奋地议论，亚马孙河马上就要到了！可有谁会想到这个"马上"，前进号还要再航行大半天呢！原来，亚马孙河口宽达240公里，其宽度相当于厦门与福州间的距离。而且河水泄水量非常巨大，泛滥期流量每秒高达28万立方米。亚马孙河每年入海水量达5.4万亿立方米，占全世界河流入海总径流量的20%。在亚马孙河的出海口，距陆地岸边160公里处的海水都会变黄变淡。

前进号直到昨晚才驶进亚马孙河流域。但是由于亚马孙河道无比广阔，水面上除了颜色变浅之外，与大海没有什么太大区别。正因如此，它让我时常有一种孰河孰海的错觉。正是由于有这样的好奇，今晨我比往日起得更早。循着前进号船上舷灯的指引，我从住宿舱室的五层甲板开始，登上六层、七层甲板，最后直上最高的八层甲板。我要目睹亚马孙河日出的全过程！

南美大陆的亚马孙河呀，你是世界的河，也是全人类的河！虽然亚马孙河的长度说法不一，在河流长度方面，它目前屈居全球第二，但它的水流量稳居世界第一，却是铁板钉钉之事！横穿美洲大陆的亚马孙河，发端于秘鲁的安第斯山脉。它的正源源头，距离太平洋海岸仅一百多公里。这条世界上流量最大的河流，拥抱着全球最大的亚马孙热带雨林。这片广袤的热带雨林，也是世界上超过三分之一的物种的栖息地。因此，它虽然离我们中国很远，但与我们共同赖以生存的地球息息相关。它与全球气候变暖、物种减少等环保问题息息相关。正因如此，亚马孙热带雨林有"地球之肺"的称号！

亚马孙河流域蕴藏着世界上最丰富多样的生物物种。据说，目前它仍栖息着数百万种生物。今天清晨，我们在前进号甲板上拍摄日出晨景时，就遇到很多种昆虫。

也不知道它们是怎么飞上前进号的。只见，它们静静地栖息在甲板的各个角落，或爬行，或轻盈地飞翔，或收起触角一动不动……即使你把手机贴在它的背上拍摄也不惊慌。也许这里的生物就是这样不怕陌生，也许这里的生物对外来之物格外好奇，也许这里的生物特别喜欢与远道而来的客人交朋友？我虽然对昆虫并无特别兴趣，但在这个特殊的环境中却格外小心，举步之间，我都小心翼翼、战战兢兢，生怕不小心踩踏了亚马孙河流域的昆虫。

今天，前进号一整天都在亚马孙河上溯源上行。赤道上空，艳阳普照。洁白的棉花状云彩，飘浮在甲板上空，似乎伸手就可触摸。船舷两旁的廊道，既遮阳又适合观赏两岸风景。有人搬出躺椅，一边看书，一边养神。当然，最忙的还是那些摄影发烧友，他们扛着"长枪短炮"四处"打鸟"，根本顾不上躲闪赤道上热得厉害的阳光。甲板上风景看累了，就回到自己所住的舱室，躺在床铺上，隔着宽大的舷窗，也可以看到亚马孙河两岸的风光。

总之，从这天早晨开始，我们就完全沉浸在亚马孙河的氛围中。无论是在甲板上，还是在舱室，或是在餐厅，我们谈论的都少不了亚马孙河这个主题……那绵延不绝的亚马孙热带雨林，那瞬间飞过的各种鸟儿或匍匐在甲板上的昆虫，那同黄河水一样浑黄的河水，还有掩映在树丛中的座座小木屋以及当地印第安人风格独特的小木船……这一切构成了亚马孙河道上极其靓丽的风景！

傍晚，我们在前进号上又观赏到亚马孙河上瑰丽的日落。

亚马孙河上的日落，给我留下两个鲜明的印象。其一，落日云霞绚丽柔软，细腻可人。伫立在甲板上，河面阵阵清风送爽，令人心旷神怡，根本没有出现午间遇到的闷热。其二，这河面广阔得不见岸边，前进号仿佛又是航行在一望无垠的大海上。我久久地站立船舷旁，一直目送夕阳完全落没在亚马孙河远处的水天连接处……那情那景，就和我每天在前进号上送别北冰洋、北大西洋上的日落几乎一样。

再好的美景，如果没有人的参与，也会显得略为单调，甚至感到寂寞。还好，前进号上的日出日落，总是不乏有人追光逐影。与我一样追逐亚马孙河日落全过程的，还有十多位不同国籍的摄影爱好者。我们彼此之间虽然没有说话，但那端着相机执着的姿态，那融入自然怡然自得的神态，就是无声的共同语言！

初见圣塔伦

巴西圣塔伦到了!

圣塔伦位于亚马孙河支流塔帕若斯河口右岸,是巴西北部帕拉州首府,也是亚马孙河中下游地区一座充满活力的旅游城市。圣塔伦是一座多沙的河道港口。其中,暗褐色的亚马孙河与蓝绿色的塔帕若斯河在此相汇,当地人称其为"水的相会"。在欧洲殖民者来美洲之前,圣塔伦曾是塔帕若斯河流域美洲印第安人的主要聚集地。

我们在前进号上连续度过了7天,现在眼看着就能踏上坚实的陆地,大家都急着早点下船,但好事多磨,迟迟下不了船。为什么呢?原来圣塔伦码头接驳邮轮的专用梯子太矮了!由于码头附近水位太低,前进号上三层甲板出口处够不着岸边,而前进号四层又没有出口,五层出口处离码头又太高了。这样就只好临时焊接梯子了!无奈之下,两方的工人师傅只好抓紧时间补台,联手赶搭增高的合适梯子。

既来之,则安之!顺乎自然吧,旅行的最大魅力就在于它的不可预见性!我利用这段时间登上甲板的最高处,俯瞰四周,把圣塔伦码头周围的景观先收入眼底……过了半个多小时,经过临时焊接而加高的梯子终于落成了!我好像有现场报道任务似的,连忙赶在先头乘梯早早下了船。站在码头上,顾不上强烈的阳光,我急忙回头仰望,但见前进号五层甲板出口处,平坦伸出一截秀美的扶梯,与码头上临时焊接而成的梯子,牢牢地绑系在一起。这临时焊接成的梯子,虽然简单粗糙,铁锈裸露,与前进号伸出的秀美扶梯色彩很不协调,但它们之间衔接得十分稳当。游客们在当地工作人员的帮助下,全都轻松愉快地陆续下了船。

早就听说巴西圣塔伦位于赤道的热带雨林,是鸟语花香的生物天堂。但我们这回初次遇见圣塔伦时,对其见闻则只是集中在水面上。我们乘坐着游艇,从这河到那河,再从那河到那湖,大半天欣赏的全是圣塔伦的水上风光。其间,我时常会有一种身在海上的感觉。因为亚马孙河及其支流和湖泊,确实太宽了!行走过世界上的许多地方,我一直有个鲜明的感觉:凡是历史悠久的城市,几乎都离不开水。不管它是靠海,或是临河,还是贴近湖泊。

圣塔伦这座因水而生的城市，有绵延不绝的河岸沙滩，有鱼类极为丰富的河流湖泊，还有数不清的捕鱼舟船。这里的捕鱼船多数构造简单，单人渔舟到处可见，但渔民们起网时基本上不会落空。我们乘坐的游艇来到黄水和绿水汇合处，见到不少船只正集中在这里捕鱼。有经验的人都明白，在亚马孙河与塔帕若斯河两江之水汇合处，水中的营养物一定特别丰富，当然也一定是各种鱼类最多最集中的地方。

泛舟麦卡湖，是我们圣塔伦登陆活动的重点。看不够的原始雨林，数不清的奇禽异鸟呀！麦卡湖之旅，让我们尽情欣赏了各种奇特的鸟儿以及包括海豚、蜥蜴在内的许多野生动物。它让我们真正感受到了热带雨林的生命力。我们端着照相机，顾不上烧烤一样滚烫的烈日，追逐拍摄忽而掠过水面的鸟儿以及爬行在湖岸的珍稀动物……不时从附近水面快速露出头来的海豚，总像是与我们捉迷藏一样！

泛舟麦卡湖期间，组织者还安排了一次别开生面的艇上垂钓活动。这次垂钓活动就在游艇的船舷旁进行，钓鱼者把装有鱼饵的鱼钩放到湖水里，就等"愿者上钩"了！当然，也得有点钓鱼技巧，但更多的则是靠运气了！不一会儿，年已七十的极友高本领老弟就笑呵呵地钓起了一条不小的食人鱼！我端着相机急忙上前去，记录下高老弟的"首开得胜"！飞行员出身的高本领，一路上虽然腰痛缠身，但他十分顽强和乐观，而且他的运气似乎特别好！继中秋节之夜博饼获得"状元"后，他在

垂钓食人鱼

初见圣塔伦

今天的钓鱼活动中又首获彩头!就在大家为高本领首钓食人鱼而祝贺喝彩时,他的夫人杜晓燕也钓到一条稍微小一点的食人鱼。夫妻双双大丰收!高老弟夫妇的丰收,给我们带来了特别的欢乐,我开心地为他俩的丰收拍照纪念。

食人鱼,听这名称就很吓人。它又叫食人鲳、水虎鱼。但离稍远一点观察食人鱼,它似乎没有那么可怕,食人鱼属于可食性鱼类。它的体形呈卵圆形,侧扁,尾鳍呈"又"字形。它的头骨特别是腭骨十分坚硬,两颚短而有力,下颚突出。食人鱼有着与众不同的三角形牙齿。它的体型虽然小,但性情却十分凶猛残暴。一旦被咬的猎物溢出血腥,它就会疯狂无比,紧咬着猎物不放。然后,它用其锋利的尖齿,通过身体的扭动将肉撕扯下来,甚至一口可以咬下16立方厘米的肉。

位于赤道的圣塔伦,野生动物是够刺激的,炎热也是够刺激的。然而,比赤道的阳光更热情的还是当地桑巴歌舞演员。当我们从热带雨林返回到前进号时,就受到当地歌舞演员的热烈欢迎!

在前进号七层观景大厅里,巴西民俗歌舞表演,在强烈的鼓乐声中即兴开始。"桑巴舞蹈,热情似火!"果然名不虚传!巴西歌舞演员的激情表演,一下子就把现场的气氛推向高潮……演出期间,巴西歌舞演员热情地邀请乘客一起边歌边舞。我们中国极友团当中也有三四位极友,应邀加入舞蹈队伍助兴。这天傍晚,前进号一直沉浸在浓浓的桑巴舞蹈的热情中……

欢歌齐跳桑巴舞

雨林心脏玛瑙斯

10月15日，阴天，亚马孙河上雾气蒙蒙。临近中午时，前进号徐徐靠上了玛瑙斯码头。

玛瑙斯是巴西亚马孙地区现代化的河港城市。玛瑙斯拥有极为丰富的自然生态资源，野生热带雨林区距市区只有80公里，因此又被人们称为"亚马孙心脏"和"森林之城"。位于南纬3度的玛瑙斯，以其独特的赤道热带雨林风情，吸引了世界各地的游客。玛瑙斯与北京时差整整12小时。

前进号靠上了世界上最大的浮动码头——马瑙斯码头。马瑙斯码头全长1313米，其本身就是一个享受蓝天、白云和河景的好去处。码头上锣鼓喧天，器乐齐鸣。4位玛瑙斯男女青年载歌载舞，以热情奔放的桑巴舞蹈欢迎远道而来的我们！

玛瑙斯是亚马孙河流域最有代表性的一座城市。这里土地肥沃，河流纵横，物产十分丰富。按照计划，前进号上的游客只在玛瑙斯市区作半天的短途游。

我们的参观从农贸市场开始。穿梭于这里的农贸市场，有点像是走在厦门最热闹的第八市场的感觉。各种水果五花八门，可谓应有尽有。但我最关心最感兴趣的还是以热带鱼为代表的水产品。因为处于热带，又处于世界上最大雨林的核心地区，所以玛瑙斯农贸市场上的鱼类品种格外繁多，让人根本无法分清。

玛瑙斯是古老的印第安部落的原始故乡。漫步这座历史悠久的古城，不时可见殖民地时期留下的痕迹。但我更为注意的，还是呈现印第安人古老文化特点的各类手工制作品。从图案造型上看，有呈现古代印第安人图腾的，有适应时代发展需要的实用工艺类。但从街景中可以看出，其城市基础设施建设方面还很落后。不过可以看出巴西对保持民族传统文化还是十分重视的。从巴西足球，到桑巴舞蹈，再到古印第安文化的保护与发展……巴西确实也有许多地方值得我们学习的！

巴西玛瑙斯也有一段世界著名的黑白两河交汇处。这一景观形象特别鲜明，观后耐人回味！以至于我离开玛瑙斯好几天后，每天清晨醒来还会常常因"黑白分明"而遐想……

雨林心脏玛瑙斯

　　玛瑙斯黑白两河交汇处，简直就是天公的刻意之作！两种不同颜色的河水，从不同方向交汇而来。它们之间有一条明显的水纹线，彼此水的颜色不同。一侧是墨绿色的，另一侧则是浅黄色的。其时，刚下过雨，又值阴天，黑白分界还不是太明显。船上探险队队员说，如果天气好，黑白两界截然分明！原来，这黑色的河水，来自亚马孙河的一个支流内格罗河。内格罗，葡萄牙语为"黑色"，故称黑河。而另一条呈白色的河流，则是亚马孙河的另一支流索里芒斯河。索里芒斯，葡语意为"光亮的泥水"。因此，人们把这条颜色浅的河流称为"白河"。

　　它们为什么会这样的黑白分明？那是由特殊的地理环境造成的。内格罗河发源于哥伦比亚，它的上游蕴有许多腐烂的树木草堆，从而产生大量的腐殖酸，以至将河水都染黑了。这种黑水滚滚而来，直到汇入亚马孙河主流为止。而白河则是当地比较普通的河流，颜色与黑河相比明显不同。

　　玛瑙斯的黑白两河相汇，让我联想到我国的成语"泾渭分明"。"泾渭分明"，同样源自自然景观。渭河是黄河的最大支流，泾河又是渭河的最大支流。泾河和渭河在西安交汇时，由于含沙量不同，呈现出一清一浊的现象，形成了一道非常明显的界限。后人就用泾河之水流入渭河时清浊不混，来比喻界限清楚或是非分明，进而引申为比喻人品的清浊。"黑白分明"也好，"泾渭分明"也好，都是大自然给人类的点睛之笔呀！

　　玛瑙斯，无疑是我们亚马孙河流域之行中最难忘的城市。提起玛瑙斯，我的脑海中就会浮现黑白两河界限分明处，浮现那座一千多米长的世界上最大的浮动码头，浮现码头上那4位巴西男女青年热情高涨的桑巴热舞……但我对玛瑙斯古城印象最深刻的，还是以歌剧院为中心的一带！

　　那座百年歌剧院确实为玛瑙斯增色不少。从玛瑙斯市的许多角落，都能看到这座金碧辉煌的建筑物。我们走进这座古色古香的歌剧院，但见，浅咖啡色的墙体，间以乳白色的线条。四周罗马式的廊柱上，彩灯高挂，彩绘耀眼。抬头仰望，圆形拱顶，淡雅清新，图案神奇……很显然，这座百年剧院显示出玛瑙斯城曾经的辉煌，但它也记载了这座浸透印第安人古老文明的城市所蒙受的屈辱！

　　这座百年歌剧院是由一位靠橡胶发大财的英国人捐资兴建的。英国人何以这么慷慨呢？话还得从橡胶说起。玛瑙斯自古至今都是亚马孙热带雨林的中心。6000多年前，印第安玛瑙族人的一个部落就生活在这一带。他们长期以来以种木薯和捕鱼为主要的生活来源。之后，他们又发现了野生橡胶，进而发展到能够割胶，将橡胶制作成胶鞋和瓶子等生活用品。

　　据说，哥伦布发现美洲新大陆之前，亚马孙热带雨林之外的世界还不认识橡胶。1493年，哥伦布在南美东部海地岛，好奇地发现了当地印第安人在玩游戏时使用的

203

一种会弹跳的球。于是，他就把它买下带回，藏在西班牙国家博物馆。没有想到，240年后，法国有一位名叫康达敏的科学家，经过数年的南美实地考察，在巴黎发布调查报告。他认定这个会弹跳的球，就是橡胶制成的。他还详述了玛瑙斯的橡胶产地、割胶方法及其应用等。从此，橡胶的价值才被世人广泛认知，进而推动了橡胶产业的开发、利用和推广。

然而，原产于亚马孙热带雨林的橡胶开发和应用，却是充满血腥的，充满殖民统治的抢劫和掠夺！最早来到亚马孙热带雨林的是葡萄牙人。1669年，葡萄牙人占领了玛瑙斯这一带。他们在黑白两河交界处建造城市，先后殖民统治达300年。他们运来黑奴，在这里淘金采矿，运走红木，收割橡胶，种植甘蔗……印第安人奋起反抗这种殖民统治，但最终还是免不了被打败。许多人因此被杀戮，活着的人沿着亚马孙河各个支流，逃进了丛林。

与此同时，世界上对橡胶的认识和需求进一步扩大。18世纪，随着汽车工业时代的到来，轮胎价格飙升。世界上越来越多的商人和船只涌向南美，涌向玛瑙斯。巴西一度提供了全世界97%的橡胶。玛瑙斯也因此成为"黑金之都"。

直到1876年发生了一起英国人偷盗橡胶种子的事，才改变了玛瑙斯"黑金之都"的命运。这一年，英国人威克姆秘密采集了7万粒橡胶种子。他贿赂了巴西当地海关官员，将橡胶种子偷偷运回英国，并交给皇家植物园培育。培育成功之后，英国就将橡胶幼苗运到东南亚殖民地马来亚（即今马来西亚）和锡兰（即今斯里兰卡）等地成功种植。

那位偷盗橡胶种子的威克姆，在所谓绅士国度的英国，并没有受到任何谴责。相反，他还因此获得一枚骑士勋章。而随着东南亚橡胶业的兴起，巴西玛瑙斯"黑金之都"的地位也就自然衰弱了！

这就是我参观游览玛瑙斯古城引起的联想。

在歌剧院前面的广场上，我见到了几位正在执勤的巴西警察。彼此友好握手之后，我还与他们合影留念。在这座广场上，我还见到一群正在参观的当地学生。广场上的地面是用黑白石子铺就而成的。它象征着这里是黑白两河交汇的地方，也是黑白分明历史的写照。漫步在这样的广场上，回顾玛瑙斯古城的历史，这使人太难忘了！

一个城市的名字，承载着一段漫长的历史。玛瑙斯，这座亚马孙河流域最重要的城市，留给我的将是永恒的记忆！

狂欢名城帕林廷斯

前进号离开亚马孙河流域最大城市玛瑙斯后，就开始转头。它将循亚马孙河顺流而下，再次驶入大西洋，直奔南极半岛……而眼前的下一个停靠站，仍是曾经停靠过的热带雨林小城帕林廷斯。

帕林廷斯，前进号溯流上行时，我们曾在这座美丽的亚马孙雨林小城停留过半天。那天早晨，亚马孙河上的日出十分瑰丽。习惯于每天早起追逐太阳的我，那天早晨却是在自己所住舱室的窗口拍摄日出的。大概是由于前一天游览亚马孙热带雨林麦卡湖时，天气太闷热的缘故吧，那天早晨醒来时，一拉开窗帘就已经看到一轮红日从对岸的雨林中喷薄而出。于是乎，我急急忙忙地掏出手机，把它紧贴在舷窗上，抢拍下几个日出镜头。亚马孙河的日出日落，我是一定要看一定要拍的！岁月静好，日月有证。流逝的是时光，沉淀的则是记忆呀！

那天上午，我们这支来自前进号的探险小分队，分乘两艘冲锋舟在帕林廷斯巡游。我们顶着烈日，穿梭在热带雨林的一条小河上。说是热带雨林，这个小河周围的树木却很少。只见，小河两岸滩涂绵延，青草萋萋，鸟儿欢鸣……河道上，江豚此起彼落，似乎与我们玩起了捉迷藏！但实事求是地说，最使我们难忘的还是这里的炎热了！赤道上空，骄阳似乎比火还像火！火辣辣的阳光，笼罩着小小的冲锋舟。按照船方规定，我们每个人身上全程都得披着救生衣。不许脱！如同桑拿浴那样的蒸烤，而且前后持续约一个半小时。可以想象这是怎样的情景吧！然而，我们中国极友没有一个人退缩。乐呵呵，笑哈哈，笑声、叫声、鸟儿鸣叫声混合在一起……我坐在冲锋舟尖尖的船头，这意味着我的观鸟视角最好，但也表明我将无所阻挡地接受骄阳的全方位炙烤。还好我有备而来，脸上早就涂了防晒霜，而且还穿戴了遮阳帽和围脖。

这里的江豚甚多，它们平时只是偶尔露出水面，翻动一下身体，一般很少跳跃。因此，要用普通相机拍下它们的活动瞬间，确实很不容易。为了与亲友们分享江豚的活动场景，我只好上传了用手机拍摄的一段视频。画面中蹦出水面的粗壮物体，

冰海之旅
——从北极到南极

泛舟热带雨林

就是江豚了！

　　前进号顺流下行再次抵靠码头后，中国极友们决定集体活动，一起步行参观帕林廷斯小城。帕林廷斯，是亚马孙河畔人口只有9万的巴西小城市。它位于亚马孙河畔的一个岛屿上。这里是热带雨林的中心地带，因此帕林廷斯又有"热带丛林小城"之称。小城虽小，却拥有亚马孙风情最浓烈的狂欢节——"博伊蹦巴"。"博伊蹦巴"狂欢节，极富印第安人传统特色。在当地土语中，"博伊"是"牛"的意思，"博伊蹦巴"就是"牛之祭"。这个亚马孙丛林里的狂欢节，固定于每年6月最后一个周末举行三天。届时，会有相当于当地人口数量的各国游客专程赶来狂欢。因此，甚至需要提前一年方能预订到狂欢节期间帕林廷斯小城的旅馆床位。

　　我们一行上了帕林廷斯码头后，就开始全程步行逛街。沿途所见，虽然并不繁华，但当地民众十分热情礼貌。浓荫华盖的热带树木下，停着许多人力三轮车。当地人虽然多有示意乘车，但毫无强拉客人之势。高挑亭立的棕榈树，红花盛开的凤凰木，绚丽嫣红的三角梅……这些熟悉的树木花草，一下子增添了我对这座小城的亲切感。公道地说，帕林廷斯小城很温馨。漫步小城街头，我对当地的各种牛型雕塑和绘画尤感兴趣。原来，帕林廷斯以"两牛对决"为代表的"博伊蹦巴"狂欢节已有百年历史了！

狂欢名城帕林廷斯

"博伊蹦巴"源自一个民间传说。相传17世纪时，在亚马孙热带雨林的一个农场里，一头人见人爱的牛，被放牛的一位黑人奴隶偷偷地给杀了。杀牛的动机只是因为这位黑人奴隶已经怀孕的妻子想吃牛舌头。庄园主把这位黑人奴隶抓来审问，黑人奴隶坦白了事情的经过。这个民间传说被搬上舞台后，两个角色间的对话十分滑稽、幽默，表演充满戏谑。舞台上，庄园主气得暴跳如雷，放牛的黑人洋相百出。观众看了深感惋惜又觉无奈。正当观众为黑人奴隶的命运担心时，在丛林女神的祈祷下，被杀的那头牛竟然死而复生了！于是全场一片欢腾，所有人为之载歌载舞⋯⋯这个民间传说，就是这么一个皆大欢喜的结局。

丛林小城中的"牛之祭"

从此以后，这个狂欢活动就在帕林廷斯热带丛林中延续了下来。直到20世纪20年代，这个小城的狂欢活动，才渐渐形成"红蓝两牛"对决的局面。狂欢活动时，当地民众自发分成红蓝两队。红队，以白牛为代表，牛头上涂着一颗红心。蓝队，以黑牛为代表，牛头上涂着一颗蓝色的星星。这个活动一直延续到今天，并且业已发展为以红蓝两队主题歌舞表演为主要内容的文娱活动。

一座小城蕴含着这么丰富的文化内涵，让我越来越觉得文化软实力，无论是对于一个国家和民族，还是对于一个地区，都是多么的重要呀！

又见圣塔伦

10月18日。我们乘前进号顺流下行时再次停留圣塔伦。

圣塔伦位于亚马孙河三角洲瓜雅拉河与帕拉河汇流处,距大海仅130公里。圣塔伦是巴西北部帕拉州首府,又是亚马孙河流域的第二大港市,是进入亚马孙盆地的门户,被视为赤道上的最大城市。圣塔伦市建立于1616年,是亚马孙地区第一个欧洲殖民地。这里曾经是葡萄牙殖民时代防御其他殖民者和海盗入侵的要塞。因此,圣塔伦这座赤道上的最大城市,自然就成为巴西北部游客必去的地方!

4天前,前进号溯亚马孙河上行时,我们曾经在圣塔伦停留过。不过,当时在有限的上岸时间里,我们急着深入观察亚马孙热带雨林,便选择了"麦卡湖之旅"短途游。而对圣塔伦市容的印象,只限于朦朦胧胧的远观,并没有近距离地入市参观。

今天的圣塔伦之行,与往常有明显不同,大家都显得非常谨慎。上午9点,我们中国极友团一行十多人,从前进号所停靠的码头出发,一路结伴步行。其间,每个人都小心翼翼,确保做到不掉队。沿途见到许多风景秀丽的河滩,我也只是匆匆举起随身带的手机拍摄,不敢多停留,生怕掉队发生意外。

为什么会这样?巴西治安状况不好,圣塔伦还被列入"世界最危险的十大城市",我们对此也早有所闻。让我们如此谨慎的最主要原因还是4天前在这里发生的一件事。那一天,前进号停靠圣塔伦后,我们中国极友团的绝大多数人都报名参加了"麦卡湖之旅"。但当我们回到前进号时,却听到一个吓人的消息。原来,船上的一位女探险队队员单独游览圣塔伦市时被抢了!据说,青天白日之下,有两个男人冲上前来,硬要抢走这位女士身上的贵重小包。这位女探险队队员系德国籍,是我们各项活动的协调员,船上所有乘客都认识她。她身材高大,拥有健过身的男人那样的强健体魄。这样的人被抢,我们确实感到吃惊!据了解,由于这位女探险队队员的死命反抗,贵重小包最终没有被小偷抢走,但她的手臂却因此受伤。几天来,每当我们看到她吊着缠绕着绷带的手臂,既表示同情,又增添了对在这一带旅行的担忧。

　　此次的圣塔伦市区游，就是在这样的背景下进行的。为了安全起见，船方事先提醒我们：上街不带贵重物品，不带单反相机，不带随身小包。好在我们这些极友都很团结，大家相互约定，绝不单独行动。个别女极友调侃说，今天干脆不化妆，甚至还想在脸上涂点黑！我们一行顶着骄阳，成群结队地步行了半个多小时，终于顺利到达市中心的纳扎莱大教堂旁。但这一路上，治安状况并没有想象中的那么差。相反，我们觉得当地人大多数都很热情，很有礼貌。我们过马路时，不管是开汽车的，还是开摩托车的，都会招手示意，礼让我们优先通过。路上擦肩而过的人，也多是面带微笑，礼貌招呼。

　　从大教堂开始，大家自由结合，分小组继续在城里参观游览。我等4人同行，其中有位是中文领队，活动自然更显方便轻松。我们漫步圣塔伦市区，发现这里也有一条很有特色的步行街。这条步行街的中心地带，生长着许多奇形怪状的果树。圣塔伦被称为"芒果之城"，在这座城市的每个角落都可发现芒果树的踪影。但我总觉得步行街上所见的果实，与我们平时所见的芒果不同。

　　巴西是个足球大国。我特别留意观察当地的体育用品商店和户外用品商店。其中，最显著的商品当然是足球了！商店里的足球，或罗列上架，或成串悬挂，都被装饰得五彩缤纷，显得琳琅满目。至于运动衣裤、运动鞋等日常用品中，则有不少来自中国的品牌。

　　这一天的圣塔伦游览，最使我难忘的还是有幸遇到一家华人开的冷饮店。这家冷饮店位于圣塔伦市中心的一条主要街道上。它的店面门牌号除了葡萄牙文外，还有"中国　欢迎您"的醒目中文字样。我们一行4人都在店里品尝了富有热带特色的果汁饮品。我要了一杯冰冻的黑色甘蔗汁，感觉好喝极了！其他极友对自己所选的果汁也是连声称赞。

　　我初步了解，这家冷饮店是我国广东省江门市的一位许姓华侨开办的。两年多前挂牌营业时，他们就在店面招牌上加上"中国　欢迎您"！我猜想，店主在重点吸引当地顾客的同时，放眼于将来会有更多国人游客游览亚马孙热带雨林时光顾此店。异国他乡遇国人，总是有一份特别的亲切感。我衷心祝福这家位于圣塔伦市中心的华人冷饮店生意兴隆！事业蒸蒸日上！

　　河水潺潺，河海融融。前进号依依惜别了圣塔伦，继续顺着亚马孙河缓缓而下，开始一段别河赴海的航程。在这段航程中，最让我难忘的就是亚马孙河上的亲见所闻。还是要努力留下尽可能多的有关亚马孙河的记忆呀，就连它的每一个日出日落也不要错过！

回望亚马孙河

前进号现在已经驶到亚马孙河主航道的出海口。又到赤道了！在五层主甲板上，前进号再次举行"祭海神，过赤道"仪式。

从玛瑙斯登船的新一批游客以及上次没有参加祭祀海神仪式的中国极友，参加了今天的祭祀活动。唯有8岁的小极友果果例外。经历过第一次"祭海神"活动，果果难道不知道其中辛苦？可他依然报名，而且是一副志在必得的神态。小果果就是这样独立独行，而他的父母也是乐观其成。看！小果果的母亲赵艳梅，不也是和其儿子一样主动接受"海神"的考验嘛！

傍晚，前进号圆满完成"祭海神，过赤道"仪式后，终于离开了亚马孙河。望着渐渐远去的亚马孙河，许多游客都流露出依依难舍的神情。大家久久地凝视着浑黄的亚马孙河，凝望着淡淡隐去的热带雨林……此时，我的心情有点复杂，似乎还有点凝重！

是的。来过这里的人都知道，以后千万不要再说"亚马孙热带雨林与己无关"了！因为，这里是"地球之肺"！亚马孙热带雨林占地550万平方公里，是地球上生物多样性最丰富的地区之一。亚马孙热带雨林，为全世界人民提供了所需氧气的五分之一！如今，"地球村"已不再只是文学字眼。地球就是我们人类赖以生存的生命共同体呀！临离开亚马孙河口时，我从电视机上拍下一张它的卫星定位图，借以留作"地球之肺"之旅的永久纪念吧！

然而，最近几年亚马孙地区频发森林火灾，这不能不引起世人的高度关注。据巴西国家空间研究所卫星数据显示，仅2019年初开始至8月22日，巴西境内森林着火点达75336处，较去年同期增加85%，逾半数着火点位于亚马孙热带雨林。其中亚马孙地区森林大火持续燃烧了17天。根据欧盟发布的卫星图像，该森林大火带来的浓烟，不仅覆盖了巴西近一半国土，还扩散到了邻近的秘鲁、玻利维亚、巴拉圭等国。

那么，近年来亚马孙热带雨林为什么会频发森林大火呢？有关专家指出，亚马

回望亚马孙河

孙河流域热带雨林土壤非常肥沃，雨林被砍伐用火清林之后，就可种植大豆等多种农作物。同时，该地区地下矿产丰富，大规模开挖矿产严重毁坏了雨林的自然环境。总之，火灾发生频率如此之多，其中一个重要原因，就是毁林开垦土地的规模和范围仍在扩大，又尚未得到有效管理。

依依不舍亚马孙河

有机构称，巴西亚马孙森林的起火原因，通常是人为砍伐雨林，造地种植大豆或饲养牛群。随着火灾数量的增加，温室气体排放量增加，地球整体温度升高，旱灾等极端天气也出现得更为频繁。甚至还有人说，亚马孙雨林持续大火，竟与巴西牛肉有关。巴西是全球最大的牛肉出口国，而中国香港则是巴西最主要的牛肉进口地。据2018年的统计数据，中国香港是巴西牛肉进口最多的地区，中国大陆位居第二。因此，亚马孙热带雨林等地区的森林大火，需要全人类一起关注，一起行动！

历时整整一周的亚马孙河流域的旅行考察就这样结束了！其间，前进号的一位探险队队员专门为我们中国极友作了题为"强大的亚马孙雨林"的讲座。这个讲座让我从历史、地理、人文、生物、气候等方面，全方位地加深了对亚马孙热带雨林的了解。收获颇丰，但需要慢慢消化，真的需要活到老学到老了！

前进号结束了亚马孙河上风平浪静的航行，驶进海洋了。浩瀚的大西洋敞开广阔的胸怀，欢迎我们这批贯穿地球南北极的中国极友们重新投入它的怀抱。海洋以其一望无垠的广阔，浩瀚磅礴的气势，在我们面前再展它的宏伟蓝图。风云变幻，乃至风云突变，是海洋航行中常遇见的事。南大西洋海面上，无风三尺浪，何况现在已有了五六级风！自从重新驶入大西洋以来，前进号上就有多位乘客遭受晕船困扰。在往后的航行中，我们免不了还要经受更大风浪的考验。

路漫漫矣，岂能退缩。今天傍晚，在风浪很大的情况下，许多乘客依旧在甲板上坚持每天一英里的健走。

南大西洋趣事

前进号绕了一个大圈,从赤道附近的巴西玛瑙斯,顺亚马孙河而下,先后再次停靠帕林廷斯、圣塔伦。继而,它驶出亚马孙河主河道,再次进入赤道。现在,它又再次驶出赤道,进入了南回归线,沿着南美大陆海岸线一路向南!

自从10月17日离开巴西圣塔伦,到下一个停靠点巴西南部小城帕拉蒂,前进号要在南大西洋持续航行10天。这将是前进号从北极斯瓦尔巴群岛出发以来持续航行时间最长的一段。茫茫大海,单船远航。朋友们很关心这期间我们是怎么度过的。

长时间的海上航行,对于大多数游客来说确实是个不小的考验。好在这期间,前进号上安排了以科普讲座为中心内容的多彩活动。茫茫航海日,怀念正当时。持续一周的亚马孙热带雨林考察的记忆,一直萦绕在我们的脑际。探险队队员所作的关于亚马孙热带雨林系列讲座,让游客对已经实地参观过的亚马孙热带雨林有了较为深刻的了解。这部分讲座的主要内容有"概述强大的亚马孙雨林""鸟类——亚马孙的声音""亚马孙地质介绍""亚马孙雨林和草药""沼泽——巴西的草原""发现和征服亚马孙""亚马孙最酷的10种生物"等。此外,探险队队员结合航行期间的见闻,还着重作了关于海洋知识方面的介绍。这方面讲座的主要内容有"飞鱼""热带珊瑚礁:动物、矿物还是植物?""大西洋中脊历险记""从北极到南极""鲸鱼的历史""水下世界的声音"等。除此之外,前进号上还安排有联欢晚会、电影、游戏、健身等多样性的文体活动。还有很重要的一点,前进号使用海事卫星等先进通信设备,保证了船上游客与世界各地亲友之间网络联系的畅通。

当前进号昼夜不歇地行驶在南大西洋时,我依然坚持每天追逐太阳。我从东半球追到西半球,再从北半球追到南半球……在这期间,我饱赏了南大西洋日出日落的奇光异彩!

10月21日早晨,我在观赏日出时遇到呼呼作响的大风。我当场录了一段视频与亲友们分享,并即兴写道:"今晨南大西洋上的日出!连续两天的风浪,前进号上已有多位极友晕船呕吐……今晨的海面,浪已经小多了,但大洋上的风可不小!

好不容易才能抓住手中拍摄的手机，在持续的大风中，录下这段粗糙但确是完全真实的视频……虽然南大西洋上，还是乌云翻滚，但乌云最终是遮不住太阳的！"

果不其然，我的文字刚发出，乌云瞬间拂手散去。大洋天空出现"虎跃龙腾入画屏，瞬息万变有无中"的奇景。于是乎，我便情不自禁地感慨："未曾想到云追日是这样子的！未曾想到风云和旭日、苍穹和浩海之间，还会演绎出如此震撼的画面！"

次日之晨，我依旧早起拍摄南大西洋上的日出。海面上风平浪静，忽而，一轮火红的太阳，在霞光蒸腾、红光满天的氛围中，从远处的海平面上脱颖而出……瞬息间，天空、海面和前进号都呈现出一派风和日丽的景象。与昨天之晨相比，同一个时间，同一个海面，同一个角度，但日出景观则完全不同。太阳每天都是新的！大自然的美就是这样，造物主每天都出不一样的牌！

长时间的大洋航行，存在着不可预见性。作为乘客来说，坚决服从船长的指挥和安排是绝对必要的。10月21日这一天，前进号原计划在巴西第五大城市福塔雷萨（Fortaleza）停靠，还计划安排乘客参观游览当地的风景名胜。然而，由于前进号在亚马孙河口行驶时，船上的一支螺旋桨被水草等杂物严重缠绕。这样，前进号只能靠另一支螺旋桨工作，行驶速度自然受到影响。螺旋桨的维修或更换，只能在前方乌拉圭蒙德维的亚港进行。因此，船方决定取消原先停靠福塔雷萨的计划。船方为此专门召集乘客开会。船长诚恳地说明了有关情况。他表示虽因一支螺旋桨受损影响了前进速度，但前进号的行驶安全没有问题。对于这个突发事件，乘客们也都表示理解。在茫茫大海上航行，船长肩负着保障全船所有人员生命财产安全的责任。我们信任船长，一切听从船长安排！

10月21日下午近6点（北京时间22日凌晨近5点），我们在正在巴西海岸附近航行的前进号的七层甲板上，清晰地看到了国际空间站掠过南大西洋上空！国际空间站掠过此地前10分钟，前进号通过广播向全体乘客提前预告了相关信息。只见，在上弦月的伴随下，国际空间站看起来比其他星星稍大一点，它由北往南，缓缓划过深蓝色的天空……看来赤道附近的巴西海岸上空，是国际空间站例行通过的地方。再过几年，这座国际空间站就要退役了。届时，在浩瀚无垠的太空中，唯有我国的国际空间站在负重翱翔……亲爱的祖国，任重道远！我们为你感到无比骄傲和自豪呀！

10月24日清晨，我在北极燕鸥的陪伴下，观赏了南大西洋上的日出。今晨的日出，除了云彩有些奇特之外，其他似乎并无异样。只是有一个很特别的现象，那就是我在观赏日出的全过程，始终都有北极燕鸥相伴。

北极燕鸥，是我十分喜欢的鸥鸟。早在登陆北极斯瓦尔巴群岛时，我就领略

了北极燕鸥的英姿。后来，我从前进号上的探险队队员那里了解到，北极燕鸥是唯一每年在地球南北两极来回飞翔的鸟儿。从北极的夏天，飞向南极的夏天；南极夏天结束时，它们又从南极飞向北极度夏……这是一种有何等灵性的鸟儿呀！自此，我对北极燕鸥情有独钟。每当见到它时，我总要多瞄上几眼。

今晨的日出，是巴西里约热内卢时间五点半多。我早早地登上了前进号最高处的八层甲板。正当我独个儿迎着海风，尽情欣赏日出时，忽然有一只小鸟朝甲板飞来。飞近一看，啊！是北极燕鸥！它在甲板与日出方向之间盘旋，忽左忽右，忽高忽低，自由飞翔……北极燕鸥，并不回避人类。相反，它们似乎很喜欢有人捧场。我举起相机，它并不害怕，只是飞翔的速度太快了！这北极燕鸥似乎很怕我孤单。俄顷，不知从哪里又飞来一只。最后，一共有3只北极燕鸥在前进号上空，迎着旭日霞光，傲然飞翔……

前进号现在已行驶在南美大陆巴西里约热内卢附近海域，期待已久的南极也越来越近了。值此之际，在南大西洋上遇到北极燕鸥，怎么会不感动呢！感恩呀，我静静地享受着大自然给予的这一切。与此同时，我也选了几张图片，上传微信与亲友们分享。每张图片中都有北极燕鸥的影子，虽然它们显得很小很小……

10月25日，南大西洋上看鲸鱼。鲸鱼！这是一群活泼可爱的鲸鱼！我从探险队队员中的海洋生物专家那里获悉，这群鲸鱼属于座头鲸，每头一般体重有40吨。它们每年都要到赤道附近的亚马孙河口一带繁殖。现在这些座头鲸与我们一样，正在赶赴夏天的南极呢！我喜出望外，急忙把刚刚拍摄到的鲸鱼视频上传，与远在地球村各个角落的亲朋好友们分享！

10月25日，是前进号上的"中国日"。说是"中国日"，并不是指什么特别的节日，而是身在遥远异国他乡的中国极友们自行组织的。这一天，中国极友李志文为前进号上的外国朋友们讲授了一堂别开生面的中文课。"中国，我爱你！"这是她讲授的第一句中文。李志文耐心地反复讲读，外国朋友们听得津津有味，跟读的腔调五花八门，但他们都学得非常认真。

中国水饺，是深受外国朋友喜欢的食品。根据前进号餐饮部经理的建议，今天举行包水饺活动。有多位外国朋友要求中国极友手把手地教授。

茫茫大西洋，浓浓中国情。我爱你中国！无论走到哪里，祖国永远在我们的心中！

醉美小镇帕拉蒂

帕拉蒂到了！

前进号停泊在一个岛屿环绕的大海湾内，我们需要分乘冲锋艇陆续上岸。经历了连续10天的河海航行，大家此刻最期待的就是早一点踏上坚实的大地。

帕拉蒂，醉美怡人的南美小镇。这座小镇距离巴西前首都里约热内卢近300公里。它犹如遗世明珠，隐隐地闪耀在南巴西的东海岸。我们这批中国极友从北极出发，纵贯地球，一路向南，沿途已经见过太多美景，但大家还是不禁啧啧称赞：帕拉蒂原来竟是这样的美！

走进帕拉蒂，我有种似曾相识的感觉，长长的码头的尽头，有一棵醒目但显老态龙钟的凤凰木。满树红花，妖娆浪漫，像是在欢迎远道而来的客人。还有，蓊郁的大榕树，高挑的棕榈树，多彩的三角梅……总之，南国厦门的许多自然元素，似乎在帕拉蒂小镇都能找到。

然而，我对帕拉蒂小镇印象最深刻的不是这些，而是它保留着铭刻百年印记的历史遗迹。帕拉蒂全城的街道，至今仍铺着参差不齐的鹅卵石。这里不是仿古作秀，而是古城历史的自然延续。现代人走在这样斑驳的古道上，你若是无动于衷那才怪呢！

帕拉蒂小镇是在哥伦布发现美洲大陆之后，伴随着葡萄牙的殖民统治而建立发展起来的。无论是17世纪的蔗糖时代，18世纪的黄金时代，还是19世纪的咖啡时代，它在商港交通方面都发挥了极其重要的作用。尤其是18世纪巴西米纳斯吉拉斯州发现金矿之后，帕拉蒂便成为"黄金之路"上的重要门户。那时，葡萄牙的木帆船，从南欧启航，穿越浩瀚的大西洋，来到富饶的南美洲，来到风平浪静大海湾之滨的帕拉蒂。他们留下船上的压舱石头，载上巴西的黄金块，把它们源源不断地运回欧洲大陆……这些用黄金换来的压舱石头，就铺设在新兴建成的帕拉蒂小镇街道上。这就是小镇街道鹅卵石之路的由来。

后来，随着黄金矿产资源的枯竭以及巴西内地交通运输的完善，帕拉蒂的商港

地位也就渐渐衰落。直到20世纪七八十年代，随着帕拉蒂小镇富有特色的旅游资源被外界发现，促进了旅游业的发展，才使小镇重新焕发生机。时至今日，帕拉蒂依旧保持着当年葡萄牙殖民统治时期留下的古城遗风。虽然旅游业快速发展，但这里并没有为吸引游客而大兴土木建造高档旅馆。相反，它仍然利用旧式民房，开办真正的家庭旅馆。街道两旁老式的房子，整齐划一的门窗，协调和谐的墙面色彩，秀丽肃穆的大小教堂……这就是我们所见到的帕拉蒂。它是一座保存着大量历史遗迹的古城，它是一处至今仍然闪耀着印第安民族风情的世界文化遗产！

特别让我难忘的，还是帕拉蒂小镇鹅卵石铺成的街道。这里条条街道都直通海边。街道呈现"V"字形，街道最中间的那一小部分常常会蓄有积水。每当月圆大涨潮时，海水就会倒灌进入街道。一年当中只有几次这样天文大涨潮的机会，届时潮水漫灌，从而达到清洗街道的效果。为了保护街道古色古香的原始风貌，当地政府严禁机动车辆进入鹅卵石铺成的街道。我们在街道口就发现有锁住街头的铁链条。游客徜徉在这样的街道上，你需要走得很慢很慢，以免脚部受伤。当然，你在这样的街道上也可以乘坐马车。铃儿叮当，马车颠簸，自然也是很慢了！

漫步在帕拉蒂的鹅卵石街道上，我不禁感慨良多！从帕拉蒂，联想到厦门，联想到鼓浪屿……很显然它们之间有许多相似之处。厦门的鼓浪屿前不久才被联合

帕拉蒂的舟船世界

国教科文组织确定为世界文化遗产。在保护历史文化遗产方面，两地确实需要互相学习，相互借鉴！此外，我还从帕拉蒂古镇的鹅卵石街道，联想到我的家乡平潭岛老县城的石板路。那条曾经被磨得锃亮的青石铺成的石板街面，一度成为平潭岛的一道独特的风景线。可惜，它最终并没有被保留下来……

我对帕拉蒂另一个鲜明印象，就是这里的舟船世界！在当今以汽车为市内主要交通工具的世界里，能够在帕拉蒂小镇里见到这么多花样纷呈的游艇舟楫，确实让我感到十分惊讶！当前进号离开帕拉蒂继续远航时，我的脑海中好长时间总会浮现那些各式各样的小木船……那是五彩斑斓、令人心醉的舟楫群！

我素来喜欢船。每到一个地方旅行，最引起我注意的就是当地的舟楫模型及其相关纪念品。而帕拉蒂小镇引起我注意的，不是它商店橱窗里的什么纪念品，而是或行驶或停泊在海湾上的小船！这里的小船几乎没有完全相同的。每条船的构造形式不同，颜色搭配不同，连配套工具也不同！这里的小船与欧洲的豪华游艇截然不同，它们并不豪华，但花样纷呈。可以说，每条小船都展现了它的主人独特的个性。巴西是个足球大国，它可以把足球玩得如同游戏一样，但它把小木船"玩"成这样，我是完全没有想到的。

总之，小小的帕拉蒂小镇给我留下难以忘怀的记忆。虽然赘述了许多，但我还是要再说一件事：在帕拉蒂海滨，我实现了在南美大西洋畔难忘的一次游泳经历！

雨后天晴，蓝天如洗。秀美沙滩，苍树如盖。就是在这片热带沙滩上，我与同行极友高本领下海游泳了！此次纵贯地球之旅，虽然未能在北极和南极游泳，但能在大西洋之畔游泳，仍然让我十分开心。记得上一回的大西洋之畔游泳，是在二十年前的南非好望角。在那个大西洋与印度洋交汇处的沙滩上，我只身扑入大海，体会着两大洋交融海水的味道，真乃是心旷神怡！

苍茫大地，浩瀚大海。渺小的个人，扑入它的胸怀，犹如是一粒沙、一滴水……此次在帕拉蒂海滨游泳，有一点与其他地方不同。在这片热带沙滩不远处，我们脚踩的则是烂乎乎的淤泥。后来，我了解到正是有了这样的烂淤泥，才造就了帕拉蒂淤泥狂欢节！原来，热情的巴西人，不仅可以玩转足球，可以疯狂跳起桑巴舞，还可以玩起包括淤泥在内的各类狂欢节。

重游蒙得维的亚

前进号离开巴西帕拉蒂后,继续沿着南美大陆海岸线向南极方向挺进。前方有一个进南极前的最后停靠站,它就是乌拉圭首都蒙得维的亚。

离开厦门,离开祖国,不知不觉两个多月了!黄昏,我伫立甲板扶栏旁,极目眺望远方的海平面,望着落日晚霞发呆……真的有点想家了!忽然,一只叫不出名字的鸟儿,飞到我身边的扶栏上。它从哪里来?又到哪里去?它在叽叽喳喳说着什么?莫非它也与我一样想家了吗?

今天是10月28日,农历九月初九,是我国尊老敬老的重阳节。以往这一天,我会参加厦门市重阳节活动,与一大群老年朋友登高远足,共赏秋色。而此时此刻,沧海茫茫,独我一人……还好有了这只鸟儿的陪伴,为我平添些许快乐!我随兴录下"前进号上赏鸟"的视频,把它传上微信,遥祝亲朋好友们重阳节快乐!自然,这一视频得到热烈回应,来自世界各地的问候声祝福声此起彼伏……

前进号明天就要进入乌拉圭首都蒙得维的亚。又有一批游客下船,他们是从巴西玛瑙斯上船的。前进号本航次除了我们这批纵贯地球南北极的中国极友之外,还有参加第六航次的大批游客。每批游客上下船,船上都会举行隆重的欢迎或欢送仪式。然而,这是前进号此航最后一次乘客变动。到蒙得维的亚港时,有人下船,但有更多的人上船。届时,前进号将满员进入夏天的南极!

晚上,前进号上举行了十分温馨的欢送晚会。我在微信上给亲友们发送了一段晚会视频。这段视频中的合唱人员,主要是船上的菲律宾籍工作人员。他们既是餐厅的服务员,又是负责住房卫生的勤杂人员,还是交通艇的驾驶员……总之,他们一人多职,热情待客,表现突出,深受乘客好评!

10月29日上午,与我们结下深厚友谊的欧利船长,即将于蒙得维的亚港下船休假。船长再次会见了参加88天游的中国极友。欧利船长除了与我们全体极友集体合影之外,还分别与每位中国极友单独合影留念。其时,我们肩并着肩,共同手持"纵贯地球南北极88天游"的旗子,喜悦之情溢于言表……

重游蒙得维的亚

欧利船长发表了题为"致88天极地探索之旅的朋友们"的讲话。他说:"各位尊贵的客人搭乘前进号极地探险邮轮,我们深感荣幸。衷心希望你们在前进号上度过的这些时光是美好和难忘的。如今,你们已经走过世界上的许多地方,已经领略了世界上的许多美丽风光。但是,在前进号航程结束之前,前方还有许多江河湖海、奇峰峻岭等瑰丽风光,等待着你们去欣赏!"

欧利船长与我们朝夕相处大约50天时间。从斯瓦尔巴群岛首府朗伊尔城起航,到穿越格陵兰岛无人区;从横穿风暴的丹麦海峡,到惊险停靠扬马延岛……欧利船长驾驶前进号顺利完成了北极地区最艰难最复杂的航程。当前进号抵达挪威卑尔根港后,欧利船长下船休假,换上了另一位船长。10天后,当前进号沿着大西洋海岸行驶到葡萄牙首都里斯本时,欧利船长又上船了!他驾驶着前进号,跟随着"当年海盗的痕迹",穿越广阔的大西洋,进出南美洲亚马孙河……接着,他又驾驶前进号继续沿着南美洲海岸航行,直到进入乌拉圭蒙得维的亚港才又下船休假。

欧利船长说:与你们在邮轮上度过如此漫长的时间,对于我们而言,也是一种奇妙的经历,船员们都感到非常开心,我们相识于此,朝夕相处,俨然成了一个快乐的大家庭。欧利船长风趣地说:你们自8月25日从朗伊尔城登上前进号以来,一定会吃惊地发现,之前为你们服务的船员并没有全部留在船上,是的,部分船员回家度假,之后还将返回前进号;而你们却自始至终都在这艘邮轮上,总航程长达88天!欧利船长最后说:"我希望,这次邮轮之旅能令你们回味无穷,还会期待以后再次搭乘前进号,前往未曾见识过的另一片海域。也希望你们把前进号之旅的点点滴滴,分享给家人和朋友,把你们的快乐传递出去。我谨代表海德路达公司和前进号全体船员,向你们表达衷心的感谢!热忱地期待你们的再次光临!"

蒙得维的亚到了!

乌拉圭首都蒙得维的亚,坐落于南美拉普拉塔河出海口东侧。其人口约占全国的一半,是乌拉圭政治、经济、贸易和交通中心。漫步蒙得维的亚街头,清晰可见该国保存完好的历史古迹。从开国之父,到各个阶段的民族英雄,再到普通劳动者的雕塑,应有尽有。蒙得维的亚最主要街道"7月18日大道",是为纪念1830年7月18日乌拉圭第一部宪法颁布而命名的。"7月18日大道"的起点是独立广场。独立广场的中央,高矗着乌拉圭独立之父阿蒂加斯的铜像。铜像高17米,重30吨。阿蒂加斯身跨战马,腰佩战刀,如踏风云,威风凛凛。雕像的基座以灰色大理石为材料,四周镶嵌了乌拉圭人民追随阿蒂加斯独立建国的历史画面。阿蒂加斯一生戎马倥偬,把自己的毕生精力贡献给乌拉圭的独立解放事业。

乌拉圭曾经受过葡萄牙、西班牙的殖民统治,也曾受到周边大国的控制。然而在独立之父阿蒂加斯奋斗精神的鼓舞下,乌拉圭人民始终不屈不挠地坚持独立建国

的立场。如今南美小国乌拉圭，在大国的狭缝中生存，但它活得自在，活得有尊严。仅仅从足球运动来说，早在1924年、1928年的两届奥运会上，乌拉圭均获得足球比赛冠军。1930年，在乌拉圭举行的首届世界杯大赛中，东道主乌拉圭四战全胜，最后以4比2战胜阿根廷，首获世界杯冠军。1950年，乌拉圭又在邻国巴西举办的世界杯上，强悍出击，力压群雄，最终以2比1击败巴西再次夺冠。之后，随着世界各国足球运动水平的大幅提升，乌拉圭足球逐渐走下坡路，呈现跌宕起伏的态势。但在当今的国际足坛上，乌拉圭的足球水平仍然不能小觑！

  2005年，我曾经访问过乌拉圭。此次随前进号造访首都蒙得维的亚，算是故地重游，自然感慨良多。地处拉普拉塔河之畔的蒙得维的亚，空气清新，环境优美，享有"南美小瑞士"的美称。我们走在闹市中心，有极友幽默地感叹说，简直可以伸手摘下蓝天中的白云呀！由于我在12年前来过，自然也就可以起个简单的导游作用。我们一行8人在首都蒙得维的亚街头闲逛一阵之后，最后兵分两路自由活动。我与来自海南的极友高本领夫妇一路同行。蒙得维的亚的城市街道结构清晰明了，几乎每条街道都通向拉普拉塔河畔。因此，我们只要认清了南北方向，循着拉普拉塔河畔沿途漫步，最终总能抵达前进号所停靠的码头。

  漫步河畔，故景重现。12年弹指一挥间，拉普拉塔河畔还是那样古朴，还是那样呈现着自然美！这天恰是周日，拉普拉塔河畔有很多悠闲的人。有人在跑步健走，有人在踢足球、打羽毛球……当地人走路的步伐很快。我想，或许正是乌拉圭全民重视足球，全民重视体育，全民重视运动，才造就了这个国土面积只有17万多平方公里的足球大国！

  综观漫长的拉普拉塔河畔，更多的人还是在这里轻松闲聊，尽情享受天风海涛……我从拉普拉塔河畔，联想到厦门的环岛路，它们之间有许多相似之处。无疑，两地的政府都把当地最美的地方，留给最普通的劳动者，让天然的美景为全民所共享！

  逗留蒙得维的亚的这一天，连同逛街，我们持续健走4个多小时。虽然很累，但回味无穷……

  然而，好事多磨。也许是天气太热、走路持续时间太长的缘故，回到前进号后不久，我就发烧了！这是我纵贯地球南北极游以来第一次生病。好在这个小病并不严重。我对外并无声张，一切活动照常进行！但在个人所居住的舱室里，我还是打开了事先准备的医用小包，在一位富有户外旅行经验的摄友远程指导下，我大量地喝水，并对症服下常备药片，然后就是老老实实地睡个大觉……一夜过去后，我的身体也就完全康复了！

南极风光图辑

"伙伴们，捕鱼去。"

"拦河坝"旁的王企鹅

"这里风景独好。"

1	2
3	4

1 "沙克尔顿远足"
2 "沙克尔顿远足"登岸处
3 安德鲁企鹅世界
4 巴布亚企鹅

1	3
2	

1 冰川欲动
2 捕鲸场遗址
3 冰山悠悠

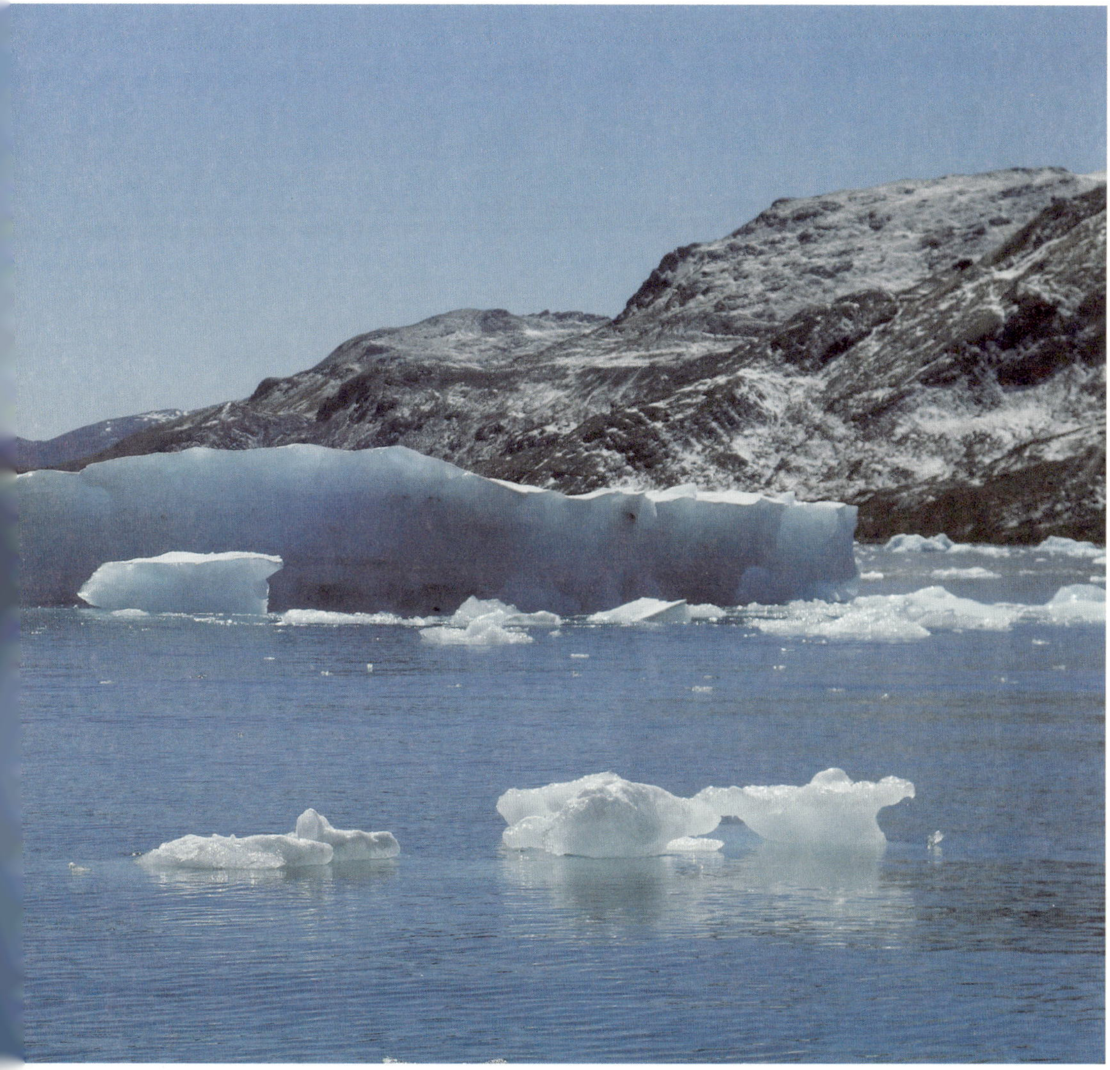

1	2	3
4	5	6

1 不慌不忙
2 刀切的冰山
3 倒影乱真
4 登高望远
5 蝶云挂冰山
6 废旧的捕鲸船

227

1 国旗给我们力量
2 海豹虎视小企鹅
3 鲸鱼群游国王湾

鲸鱼屠宰场的教堂

蓝冰闪烁

马岛"魔鬼之鼻"

马可尼罗企鹅

半月岛上的帽带企鹅

南极冰山

南极冰山川

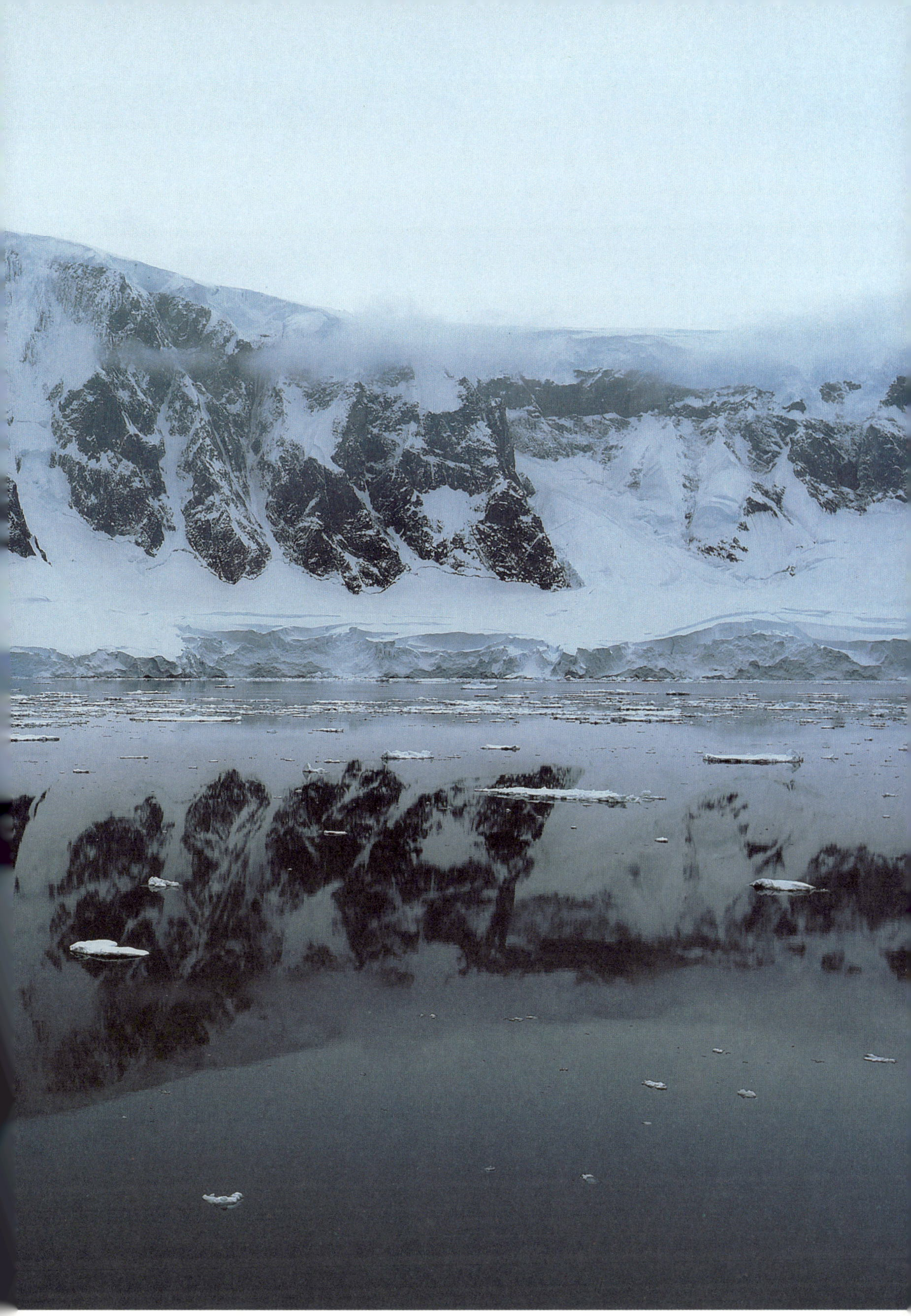

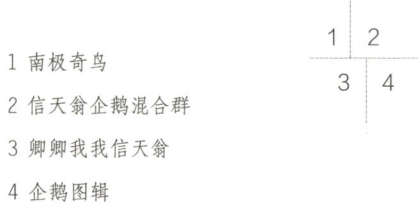

1 南极奇鸟
2 信天翁企鹅混合群
3 卿卿我我信天翁
4 企鹅图辑

1	2
3	4

南乔治亚岛海湾

山影如钻

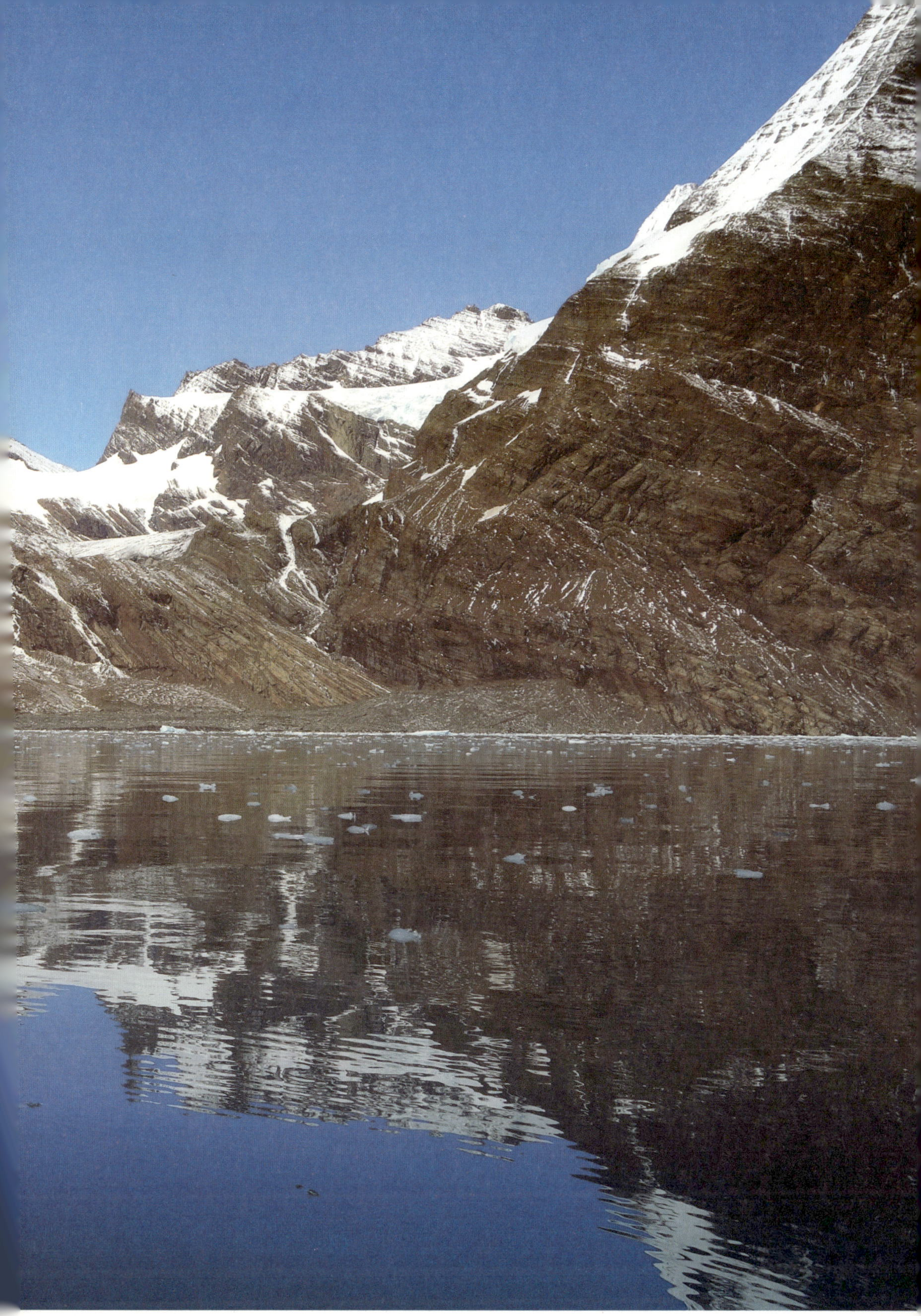

1	2	3
4	5	6

1 贴近冰川
2 旭映冰山
3 探觅未知
4 王企鹅王国
5 扬基港企鹅群
6 小鸟做客前进号

239

仰头吐水的座头鲸

远眺废旧捕鲸场

马尔维纳斯西点岛

10月30日上午，前进号徐徐离开乌拉圭首都蒙得维的亚码头。船上的螺旋桨故障已经排除，从蒙得维的亚上船的游客近200名。这样，包括我们从北极到南极88天游的中国极友，船上游客总数为210人。他们分别来自中国、美国、英国、德国等21个国家。再加上船上的14位探险队队员以及工作人员，前进号满员向南极挺进！

从现在开始，前进号已不再沿着南美大陆海岸线航行。它的目标就是直奔"南极三岛"。第一个目的地，就是距离阿根廷海岸约500公里的马尔维纳斯群岛（英国人称福克兰群岛）。有关南极的话题，自此成了前进号上的中心议题。我们先后听了"南乔治亚岛捕鲸史""前进号南极探险故事""参与和如何成为南极代言人""南半球的海鸟""南极的周期""海洋中的顶级猎食者""福克兰岛冲突来源""福克兰岛的鸟类""企鹅""极地对比"等讲座。同时，我们还观看了纪录片《福克兰群岛》、系列电视纪录片《冰冻星球》等相关内容的电视和电影。除此之外，每天清晨还会有探险队队员在甲板上，现场指导我们观察各种海鸟和海豚、鲸鱼等。

纵贯地球南北极88天游，即将进入最后关键阶段。我们从地球最北端，即将到达地球的最南端。据说，前进号全程将行驶3万多公里。想到这里，心情就激动起来！亲朋好友们的牵挂也就多了起来。我请亲友们放心，并表示已做好各种准备，迎接来自各方面的挑战！

南极地区天气千变万化。前进号尚未进入南极，就遭遇了不一样的大风大浪。我坐在前进号七层的观赏大厅，透过厚厚的玻璃幕墙，观看浩瀚大海波涛汹涌、巨浪翻卷的情景……突然，有几只海燕低空掠过，勇敢地在波峰浪谷中穿行……猛然间，我想起儿时教科书上高尔基的《海燕》。

"在苍茫的大海上，狂风卷集着乌云。在乌云和大海之间，海燕像黑色的闪电，在高傲地飞翔……海燕叫喊着，飞翔着，像黑色的闪电，箭一般地穿过乌云，翅膀掠起波浪的飞沫……"这就是我儿时最喜欢的《海燕》！感恩呀！年过古稀之时，

马尔维纳斯西点岛

竟然让我有机会在奔赴南极海途中，对《海燕》得以最深刻的感悟与体验！

10月31日。今天是西方万圣节的前一天，前进号上举办了万圣节南瓜雕刻活动。活动场地——四层甲板的游客服务中心，几乎成了南瓜雕刻的临时作坊。一个个硕大浑圆的南瓜，被雕刻成各种形状的南瓜灯。可爱的小果果，把南瓜灯罩在自己的头上。他那装扮奇特的鬼怪模样，引来多位摄影爱好者。

11月1日，今天仍是航海日。前进号以15节的时速向马尔维纳斯群岛挺进！好在已经风平浪静，大大减轻了晕船极友的痛苦。南极属于地球的最南端，是全球最寒冷的地方。这里气候条件恶劣，无风也不止三尺浪。我们虽然选在气候最好的夏季进入南极，但其气温也不会高过零度。

傍晚，我在前进号主甲板上漫步。南极的风轻轻拂面，冷飕飕的，犹感清新。面对浩瀚的海洋，凭栏远眺，沉思良久……几袭彩云，犹如飘带，仿佛定格在简约的天空中。既无残阳，也无烂霞，显得格外宁静。但这何尝不是另一番美景呢！

11月2日。马尔维纳斯群岛马上就要到了！从前进号上同步转播的GPS定位图上，可以清晰见到马尔维纳斯群岛的地形图。我们专门听取了探险队队员所作的马岛登陆行前说明会。按照船方要求，我们提前把南极登陆靴领回擦拭干净，并把它置放在舱室内专用塑料托盘上。我们还把登陆时所要带的小包以及身穿的衣裤，全部再认真检查一遍。这样做就是要避免衣物上粘有植物种子等外来物种并将其带入南极，危害当地本来就极为脆弱的生态环境。

马尔维纳斯群岛西北角的西点岛，是我们登陆的第一个地点。我伫立船头，但见前方岛礁林立，不远处的西点岛丘陵起伏，间有大片的绿色。前进号在西点岛附近海湾抛锚，我们分乘冲锋艇陆续上岛。

冲锋艇停靠在西点岛一座简易木架码头上。一上岛，我就好奇地东张西望。最先映入眼帘的，是海岸上成簇成片的金黄色花朵。这么偏僻荒凉的地方，竟然还有

马尔维纳斯群岛西点岛

这么漂亮的花卉。一打听，原来这种黄色花卉名叫荆豆花，它原产于欧洲，是西点岛岛主夫妇从英国引进来的。除了荆豆花之外，岛上花园内还有引进的玫瑰、雏菊、红百合等。但最引起我注意的，还是那些耐风寒的灌木，虽然它们歪斜一边，造型似乎不美。出生于海岛的我知道，这些歪斜一方的灌木，因长期深受某个方向的狂风肆虐，而呈现出"一边倒"。

西点岛最著名的景点是"魔鬼之鼻"岬角，那里有一个跳岩企鹅和黑眉信天翁共生共存之地。"魔鬼之鼻"岬角，位于西点岛的另一端。它与登陆点木架码头相距约3公里，步行前往沿途还要爬两个小山坡。当然，岛主夫妇也可以分别驾驶吉普车来回运送游客。我历来喜欢边走边看，自然选择来回步行。这一路上，果然风景独好！除了欣赏到奇特的山水风光之外，沿途还见到许多从未见过的野鹅、野鸭和鸟雀等。

迎着凛冽的寒风，穿越高过头的草丛，终于来到"魔鬼之鼻"海岬。第一眼看到这座悬崖，就有点似曾相识的感觉。哦，它很像非洲大陆最南端的好望角！是的，它们都是一样地屹立于天涯海角，都是一样地全年饮着异样的天风海涛，都是一样的峭如刀斧，绝地而生！那么，如此险恶环境下的"魔鬼之鼻"海岬，为什么在干涸河床似的乱石滩上，会有数百上千对跳岩企鹅和黑眉信天翁紧挨在一起做窝呢？

这里真是一个神秘的鸟国！按照南极旅游条约的相关规定，我们与鸟国主人公至少需要保持5米距离。我们抵近这个很特别的"鸟国"时，恰好有一簇篱笆状的蒿草挡住了路。我们只能透过蒿草间隙观望了。啊，眼前的鸟国原来是这样的！只见，数不清的跳岩企鹅和黑眉信天翁，融洽和谐地相处在一起。它们的窝紧密相连。只不过黑眉信天翁的窝，拔地而起，浑圆醒目。而跳岩企鹅的窝，则是设在石缝或岩层上，显得粗糙简单，率真随意。我在现场仔细地观察，跳岩企鹅和黑眉信天翁之间，没有任何吵闹打架迹象。相反，它们肩并着肩，紧挨在一起挡风遮雨。鸟儿间的友谊，原来还可以这样的纯！还可以这样的美！还可以这样的温馨与浪漫！

跳岩企鹅的形象十分逼真。它的头形犹如戴着一顶白色的凤冠，再加上黄眉红眼红嘴巴，因此跳岩企鹅又有"凤头黄眉企鹅"的雅号。跳岩企鹅喜欢双脚跳跃，一步可以跳至30厘米高，是企鹅中的攀越能手。但跳岩企鹅脾气暴躁，又是最具攻击性的一种企鹅。而黑眉信天翁，则被国际自然保护联盟列为濒危鸟类。它的喙呈黄橙色，尖端呈红橙色。因眼后有一道黑色，故而得名"黑眉信天翁"。黑眉信天翁长80～95厘米，体重2.9～4.7公斤。它们平均寿命23年，最长寿者超过70年。黑眉信天翁以翼展见长著称，一般2～2.4米，最长可达3米。信天翁是世界上最能飞的鸟，也是世界上最恋家的鸟。据说，成年信天翁一年飞过的距离可绕地球三圈。而马尔维纳斯群岛，则是全球黑眉信天翁的主要聚集地。每年9月至11月，黑眉信天翁会从世界各地回到马岛自己的老巢。先到的黑眉信天翁修好巢穴后，便耐心地等待自己的另一半归来。之后，它们就开始产蛋孵化，繁衍后代。黑眉信天翁实行"一夫一妻制"，每年只生一个蛋。"夫妻"轮流孵化两个多月，直到小黑眉信天翁出世。

  动物世界真奇妙！"高大上"的黑眉信天翁，能与比其短小许多且脾气暴躁的跳岩企鹅融洽相处，我确实没有想到。目睹它们衔泥草所筑的土窝群，注目它们一丝不苟地贴窝孵化的情景，聆听它们悦耳的叽叽喳喳哼叫声……我被感动了！不同种类的动物都能这样风雨相邻、相安无事，那么，作为最高级动物的人类，又是怎么样的呢？

  由于时间关系，我们在"魔鬼之鼻"岬角不能逗留太久。步行返回到木架码头附近时，我们恰好遇到了男岛主。他诚恳地邀请我们到他家里做客。岛主的家就在木架码头附近的一个背风低洼处。这是几间具有英格兰乡村风格的房子。白色的木栅栏，白色的墙壁，绿色的屋顶和窗棂……在屋后挡风灌木林的映衬下，显得格外醒目。院子里收拾得井井有条、干干净净。栽种的大面积绿色植物，呈现郁郁葱葱、生意盎然的景象。这对英国籍夫妇十分热诚好客。凡是登岛的游客，都可以到他们家里来做客。每当有客人来时，他们就端出早已准备好的咖啡和热茶，长长的大桌子上摆满了自制的各种英式糕点。岛主夫妇的热诚好客，让我们在这个亚南极的孤岛群上，感到些许暖意！

  在即将乘冲锋艇离岛返回前进号之际，我依依不舍地再次登上附近的高坡回望……我从岛上最高点369米的悬崖山，看到各个海角的海滩；从漫山成群的绵羊，看到修葺一新的荆豆花簇；从散布在山坳的仓储建筑物，看到岛主住房旁的英国国旗和马尔维纳斯群岛旗帜……

  无疑，位于南纬51度20分的西点岛，是孤悬海外的一个荒僻小岛。这里属于亚南极的苔原气候，年平均气温4摄氏度。这里的常住人口只有岛主夫妇2人。但西点岛却是国际自然联盟认定的重要鸟区。因为这里聚集着跳岩企鹅、麦哲伦企鹅、巴布亚企鹅、黑眉信天翁等珍稀海鸟。这里的周围海域还有黑白海豚……

  西点岛南北方向长6.2公里，东西方向宽4.4公里，总面积达14.69平方公里。偌大的西点岛，正是由于有了可贵的这两个人，才有了一点生气。岛上有规模不小的绵羊牧场，珍稀鸟类聚集点的周围，也都围有保护性的篱笆。岛上的许多灌木也都保护得很好，虽然被大风吹得"一边倒"，但牢牢地护住身后的黄土和苔藓，护住了住人或不住人的房屋。岛上正是有了这两个人，方有西点岛的现今模样。近年来，随着南极探险旅游的开展，夏季有少量邮轮靠上西点岛参观。游客们开了眼界，长了知识，也为荒僻的西点岛增加了一点人气。我想，孤单的岛主夫妇在接待游客的同时，或许也会平添一番人群欢聚的快乐吧！

从布拉夫湾到斯坦利港

前进号离开马尔维纳斯群岛西北角的西点岛之后，继续夜以继日地东行。次日上午8点，它平稳地靠上了索莱达岛斯坦利港码头。

在索莱达岛上，我们首先参加了"四驱车短途游"，参观游览企鹅云集的布拉夫海湾。从斯坦利港到布拉夫海湾，直线距离不到20公里，但两地间的交通却非常不便。我们先沿着公路乘坐一小段大巴，然后换乘四驱越野车。越野车在原始旷野上无路找路，循辙而行。坐在越野车上的游客被摇晃得十分厉害。

正当我们被颠簸得晕头转向之际，越野车在一处较为平坦的草甸上停了下来。下了车，抬头就见到翠绿草甸包围着的一片黑乎乎的"沙土"。这些黑色"沙土"，就是企鹅粪便铺成的领地，那里正匍匐着上百只正在孵蛋的巴布亚企鹅。巴布亚企鹅的巢穴比较简单，多是泥块、杂草所堆成。企鹅们此时都在专心孵蛋，根本不屑理睬我们这些不速之客。

黑色沙土圈子中间，站立着十多只王企鹅。王者风范，果然与众不同！它们虽然数量少，但鹤立鸡群，一下子就被摄影爱好者的"长枪短炮"包围住了！王企鹅是企鹅世界的王者。前往南极的游客都以能见到王企鹅为幸运之事。虽然在企鹅种群中最高等级的应是帝企鹅，但帝企鹅深居在南极洲最为寒冷的地方。因此，除了专门深入南极科考的某些探险队队员外，像我们这些参加"南极三岛"游的轻探险者，一般是看不到帝企鹅的。

在这片黑色的企鹅领地稍作停留之后，我们又继续乘坐越野车直奔布拉夫海湾的大海滩。那里才是巴布亚企鹅的真正领地！无论是波涌浪急的沙滩，还是鹅卵石累积的岸滩，或是杂草丛生的沙丘，我们都能从中看到各种形态的巴布亚企鹅。它们或独个儿，或三三两两，或跃身海浪，或沙滩漫步，它们或把头藏入翅膀卖萌，或相互追逐嬉戏……总之，在这片属于它们的自由王国里，它们是主人，它们爱怎么着就怎么着！它们似乎懒得理睬我们这些人类，只要我们离远一点就行，当然更谈不上会害怕我们。

从布拉夫湾到斯坦利港

一位很有才学的留学人员亲口对我说，南北极的许多动物都十分有灵性。它们在较远处就能感应到，某人是否怀有敌意……我听了似懂非懂，但我对企鹅却是疼爱有加。在企鹅面前，我只是轻轻地拍摄着，并且注意保持着距离，甚至连说话也不敢大声，生怕打扰到它们。同行的极友们也都是这样子的。广阔绵长的沙滩上，耳际只有风声、海浪声、企鹅的吟唱声……我们都牢记着人与企鹅间的距离必须保持5米以上，当然也有例外，如果可爱的企鹅主动向我们步步靠拢的话。为了拍下贴水沙滩上的一对企鹅，我干脆单膝跪在湿漉的沙地上……感谢同行极友的抓拍！在这张照片中，两只可爱的巴布亚企鹅，恰好偎依在我的身旁。

布拉夫海滩岸边，有一座集装箱式的简易咖啡屋。游客们在沙滩上欣赏企鹅久了，手脚就会冰凉，不时地会有人跑到咖啡屋内喝咖啡或茶水。品尝了英式红茶后，我好奇地把屋内外仔细地观察一遍。咖啡屋虽小但很整洁美观。游客们坐在铺着蕾丝台布的小桌旁，既可喝免费咖啡或茶水，还可隔窗欣赏布拉夫海湾的美景。屋内一角设有小卖部，方便游客购买英式糕点以及当地以企鹅造型为主要内容的手工纪念品。咖啡屋内的角落，还摆放着许多珍稀动物的头骨和各类奇特的贝壳。

挂在咖啡屋墙上关于1982年英阿马岛战争的一组照片，引起了我的注意。其实，我在刚刚跨入这间咖啡屋时，就已经发现有一堆马岛战争时遗留下来的炮弹壳等物品。它们虽然锈迹斑斑，但似乎在提醒人们不要忘记35年前的那场战争……

是的，眼前企鹅悠悠的布拉夫海湾，就是当年阿英军队惨烈搏杀的一个重要战场！布拉夫湾是守卫马岛首府斯坦利港的重要门户。1982年的6月8日，就在英军大力扩张登陆场，加速运兵到布拉夫湾之际，遇到从本土起飞的阿根廷空军奇袭。勇敢的阿根廷空军飞行员，不畏强敌，驾机贴着海面超低空飞行……他们最终以损失3架天鹰战机、牺牲3名飞行员的代价，击沉了英军加拉哈德号登陆舰和另一艘登陆艇，并重创了另一艘登陆舰特里斯坦号。与此同时，负责佯攻的阿根廷幻影战机编队，又重创了英国皇家海军护卫舰普利茅斯号。这就是英国皇家海军所遭遇的最黑暗的一天。在布拉夫湾空战中，英军共有56名士兵和水手被炮弹或大火夺去了生命，另有150人受伤。

想到这里，我走出咖啡屋，心情沉重地凝望着眼前碧海蓝天、企鹅悠然的布拉夫海湾……实在很难想象在这宁静如仙境的地方，35年前会发生如此惨烈的血流成河的战争场面。不远处的沙滩一角，可见铁丝网隔离带。我猜想，那是在提醒游客"小心地雷"吧！据说，1982年，阿根廷驻军在马岛埋下两万多颗金属探测器无法探测的塑料地雷。马岛战争虽然已经过去35年了，但还有不少地方至今仍残留着这种塑料地雷。

这天，我们结束了在布拉夫海湾观赏企鹅的活动后，就回到斯坦利市自由参观。

斯坦利市是马尔维纳斯群岛（英国人称福克兰群岛）首府，也是英国当局关于南大西洋和南极事务的管理中心。这里的居民约有2000人，占马尔维纳斯群岛总人口的三分之二。虽然人口很少，但斯坦利市却体现出"麻雀虽小，五脏俱全"的组织架构。这里有邮局、医院、学校、教堂、商场、酒店和体育运动场所，当地甚至还有自己的报纸。群岛除了国防和外交归英国管理外，享有高度自治权。因此，斯坦利港还设有议会，拥有自己的旗帜等。

斯坦利市区面积很小，我们漫步不长时间，就把全市主要建筑物都看遍了！我的总体印象是，这座毗邻南极大陆的海岛小城，宁静整洁，环境优美，很有地方特色。城内除了高高飘扬的英国国旗、马岛战争纪念碑、当年英国首相撒切尔夫人的雕像之外，基本上看不到战争留下的痕迹。综观全城主要建筑物，最显著的应是基督教圣公会大教堂以及教堂边上的拱形鲸骨雕塑。该鲸骨雕塑由两头蓝鲸的颌骨做成，其实也是一座特殊的纪念碑。它创建于1933年，纪念当时英国统治马岛100年。由此可见，老牌的大英帝国在掠夺性捕杀南极鲸鱼、海豹等方面，其历史又是多么的悠久！

斯坦利圣公会大教堂

在基督教圣公会大教堂前面的大草坪上，我发现有十来位小学生正在阳光下追逐游戏。其中有一位戴眼镜的小女生，专门在地上捡拾垃圾。她的小手上还抓着枯树枝和空矿泉水瓶。从孩子们无忧无虑的神态中，可以看到目前马岛的和平宁静。但我一想到，一万多平方公里的马尔维纳斯群岛，只有屈指可数的若干小学和中学。这些孩子将来要上大学，只能到一万多公里外的英国本土。同样，岛上的居民如果生了大病，也就只能到英国或乌拉圭就医。500公里之外的阿根廷，至今仍然与马尔维纳斯群岛老死不相往来。就连马岛稀疏的空中航线，也只是与智利的蓬塔阿雷纳斯有少量的航班往来。

为什么会这样？这一切的根源就是阿根廷与英国关于马尔维纳斯群岛的主权争议。从历史上看，荷兰人第一个发现了马尔维纳斯群岛，英国人第一个在该群岛登陆，法国人则是第一个在群岛上建立了居民点。后来法国又将群岛卖给了西班牙。1816年阿根廷独立后，自然而然地继承了原宗主国西班牙对马岛的主权，并派官员上岛治理。然而1833年，英国以该岛最早为英国人发现为由，出兵重新占领了该岛。当然，最主要的原因还是马尔维纳斯群岛战略地位十分重要。它扼守南大西洋和南太平洋的航道要冲，是通往南极大陆的前进基地。马尔维纳斯群岛上不仅有丰富的矿产资源，周围海底还蕴藏着大量石油和天然气。

1982年的那场马岛战争，随着时光流逝，在我们中国人的记忆中渐渐淡去。要不是这次身历其境，我的感触也不会这么深刻。当年那场战争的电视画面，我几乎没有漏看的。马岛战争的最后结果，大家都已知道了！英国最终占领了它，称其为福克兰群岛。现在群岛上的居民不到3000人，多数为英国移民或其后裔。同时，岛上还驻守着约1700名英国官兵。

然而，英国的占领不等于马尔维纳斯群岛主权争议问题已经解决。阿根廷始终没有放弃马岛主权。2016年3月29日，联合国大陆架界限委员会判定，马尔维纳斯群岛位于阿根廷领海内。2017年5月17日，中国政府重申支持阿根廷在马尔维纳斯群岛问题上的主权要求。

我是中国人，中国政府的立场当然就是我的立场！但作为实地来过马尔维纳斯群岛的一位旅行者我强烈呼吁：这里是多种企鹅和许多珍稀动物云集的地方，这里是进入南极大陆的重要门户，这里也是适合人类居住的亚南极圣地，这里再也不要战争了！

挺进南乔治亚岛

自从11月3日下午离开马尔维纳斯群岛以来,前进号一路向东,迎风破浪,昂首阔步地向南乔治亚岛挺进。

南乔治亚岛是南大西洋中的火山岛。它现为英国的海外属地,但与阿根廷存在主权争议。该岛长160公里,宽32公里,面积3756平方公里。岛上荒凉多山,且大部分被冰雪覆盖。这里气候寒冷,仅生长着耐寒的冻土植物,没有居民。南乔治亚岛是进入南极大陆的门户,历史上曾经是疯狂捕鲸业的基地。该岛一直是英国的南极考察基地,现仍设有英国南极考察站。

马尔维纳斯群岛到南乔治亚岛最近的距离只有1300公里,但因两岛之间海域属于南极辐合带,因此天气和海况都大不相同。前进号跨入南极辐合带,就算进入南极海域了。南极海域气候条件复杂,天气瞬息万变。在前往南乔治亚岛途中,我们就经受了极地风浪和雪冻的考验。这里的天空时而出太阳,时而下起伴有雪粒的小雨……

甲板上,朝夕都会出现雪冻现象。头天傍晚,为了与万里之外的亲友们分享这里的特殊场景,我兴冲冲地跑到甲板廊道上录制视频。但低温瞬间,就把我那戴着半截手套的手指冻得僵硬了!无奈何,只好匆匆结束拍摄,快速离开廊道返回舱室内。

前进号驶近南乔治亚岛时,船上出现微弱的网络信号。我急忙发了几张随拍的图片,向亲友们报个平安:"我都安好!一切都在按计划进行中!"

稍过一会儿,我又在微信评论区留言:"自昨晚7点左右开始,卫星网络信号中断,持续近29小时。现已在南极,这里无国界,无居民……黑浪滚滚,天气瞬息万变!感恩呀,我终于有幸进入地球最纯净最自然最原始的南极了!我各方面情况均为良好,借此一角,感谢亲朋好友们的一路关注和相伴!往后几天的网络信号等状况难以估计,要做好应对困难的各种准备。前进号是最棒的!所有的活动安排都将努力按计划进行。谢谢亲们,祝福安康快乐!"

挺进南乔治亚岛

11月6日早晨。南乔治亚岛终于到了！

我伫立前进号船头的主甲板上，全神贯注地环顾四周。感慨之情，不禁油然而生……从东半球到西半球，从地球最北端到地球的最南端，真是天路漫漫，海路漫漫呀！此时，天空正飘着鹅毛大雪，甲板上留有我们的足印。船周围的海水蓝至黝黑，在船的犁波中闪烁着耀眼的光芒……冷风嗖嗖，迎面吹来，手指和耳朵顿时感到阵阵刺痛。好在有灿烂阳光相伴，心里热乎着不冷！

我专注地环视着近在咫尺的南乔治亚岛。但见，巍峨雪山，绵延而立。陡峭的山峰，如毯的冰川，不化的冰雪……忽然间，我有点似曾相识的感觉。啊！这不就像是雾障退后的喜马拉雅山麓吗？我想起2009年夏季去西藏珠峰的旅行途中，曾在那个名叫加吾拉的山垭口，在海拔约5300米的地方，远望过以珠峰为中心的喜马拉雅山麓。那时，只见雪峰连着雪峰，在蓝天与大地之间形成一条宽带状的白线。世界第一高峰珠峰居中，但它不是鹤立鸡群，也不是一峰独秀，展现在眼前的，是诸峰相伴、群峰并起。是的，它们当中仅8000米以上的山峰就有5座呢！当时我就想，假如珠峰与加吾拉山垭口之间那层厚实的雾障能够退去，让我们更清楚地看到喜马拉雅山麓那该多好呀！

"呜！"一声汽笛打断了我的思绪。我们造访南乔治亚岛的第一个登陆点福图纳湾到了！

我有幸作为第一批乘客最早乘冲锋艇登陆。因为我已被批准参加随后举行的"沙克尔顿远足"，破例不受组别限制优先下船。

偌大的福图纳湾，只停泊着前进号一艘船只。据说，南极今年的夏季刚刚开始，前进号是最早进入南极的旅游考察船。我兴冲冲地坐上了冲锋艇，它一离开母船，迎头就遇到几个大浪。溅飞的浪花，泼洒在乘客的身上，但没有人去躲闪浪花。大家似乎都不感到惊慌，仿佛都是前去开辟登陆场的冲锋战士！

冲锋艇停靠在一处尖突的礁盘边上。探险队队员站在水里，手扶、牵拉着下艇的游客。我们就这样依次安全地蹚水上岸。

福图纳湾是一个长着许多青苔的海滩。礁盘上杂石裸露，青苔很滑。我们循着探险队队员临时设置的路线，小心翼翼地前行。但我们最小心的不是自己的防滑，而是要与身边数不清的王企鹅保持距离。此外，我们还要特别小心卧躺在海滩上的海豹。

企鹅是南极的标志性动物，而王企鹅则是企鹅家族中的佼佼者。我们在南乔治亚岛第一次登陆，就遇到这么多王企鹅，大家都感到无比振奋。王企鹅给我的第一印象是泰然自若，慢条斯理。它们或聚集一堆，或排列着长队，或三两摇摆而行……海豹们好像喝醉酒了一样，根本不理睬有人从其身边经过。我还清晰地听到海豹们此起彼伏的打鼾声呢！

懒洋洋的象海豹

  这就是我第一眼见到的南极野生动物世界！是的，动物是南极世界的主人！人类只是这里的客人！我在这里实实在在地感受到，这里真正的主人是企鹅、海豹、鲸鱼和其他野生动物。我们怀着谦卑的心态，走进了这里的动物世界。"不好意思，打扰了！"我痴迷地观赏着企鹅和海豹的神态。它们似乎都在说："欢迎！欢迎！但请别打扰我！"也许因为我们是南极今年初夏以来的第一批游客，我似乎隐隐约约感觉到，不屑一顾的王企鹅还是斜眼看了看我们……

  福图纳湾三面被高耸的山峦包围着。我们要到达大批王企鹅的聚集地，必须绕过一处险峻的岩石突出部。该突出部巨石裸露，犬牙交错，其形态犹如张着血盆大口的威猛狮子。突出部前的海滩上，横七竖八地躺着一大群海豹。奇特的是，这么险峻的岩壁上，竟然还长着很长很厚的杂草。我发现草丛中也有几十只王企鹅……我们小心翼翼地绕过这个岩石突出部，就到了王企鹅集中栖息的大片领地了！

  第一次见到这么多的王企鹅，我们似乎都看傻了！真是爱不释手呀！我们一边欣赏，一边拍照留影，但我们每个人心里都牢记着："要与企鹅保持5米以上距离！"当然，在拍摄过程中，企鹅主动向你靠拢那就是另一回事了。企鹅是矮小的动物，为了达到拍摄效果，许多摄影爱好者都是单膝跪地，甚至有人整个身子都趴在湿漉

挺进南乔治亚岛

滩的沙土上。大多数人与企鹅合影时是蹲着的，这样，我们与企鹅就能大致保持相同高度，不仅定格的画面比较好看，也常常会引来企鹅的主动亲近……

在这个庞大的王企鹅世界里，一位穿着粉红色冲锋衣的人，引起了我的注意。他双腿长时间地跪在沙滩地上，在他的面前，站立着三四只王企鹅。他与王企鹅们处在同一高度，彼此默默相望。他手中没有任何照相的设备，只是轻轻地双手合十，并且微微低下了头。这样相互守望的宁静局面，持续了一段时间，最终还是王企鹅打破了宁静。企鹅们似乎明白了什么，它们一步步地向这位长跪者靠拢。其中有一只王企鹅特意绕到他的身后，在他的靴子底部轻轻地啄了一下……

我被这个场景深深地感动了！这就是南极世界人与动物关系的一个生动写照！我后来了解到，这位穿着粉红色冲锋衣的人是我们前进号上的一名探险队队员。我不知道他来过南极多少次，但我相信他的内心一定装满对南极动物世界深深的爱！

也许我与这位探险队队员也有缘，在稍后的"沙克尔顿远足"中，他就是带领我们过雪山峻岭的探险领队！

人与企鹅

"沙克尔顿远足"

我永生永世难忘的"沙克尔顿远足"！

11月6日下午，我在南乔治亚岛参加了前进号探险队队员组织的"沙克尔顿远足"。它不是一般意义的登山远足，而是让参加者亲历沙克尔顿一百年前走过的一段历险求生之路。它是沙克尔顿当年走过求生之路的最后6公里，多是高山、冰川和滑坡，约需3个半小时。组织者对报名者严格把关。与我同行的两位70岁中国极友，组织者不建议他们参加，均被谢绝了！同样，一位看似年富力强的中年女极友，由于腰腿的"小毛病"也被驻船医生劝阻了！医生说，这个线路下坡时非常陡峭，对腰和膝盖都是巨大的考验。一旦出现问题，没有能力把她救回来！我暗自庆幸自己"闯关成功"，名列其中。

按照前进号上的广播通知，参加"沙克尔顿远足"人员，11点前必须从福图纳湾回到船上提前用午餐。餐后，我们就分乘冲锋艇前往"沙克尔顿远足"起始点。这是一个原始且荒芜的海滩，黑色的沙滩，黑色的海浪。冲锋艇无法直接靠岸，在探险队队员帮助下，我们陆续涉水上了岸。岸上岩石嶙峋，杂草丛生。黑色海滩上有许多漂浮物，还堆满黑乎乎的懒洋洋的海豹群。

我们回头与冲锋艇挥手告别，冲锋艇与它的母船前进号，马上就要离开这里，驶向南乔治亚岛北岸，也就是"沙克尔顿远足"的终点斯特罗姆内斯湾。这就意味着，参加"沙克尔顿远足"的所有人，没有任何退路，必须无条件地从起始点走到终点！或许，这就是"沙克尔顿远足"的魅力所在！主办方意在让参加者亲身体验沙克尔顿精神！

沙克尔顿何许人也？何谓沙克尔顿精神？英国爱尔兰人沙克尔顿，是与挪威的阿蒙森、英国的斯科特齐名的世界最著名的南极探险家之一！沙克尔顿三次赴南极探险，但最为重要的是第三次。1914年8月初，沙克尔顿率领招聘的27名伙伴组成横跨南极远征队，乘坐坚忍号木帆船从伦敦出发。

次年1月18日，坚忍号到达南极大陆边缘的威德尔海后，被一望无边的碎冰团团围住，紧接着就被海冰冻结、动弹不得。坚忍号随海冰漂流10个月之久，最后又被巨大冰坨彻底压毁而沉入海底。在遭遇一连串灭顶之灾时，沙克尔顿力挽狂澜，在浮冰上组织开展一系列自救活动。1916年4月9日，沙克尔顿率领3艘救生艇突围，在巨大浮冰丛中穿行七天七夜，终于靠上象岛暂时栖身。但象岛荒凉无人，又远离航线，绝非久留之地。1916年4月24日，沙克尔顿与另5名船员一起，告别留在象岛的22名伙伴，乘坐仅有6.85米长的救生艇"加兰号"，远赴1300公里外的南乔治亚岛搬兵求援。航行期间，沙克尔顿遇到26年航海生涯中从未经历的大风暴。经过整整16昼夜的殊死搏斗，加兰号救生艇终于闯过冰海风暴，奇迹般地到达南乔治亚岛南岸。

然而磨难还没有到头。唯一有人烟的斯特罗姆内斯捕鲸站，设在南乔治亚岛北岸。于是乎，沙克尔顿安排3名体弱伙伴就地休息后，就带领另外2人翻越无人踏足过的高山和冰川。经过36小时艰苦跋涉，他们终于完成约50公里长的生死穿越，抵达北岸的斯特罗姆内斯捕鲸站……之后，沙克尔顿又锲而不舍、几经周折，最终救回了所有伙伴。深陷极端冰雪700天，为何能够做到28人一个不少？因为沙克尔顿拥有"永不放弃、坚韧不拔"的精神！

话回"沙克尔顿远足"现场。

我站在杂草飘拂的高坡上，回望一眼渐渐消失在远方的前进号，就全神贯注地投入"远足"。参加本次"远足"活动的有二三十人，大家都是轻装上阵。一位高大的探险队队员走在队伍最前面。他不就是那位长跪在福图纳湾企鹅群前的"穿粉红色冲锋衣的人"吗？是他！但此时的他与之前判若两人，他背负鼓鼓囊囊的大背袋，一副铁担挑肩的战地指挥员形象！他话语不多，动作干练，一路上总是稳当地走在最前头……

随着坡度提高，脚下早已不见寸草，到处都是由大风、冰川剥蚀形成的碎石块。赭黑色的碎石，成片成堆，杂乱无章，尖利如刀片。我们像是走在刀山上，迈出的每一步都要特别小心。虽然一路荒凉，但沿途风景却是绝对纯净美丽。巍峨的雪山峰，清晰地展现在我们眼前。皑皑白雪，闪烁亮光。山顶上的几朵白云，仿佛在向我们频频招手……继续往前走，遇到雪水融化形成的小溪流、小瀑布、小湖泊……我们是远足队员，不是单纯来游玩的！我匆匆拍了几张照片，就大步跟上队伍了！

由于一路上并不安排休息，时间好像过得特别快！突然，队伍前头出现欢呼声……原来，前方一个山垭口可以看见大海了！哦，那就是南乔治亚岛北岸的斯特罗姆内斯湾，斯特罗姆内斯捕鲸站遗迹就在那里。可想而知，一百年前的沙克尔顿等三人，历尽艰险到此见到北岸的大海，那该会是多么的兴奋啊！

"沙克尔顿远足"途中

  但看到南乔治亚岛北岸的大海，不等于"沙克尔顿远足"活动大功告成。相反，前方的下山之路极其艰难！这是一堵极其险峭的雪山峭壁。由于大风霜冻的刻饰，雪壁上的积雪并不松软，许多地方还覆有一层薄冰。我们如果稍微不慎，就可能会滚到几十米外的山下……我清醒地意识到前程的险峻，旋即把口袋里的手机收进腰包。在横穿雪山壁的整个过程中，我全神贯注、一丝不苟，有时还得手脚并用。这也是我唯一没有在现场拍摄的一小段历程。

  我从有关资料中获悉，一百多年前的沙克尔顿等三人，在穿越南乔治亚岛的最后阶段，也曾遇到一座雪山峭壁。当时眼看太阳即将落山，沙克尔顿意识到如果再不加快行进速度，一小时后就可能因低温而冻僵。于是，他当机立断，说服了伙伴，他们三人紧抱成一团，冒险向山下滑去……"尖利呼啸的风声，猛地直往耳朵里灌。白乎乎的雪，嗖嗖地从身旁飞溅而过……"最后，他们三人有惊无险地滑到了平地。我猜想，当年沙克尔顿所遇到的，很可能就是眼前的这座雪山峭壁。这么一想，就更觉此次"沙克尔顿远足"的意义非凡了！

  "远足"活动结束后，我站在沙克尔顿当年求救的斯特罗姆内斯捕鲸站遗迹前沉思良久……此时此刻，我更能体会也更加崇尚沙克尔顿"永不放弃，坚韧不拔"的精神！

"永不放弃,坚韧不拔",也是我早在孩提时代就从家乡父老身上得到教诲和启迪的朴素理念。我的家乡平潭岛,位于风大浪急的海坛海峡西部峡口。海岛渔民在大风大浪中磨炼成坚韧不拔的顽强性格,当地民间流传着许多"永不放弃,转危为安"的传奇故事。也许因为拥有海岛人的基因,我自感从小养成一种不服输不屈挠的个性。这种个性在情趣相投的朋友间,自然也会流露出也会传递着。

2017年8月28日,前进号从北极斯瓦尔巴群岛起航刚刚驶进格陵兰岛东北部时,我收到一位大学同班好友发来的信息:突患肺癌,刚在上海做了手术……该同学性格开朗,平时身体硬朗,素有"激动"外号,怎么会患上肺癌?在这个世界最大的格陵兰岛上,在这个冰川涌动、浮冰如林的无人区地带,在这个网络信号时有时无的时刻,我立即给好友发去信息:"永不放弃!顺利安康!天佑文子!"当时我还不太了解沙克尔顿事迹,只是从自己的经历中感悟:重病中的好友,此时最需要的是"永不放弃"的精神鼓舞。好友随即回复说:"这饱含真情的十二个字深深地震撼着我、激励着我……好一个'永不放弃'的警示与激励!在我人生面临恶疾重大考验的关口,你送上的'永不放弃'四字我格外珍惜。'永不放弃'增强了我战胜疾病的信心,激励着我勇敢地攀登眼前这一座最陡峭最险峻的山峰。前路虽艰辛难测,但我有勇气去迎战,哪怕要入炼狱!"后来,我到了南极,亲身参加体验沙克尔顿精神的"远足"。这位好友又感谢我让其知道"永不放弃"典范沙克尔顿的事迹,并感慨地说:"这对我的心灵又是一次撞击与震撼。人活到这份上,还有什么难字会在他心上闪现?"

次日上午,前进号在南乔治亚岛葛利特维根停靠时,我在完成极地巡游后的极其有限的时间里,特意跑步前去瞻仰沙克尔顿的陵墓。1922年,沙克尔顿再次重返南极考察时,因突发心脏病死亡。从此,他就长眠于与其命运紧密相连的南极土地上。我站在沙克尔顿的大理石墓碑旁,脱下帽子表示敬意。一位与我不相识的黑人姑娘,为我按下了相机快门……"只有奋斗到最后一息的人,才能得到生活的奖赏!"沙克尔顿生前最喜欢的这句话,从此也将成为激励我生活的座右铭!

"远足"之后,我在微信朋友圈中写下一段感言:"一定要学习沙克尔顿'永不放弃、永不言败、坚韧不拔'的精神!不管从事什么职业做什么事,都不要轻言放弃!试想,沙克尔顿及其伙伴如果不是怀有这种精神,在地球最严寒之地受冻挨饿700天怎么能活过来?沙克尔顿及其伙伴的生命,在那样的艰难困境中能够顽强地维系和延续,我们平时工作生活中遇到的困难又算得了什么?亲们,让我们一起'永不放弃!永不言败!坚韧不拔'!"

穿越历史的探秘

11月7日。前进号航至南乔治亚岛葛利特维根。

清晨的南乔治亚岛,格外清新,寂静迷人。这里的太阳3点多就出来了!起床后,我独自迈向甲板,在南极柔和的阳光下,在薄薄的雪层中留下新一天的足印……

南乔治亚岛是英国的海外属地,也是与阿根廷有主权争议的地方。1775年,英国库克船长来到南乔治亚岛,称之为"冰之岛",并宣布该岛属于英国。这个岛的名称,也是以当年的英国国王名字命名的。葛利特维根算是南极地区唯一有人烟的地方,大约有15～30人在此生活,主要是政府工作人员和科学家。老牌英帝国遗风在这里尚存。马尔维纳斯群岛总督兼任南乔治亚岛与南桑威奇群岛的民事专员。岛上挂着英国米字旗和该群岛旗帜。就连葛利特维根所在的海湾,也被命名为爱德华国王湾。

上午八点半,我所热切期待的海上巡游开始了。两艘极地冲锋艇离开母船前进号,风驰电掣般地驶离爱德华国王海湾。

由于种种原因,参加此项自费巡游活动的游客并不多,两艘冲锋艇上只坐着十多位游客。中国极友只有3个人,除了老尹父子,就是我了。从北极一路行来,我几乎报名参加了所有的海上巡游活动。海上巡游项目都是深入最蛮荒之地,我期待借此机会去领略体验南北两极最原始的自然环境。海上巡游必须穿上厚重的御寒衣服。前进号为所有巡游者出借包括护目镜、长臂手套在内的专业巡游装备。除此之外,我还戴上国内带来的雷锋帽以及围脖等装备。将它们全都穿戴上,我就成了臃肿的"北极熊"!

冲锋艇向前,向前,一路向前!我们直抵深邃的雪山下、冰川前、浮冰旁……为了安全起见,极地冲锋艇上的七八个人,全都不离座。艇上的一位女探险队队员只是简略指导,她更着意让大家自己去观察去感受,去聆听原始大自然最纯净最本真的声音。

风和日丽，阳光灿烂。好天气为我们的巡游活动平添了光彩。我陶醉于眼前的一切：洁净如洗的山壁，洁白如玉的雪峰，蓝光飘逸的冰川，漂浮若定的冰山，密密匝匝的浮冰……极地冲锋艇轻轻地犁开碎冰层，绕过小冰山，直抵蓝冰闪耀的冰川前。

我偶尔抬头，湛蓝的天空，飘逸着几朵蝶形白云。在阳光照射下，蝶形白云折射出束状的彩色光芒。而眼前的宁静海面，则成了奇妙无比的"天空之镜"。它对称式地倒映着水面上的所有物体，当然也倒映着多彩多姿的极地冲锋艇。甚至连褐色山体间的曲折沟痕，也在"海镜"上留下对称的线条影子。啊！我们还听到冰的声音！

为了与亲友们分享来自蛮荒之地冰的声音，我上传了一段视频。视频里有冰川的断裂声，更多的则是冲锋艇撞击大面积碎冰的声音。上传之后，在亲友间产生强烈反响。@秀敏赞赏："水的蓝，冰的白，给人干净爽朗感。"@惠燕说："本真的冰的声音，让我想起某个电影画面。"而我则感慨地回应："什么叫天空如洗？什么叫宁静怡人？什么叫世外桃源？……反正我是醉了！"

返回途中，极地冲锋艇一驶入爱德华国王湾就遇见多头鲸鱼。墨绿色的海面上，鲸鱼或翻卷着巨大的尾巴，或朝天喷射雨注式的水雾……虽然离得有点远，但能在这里偶遇座头鲸，我们都感到很兴奋。冲锋艇继续往海湾内开，艇舷旁还出现许多形形色色的海藻类植物。由此可见，爱德华国王湾已基本恢复原先的生态环境。

回到前进号后，我立即脱下笨重的巡游服，急忙换乘冲锋艇直达葛利特维根捕鲸站遗址参观。因为参加了海上巡游活动，在葛利特维根的停留时间缩短了许多。其间，我除了跑步前往沙克尔顿墓地瞻仰外，还抓紧时间参观了捕鲸站遗迹、捕鲸博物馆、捕鲸人教堂、破旧的捕鲸船以及南极小邮局等。

匆匆走访葛利特维根，但见繁华落尽，只存锈迹斑驳的厂房设备等。百年前，这里曾经是南极野生动物的屠宰场。数不清的海豹、鲸鱼被屠杀，有的珍稀动物几近被灭种。伫立锈蚀的废旧设备前，那段让人痛心疾首的历史，不禁像过电影一样展现在眼前……

这段滥杀南极野生动物史，最早可追溯到1775年英国库克船长的南乔治亚岛行。库克船长当时除宣布南乔治亚岛属于英国之外，还宣扬这里的海豹数量特别丰富。就是库克船长的这句话，为无数海豹招来"血光之灾"。之后，猎捕海豹的船只陆续闻风而来。第一批前来南乔治亚岛的英美船只就有18艘。仅来自纽约的阿斯帕齐娅号渔船，早期带回的海豹皮就有5.7万张。经过英美两国海豹猎人约一个世纪的疯狂捕猎，南乔治亚岛的毛皮海豹到了濒临灭绝的地步。

海豹业濒临衰亡，鲸鱼业接踵而起。1902年，挪威极地探险家卡尔·拉森来到

南乔治亚岛，无意间发现葛利特维根这个天然港湾有无数的鲸鱼。据说，卡尔·拉森最先发现的只是海豹猎人残留下的几个铁锅，于是他便把这里称为"葛利特维根"（挪威语为"锅湾"的意思）。1904年，卡尔·拉森在葛利特维根建起第一个捕鲸站，并在之后的6年时间里在南乔治亚岛上先后建起6个捕鲸站。

  捕鲸者刚开始只对鲸脂感兴趣，后来便开始挖掘整头鲸鱼的利用价值。但他们最终发现最有价值的还是鲸油。鲸油不仅可以制造人造黄油、冰激凌等食品，还能制造化妆品、肥皂等。更重要的是，鲸油中还可提炼出甘油，用作枪械等军事装备的润滑剂。第一次世界大战和第二次世界大战期间，鲸油的需求量大大上升，助推了捕鲸业的疯狂发展。最忙碌时期，仅葛利特维根捕鲸站就有450名男性员工，每周工作7天，每天工作12小时，实行两班倒。葛利特维根捕鲸博物馆墙上的数字告诉我们：1904年至1965年期间，在南乔治亚岛总共猎杀了175250头鲸鱼。如果再算上那些不成规模的"小船工厂"，1904年至1978年间，整个南极地区将近有150万头鲸鱼被猎杀。

  从参加深入冰雪世界的海上巡游，到参观葛利特维根锈迹斑驳的捕鲸站遗迹，这一天，我仿若经历了一次时空隧道的穿越。原本纯净原始的南乔治亚岛，曾经发生过最惨烈的野生动物杀戮。这样的时空穿越，带给我们的深沉感悟是：保护环境、保护动物刻不容缓！人类应该彻底拒绝对野生动物的杀戮！好在文明逐渐制约了野蛮。有了《南极条约》《南极海洋生物资源养护公约》《南极海豹保护公约》《全球禁止捕鲸公约》《关于环境保护的南极条约议定书》等的约束，南极地区环境保护确实获得很大改善。

  南乔治亚岛的保护效果尤其明显。南乔治亚岛和南桑威奇群岛及其周围海域，现已成为世界上最大的海洋保护区之一。最为直观的是，我们在葛利特维根和斯特罗姆内斯捕鲸站废墟遗迹参观时，发现这里的卵石滩、湿草地，已经被海豹、企鹅等重新占领。2020年初，一批海洋科学家在南乔治亚岛附近海域开展持续23天的考察，考察期间竟然目击了55条蓝鲸出没。蓝鲸是地球上现存体型最大的动物，号称"巨无霸生物"。科学家们兴奋地表示："巨无霸家族或能再次壮大！"目前，南乔治亚岛的海豹数量已大大上升。据说，全世界98%的毛皮海豹和50%的象海豹，都安稳地生活在这里。

  南乔治亚岛的历史再次警示我们："大自然并不需要人类，但人类却离不开大自然。"

安德鲁企鹅世界

安德鲁企鹅世界

　　有朋友问我：南极企鹅最多的地方是哪里？我不加思索地回答：南乔治亚岛圣安德鲁湾，那里是真正的企鹅世界！

　　11月7日下午，前进号顺利登陆南乔治亚岛圣安德鲁湾。走进企鹅世界，耳闻目睹，亲身体验，见证了数十万只企鹅欢聚一堂的盛大场面。这里漫滩遍野都是企鹅，这里横七竖八卧躺着数不清的海豹，这里盘旋着各种说不出名字的鸟儿……据说，眼前的圣安德鲁湾内有20万对王企鹅。我目之所及全是密密麻麻的企鹅，而且全是戴着王冠、胖乎乎、白肚皮的王企鹅。是的，"王者确实已经归来"！

　　虽然大家都很喜欢企鹅，但在参观游览中都格外地小心。因为这里是企鹅的自由王国，人类毫无理由在它们面前耀武扬威！为了与亲友们分享企鹅世界，我迅速上传了一段视频。从视频中可以看出，有3只可爱的小小王企鹅，优哉游哉地向正在录制视频的我走来……为了不影响小企鹅的后续行动，我最终还是主动后退了！亲友们看了视频，都连声欢呼："企鹅太可爱了！"其中，@微微观看特别仔细，问地上白白的是什么。我回复说："是企鹅的羽毛！每只成年企鹅都会经历一年一次的换毛过程。而幼年企鹅则要等绒毛长成与成年企鹅一样厚，方能下海独立觅食。"

　　圣安德鲁湾企鹅世界秩序井然，企鹅内部好像分工明确。成年企鹅从晨间开始，就陆续分批次下海捉鱼。他们成群结队地涌向海边，如同鱼儿见到水一样欢畅。在海面上游动时，企鹅像是鸭子。不一会儿，企鹅们就接连扎进冰水里……那个潜水的神态，又很像是海豚。企鹅父母成批下海捕鱼去了，小企鹅们怎么办？原来，小企鹅都围聚在留守的成年企鹅的中间。极友们戏称说，这就是企鹅的幼儿园。这话说得形象。这些小企鹅身上毛茸茸的，全身一片棕色。有人笑它们像是猕猴桃。但企鹅"王子"，风范犹然！听！它们的叫喊声多么美妙呀！除了羽毛不同外，它们的身高与父母也差不了多少。但此时的小企鹅还得靠其父母觅食喂养呢！它们只有长出与父母一样厚重华丽的羽毛，方才可以下海捉鱼！到那时，企鹅父母一个勇敢的转身，就让其子女独立闯荡南极世界了……

听了小企鹅的声音，再来听听海豹声音怎么样？继上传了一段小企鹅的视频后，我又上传了一段海豹视频。亲友们见到海豹们懒猪一样的神态，听着它们的呼噜声、打嗝声，感到好奇极了！开心极了！

这里的海豹其实有两种。那种长得有点像狗儿，头上有一对突出小耳朵的，俗称"南极海狗"，又称毛皮海豹。另一种是象海豹，俗称"海狮"，又称南象海豹。象海豹身体庞大，身长可超6米，体重可达3吨。象海豹长着一个浑圆的大脑袋，有一对向外突出、玻璃球状的大眼睛，常常流着白色的"眼泪"。象海豹有一个能伸缩膨胀的鼻子，并能发出很响亮的声音。毛皮海豹和南象海豹共同生活在南乔治亚岛的一个海滩上。这些肥嘟嘟的庞然大物，看起来很会享福呢！它们懒洋洋地躺着晒太阳，美美地打呼噜睡觉……看那样子，海豹们都很自豪："南极，老子天下第一！""北极熊做梦也来不了这里！""人类吧，现在规矩多了！"

前进号上的每一次登陆活动，都是在探险队队员的严密组织、确保安全的前提下进行的。圣安德鲁湾企鹅世界的活动也是如此。我们乘冲锋艇登岸后，绕过了海豹密集区，一路直奔企鹅最集中的地带。途中，必经一条虽水浅却湍急的冰水河流。这条小河流的下游横躺着一头巨大的南象海豹。这条海豹像是拦河坝一样，让水位慢慢地升高。为了确保每个游客的安全，探险队队员排队站在冰冷的河水里。我们每移动一步，身边都有探险队队员搀扶。这是什么精神呀？这些探险队队员多是地理、生物、地质、海洋等方面的研究专家。他们讲起课来，图文并茂，生动活泼。而在探险现场，他们是助工、水手或是救生人员等。一句话，他们这么做的唯一目的，就是保证游客安全！我脚踩在冰水河里，寒气直往上身窜，但心里热乎乎的。我为这些探险队队员大大地点赞！

圣安德鲁湾企鹅世界内容太丰富了！我们在这里一直待到天色渐暗。当我们即将返回前进号时，老天不负有心人！南极的太阳把厚重的乌云撕开了一个大裂口。柔和的夕阳，为丰富多彩的企鹅世界锦上添花……在这里，我们把企鹅世界里里外外看个够。其中，不仅有气势恢宏的大场景，更有许多个体企鹅的可爱萌态……我与亲友们一路分享，他们也深表同感。@长兰说："太纯净了！人和企鹅相隔如此近！探险队带领勇敢的轻探险家们，艰难地行走在美丽的南极……只见厚厚的白云触手可及！只见不远处带有积雪的山峰，因雪被风雕刻过，颜色形状更显迥异壮美！"

告别南乔治亚岛

11月8日,前进号将在南乔治亚岛最后逗留半天。

清晨5点多,前进号如期驶进德里加尔斯峡湾。一见峡湾,我便眼前一亮!没有想到即将离开南乔治亚岛之际,我们还会遇到风景如画的德里加尔斯峡湾。在从北极到南极的漫漫海路上,我们曾经在斯瓦尔巴群岛、格陵兰岛、冰岛以及挪威等地看过太多的峡湾。峡湾虽然没有大海那样广阔,但它深邃、离奇、神秘,给人以无限的想象空间。

德里加尔斯峡湾位于南乔治亚岛东南端,处于纳特里斯角以北。前进号直接开进这条长11公里、宽1.6公里的狭长海湾。由于深受南极辐合带寒冷天气的影响,这里呈现出类似南极大陆那样的冷峻肃穆气氛。我伫立船头,放眼四周,感觉这里的环境与几天来在南乔治亚岛所见大不一样。峡湾两岸见不到任何植被,唯有扑面而来的凛冽海风,海面上有无数大小不一的浮冰……仔细观之,只见一座座褐色的峻峭山峰,山峰峭壁间留有刀刻一般的道道痕迹。山谷中的大冰川,似乎都还保持着蠢蠢欲动的姿态。冰川临海的断面上,泛着迷人的幽深蓝光……

此时,正漫步于前进号五层主甲板的我,忽然发现了一只洁白的大海鸥。它正在狭窄的舷栏台面上,或蹲或踱,像是特意来此应约。我与两位老外游客小心翼翼地靠近海鸥。我们都不忍心打扰,但也按捺不住想接近它的好奇心……相反,这只海鸥可大方多了!它并不惊慌,更没有退却,它在我们眼前悠然地踱起步来……我斜眼一看,那位老外游客的相机镜头,已经伸到距离海鸥约一米的地方。于是乎,我便轻轻掏出手机,录下了视频。@枫叶观赏后激动地说:"美丽的海鸥,是上天派来的天使!"是的,与海鸥的亲密接触,带来了人与动物间和谐相处的快乐。在寒风凛冽的德里加尔斯峡湾上,我顿感心中不冷!

出德里加尔斯峡湾后,前进号继续南行,一鼓作气地驶进库珀湾。

库珀湾常年聚集着多种企鹅,据说仅马克罗尼企鹅和戴帽企鹅就超过2万只。库珀湾又是许多珍稀海鸟的聚集地,有超过1.2万对黑眉信天翁在此筑巢。然而,

地处南乔治亚岛最南端的库珀湾，由于完全暴露在狂风肆虐的西风带上，每年风平浪静的日子少之又少。凡是能来南乔治亚岛的游客，都渴望见一见库珀湾的尊容，但因天气原因十有八九都未能如愿。

幸运之神，总是眷顾着我们。今天，库珀湾以其风和日丽、风平浪静的面目，热情欢迎从北极远道驶来的前进号！前进号船长和探险队队长决定，为所有乘客提供约30分钟的冲锋艇巡游活动。按照顺序，我们中国极友今天是第二批登艇巡游，满足了大家先睹为快的迫切心情。

极地冲锋艇载着我们犁波踏浪，迤逦而行。海面上，海豹和海豚在冲锋艇周围翻腾跳跃，各种奇特之鸟或空中俯冲，或水中拍翼而起；还有那袅娜飘逸的海带等海上植物，它们好像根植于无底的龙宫世界。我们绕过一个个险峻的岬角，开始亲近原始自然的神奇海滩。这海滩成了象海豹独霸的天下，它们占领了海滩的所有空间，就连企鹅也只能在狭窄间隙中作跳跃式行走。据说，眼前的这处海滩，是库珀湾唯一可以登陆的海滩。现在，它全被海豹占领了，难怪冲锋艇不能登陆，只能在海面上巡游。

啊，这里满山坡都是企鹅！而且是混合聚居的不同类型的企鹅！我分辨了一下，它们当中有帽带企鹅、马克尼罗企鹅、麦哲伦企鹅、阿德利企鹅等。最有意思的是马克尼罗企鹅，它们围聚在一个山崖突出部，被我的长焦镜头捕捉到了！马克尼罗企鹅双眼间长有一撮很特别的装饰状金黄色羽毛，大背头似的一直延伸到脑后。这种羽毛很像意大利面，因而又叫"通心面企鹅"。实在太可爱了！其他的企鹅、海豹、海象以及各种鸟儿，见了人类也是一点都不惊慌。在我们乘坐的冲锋艇不远处，就有一只硕大的巨海燕，正扑腾着长长的大翅膀，几度俯冲，几起几落，专心捕捉鱼虾……总之，这里的动物世界生机勃勃，它们不惧人类，似乎相遇欢乐更畅！美哉，库珀湾！虽然这里是蛮荒旷野，但它向人类呈现的是原始大自然最真实最珍贵的遗产！

别了，库珀湾！别了，南乔治亚岛！前进号继续向南偏西航行，目标南极半岛……

定位南极洲

8日下午离开南乔治亚岛库珀湾后，前进号就持续航行在前往南极半岛的海途中。离别之际，我伫立甲板回望渐渐远去的南乔治亚岛……那里有无数的企鹅、海豹和各种鸟儿，那里有变幻莫测的天气和在极寒环境下生长的植被，那里有人类历史上狂捕滥杀鲸鱼、海豹等的遗址，那里有南极探险家沙克尔顿感人肺腑的故事……那里有太多值得留恋、怀念和思考的地方！

在从北极到南极最后一段航行中，我们在前进号上的生活也是丰富多彩的。船上的科普讲座有"显微镜下的南乔治亚海水生物""前进号的三大探险之旅""讲述沙克尔顿的故事""南极的鲸鱼和海豹""水下世界的声音""南极圈的生物"等。在文艺活动方面，播放了纪录片《企鹅宝宝的生命轮回》《沙克尔顿坚忍号》《蓝色星球》以及电影等。此外，船上还安排"学打水手结""观看水果雕刻表演"以及参观前进号、缅怀历史人物等活动。这期间，只要你愿意多在甲板上逗留一点时间，就可以观赏到许多鸟类、鲸鱼、海豚以及各种奇特的冰山和浮冰！

9日下午，前进号就巧遇一座巨大的长条块状的冰山！冰山，我们曾在北极斯瓦尔巴群岛以及格陵兰岛周围见过许多，以致最后到了"见怪不怪"的地步。可是进入南极以来，这算是第一次遇到这么大的冰山。此座冰山不仅硕大，而且边沿整齐，像是被造物主用刀切过一样。类似这样硕大的冰山此后陆续见到，说明刚刚解冻的南极大陆，冰川活动十分活跃。为了确保航行安全，前进号只好稍稍调整了航线，缓缓地绕过了这座冰山。

10日，是我们可爱的小极友果果的9周岁生日。一场别开生面的庆生活动，在前进号四层小会议室举行，现场气氛温馨又浪漫。自从登陆北极开始，小果果自始至终跟随大伙儿活动，不落下一步。而在这期间，果果基本能用英语对话，与前进号船员、探险队队员乃至其他各国游客，打成一片，关系十分融洽。在今天的庆生活动中，小果果以及他的父母与大家欢聚一堂，其乐融融……

10日下午，前进号经过两天海上航行，开始驶入毗邻南极大陆的南设得兰群

岛。前进号早就预告：下午6点将会沿着南设得兰群岛的象岛海岸线航行，"欢迎大家与探险队队员一起到甲板上，重温沙克尔顿和他的船员在这艰苦环境下生存的历史"。

象岛位于南设得兰群岛最北端，是南极半岛边上一座非常重要的小岛，也是"南极洲"的标志之一。一百多年前，探险船坚忍号沉没后，沙克尔顿率领他的团队分乘3艘救生艇逃到象岛避难。随后，沙克尔顿又带领5名队员乘坐加兰号救生艇前往南乔治亚岛寻求救援，而把其余的22名队员留在象岛继续避难。沙克尔顿一行一走就是四个半月之久。南极的四个半月呀，这22名队员经受了多大的煎熬与磨难！后来，沙克尔顿几经周折，最终请到智利海军船"Yelcho"号，救出了困在象岛的22位队员。那艘智利海军船船长路易斯·帕尔多的半身铜像，至今仍然傲立在象岛的海岸礁石上。

我对沙克尔顿"永不放弃，坚韧不拔"的精神尤为尊崇，自然也对象岛十分敬仰！下午不到5点，我就在甲板上徘徊，期盼能早一点看到象岛，无奈何一整天都是雾锁海面，周围什么岛屿也看不见。傍晚近7点，我们正在餐厅吃晚餐时，不知谁喊了一声"快看，那是象岛！"我马上放下筷子，立即冲向外甲板。啊！忽然间，浓雾全散了！象岛，终于露出了真实的面容……

眼前的象岛，层峦叠嶂，绵延起伏，冰雪覆盖。这里的山峰普遍不高，全身都披挂着白雪，山坳处见不到任何植被。只见，在柔和的夕阳辉映下，低矮的云朵与山峰糅合在一起，神秘莫测的海浪与海岸礁石混杂一团，还有许多叫不出名字的鸟儿成群起落、叽喳不停……看这模样，象岛大概还是一百年前沙克尔顿们避难时的那个模样。只不过积雪少了不少、冰川消退了许多而已吧！

前进号驶过象岛，继续在南设得兰群岛海域航行。船上的卫星直播画面，清晰标明前进号在南极洲航行的轨迹。进入南极洲的头一夜，我的心情一直很激动，似乎也没有什么睡意。我很想与远方的亲友们早一点分享眼下的所见所闻，然而好长时间船上都未有网络信号。

11日清晨6点46分，网络信号终于恢复了！6点50分，终于让我搜索到南极洲的定位。我第一时间在微信上留下这个永恒的记忆。天涯海角共此时，理解该项举动意义的摄友最先作出反应，纷纷给予点赞。

紧接着，我借助南极洲的第一缕阳光，向亲朋好友们致以最亲切的来自南极洲的问候！

南极是我们赖以生存的地球上最神秘的大陆。现在正值南极初夏，白天很长，夜晚很短。昨晚太阳落下，只过了三四个钟头，现在它又起来了！我告诉亲友们，自己非常珍惜南极之行的难得机会。今天凌晨三点半，我就起床了！醒来之际，一拉开窗帘，就见到这条紧贴海面的金色阳光带了！

于是乎，我立马穿上厚厚的衣服，冲向最近的五层廊道和主甲板。廊道上积着雪，结着薄冰，不远处已有一个黑色人影。走近一看，原来是一位比我起得还早的老外女青年。看来，她在此等候日出已经好长时间了！冷，那是极端的冷。我只戴着半指手套的双手，很快就僵硬了！坚持！坚持！连这点小小困难都不能坚持，那还来南极干什么？！

日出南极洲

太阳出来了！南极洲的第一缕阳光，虽然没有立即带给我生理上的温暖感觉，但它给了我美好的憧憬和无穷的精神力量……拍摄日出照片期间，我忽然想到应该录制一段视频！因为，视频最真实！我立即上传了日出视频，希望借助它让亲朋好友们身临其境似的感受南极洲的阳光！

巧遇"冰人"刘易斯

提起世界超耐力游泳健将刘易斯·皮尤的名字,许多游泳爱好者尤其是喜欢冬泳的爱好者不会陌生。英国的耐力游泳健将刘易斯·皮尤是地球南北两极游泳纪录的保持者。刘易斯·皮尤是目前世界上唯一在七大洋都完成过长距离游泳的人。他因在冰冷海水中所表现出来的耐寒能力,赢得"冰人"的称号。

这一次,刘易斯是与我们一同乘前进号进入南极的。刘易斯此行为什么来南极?原来,不断寻求自我突破的刘易斯,作为联合国环境署的一名海洋卫士,希望能依靠自己的实际行动,来唤起全世界对海洋环境保护的重视。7日上午,刘易斯·皮尤再次挑战人类生理耐寒极限。他在冰冷的南乔治亚岛爱德华国王湾海域,完成了1公里的游泳。据悉,这是刘易斯·皮尤"南极2020运动"的一部分。他想以此敦促各国领导人对环绕南乔治亚岛及南桑威奇群岛的斯科舍海实施全面保护。因为这一海域是世界生物多样性的热点地区之一。

9日上午,在前进号四层会议室,刘易斯专门与中国游客见面,向我们讲述了他眼中的世界海洋……

1970年,刘易斯·皮尤出生在英国西部的普利茅斯。他17岁时,随家人搬到南非海滨城市开普敦定居。他在那里上了人生的第一堂游泳课,并立刻就爱上了游泳运动。同年,他参加了罗本岛到开普敦之间长达7公里的长途游泳。罗本岛是曾经囚禁黑人领袖曼德拉18年之久的地方。他没有想到罗本岛冰冷的海水,会激起自己对远程游泳的极大兴趣。刘易斯25岁时,全家又搬回了伦敦。他开始在极端环境下进行长距离游泳训练。当时,他最具挑战性的梦想,就是希望打破世界纪录,成为在南极游泳的第一人!

刘易斯·皮尤意志力非常坚强,又具有很强的心理自控能力。他能在不做任何热身运动的前提下,较长时间地维持自己的体温。刘易斯说:"在下水前我会尽可能地想象,比如海水的颜色、温度,还有从嘴角渗入的咸味……这个过程会持续好几分钟。对我来说,这是一种很有效的'热身'。"

巧遇"冰人"刘易斯

　　刘易斯的确具有一定的游泳天赋，但他这种"超人"的游泳能力，还是取决于他的勤奋训练。此次南极之行，刘易斯在前进号上依旧按计划开展体能训练。我们大批游客登岸巡游时，刘易斯除了下到冰冷海水游泳外，还经常单独驾驶皮划艇，驰骋于南极的许多港湾。

刘易斯泛舟南冰洋

　　在多次挑战成功人类极限的同时，刘易斯看待世界的角度也产生了巨大的变化。他说："当我每一次进行极限游泳的时候，我都会感觉到呼吸困难，背后好像被什么东西抓住一样难以前行。此时，我心中就会有一个声音：刘易斯，你要坚持！你正在做一件正确的事情，你在告诉人们，人类挑战自身极限的能量再大，也不能与大自然抗衡。如果不保护自然环境，人类将失去家园。我们每一个人都应该敬畏大自然……一想到这里，我就会坚定地游下去！"

　　刘易斯·皮尤坚持在恶劣环境下长距离游泳，并非只是展现个人的能力和人类的极限。更重要的是，作为联合国环境署海洋卫士的他，希望依靠自己的实际行动，唤起全世界对海洋环境的重视和保护。他想让世人知道，原先冰川林立的北极和南极，因为气候变暖才可以在这里游泳。他说，对于个人来说，在南北两极游泳算是

269

胜利了，但对于人类来说，这也是一个悲剧！2007年7月，刘易斯在北极点附近零下1.8摄氏度冰水中游了1公里，耗时18分50秒。他的这一惊人之举，吸引了全球关注北冰洋的冰川融化问题。2010年5月，刘易斯在世界最高峰珠穆朗玛峰下尼泊尔境内新形成的一个高山冰川湖泊中，克服高原反应游了1公里。此举也吸引了国际社会关注气候变化对喜马拉雅山冰川的影响。

　　刘易斯在与我们的交流中说："其实，每开始一次长距离游泳之旅，我都会遇到很多困难。"他专门为我们播放了2007年在北极点游泳1000米时的视频。他至今还记得，当时挑战在北极点游泳时的痛苦感受……刘易斯强调说，他之所以要在世界上许多极其险恶的环境下游泳，就是想唤起世界各国领导人和民众对地球气候变暖问题的高度重视。他说，他现在担任联合国气候变化和气象灾害预警大使，就更有责任和义务去做这方面的宣传工作。

　　刘易斯还高度赞扬了中国在地球环境保护方面尤其是南极科学考察方面所作的贡献。讲座结束之后，他在前进号五层主甲板上与中国游客愉快地合影留念。刘易

作者与刘易斯合影

斯在与我的合影中，我们彼此肩并肩，互把手臂搭在对方的肩膀上。"冰人"刘易斯有力的臂膀，给我留下很深的印象……

远眺大象岛

　　南极之旅结束之后，我仍然关注着刘易斯·皮尤的动向。半个月后，也就是2017年12月4日至6日，第三届联合国环境大会在肯尼亚首都内罗毕联合国环境规划署总部召开。该次会议以"迈向零污染地球"为主题，重点关注污染问题，吸引了全球环境领域的最高决策者和各界代表与会共同商议。联合国环境规划署海洋卫士刘易斯·皮尤，也通过视频呼吁与会代表签署"战胜污染"承诺，通过切身行动携手向"零污染地球"迈进！

天外仙境半月岛

不曾想到，在遥远的南极洲，会有这样一处人间罕见的仙境：这里天空如洗，白云如絮；这里大地雪白，一尘不染；这里海湾明净，宁静如镜……它就是南极洲南设得兰群岛的半月岛！它也是我们登临南极洲的第一站！

11日上午，前进号如期停泊在风景如画的半月湾内。8点多，冲锋艇海上巡游小组和皮划艇体验小组率先依序下船。

九点半，我们多数中国极友报名参加的雪地徒步活动开始了！按照探险队队员的要求，参加该项活动的人都必须穿上雪地靴。为什么必须穿雪地靴呢？因为半月岛上的积雪厚度没膝，个别地方雪深甚至超过人的腰部。为了安全起见，也为了方便对雪地普遍陌生的游客，船方特别准备了雪地靴。这种靴子看起来笨拙，但使用起来还算方便，其作用就是扩大人在雪地的足底着力面。连我这样从未滑过雪的人，也很快能够习惯地使用它了！

半月岛位于利文斯顿岛西北1.3公里的南冰洋海域。它长1.9公里、宽1.9公里，面积只有51公顷。全岛最高点也只有101米。如同它的名字那样，这个新月形状的小岛太美了！我们初登小岛，但见雪山绵延，冰清玉洁。刚刚开放的初夏雪地，犹如未被人触摸过的洁白绒毯，泛着微微的亮光，仿佛正在召唤远道而来的游客。

我双手各挂着一根登山杖，蹬着一双赭红色的雪地靴，紧跟在领头的探险队队员身后，按照小红旗指定的路线上山。野外活动我习惯于走在前头，总想先睹为快。每登上一处小山坡，呈现眼前的就是一道不同角度的美景……我迎着凛冽的极地寒风，放眼小岛的四周，感觉周围的一切都显得格外清新！远处，一座座嶙峋的雪山，或虎踞，或龙卧。在皑皑白雪的映衬下，它们显得那么和谐，而不是恐怖狰狞！更远处的山岬角是帽带企鹅的栖息地。小岛狭窄的中部，几幢被雪堆包围着的赭红色小屋，显得格外醒目。那是阿根廷创建于1955年的卡马拉夏季科考站。看那赭红色小屋周围毫无动静的模样，说不定夏季刚刚开始还未迎来科考人员呢。

我驻足在小山坡上，任凭冰冷的清风拂面，静静地欣赏半个月亮状的海湾……

天外仙境半月岛

这个半圆形的南极洲海湾清澈透明，在周围绵绵山峰拱卫下，半圆形海湾显得格外宁静和安详。因是南极初夏，前进号算是最早来到此地的邮轮。偌大的海湾，只有一艘与之和谐匹配的前进号以及三三两两犁波弋行的冲锋艇……多么静谧的氛围呀！我见过许多海湾，类似美景也曾见过，但这样宁静的港湾，却从来没有见过！

半月岛上滑雪忙

参加完雪地徒步活动之后，我们继续在半月岛上巡游，重点是欣赏帽带企鹅。半月岛是帽带企鹅的集中栖息地，大约有3300对帽带企鹅。此外，这里还有南极燕鸥、贼鸥、黑背鸥、威尔逊风暴海燕以及蓝眼鸬鹚等。

我们从半月岛的中部海岸，踏雪来到帽带企鹅栖息的山岬海角。这一路上，我们小心翼翼地规避着赶路的企鹅。栖息的企鹅，因要下海捕鱼，每天都要来往于大海之间。久而久之，就会形成一道道沟槽状的"企鹅路"。按照南极旅游公约的相关规定，游客见到企鹅赶路，必须回避礼让。游客也不能沿着企鹅路行走，以免形成陷阱，对企鹅造成伤害。就这样，一段不很长的雪路，我们走走停停，自然费了一些时间。但在这期间，我们却可以近距离欣赏企鹅走路的呆萌形态。

273

在一处黑色山崖的顶部，我们终于目睹到帽带企鹅集群栖息的盛景。这是我头一次看到帽带企鹅，它长得实在是可爱。帽带企鹅的头部、背部、尾部、翼背面、下颌为黑色，其余部分均为白色。最为明显的特征是，脖子底下有一道鲜明的黑色条纹。这条纹很像海军军官的帽带，显得十分威武、刚毅，所以俗称其为帽带企鹅，俄罗斯人称其为警官企鹅。我们事先从探险队队员的科普讲座中了解到，帽带企鹅实行"一夫一妻制"，对婚姻忠贞不贰，假若一只去世，另一只终身不娶不嫁。

　　在这个帽带企鹅的聚集处，我们见到了它们的各种形态，或引吭高歌，或两两卿卿我我，或独个儿低头漫步……可爱的帽带企鹅当然也会遇到天敌。在我们的眼皮底下，就有一只虎视眈眈的贼鸥，混杂在这个企鹅群落中间，但帽带企鹅似乎对此并不感到惊慌。至于对远道而来的游客，帽带企鹅们似乎也不感到奇怪。在我们"长枪短炮"的轮番拍摄下，它们依旧我行我素，泰然自若。我们当然不便骚扰，不能违规！现场只能听到相机拍摄的咔嚓声，而听不到交头接耳的说话声，更听不到喧哗声。为了低角度拍摄，也为了不干扰企鹅，我与几位极友干脆坐在冰湿的雪地上匆匆留影……

　　尽兴欣赏和拍摄帽带企鹅后，我们就开始陆续往回走了。我选择了一条直通海滩的路线。时已退潮，海滩上露出了墨绿色的卵石。但冲击我视角的，却是铺满海滩附近水域的冰碴。这些冰碴多呈冰球状，它们晶莹剔透，泛着光芒，随着潮汐起伏，发出沙沙声响。我穿着长筒登陆靴，在海滩的冰水中缓缓移步，生怕不小心踩坏这些玲珑洁净的冰碴……

　　临近半月岛中部的冲锋艇停泊处，我还发现了一艘破旧的小船。小船的大部分都被厚厚的冰雪覆盖，露出的只是一截微微高翘的船头。看那昂扬朝天的船头，似乎有话要说呀！有人说，这是一艘挪威人的船。一提起挪威人，我立即联想到第一个登上南极点的挪威探险家阿蒙森。习惯于海洋生活、勇于探索冒险的挪威人，在探索地球的北极和南极中都有过不凡的建树和贡献。当然，他们也曾有过滥捕鲸鱼、海豹等不光彩的记录。在生存条件极为艰难的南极海域，有船在才会有人在。船不在了，还有多少人可以存活呢？

　　我默默地注视着这艘废弃的小船，注视着覆盖小船的厚厚冰雪……天外仙境半月岛，原来还曾有过不为人知的凄凉！

从扬基港到奇幻岛

前进号离开半月岛后，按预定计划继续驶向扬基港。

扬基港位于南设得兰群岛格林尼治岛的西南部。这里所说的"港"，不是人们日常所见有码头等人工设施的港口。南极大部分陆地被冰雪覆盖，海岸线基本上都是冰雪形成的"墙"，仅有少数几处人可以登陆的较为平缓的海滩。一般来说，这样的海滩常被称作"港"，且又多是企鹅和海豹聚集的地方。

下午3点，前进号停泊在扬基港湾。偌大的扬基港海湾，同样也只是停着我们这一艘邮轮。扬基港长2.35公里，宽1.6公里，周围似有线条状岸滩。下船之前，我们在前进号甲板上看到工整的线形岸滩时，曾以为是人力所为。

扬基港冰雪如镜，到处都是白茫茫灰蒙蒙一片。冲锋艇分批次送我们上岸时，根本找不到一处可以靠岸的卵石硬滩。无奈间，我们只好依靠探险队队员的搀扶，一个个涉水上岸。冷！我瞬时感觉骤冷。太冷了！好在海滩上布满密密麻麻的企鹅，惊喜暖了心头，惊喜带来能量，惊喜让我们忘了寒冷！

扬基港的企鹅只有一种，就是长着红色小嘴的巴布亚企鹅。巴布亚企鹅又名白眉企鹅、金图企鹅。它体形较大，身长60～80厘米，重约6公斤，是仅次于帝企鹅、王企鹅的大企鹅。它的眼睛上方有一块明显的白斑，细长的小嘴呈现红色，双眼角处还有一对红色的三角形，天生显得眉清目秀。巴布亚企鹅憨态可掬，走路犹如绅士一般，因而又俗称"绅士企鹅"。当然，扬基港同样也有不少海豹。除外，还有信天翁、贼鸥、白鞘嘴鸥等鸟儿。难怪乎，该地区早被国际鸟盟确定为重点鸟区了！

参观扬基港的这天下午，除了我感到出奇的冷外，其他游客也有相同感觉。原来，当时扬基港海滩最低气温为零下5摄氏度。冷风嗖嗖，寒气逼人，有些游客实在受不了，就早早乘冲锋艇返回了前进号。然而机会难得呀，我鼓励自己一定要坚持！要多在现场欣赏难得一见的巴布亚企鹅群！

我在这里看到了企鹅相依相伴、遮风挡雨的群体形象。除此之外，我更注意观察企鹅的小家、企鹅与企鹅间的微妙关系。比如，企鹅父母孵小企鹅的过程就特别

感人。一对巴布亚企鹅，每年一般会产下两个蛋。需经父母长时间不停歇地轮流孵蛋，小企鹅最终方能破壳而出。而在小企鹅成长过程中，它的父母也要轮流去海边觅食。觅食回来之后，再把胃里的磷虾或小鱼反哺给小企鹅，直到小企鹅完全可以独立时，它的父母就会彻底放手、头也不回地扬长而去……

极友留影扬基港

  我在这里还仔细观察到企鹅衔石垒窝的过程。只见，母企鹅正趴在简易小窝里孵蛋，公企鹅就不停歇地来回衔石，为构筑美丽小窝忙碌不停。其间，也发现有个别企鹅偷石子的，但公企鹅仍然我行我素，在卵石滩与小窝之间来回奔跑……我还注意到企鹅情侣之间，总是相敬如宾，彼此间的动作十分一致协调。它们或鬓角厮磨，或仰天吟唱，或一起举眉仰首，或共同俯身垂地……

  为了与远在数万公里之外的亲友们分享扬基港上可爱的巴布亚企鹅，我上传了一段视频。视频的主角是一对企鹅母子。躺在雪地上的那只个子不小的企鹅，其实还是嗷嗷待哺的孩子。它身边的企鹅母亲，先是一番细心反哺，接着又忙前忙后地照顾孩子。而它的父亲则不在它身边，或是去衔石，来构建这个幸福小窝，或是去海中捕鱼觅食，回来后与母企鹅一起哺育宝宝……亲友们观赏视频之后，纷纷赞叹"这是冰天雪地中最有趣最令人感动的企鹅故事"。我在扬基港总共逗留约2个小时，虽然冷冻之状难以言表，但自感收获颇丰，感触良多。

临离开扬基港海滩、在等待冲锋艇接驳返船之际，我站在一截断裂的冰面旁边，仔细欣赏了几只巴布亚企鹅入海捕鱼的场景。只见，它们奋不顾身地滚下断裂的冰面，紧接着立即潜入海底。不一会儿，它们又浮出海面，或奋鳍疾游，或再潜海底……此时，它们的身边已有多头海豹出没，但觅食的企鹅对此无动于衷，依然我行我素、泰然自若！

恰在这时，我见到一位身穿黑色紧身泳服的少女，"扑通"一声，跳下冰面……她大步蹚水，扑向前方，奋臂游起泳来。不一会儿，她就被两名探险队队员扶上岸来了，这时，我才看清她的正面。这位少女系白种人，她虽然冻得脸色发紫，但嘴角仍保持着一丝淡淡的微笑……当时，我站着候船都已冷得浑身发抖，这位少女该是有多大的毅力和勇气呀！

傍晚，前进号缓缓离开扬基港。晚上9点，前进号驶进号称"世界上最神秘的十个地方之一"的南极洲奇幻岛。奇幻岛，又叫迪塞普申岛，但更多的人却叫它"欺骗岛"。为什么叫欺骗岛呢？传闻的版本很多，但流传较广的则是：20世纪初的某一天，南极海域大雾弥漫，几个捕鱼人偶然发现大雾中有个岛，可海水一涨，这个岛又不见了……该岛时隐时现，如同幽灵一般。因此，它还有一个恐怖的称号——"幽灵岛"。

其实，奇幻岛是一座由黑色火山岩构成的环形火山岛。它是目前已知的南极两座活火山之一。在远古冰川时期，这一带海底火山喷发。火山的多次喷发，使得中间的火山口一再塌陷。火山喷发产生的大量火山岩灰，形成了四周的山峰。久而久之，海水倒灌而入，便形成一个四面环山、中间是海的大圆盆状港湾。从地图上看，奇幻岛呈"C"

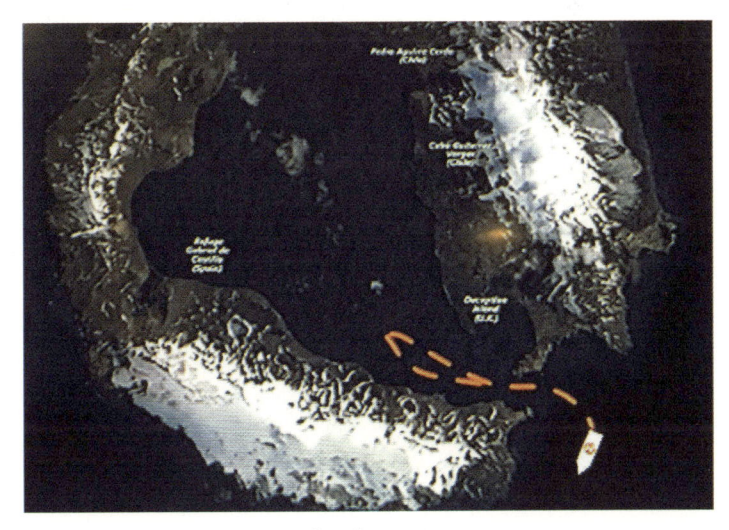

奇幻岛卫星图

状戒指环形态，只有一个非常狭窄的入口。猛烈的大风吹过这个入口时，常会发出巨大的咆哮声，因而又被称为"海神的风箱"。该入口处宽约200米，但邮轮有效通行的空间不足100米。就这样，奇幻岛成为世界上唯一能开着轮船进入的活火山口。

我们到达奇幻岛入口处时，风雪交加，海面结冰，航行条件很不理想。但富有经验的探险队队长和船长协商之后，果断决定前进号继续驶进这个神秘的活火山岛。尽管天气非常寒冷，极友们全都涌上甲板，都想目睹前进号破冰进入狭窄入口的壮举。鹅毛雪花在空中飞舞，南极寒风呼呼作响……入口两侧崖壁高耸，岩石峥嵘。前进号硬是在狭窄的冰封海面上，犁开一条水路来！

天色已暗，前进号只是在靠近入口处附近兜了一圈。我们当然无缘在奇幻岛登陆，更不可能在其内独一无二的南极温泉沐浴。但我无怨无悔，深感知足。在苍茫的暮色中，我仔细地环视着周围的一切……朦朦胧胧中，我发现了几只硕大的废弃储油罐，它们的形状与我们在南乔治亚岛捕鲸站遗迹上所见的储油罐差不多。行前，我查阅过有关奇幻岛的资料。于是乎，一连串惊心动魄的历史画面，顿时像过电影一样浮现在我的眼前……

据说，最早发现奇幻岛的是一些捕鲸人。他们在追逐鲸鱼时发现了这个"口袋"状的小岛，于是便把鲸鱼等大型海洋动物驱赶进港湾。然后，他们就扎紧"口袋"入口，对湾内鲸鱼等进行疯狂捕杀。又有记载说，约一百年前，英国水兵发现并占领了该岛。岛上至今还保留着英国人当年留下的一块木牌，上面写着："截至1931年，英国人在此炼制了360万桶鲸油。"

然而，更为残酷的还是这里曾经多次突然发生火山爆发。最为严重的一次爆发发生在1967年12月。当时，设在奇幻岛上的智利、阿根廷、英国的3个科学考察站全部化为灰烬，挪威的一座鲸鱼加工厂被火山灰吞没，英国的一架直升机被掩埋在一两米厚的火山灰里……由于阿根廷站事先发出了火山预报，才使3个科考站的工作人员全部撤离、幸免于难。据说，当时岛上的企鹅、海豹先知先觉，在火山喷发前就已逃之夭夭。这次火山喷发后，还冒出一个高62米的小岛。岛上的3个科考站从此永久关闭，再也没有重建。

1967年火山大爆发后，奇幻岛又先后发生了几次小型的火山爆发。其中最近的一次是1985年。有地质专家分析后说，奇幻岛火山活动周期约为35年。"近年来这里大量产生的硫黄气体表明，距离再次火山爆发的时间已经越来越近了。"

登攀南极雪山岗

11月12日早晨，前进号徐徐驶进南极大陆的奥恩港。

奥恩港位于葛拉汉地西岸，处于福尔戈德山以西，地理坐标为南纬64度38分、西经62度33分。奥恩港只有1.9公里宽，三面被冰川和险峰所环绕。清晨，我拉开窗帘时，见到海面上布满浮冰，便立即穿上厚衣服，冲上甲板。一股强烈的寒气迎面袭来，冷不防打了个寒噤。此时，天空阴沉沉的，正飘扬着纷飞的鹅毛大雪。我朝前方海岸望去，只见皑皑白雪层层包围中，一座座黑色山峰绵延傲立，显得极其神秘、极其迷人⋯⋯有极友指着它们说：我们今天就要登上其中的一个雪山峰！

南极实在太大了！自从驶入马尔维纳斯群岛以来，前进号先后在亚南极、自然南极、南极洲等范围巡游。直到今天我们才真正地登上南极大陆！痛快！我们就要登攀南极雪山岗啦！南极大陆就是这样从不掩饰自己的本来面目。今天，它将以最原始最本真最古朴的面貌，迎接我们这些来自世界各地的轻探险旅行者！

按照探险队队员的设计安排，我们分乘冲锋艇，在奥恩港的一个突出部岸滩分批登陆上岸。今天活动的目标很明确：攀登眼前垂直高度百余米、坡度近60度的雪山岗，观察在山顶崖石上筑巢的帽带企鹅。登陆点的雪地上，醒目地插着一大捆登山杖。每次登陆活动，探险队队员都会提前为大家准备足够多的登山杖。登山杖任由个人选用，每个人可以选一根，也可以选两根。为了方便摄影，我每次只选一根，此次也不例外，但我今天这样选择显然错了⋯⋯

我们就这样拄着登山杖，严格按三角小红旗标示的路线，一个紧跟一个地登攀上山。这条主要由脚印踩成的雪路，也是探险队队员提前勘探清理出来的。

登山途中，雪越下越大。出发不到5分钟，鹅毛大雪就铺天盖地扑面而来。雪粒摔打着脸庞，雪花遮住了眼睛，连口鼻中呼出的热气也很快凝成冰霜，手指越来越僵硬，双腿像灌铅一样沉重⋯⋯最糟糕的是，地面上的雪不再松软，而是凝成一层透明且光滑的薄冰。我们这一路上算是真正体验了一把"如履薄冰"了！

这是我从未有过的体验。我自始至终都很认真地对待脚下迈出的每一步。我把挂在脖子上的单反相机固定好，提醒自己一定要专心登攀。因为我知道，每一个小小的疏忽，都可能酿成滚落冰海等意外事故。循着薄冰雪路，虽然吃力，但我一步也没落下。在此时，我意识到如果有两根登山杖该有多好呀！也就在此时，不知是谁，不声不响地递给我一根登山杖。我喘着粗气，接过登山杖，只说了一声"谢谢！"不知他（她）听到了没有，听懂了没有……有了两根登山杖，我似乎找到身体的平衡点，自感轻松了许多。就这样，我与极友们在极端严寒的天气里，爬雪山，越冰凌，终于顺利登上了褐色的山岗之巅。

乱石峥嵘的山岗之巅，一群可爱的帽带企鹅悠悠然傲立其间……"无限风光在险峰！"我曾经登临过许多山头，每次登顶后都会有类似感慨。但今天的体会却有明显的不同！我无从知道，可爱的帽带企鹅，为什么要把家安在这么严峻的雪山之巅？而且它们不是选择躲在山峰避风处，而是将自己的爱巢安置在如刀剑一般锋利的石丛中。更有个别帽带企鹅，挺身屹立在最高峭石的尖顶上，抬头仰天，长嘶而鸣……我曾经感叹过"山高人为峰"，今天在这个南极雪山岗顶，我却要仰天感叹"山高企鹅为峰"了！

我目测眼前这个雪山之巅有数百上千只帽带企鹅。它们的形态与半月岛上所见的帽带企鹅并无太大不同。只是这里的企鹅，由于傲立雪山之巅，遭遇的狂风暴雪要比低洼处严重得多。它们每次下海捕鱼觅食，不知要多走多少冤枉路呀！它们为什么要在这么恶劣的地方安家？我无从知道。但我坚信，对于帽带企鹅来说，其内一定有个道理！也许这里有我们凡夫俗子永不可知的秘密！

登斯山巅，四周张望，一幅从未见过的南极动静交融画面呈现在我们眼前……远处，可以俯瞰冰封初开的埃雷拉海峡和杰拉许海峡，可以俯瞰白雪皑皑的安德沃斯岛、布拉邦德岛等岛屿，可以俯瞰沐浴在浮冰圈内的前进号，可以俯瞰在奥恩港内穿梭游弋的皮划艇……从近处，眼前的一片片雪山岗，不是巍峰，却是峻峰。赭褐色的峭岩，蓁尔一岗，它们在洁白冰雪的覆盖中，悄然挺立，傲骨峥嵘！我迎着四面而来的极地寒风，任凭鹅毛雪花尽情拂面，心中不禁翻卷起波涛……

感恩啊！我曾多次去过地球第三极青藏高原，也曾多次梦想要在一座不是很高的雪山上体验登攀，但因种种原因始终未能如愿。没有想到在数万里之外的南极半岛上，会有今天这样永生难忘的雪山登攀的体验！

与我一样深为感慨的还有几位同行的高龄极友。周志广、高本领和我都是年过70岁的人了！为了表示南北极游的决心以及为了生活上的方便，我们曾经在前进号上一起动手理"光头"。今天，"光头"老兄弟不拖后腿，勇敢地登上了南极雪山岗！在雪山岗顶，我们展开随身携带着的五星红旗，激动地合影留念。其时，寒风呼啸，

登攀南极雪山岗

雪花遮脸，冷冻之状，难以言表，但我们手护国旗时威风凛凛、势不可挡！

按照规定时间，我们依依不舍地离开了雪山岗。但上山不容易下山更艰难。下雪山时，由于雪太大、踩的人太多，原先的"雪路"已经成为滑溜溜的冰凌。好多路段，我们只好坐地滑行。我看见可爱的小果果，干脆裹紧身上的黑色外衣，顺势滚落到山脚，滚落在叔叔阿姨们筑起的人墙前。

下山途中，我还巧遇皮划艇船队从山脚划过的场景。其时，鹅毛大雪纷纷扬扬地下个不停。几艘皮划小艇正在浮冰遍布的海面上，犁波逐浪，诗意竞翔……我对皮划艇运动十分感兴趣，但始终无缘参加。因为报名参加极地皮划艇巡游的人很多，但实际能够参加的人数有限。更重要的是，要求每艘皮划艇两个乘员中，至少要有一人懂得英语，好接受教练员的现场指导。中国极友团中，只有高本领和"河南王"两人幸运入列。我在返程途中见此难得情景，急忙用僵硬的双手，迅速录下一段珍贵的视频……

由于探险队队员的全程保护，也由于全体游客的守纪律、听指挥，这次登攀南极雪山岗以及皮划艇巡游等活动均获得圆满成功！

难忘南极雪山岗

事后，我把登临南极雪山岗的照片上传与亲友们分享，得到强烈反响。@枫竹诗曰："银白世界看红装，不怕天寒手指僵。挑战南极登岗顶，企鹅迎客喜洋洋。"@冯霄说："看着你和你的极友展示的国旗，看着你那么奋力前行，令人钦佩、羡慕与感慨！"@黄田又即兴赋诗："上南极，微探险。走冰道，谨防滑。此体验，头一遭。古稀年，够坚强。迎冰雪，傲山岗。老益壮，堪颂扬。"

不说再见的告别

12日中午，前进号缓缓离开了奥恩港。我久久地伫立在后甲板上，眺望着渐渐远去的奥恩港周围的雪山峰，凝神回味着上午登攀雪山岗的情景……一种依依不舍的惜别之情油然而生！

在后甲板上，站立着多位与我一样不舍的游客。其中，有位极友还面向奥恩港雪山峰专注地抬手敬礼……此时，我们当中谁都不知道，站在奥恩港雪山岗顶的那个俯瞰，竟然成为此次南极之行实地登陆远望的最后一瞥！此刻，我们当中谁都不知道，此时与奥恩港的告别，竟然就是对南极大陆不说"再见"的告别！

按照原定计划，前进号离开奥恩港后，一路向下一个登陆地高迪尔岛洛克雷港驶去。在这期间，前进号沿途所经海面，浮冰越来越多、越来越厚，轮船不时发出破冰的轰鸣声……由于浮冰太多，且又不时遇到冰山，破冰前行的前进号行驶速度太慢了！无可奈何，前进号最后决定取消原定下午登陆高迪尔岛洛克雷港的计划。

高迪尔岛是南极半岛的一个荒凉小岛，但岛上的洛克雷港却拥有南极大陆唯一的博物馆、邮局和纪念品商店。2015年，英国南极遗产信托基金曾经向世界公开发布过一则"为高迪尔岛洛克雷港邮局招聘邮差"的广告。招聘广告上明确注明，应征者必须能够扛着又大又重的箱子走过湿滑冰原，能够在没有热水的情况下生活，还必须能够忍受1个月不洗澡，以及能够做到与岛上两千头企鹅朝夕相对……高迪尔岛几乎与世隔绝，没有网络、没有电话，对外通信仅仅依靠甚高频无线电。要是生病了，连直升机也无法到达，即使能够坐上船，也要坐3天才能看到医生。记得当时，我曾与几位朋友笑谈过此事。我们都认为南极遥远而又难及。要是人生可以重来，我们倒愿意应聘试试。真没有想到，南极虽然遥远难及，但这一回我却是实实在在地来了！然而，此时高迪尔岛就在眼前，却因海面结冰而无法涉足晤面了！

高迪尔岛洛克雷港，是每一位有幸到南极半岛来的游客都想企及的地方。我还曾设想要在洛克雷港邮局为好友寄出几张南极明信片呢！然而，人算不如天算，南极的天气就是这样变化无常呀！这一路上，我们早已做好了各种思想准备。我们心里都明白，变幻莫测的南极天气，会让计划表上任何一个行程被临时取消。安全第一！游客们虽然不舍，但大家都尊重船方不停靠高迪尔岛洛克雷港的临时安排。

就这样，奥恩港成了我们此次南极之行的最后一个登陆点。就这样，前进号缓缓离开冰雪覆盖的南极大陆。就这样，前进号又穿梭在岛礁密集的南设得兰群岛……它将一路向西，驶入举世闻名的德雷克海峡，直达南美大陆最南端的乌斯怀亚港。

次日之晨，我依旧早早起床，走向前进号的主甲板。甲板上静悄悄，但厚厚的积雪中，留下许多人在此流连徘徊的足印。是呀，昨晚的南极之夜很短，但我们留恋南极的情却很长……

路漫漫其修远兮！读万卷书，行万里路。南极之行的人生体验，对于我来说，那是极为珍贵的无价之宝！

回眸南极，企鹅难忘，海豹难忘，冰雪难忘，峡湾难忘……亘古荒原的南极，有太多令人难忘的东西了！就说山岗吧！它并不是巍峰，但座座都是峻峰。它们在洁白冰雪的大面积覆盖中，悄然挺立，傲骨峥嵘！回眸之际，我总是不自觉地把这些峻峭山岗，与山水国画联系在一起。我想，倘若有朝一日那些大师级画家登临南极，那他的视野气势，不知将会怎样影响自己的方寸天地？

回望南极行程，"冰"字首先浮现眼前。浮冰，冰山，冰川……所有带"冰"字的自然景观，我们这回都领教过了！尤其是前进号自昨天中午离开南极大陆奥恩港以来，我们似乎就没有离开过冰。漫漫海路上，我们始终伴冰而行……由于浮冰太多太厚的缘故，前进号时速一度慢到3海里！

山上是冰，海上是冰，甚至船甲板上也是冰。这是怎样的场景呀！我自感是一位乐于雪山游的人，也被这样罕见的冰雪场景惊呆了！这就是真实的南极！现在还是南极一年中最暖的"夏季"呢！是呀，南极本来就是地球上未开垦未污染的处女地。它蛮荒亘古，我行我素。它历经千百万年，依然我自岿然不动！是的，它本来就不适合人类居住。因此，南极没有国界，没有居民。但南极是地球气候变化的风雨表。由于近年来地球变暖，才使它的面貌有了些许变化……人类呀，该清醒警惕了！

冰天雪地，冰清玉洁。在与海冰相伴而行的环境中，很适合思考，很容易让人清醒……且行且珍惜呀！

德雷克海峡访谈

前进号离开南极半岛不久,就开始驶入德雷克海峡了!

德雷克海峡是连接大西洋与太平洋的重要通道,它是游客从南美大陆乘船前往南极洲的必经之道。德雷克海峡是世界上最宽、海浪最大的海峡。它南北宽970公里,最窄处也有890公里。同时,它又是世界上最深的海峡,其最大深度为5248米。这个深度意味着,如果把两座华山和一座衡山叠放到海峡中,连山头的影子都不会露出海面。德雷克海峡似乎聚集了太平洋和大西洋的所有狂风巨浪。一年365天,绝大部分时间风力都在8级以上。故有"魔鬼海峡""暴风走廊""死亡西风带"等恐怖传说。正因如此,游客谈及德雷克海峡常常色变,为本来就很不容易的南极之旅,平添了一番难以言表的心理压力。

在前进号上,会晕船的极友早就做好了防晕防吐的准备,以迎接德雷克海峡的风暴洗礼。然而,非常值得庆幸的是,当我们乘坐的前进号通过德雷克海峡时,可谓是风平浪静……大自然就是这样,它从来都不按常理出牌。正当我们为过德雷克海峡而紧张准备时,它恩赐给我们的却是这样的宁静!

11月14日早晨近7点。我伫立甲板,四望海面。海峡宁静的模样,令我简直不相信自己的眼睛。感恩呀!但前进号还要在德雷克海峡上再航行一天呢!明天的这时候,我们就能登上南美大陆的最南端、有"世界尽头"之称的乌斯怀亚了!

纵贯地球南北极之旅很快就要结束了!我对同行的极友、前进号上的工作人员尤其是探险队队员甚感难舍。在德雷克海峡上的两天航行中,探险队队员所作的中文讲座我没有漏过一节。它们当中有"皮划艇的情结""前进号的幕后""走入大自然"等。其中,挪威籍探险队队员阿特勒关于皮划艇的讲座,引起我的兴趣和共鸣。从小在平潭岛海边长大的我,对大小船只都很感兴趣,尤其喜欢当地土生土长的小舢板。这些小舢板造型简单,船头尖小,船尾稍稍肥大。本色的船板,涂抹着厚重的桐油灰。渔民们主要靠摇动橹儿,推动小舢板前进。出远门时,小木船才会挂起简单的风帆。我在家乡澳口游泳时,常常会与小伙伴一起,爬到停泊着的小舢板上游玩，不时地还会试着摇起橹来……

斗转星移，时空转换。我望着船窗外的德雷克海峡海面，感慨之情油然而生……童年的记忆越来越远了！现在呈现在眼前的是挪威籍探险队队员阿特勒皮划艇探险的生动画面。从阿特勒的身上，我似乎看到了自己从小乐于玩海、乐于玩船的影子。讲座结束之后，我与阿特勒亲切合影。

也许是德雷克海峡的风平浪静，也许是从北极到南极88天游即将结束，我突然感受到时间过得太快，停留在前进号上的时间不多了！还有哪些事要做呢？探险队队员阿特勒的皮划艇讲座，让我回想起从北极到南极过程中一批又一批探险队员鲜明的形象……在前进号四层咖啡厅内，我抽空访问了挪威籍女探险队队员莱恩·奥弗高。莱恩·奥弗高算是我们的老朋友了。前进号从北极到南极共分6个批次，莱恩·奥弗高就参与了其中的首尾2个批次。她是首批次"北极三岛"之旅的探险队队长，又是最末批次"南极三岛"之旅的普通探险队队员。她忠于职守，身体力行，任劳任怨，给我留下深刻印象。在斯瓦尔巴群岛玛格达莱纳峡湾，莱恩·奥弗高傲立于北极的大风雪之中，为正在巡游的我们站岗放哨。在南极半岛奥恩港的登攀雪山途中，莱恩·奥弗高则是长久地站在齐腰深的雪堆里，挥着铁镐为我们的登山小道除冰铲雪……

莱恩·奥弗高出生于挪威西部特隆赫姆城外的一个村庄里。她说，自己是看着峡湾和冰川长大的，从小就喜欢待在户外活动。即使在黑暗的冬季极夜里，她也特别喜欢在神秘的极光下跳舞。莱恩·奥弗高曾在斯瓦尔巴群岛上的斯瓦尔巴大学就读，攻读的是北极自然学学位。她对北极怀有深厚感情，原计划在斯瓦尔巴群岛待3周，结果却在那里工作和生活了5年。除了北欧之外，她还到过亚洲、澳洲、南美洲、非洲许多地方探险考察。她尤其喜欢越野滑雪、皮划艇和徒步远足。莱恩·奥弗高是一位生物学家，专注于菌类研究。她个人的最大爱好，就是自然风光摄影。她说，自己目前主要从事极地探险的指导工作。她希望能够利用自己的专业知识和探索实践经验，帮助更多的人能够感受极地大自然中的奇观。

莱恩·奥弗高对中国人民十分友好。她说，她去过中国，去了北京、上海、成都、九寨沟、桂林等地。中国经济发展太快了，物资丰富，人民热情。作为极地探险的专业人士，她尤其赞赏中国在北极和南极的科考成就。她再次赞叹我们这批从北极到南极的中国人，并且希望有更多的中国人关心地球的南北两极，尤其是关心地球气候变暖问题。

回眸串游南北极

从北极到南极纵贯地球88天游即将圆满结束。11月14日下午，前进号在四层会议室举行告别见面会。船方领导衷心感谢14位中国极友与前进号相伴而行，开创了从北极到南极88天游的首举！

船方公布："14位来自中国的勇者，从北纬79度到南纬65度，穿越四大洲65个港口，总共航行19042海里（35265公里）！"我看应该加上补充说明：严格地说，包括我的室友周恒在内，应是"14.5位中国勇者"。周恒极友游完斯瓦尔巴群岛和格陵兰岛等北极地区，因身体过敏提前于冰岛首都雷克雅未克下船离团。

回眸纵贯地球南北极88天，游途漫漫，历程曲折，确实是个创举！8月22日，我们15位极友从全国各地飞到首都北京集体出发。我们从亚洲的北京，飞到欧洲的法兰克福，再飞至挪威首都奥斯陆。次日，我们从奥斯陆飞往地球上最北城市朗伊尔。8月25日，我们从斯瓦尔巴群岛首府朗伊尔城码头登上前进号，开始乘船纵贯地球南北极之旅。现在，前进号马上就要抵达目的港乌斯怀亚了。我们还要从乌斯怀亚飞到阿根廷首都布宜诺斯艾利斯，隔日再从南美洲飞越大西洋，直达欧洲空中枢纽法兰克福。然后，还要再转机直飞我国首都北京，继而再转飞到个人所居住的城市。初步估算，我们每位中国极友此行的海陆空总航程，都在7万公里以上！

回眸此次纵贯地球南北极88天游，可谓是一次纵横交错地环绕地球之旅。参加告别会的14位中国极友个个都很激动。当值船长即兴致词之后，大家纷纷与船长合影留念。实事求是地说，在这个漫长的旅程中，前进号包括探险队队员在内的所有工作人员，都对中国极友十分友好。"中国""中国人"，似乎深深地印记在他们的脑海里。每天初次见面，老外们常常会用生硬的中文说："你好！""中国好！"

船长是前进号上的最高首长。每个批次的船长都邀请我们参观船长室。此次告别见面会后，当值船长又再次邀请我们进入船长室。这一次，我们彼此间也就不客套了，大家随便提问，船长轻松回答。就连与船长合影，也是不落俗套，大家勾肩搭背，亲如家人老友。

　　回望串游地球南北极全过程，我们的见闻、经历和感悟太丰富啦！每一天的经历都是新的。每一天也都存在着未知数。是的，其间什么情况都可能发生。但实践告诉我们，只要坚持，只要努力，即使前方有危机，也能够柳暗花明！不是吗？眼前号称"死亡西风带""魔鬼海峡"的德雷克海峡，我们不就是这样悠悠然地过来了吗！德雷克海峡，可是每年有两百多天风力都在8级以上呀！但我们却幸运地遇到"风平浪静，温暖如春"！当然，漫长旅途中也不尽然都这么好运。在从格陵兰岛前往冰岛途中，我们在丹麦海峡就突然遇到大风暴！风力每秒41米，超过了12级，涌浪高达10多米……然而，我们最终战胜了风暴，安然渡过了丹麦海峡。船方为此专门给每位游客发了"风暴证书"。

　　从北极的斯瓦尔巴群岛、格陵兰岛和扬马延岛，沿欧洲西海岸、北非地中海，到北大西洋中的孤岛佛得角群岛；从穿过赤道，进入亚马孙河核心地区，再沿南美洲东海岸抵达乌拉圭；从南大西洋亚南极地区的马尔维纳斯群岛、南乔治亚群岛，到南极洲的南设得兰群岛、南极半岛；从地球的北纬79度，到南纬65度……我们一路走过来了！一场体验，需要投入，需要坚持，收获方能最大化。没有什么不可能，但意志坚定很重要！"永不放弃，永不言败！"这是我此行人生体验的最大收获！南极探险家沙克尔顿就是楷模。南乔治亚岛上的"沙克尔顿远足"，是永远鞭策我鼓励我的人生旅途中的活课堂！

　　这两天，我把早已熟悉的前进号，从头到尾，从外到里，又详细地参观了一遍。前进号是挪威海达路德公司的主要探险邮轮之一。它的总吨位为1.27万吨，有136个普通舱和39个豪华套房，可搭载318名乘客。船上有8层甲板，建有餐厅、小酒吧、户外水疗按摩浴缸、桑拿室和健身房，还有多间会议室、小商店、网吧和图书室。建造于2007年的前进号，是专为适应南北极水域而设计的。为了适应极地恶劣的气候条件，它配有4台劳斯莱斯发动机，安装了可360度旋转的双船尾推进器。我们曾在挪威最狭窄的峡湾里，见过庞大邮轮原地掉头的惊险场面。它还安装有减摇鳍抗海浪平衡装置、浮冰雷达系统等设备，足以应付迷宫一样的极地冰区环境，为极地探险游客提供可靠的安全保障。它还拥有多个宽阔的甲板区，游客随时都能欣赏海景风光，多方位地领略大自然的鬼斧神工，以及难得一见的北极熊、鲸鱼、海豹等大型野生动物。

　　我喜欢前进号的装饰风格。它船身红黑白相间的颜色搭配，在茫茫极地中成为一抹醒目的亮色。船上拱廊呈现的格陵兰文化，尤其是因纽特语言书写的"Qilak"（天空）、"Imaq"（大海）、"Nunami"（上岸）等字样，似乎更能体现我们这批从北极到南极88天游极友的漫长经历和丰富感受。

冰海之旅
——从北极到南极

　　前进号拥有极地探险的悠久历史。前进号之名，延续于挪威极地探险先驱南森和阿蒙森使用过的探险船名。第一代前进号，虽然只是一艘长39米、宽11米、排水量800吨的木帆船，但其设计却独具匠心。它选用世界上最坚实的橡木和绿心硬木做船体，船底没有龙骨，而是呈现首尾对称的碗形结构。这样的船体结构，遇到海面大面积结冰时，就不容易被坚冰冻住。相反，冰层的挤压反而会促使光溜的船体漂浮在冰面上。正是这样的一艘碗形木质帆船，助力南森和阿蒙森等，分别完成举世瞩目的极地探险壮举。南森在1893年至1896年的北极探险中，到过当时人类从未到达的最北点——北纬86度14分，并且也成为世界上首次证实北极没有大陆、北极只是海洋的人。阿蒙森在1910年至1912年的南极探险中，于1911年12月14日在南极点上空冉冉升起挪威国旗，开创了人类第一次到达南极点的纪录。

　　回望乘坐前进号串游地球南北极的这段旅程，千言万语，难以表述呀！回首之际，我要再次感谢亲友们的一路关注、鼓励和支持！

　　值此南北极88天游即将结束之际，许多亲友仍然不吝美言，与我一起回顾总结，继续给予热情鼓励。

　　@冯霄：我和全家衷心祝贺你胜利完成88天从北极到南极的漫长旅程，钦佩你人生永不止步的攀登精神！"永不放弃，永不言败"，是你两极之旅获得的精神财富，也是给予所有朋友最好的人生启迪。

　　@枫竹：你能成为穿越四大洲14位勇士之一，太了不起了！冰雪大世界的南北极，有太多难忘的美好。纵贯地球的沿途风景也弥足珍贵。两极行的每一天，都会成为生命中最值得回味的日子！能与你一路分享，真是幸运！

　　@伊莲：路途遥遥，旅程即将结束也会有些舍不得吧。许多时候只是面对苍茫的大海，但敬畏自然就是敬畏世间所有生灵。漫漫长路，洗心之旅。这一程便是一次认识自我、和自己独处的极好生命体验。要向自己说声辛苦了！

　　@心平：三个月的海上航行，跨越全球，堪称完美的体验，太了不起！

漫漫海路贯地球

乌斯怀亚到了！

乌斯怀亚到了！南美大陆到了！我们从南极回来了！纵贯地球南北极海上航行结束了！

11月15日清晨。天刚微微亮，我就出现在前进号船头的主甲板上。前进号绕过南美大陆最南端合恩角后，正沿着狭长的比格尔海峡，驶向有"世界尽头"之称的乌斯怀亚。

远方的乌斯怀亚小城，朦朦胧胧地露出了笑容。最先看到的是小城背后山巅的皑皑白雪。此时，天空正翻卷着不同颜色的大块云朵。它们中有透溢着日出光辉的绯红色块，更多的则是快速移动着的大块白云或乌云。风云多变的天空下，一会儿落下几滴细雨，一会儿又洒下淡淡阳光……与我一起早早伫立船头的，还有三五位端着照相机的老外游客。清冷的空气，随着一阵冷风向我们扑来……我冷不防打了个寒噤！原来，这个"世界尽头"还很冷！哦，突然想起这里距离南极半岛仅有800公里呢！这冷风或许与南极洲的冷冻气息有所关联？

前进号缓缓驶过比格尔水道，开始拐进宽广的乌斯怀亚海湾。再过几分钟船靠码头后，我们就要与前进号告别了！想到这里，心里还真有点舍不得。朝夕相伴、患难与共的八十多天……感情深呀，前进号！

依依惜别前进号，款款深情荡心胸。上午8点多，前进号稳稳当当地靠上了乌斯怀亚码头。在乘坐大巴即将离去之际，我又匆匆下了车。忘记带什么了吗？不！我要再看一眼前进号，我还要再与前进号合个影……再见了，前进号！

当天上午，我们在乌斯怀亚小城作了短暂游览。乌斯怀亚位于南美大陆最南端火地岛的南部海岸。它的地理坐标为南纬54度47分、西经68度20分，是世界上最南的城市，故有"世界尽头"之称。乌斯怀亚北靠安第斯山脉，坐落在比格尔海峡北岸的乌斯怀亚湾畔，依山傍水，风景迷人。在几百年前的当地土著部落语言里，"乌斯怀亚"的意思就是"深湾"，就是"向西深入的海湾"，就是"美丽的海湾"。

乌斯怀亚是阿根廷火地岛省级行政区首府。它始建于1870年，于1893年设城。

最初的建设是由阿根廷流放在火地岛的囚犯进行的。阿根廷和智利这两个南美国家唇齿相依的紧密关系，在乌斯怀亚体现得尤为明显。乌斯怀亚所在的火地岛，一半属于阿根廷，另一半属于智利。站在乌斯怀亚海滨，隔着窄窄的比格尔水道，就能清晰地看到对岸智利境内的皑皑雪山。难怪乎，当前进号从德雷克海峡驶进比格尔海峡时，我的手机上就先后收到中国外交部领保中心分别从阿根廷和智利发出的中国公民安全出行相关服务提示。那一刻，我的心很暖很暖。一个普通的中国公民，不论你在地球上的哪个角落，祖国总在你的背后，让你永远不会感到孤单！

　　乌斯怀亚美极了！巍峨洁白的雪山，郁郁葱葱的山岭，与城区不同风格的建筑物、海湾中桅樯林立的游艇交相辉映，构成一幅山水交融、天地合一的绝美自然画卷。按理说，我们这批纵贯地球南北极88天游的极友，见惯了沿途各地的美景会有点审美疲劳，但因为乌斯怀亚的景观太有特色了，我们还未上岸就在前进号甲板上拍摄个不停……乌斯怀亚所直接面对的比格尔海峡，又称比格尔水道，是连接大西洋和太平洋的纽带。乌斯怀亚是全球距离南极洲最近的港湾。邮轮由这里起航，循比格尔水道，越德雷克海峡，两天便可到达南极半岛。正因如此，人口不到7万

"世界尽头"——乌斯怀亚

的乌斯怀亚小城，倍受世人尤其是极地探险旅行的科研人员和游客的关注。

我们自由地漫步在乌斯怀亚这座别致小城的海滨一带。这里的街道不宽，但十分洁净。靠山一带坐落着一排排似乎在童话里才会出现的小木屋，屋前屋后的鲜花正在吐露芬芳。而滨海一侧则充满旅游宣传的氛围，当地旅游服务中心热诚提供相关服务。有关"世界尽头"的宣传牌，总是吸引着世界各地来的游客驻足留影。我仍对海滨风景百看不厌，还是把注意力集中在海岸一带。这里有太多的红嘴海鸥，它们蹦跳在滩涂上、礁石上，典型的我行我素，根本不会理睬靠近的游客。时值南半球的初夏，这里山花烂漫，生机盎然。但气温仍然偏低，迎面而来的清冷轻风，抬头可见的白雪山峰，时不时地会让我们感受到南极的气息。每年11月至次年2月，是南极旅游的最佳时期。此时，忙碌的乌斯怀亚海湾上，正停泊着多艘整装待发的豪华邮轮，它们将满载着游客驶向南极洲。海湾内也有一些中小型豪华游艇。一位有经验的极友告诉我，这些中小型游艇开展的是比格尔水道短途游，沿线风景也是美不胜收。中国年轻人熟悉的电影《春光乍泄》里，那座令人想家的灯塔，就坐落在比格尔水道的一座荒岛上⋯⋯

漫步乌斯怀亚小城，抚今追昔，也引起我的思考。乌斯怀亚是阿根廷一个省级行政区的首府，理论上它管辖的范围除了火地岛外，还包括阿根廷"南极领土"以及马尔维纳斯群岛等几个南大西洋群岛。这当中，除了根据《南极条约》"南极领土"被冻结外，马尔维纳斯群岛等岛屿至今仍被英国占领。阿根廷曾是南美洲辉煌一时的大国，然而由于种种原因近几十年来衰弱了！国弱自然势单。那场关于马尔维纳斯群岛主权的"马岛战争"，虽已过去三十多年，但阿根廷的领土主权问题至今仍未解决！

在即将离开乌斯怀亚小城之际，我特意在"马岛战争"烈士纪念碑的长明灯旁留了个影。此时此刻，我更加坚定地体会到"落后就要挨打"。这样的历史教训，世界各国都是通用的！祝福阿根廷国运昌盛！祝福我们亲爱的祖国永远繁荣富强！

走马观花"布宜诺"

阿根廷首都布宜诺斯艾利斯的名字很长,年岁大的人记起来头疼。好在它的词义明了,"布宜诺斯艾利斯"意为"好空气"。当地华人常简称它为"布宜诺"或"布宜诺斯"。

我们14位88天游的中国极友,返程中需到布宜诺斯艾利斯转机,停留时间不到24小时。时间虽很短暂,但谁会舍得待在酒店?于是乎,就有了"走马观花'布宜诺'"的这段经历。

位于南美大陆最南端的乌斯怀亚,距离布宜诺斯艾利斯3200公里,空中飞行约3个半小时。从空中俯瞰布宜诺斯艾利斯很美!城市建筑整齐排列,道路宽广笔直,到处都能见到丛丛绿荫……而我在空中第一眼看到的,如同曾在乌拉圭首都蒙得维的亚所见那样,还是当地宏伟气魄的体育场。南美足球大国阿根廷,对于爱看世界杯的我来说,早就印象深刻了!

当晚,我们住宿在一家四星级酒店。酒店所在位置属于联邦区,毗邻七九大道,算是繁华热闹地段。布宜诺斯艾利斯有"南美巴黎"之称,本来理应好好逛逛夜市才对,但因曾在布市定居多年的亲戚一再提醒"謹防小偷",因此也就不敢冒险逛街了!不过,匆匆吃了晚餐后,我还是习惯性地在酒店门口散了一会儿步,并用手机拍了几张街景图片。总体感觉,市况尚好,并未发生异常情况。

次日清晨,我依旧如往常一样习惯性早起。"南美巴黎"的早晨,阳光明媚,风和日丽。我随着三三两两的晨练者,走进酒店附近的街心公园散步。这里高大的绿树,如伞如盖。有些苍老古树的枝头,竟然挂着绿萝。最美的还是高大的蓝花楹,紫罗兰色的花朵,铺天盖地,映照蓝天。漫步在翁郁树荫下,呼吸着含有清新花香的空气,恍惚有一种走进森林的感觉。我想起当地华人导游商小姐接机时所说的一句话:"你把阿根廷首都布宜诺斯艾利斯这个难记的名字,理解为'爱死你,空气',那么,阿根廷人一定会很高兴的!"商小姐说得对,这里空气清新得没话说。我的第一印象,这里是城市,也是公园,甚至还有点像森林!

走马观花"布宜诺"

吃过自助早餐后，我和几位年岁大的老极友一起，到酒店附近的七九大道走走。"七九大道"，因纪念阿根廷1816年7月9日独立而命名。它由北向南横穿布市，长4.6公里、宽148米，共有18车道，至今仍是世界上最宽阔的城市街道。

没有来之前，我一直纳闷：这148米宽的街道会是什么样子呢？太阳暴晒、汽车尾气会不会造成热浪滚滚？还有，行人穿过这么宽的马路要怎么过红绿灯呢？但到了现场不禁哑然一笑。原来，这条大道被两条绵延伸长的隔离带平均隔开。这个隔离带不是简单地种几棵花草，而是一条绿树成荫、花团锦簇的绿色长廊。每个隔离带之间各有6个往返车道。每个十字路口都设有红绿灯，无论是车辆还是行人通过都十分从容方便。

我们沿着七九大道绿荫隔离带继续往前走，就到了七九大道与科连特斯大道交汇处的共和国广场。广场正中高高耸立着的灰白色大理石方尖碑，高67.5米，是布市的标志性建筑物。该方尖碑建于1936年，是为庆祝布宜诺建城400周年而建的。尖碑旁边，一面阿根廷国旗高高地迎风飘扬。

从七九大道到方尖碑，它们的建造时间，一个至今超过200年，一个也已超过80年。目前仍属发展中国家的阿根廷，为何200年前就能建造世界上最宽的城市街道？为何20世纪初就能建造如此高大显赫的方尖碑？

原来，阿根廷人大多来自欧洲的意大利、西班牙、法国等国家，他们承袭了欧洲人爱美、爱玩、乐于享受的生活习惯。首都初建时，就聘请高乔人设计，以法国巴黎为范本，努力将其打造成南美最具欧洲风范的城市。所以，布宜诺斯艾利斯又有"南美巴黎"之称。阿根廷地大物博，气候温和，雨量充沛，土地肥沃。19世纪末至20世纪初，欧洲人对优质农产品和牛肉的大量需求，催生了阿根廷的经济繁荣。因而，阿根廷曾被世人誉为"世界的粮仓和肉库"。当时欧洲街头就曾流行"某人富得像个阿根廷人"的口头禅。20世纪初，阿根廷曾是世界上发展最快的国家之一，其GDP位列全球前十名。1913年，阿根廷的人均收入为3797美元，高于法国的3485美元和德国的3648美元。然而时至今日，由于种种原因，阿根廷却从发达国家变成发展中国家。2002年新年伊始，阿根廷还出现过社会动荡、政治危机和经济危机。当时政府不得不放弃阿根廷比索紧盯美元的货币局制度，并冻结了个人的所有银行存款，全国出现了严重的债务危机。我的几位曾经移民阿根廷的亲戚，对此次危机感受尤为深刻。如今，"发展中"的阿根廷正在奋发图强。

我们一行在阿根廷首都地标建筑物方尖碑前纷纷留影纪念。其时，方尖碑旁的阿根廷国旗高高飘扬，碑座上两个巨大绿色植物构建的字母"BA"（布宜诺斯艾利斯的名称缩写）格外醒目，碑旁还安放着奥林匹克五环标志。原来，一年之后的2018年10月6日，第三届夏季青年奥林匹克运动会开幕式，将在阿根廷首都地标建

筑物方尖碑前举行。这将是"现代奥运史上第一场在体育场馆之外举行的开幕式"。这样声势浩大的体育盛会，必然会唤起阿根廷人民奋起直追的热情。在装置有奥林匹克五环标志的方尖碑前，我与周志广、高本领三人再次合影。两个月前，我们三位全船年龄最大的极友，都剃了光头在前进号甲板上合影，被大家戏称为"光头三兄弟"。今天，三兄弟88天游结束时的方尖碑合影，同样也很有意义。

"光头三兄弟"于方尖碑前合影

走马观花"布宜诺"

上午，我们全体中国极友驱车前往布市南部的博卡区，走访著名的博卡青年足球俱乐部和探戈起源地。

阿根廷是著名的足球王国，阿根廷人把足球当作生活中必不可少的组成部分，甚至是生命的一部分。无论男女老少都有自己喜欢的足球俱乐部。博卡青年足球俱乐部位于一条狭窄街道的丁字路口，这里总是人山人海，是阿根廷青少年足球爱好者心目中的圣地。尽管这几年阿根廷经济状况不佳，但这并不影响人们对足球的热情。俱乐部的最显著位置悬挂着缀满星星的博卡队徽旗帜，其间黄蓝两色显得格外醒目。俱乐部附近矗立着的体育场，就是博卡青年队的主场，也就是著名的"糖果盒体育场"。

我们走进俱乐部附近的一家体育商店，见到了许多面孔熟悉的真人蜡像。他们当中有来自博卡青年足球俱乐部的马拉多纳、里克尔梅、巴蒂斯图塔、卡尼吉亚、贝隆、特维斯等著名球星。其中最受当地球迷和世界各地游客关注的当然要数马拉多纳了！马拉多纳的名字，在中国也很知名。20世纪80年代观看世界杯热潮中，我和儿子曾经在黑白电视机前为马拉多纳狂喊过"加油"！如今，在博卡足球俱乐部附近见到马拉多纳的蜡像，我仍感十分亲切，很自然地与老马的蜡像肩并肩地照

极友与球星蜡像合影

了一张合影……真可惜，声名显赫的"一代球王"马拉多纳，已于2020年11月与世长辞了。

博卡区还是阿根廷国粹探戈舞的发源地。这里拥有一条洋溢探戈舞风采的老街。老街两旁多是由洋铁皮搭建的参差不齐的房屋，铁皮房屋的墙上涂满五颜六色的油漆。铁皮房屋的阳台或窗台上，站立着栩栩如生的真人蜡像。漫步老街，见到多对阿根廷市民的街头探戈舞即兴表演，还有摩登女士当街邀请游客同跳探戈舞蹈……我不懂探戈，但我在这里感受到了阿根廷人的热情、豪爽和开放！

由于道路受罢工影响，我们不得不提前3小时赶往阿根廷首都国际机场。据了解，罢工活动在这里还比较常见。但动辄罢工，对国民经济和社会秩序必然造成影响。阿根廷何时才能从"发展中"回到"发达"的行列呀？

我们就这样匆匆结束了从乌斯怀亚到布宜诺斯艾利斯的阿根廷短暂游览。从"七九大道"到"博卡区"，从足球俱乐部到探戈发源地，从繁华地段到贫民区……在这样匆匆行色中的感悟，并不一定准确。但我坚信自己的直观感觉，像阿根廷自然环境这么美好的国家，如果有我们中华民族那样振奋的精神一定会更好！

在阿根廷首都布宜诺斯艾利斯，我们还亲切感受到华侨、华人、"华为"等中国元素。"华为"，我国一家原本很低调的民营企业，它在任正非带领下，实实在在地干着扬国威、谋众利的许多大事。在阿根廷首都，"华为"已是家喻户晓。不仅仅是华为手机，还有许多华为的其他先进设备。还有，耸立在阿根廷首都最繁华地段的中国工商银行大楼，如同旗帜一样高高飘扬在阿根廷上空。是的，经历过金融危机的阿根廷人，非常信任讲信用的中国银行！此外，阿根廷人还十分感谢中国建设者带来的"中国制造"，带来的地铁和铁路运输等方面的便捷。

临离开阿根廷时，我对华人商姓女导游的一句话感受尤为深刻。她说："中国强大了，我们海外华侨华人的腰杆也硬了！我们的脸上也有了光……"

走遍天下，走遍千山万水，还是祖国最好！还是祖国最美！是的，尽管我国目前还存在许多困难和问题，但我国前途光明，伟大的中国梦一定能够实现！

纵贯地球结束回厦门

　　11月17日上午，客机到达德国法兰克福机场。从布宜诺斯艾利斯到法兰克福，从南美洲到欧洲，民航客机穿越广阔的大西洋，历时十多个小时。

　　法兰克福是欧洲最大的航空枢纽之一。同行的其他中国极友还要在机场等候好长一段时间，然后转机飞往祖国首都北京。而法兰克福对于我来说，这里又是探望定居德国女儿的常经之地。这一次也不例外。经海达路德游轮公司事先同意，我在法兰克福出境前往德国巴登—符腾堡州，短期探望女儿和刚出生的外孙女。

　　乘上女婿来接我的汽车，就开始奔驰在德国南部高速公路上。外孙女小米娜出生时，我刚抵达北极斯瓦尔巴群岛首府朗伊尔城。那一天，当地接近极昼，柔和的北极阳光，为解封的大地披上明媚的光彩。我极为欣赏在裸石缝中成长的小花小草，为它们无比顽强的精神大大礼赞。然而，就在我陶醉于拍摄北极小花小草时，不慎被脚下的石块绊倒了……呵呵，就在我摔倒的同一天，外孙女小米娜出世了！如今她即将满三个月，我这当外公的还未曾见过一面，你说心里能不着急吗？

　　高速公路旁秋叶正浓，天空还不时地下着小雨……到了女儿家，见到可爱的小外孙女，心情自然大悦。我从箱子里掏出在格陵兰岛因纽特村专卖店为外孙女买的海豹鞋，恨不得她能立即穿上。然而小米娜毕竟太小了，她出生还不到三个月呀！

　　德国南部连日阴雨，天气十分寒冷，气温低至零摄氏度。也许长时间在海上生活的缘故，我走在踏实的大地上，常常还会有一种船在晃动似的错觉。虽然人已经回到坚实大地，但心儿仍然漂泊在纵贯地球南北极的漫漫旅途中……是呀，人在德国，心还在南极呢，天气又不好，我干脆在女儿家里补写起南极日记来，把那些特别难忘的见闻、故事详细记录下来……

　　两天之后，难得一见的太阳出来了！初冬的德国南部，早晚气温低至零摄氏度。再加上连日的阴雨，总是给人阵阵寒意袭来的感觉。现在，偶尔出了太阳，房前屋后就出现许多晒太阳的老人，道路及建筑物周围的树木，也都披上了亮丽的色彩。

女儿所居住的魏尔小镇，是著名黑森林地区内的一座历史名城。小镇内外的花木扶疏，处处透溢着生机。雨后初晴，清新的空气，洁净的环境，再加上柔和的冬阳，把这里典型的木格结构房屋，衬托得更为秀丽柔美。

11月21日。我与先前就在德国探亲的老伴一起，从法兰克福飞往上海，再转机飞回厦门。至此，我的纵贯地球南北极、横跨东西半球的特别之旅也就圆满结束了！

回到家里，我在地球仪前驻足沉思良久……

厦门的地理坐标为：东经118度4分、北纬24度26分。而我这次纵贯地球南北极88天之旅中，最北到达北纬79度的斯瓦尔巴群岛玛格莱纳峡湾，最南到达南纬65度的南极半岛，最西到达西经68度的南美洲最南城乌斯怀亚……在现代化的交通环境下，人类赖以生存的地球确实变小了！

作者初抵北极留影

后 记

岁末年首之际，在众望之中，我寄以深情的《冰海之旅——从北极到南极》终于交付出版了！

提笔草写《后记》之时，满脑子都是"感恩""感谢""感激"之类的念想。这绝对不是客气，而是实实在在的感受。

我是一个从小就喜欢梦想的人。早在中学时代上地理课时，我就常常围着地球仪转。虽然当时身居海岛一隅，并未跨出岛县一步，但我还是常常望着地球仪异想天开……我梦想长大后，走遍祖国大江南北，梦想走向世界五大洲四大洋，还梦想有一天要去地球的南北两极走一走、看一看！

梦，白日做梦也是梦，有梦总比没梦好。随着改革开放的步伐加快，随着人民生活水平的提高，现在走出家门、走出国门旅行的中国人越来越多了。尤其退休之后，有闲也有些钱，为老人们的旅行创造了极其有利的条件。就是在这样的时代背景下，我儿时的梦想逐步得以实现。

2017年春暖花开的日子，一位生死与共的摄友最先告诉我"88天纵贯地球南北极"的旅行信息。果真是从北极到南极？而且还是乘船纵贯地球？我的梦想真的要实现了吗？在征得亲友的理解与支持，尤其是得到儿子实质性支持后，我当机立断地最先报名了！

那年8月22日，中国极友团15人汇集在北京首都国际机场，围着鲜艳的五星红旗照了一张全家福就出发了。在往后的88天里，我们踏冰雪，战恶浪，从素不相识到患难与共，结下了深厚的友谊。回望体验两极、纵贯地球的跌宕历程，我由衷地感谢同行极友们的一路关心、支持和呵护。每位极友的笑颜，我都将永远铭记在脑海里。

回望《冰海之旅——从北极到南极》的创作过程，有许多人都是值得我永怀感激、永怀感恩的。先说那位最先告知我"88天纵贯地球南北极"旅行信息的摄友吧。要不是这位摄友的告知，我可能不会注意到该项旅行信息，从而失之交臂。该

摄友不仅全程关注指导我的纵贯地球旅摄活动，而且始终关心、支持、鼓励和督促我完成该书创作。其间，由于某些原因，我的创作一度搁置，该摄友为此甚至采取激将法等激励手段。

为本书作序的冯霄，是我在新闻工作中认识的老朋友。她身为人民日报社资深高级编辑，在耄耋之年、身患严重眼疾的情况下，为本书写下近万字题为"极地无处不销魂"的序言，并且还附带写了《一读》札记，指出书稿中个别错字等不妥之处。从当年相识厦门经济特区初创阶段的新闻指导，到本书序言中的赤诚勉励，我都永记心头，永怀感恩！

《穿越洪荒游两极　蘸得万水荡飞舟》，是枫竹为本书所写的最接地气的序文。枫竹是我早期在和讯博客上认识的文友，是我文章的"铁杆粉丝"。我在纵贯地球88天旅行中所发的微信朋友圈，她没有漏过一篇，且大多数篇章都有点评甚至即兴赋诗鼓励。我们虽未晤面，但已成为相识相知的真正好友！

我要感谢厦门大学中文系同班同学陈奕良为本书书名"冰海之旅"的书法题字。奕良学兄在百忙之中，不仅欣然题字，还即兴写下贺诗。诗曰："两极奇寒敢远游？登临冰海有飞舟。稀龄漫道无遐想，再铸鸿篇报好秋。"

本书在涉及外国人姓名等外文资料方面，得到李文从、姚远等的翻译帮助，借此机会一并表示感谢！此外，我也要感谢中国北极黄河站徐文祥提供的宝贵图片。感谢老友王国庆为协调本书出版而劳碌奔波。

这里，我还要特别感谢许多忘年交朋友的热情鼓励和支持。尤其要感谢@晟哥不辞辛苦地为书中所选图片修图，感谢厦门大学中文系忘年交校友@惠燕对本书初稿的认真审读与勘误。

此外，我还要感谢鹭江出版社领导和工作人员的支持。尤其要感谢责任编辑杨玉琼、美术编辑朱懿等的辛勤审读加工和精心编排。

回望从北极到南极的"冰海之旅"，一股滚烫的热血就会涌上心头。千言万语，最应该感谢、最应该感恩的还是我们亲爱的祖国！正是背后有一个强大的祖国，我们行走在包括地球南北两极在内的任何地方，心中始终感觉不冷！始终享受到中国人应有的尊重！

蓝色地球，是人类赖以生存的生命共同体，同时它也是可触可摸的。纵贯地球南北两极归来，我深感个人如是一粒细沙，是非常非常渺小的，但我们爱护地球的责任却很重大。环境保护，人人有责。还是要从我做起，从现在做起吧！

张飞舟

2022年1月7日于厦门双子邮城

图书在版编目（CIP）数据

冰海之旅：从北极到南极 / 张飞舟著. —厦门：鹭江出版社，2022.5
ISBN 978-7-5459-1975-2

Ⅰ.①冰… Ⅱ.①张… Ⅲ.①游记—作品集—中国—当代 Ⅳ.①I267.4

中国版本图书馆CIP数据核字（2022）第033704号

BINGHAI ZHI LÜ
冰海之旅
——从北极到南极

张飞舟　著

出版发行：	鹭江出版社		
地　　址：	厦门市湖明路22号	邮政编码：	361004
印　　刷：	厦门市集大印刷有限公司		
地　　址：	厦门市集美区环珠路256-260号3号厂房一至二楼	电话号码：	0592-6183035
开　　本：	787mm×1092mm　1/16		
插　　页：	2		
印　　张：	20		
字　　数：	380千字		
版　　次：	2022年5月第1版　2022年5月第1次印刷		
书　　号：	ISBN 978-7-5459-1975-2		
定　　价：	72.00元		

如发现印装质量问题，请寄承印厂调换。